ラブレーとセルバンテス

ラブレーとセルバンテス

——近代小説の原点

中山眞彦

水声社

目次

第一部

ラブレー

——『パンタグリュエル』『ガルガンチュア』

第一章　物語を作り、物語を壊す――『パンタグリュエル』『ガルガンチュア』

学者が小説家になるとき

十六世紀初期のフランスはルネサンスの花盛りであった。フランスの中央を流れるロワール河畔に、今日の観光の名所となっている城館が次々と建築された（シャンボール城（一五一九年）、シュノンソー城（一五二二年）、等）。一五一六年には国王フランソワ一世に招かれたレオナルド・ダ・ヴィンチが『モナ・リザ』を抱えて来仏し、これらの城館の一つ（アンボワーズ城、正確には城の別館）に居住する。一五三〇年にはいわゆる文芸復興の原動力である三大古典語（ラテン語、ギリシャ語、ヘブライ語）の研究教育機関「王立教授団」がパリに設立された。そして一五三四年はジャック・カルチエの船団がカナダに到着した年である。フランス人による新大陸発見であった。

この大いなる希望の時代の一五三二年、当時西欧有数の出版業の都市であったリヨンの八月定期市に、『なみはずれて魁偉《かいい》なる巨人ガルガンチュアの無双の大年代記』（作者不詳）なる小説本が出た（以下『大年代記』と略記する）。新刊書は定期書籍市に出品するのが当時の習わしである。これに目をつけた一人の医師がいて、物語の筋と人物の仕立てを借用した本を書き、同年十一月のやはりリヨン定期市に並べた。題して、『魁偉なる巨人ガルガンチュアの息子にして乾喉国王《ディプソード》、宇内にその名高きパンタグリュエルの畏怖驚倒すべき言行武勲の物語』（以下『パンタグリュエル』と略記。なお作品の邦訳題名等は原則として渡辺一夫による）。題名に惹かれて本を手にした人のなかには、前回の書籍市に出た小説の続編だと思った人もいただろう。

　この医師の本が大当たりだった。翌々年（一五三四年）までに八版を重ねたとのことである（*Notice*, 1212）。作者はこれに気をよくしたのであろう。追いかけて一五三四年（三五年説もある）に第二作『パンタグリュエルが父、大ガルガンチュアの世にも畏怖すべき生涯の物語』（『ガルガンチュア』と略記）を出版した。息子の話を先に書き、次に父親の物語を出したというわけだ。これでは話の順序が混乱すると思ったのだろうか、一五四二年にこれら二作をまとめて出版した書店が、後から出た『ガルガンチュア』を『第一之書』、前に出た『パンタグリュエル』を『第二之書』と名付けた（*Notice*, 1037）。以来この方式が踏襲されることになる。

　十余年の間を置いて一五四六年に『第三之書』が、そして一五五二年に『第四之書』（一部は一五四八年に発表）が出て、以上四作が十六世紀フランス文学の金字塔として屹立する。各巻の総版数は作者生前だけでも四十四版に達し、十六世紀末までに全四巻をまとめた作品集は約三十種類確認されるとのことである（二宮、四〇三）。種本『大年代記』はその影にすっかり姿を消した。

　作者の名はフランソワ・ラブレー（一四八三年生、一五五三年没。一四九四年生説もある）。医師ラブレーは作家として名を残した。ただし医者が作家の影に姿を消すという言い方は当たらないだろう。医師ラブレーの名声には輝かしいものがあった。「フランキスクス・ラベラエスス〔ラブレーのラテン語名〕はバイエオン神〔ギリシャ神話における神々の医師〕の技術の名誉にして、確たる栄光。ディース神〔ローマ神話で冥界の神〕の灯明から死者を呼び戻し、その者を再び光のもとに連れ戻すことができる者」（フェーヴル、四四に引用〔引用中の〔 〕内の小活字は引用者による注釈。引用者による補足・省略等はナミ活字で〔 〕内に入れた。以下同様〕）等々の賛辞が残っている。国の重臣ジャン・デュ・ベルレーは、ラブレーの医術を見込んで侍医に登用した。さらに大事な点は、ラブレーの時代においては医者とは臨床の治療を行うだけでなく、医学をはじめとする諸学問の先頭に立つ者を言うことだ。「医者であるとはただ医業を営むだけでなく、〔諸学問の〕テクストを入念に注解・解釈し、これを世に出すということであった」(Pouilloux, 22)。ここで言う「テクスト」とは、かつて人類が究めた最高の学術の記録であり、中世の間は見失われていた、古代ギリシャ・ローマの文献を指す。すなわち医学者は文芸復興のリーダーだったのだ。ラブレーは医学の研鑽と併行して、法律学、動植物学などの自然科学、そしてもちろん古代ギリシャ・ローマの哲学・文学に関して最高レベルの知識を得ている。その成果の一端が、『パンタグリュエル』の種本となる『大年代記』が市に出た一五三二年八月を挟んで出版した二冊の学術書(ともに翻刻と注釈)、『ヒポクラテスならびにガレノス〔両者とも古代ギリシャの医学者〕文集』(七月)と『古代ローマ売買契約書』(九月)である。

その学者ラブレーが同年十一月に小説本を出した。しかも、『魁偉なる巨人ガルガンチュアの〔……〕』という題名からして高級な内容とは思えない。たちまち学者仲間から批判の声が上がった。「ラブレーよ、いったい何を思いついたのか。君はわが若者たちを、その大切な務め、すなわち古代学芸研究と聖典研鑽の道から踏み迷わせてやまない」(人文学者ニコラ・ブルボン(一五〇三―一五五〇。二宮、三七六に引用))。ラブレーがこれにどう応えたかは不明であるが、結果としては同志の期待と懇願に背いたことになる。『パンタグリュエル』に引き続いて『ガルガンチュア』を執筆する反面、古代文化研究としてはイタリアの学者の著作『古代ローマ地誌』を翻刻上梓した(一五三四年)だけで、それ以後は学者としての仕事をほとんど残していない(二宮、三七四)。

しかし医学者・古代文献研究者ラブレーがまったく姿を消したのではない。学者は小説家の中に潜り込んだ。そして小説という文学の形を大きく変えた。娯楽的な読み物に過ぎなかった小説が、学問のある人士の鑑賞にも堪える、いやそのような教養人をこそ読者対象とする書物に変容した。これに較べれば種本『大年代記』は、いわゆる騎士道物語に属する読み物であるが、その内容は、「なみはずれて魁偉な巨人」の「巨体と圧倒的な腕力が荒れ狂う、息が短くて無味乾燥な場面をつなぎ合わせただけ」(Saulnier, I, 81)のものである。これを面目一新したラブレーの「暢達《ちょうたつ》・緻密・濃厚」な文体に比べて、「『大年代記』の文体は幼稚・粗笨《そほん》・希薄の三語に尽きる」(渡辺c、下、四八六)。ちなみに、『大年代記』は一般には作者不詳とされているが、実はラブレーその人の作ではないかという説があり、一番新しいラブレー全集であるプレイアード版(一九九四年)の編者はその立場である(*Notice*, 1038)。いずれにせよ、物語と学問が合体したという意味では、二人の人間のリレーによろうと一つの頭脳の中のことであろうと、同じである。

ラブレー作品をその種本『大年代記』から、さらには周辺の幾多の物語作品から引き離して十六世紀文学の高峰として聳えさせるゆえんを記述するのが本書の目的であるが、まずは両者のもっとも単純な違いとして、テクスト分量の圧倒的な差がある。新プレイアード版で数えて、『大年代記』がわずか二〇ページであるのに対し、『パンタグリュエル』は一二〇ページ、『ガルガンチュア』は一五〇ページだ。理由はラブレー作品におけるおびただしい加筆あるいは脱線にある。そしてこの加筆・脱線のページにこそ、学者ラブレーの面目が躍如するのだ。学者あるいは思想家としてのラブレーが見据えた十六世紀の西欧社会の諸問題がそこに刻印されて、小説は今や娯楽的消費財以上の何物かになろうとする。

人文主義と福音主義

種本『大年代記』もラブレー作品も、ともに主人公の巨人の出生から栄光の成年までを綴る(ラブレー作品では主人公は王子である)。その場面の一つ一つに右で述べた学者ラブレーの刻印があるが、その一例として、巨人ガルガンチュアとノートル・ダム大聖堂の鐘の話を取り上げてみる。

成長したガルガンチュアは勉学のためにパリに上る。まずは市内を見物して、一息つくために大聖堂の鐘突き塔の上に腰を下ろした。パリ市の中心に聳えるノートル・ダム大聖堂がラブレーの時代にすでにほぼ今日の姿で完成していた。塔の高さは六十九メートル、これをまたぐほどの巨体なのだ。股ぐらの塔の中をふと覗くと、釣り鐘は愛馬の首につける鈴にはもってこいだ。というわけで、十トンあまりの鉄の鐘を失敬した。驚き慌てたのはパリ市民である。ぜひ鐘を返して欲しいと、使者を立てて懇願した。ガルガンチュアはこれを聴き入れて一件落着。そこまでの筋書きはほぼ種本にしたがっている。しかしそこから先が大いに違う。『大年代記』では「ガルガンチュアはこの［パリ市民の］申し出を承知した。それからガルガンチュアは［……］」（『大年代記』三五）と主人公の遍歴の次の局面に移るが、ラブレーの『ガルガンチュア』では、釣り鐘事件解決の後も使者とガルガンチュアが交渉あるいは交流を行う章が三つも続き、分量はこの脱線部分の方がはるかに大きい。

使者はパリ大学神学部教授ジャノトゥス・ブラグマルド博士である。学問の言語であるラテン語を用いてさも得意げに論じ立てるが、そのラテン語が実は怪しい。乱れに乱れた「出鱈目ラテン語」（渡辺a、I、三一二。*Notice*, 1111）なのだ。言わんとする論旨はさらに輪をかけてひどい。スコラ哲学の伝家の宝刀「ダリイ方式」なるものの実体は、「ほとんど成立不可能な論理となる」（渡辺a、I、三一三）。あろうことか、最高学府をガルガンチュアの乗馬（牝馬）と対比したつもりが勇み足になって、「我が神学部にも同様のはず。正に知能ヲ失エル雌馬ニモ譬エラルルニイタリ」（I、一〇〇。カタカナは原文がラテン語であることを示す）と、「ソルボンヌ神学部を獣に比するにいたる」（渡辺a、I、三一二）。実にラブレーのペンは学問の殿堂パリ大学を槍玉に挙げて縦横無尽である。これを味わいつくすためには、読者もラテン語を心得ていなければならない。

右のエピソードの背景には古典研究者、一般には人文学者と呼ばれる人たちが置かれていた時代情況がある。

パリ大学は十三世紀の神学者ソルボンが創立した神学校を発端とし、以後も神学部が中核となって発展してきた。中世の学問もギリシャ・ラテンの古代文化に関心を寄せていなかったわけではないが、「あくまでもキリスト教の神あるいは教会を中心とする体系の中への断片的古代の包括というゆきかた」（二宮、三四九、強調は原文）であった。これに対して、ルネサンス期に興ったラブレーたちの古代研究の特徴は「古代文化の有機的総体をとらえようと努め、倫理的、美的、形而下的、肉体的な面まで、すべてが百科全書的な関心の対象になったという点にある」（二宮、二〇）。「神学」に対する、「より人間的な学問」である。「人間（性）」のラテン語 humanitas (humanity) に基づいて、この新しい学問を「人文学 (humanities)」、これに携わる学者を「人文学者 (humanist)」と呼ぶことになる。ラブレー作品の中では「人間の文芸 lettres de humanité」(Seuil, 259. 渡辺訳では「人文学」〔II、九一〕）となっている。

右のことは往々にして人間中心主義が神への信仰を駆逐したと解釈されがちであるが、少なくともラブレーおよび同時代の人文学者についてはこの解釈は当たらない。人文学者は人間と神、学問と信仰を対立させるのではなく融合させようと努めた。「古代世界とキリスト教世界とを融合したところに生まれる叡智」（スクリーチ、四五八）がラブレーの時代の人文学なのである。この「融合」の場となったのが古代ギリシャ語と、この言語で書かれた一つの書物すなわち新約聖書である。人文学者の多くは「原語のギリシャ語で新約聖書を読んで研究し、そのテクストに大いなる敬意を表するという点でルターと見解を一つにし、また、初期キリスト教会のあり方を理想と崇め、そこに中世が添加した不純物を除去した、より純粋な教会の実現を熱望していた」（スクリーチ、六六）。新約聖書が四大福音書を中心に構成されていることから、これらの学者は福音主義者とも呼ばれる。

新約聖書は古代ギリシャ語で書かれた書物であるが、ラブレーの時代に至るまでフランス人はこれをラテン語訳で読んでいたし、しかもこれをひもとく人間は少数の教会関係者に限られていた。人文学者はギリシャ語の知識を活用して新約聖書を原典に添って研究し、その成果を世間に広く公開した（ヘブライ語の旧約聖書についても同じことを行った）。ルターによる新約聖書のドイツ語訳がそれであり、フランスでも同じ頃（一五二三年）、人文学者ルフェーヴル・デタープルによる『仏訳　新約聖書』が出ている。学術情報をラテン語に限定ししかもこれを独占していた、パリ大学神学部を頂点とし各地の修道院を末端とする中世以来の学問的権威にとっては、「それまで全面的にラテン語に依存していた文化が、決定的な危機に瀕する」（スクリーチ、六九）ことになる。その危機感が新学問に対するヒステリーじみた弾圧を生んだ。ラブレーは若い一時期を地方の修道院で過ごし、密かにギリシャ語を学習したが、修道院当局にそれが見つかって書籍を没収されたのだった。ノートル・ダムの鐘の話の延長で神学部教授を愚弄するくだりには、この思い出も含めた人文学者ラブレーの恨みつらみが籠められているはずだ。

学問上の軋轢に宗教上の対立が重なって、事態はのっぴきならぬものとなる。聖書を通してキリストの教えに直接耳を傾けることに本当の信仰のあり方を求める福音主義は、先に引用した文言を借りるなら、伝統的なカトリック教が「添加した不純物を除去する」ことを主張した。ドイツでルターが免罪符の制度に異議申し立てを行い、それが宗教改革の発端となったのが一五一七年。ラブレーが『パンタグリュエル』と『ガルガンチュア』を書いたときのフランスにはまだ新教設立の運動はなかったが、しかし旧教批判の気運はこの二作にも反映していて、たとえば幼いガルガンチュア王子の教育に改革が施されると、王子はもはや世間の仕来りであるミサには通わず、もっぱら聖書の朗読に耳を傾ける（第二三章。渡辺a、I、三二一）。こういった動きに対して一五二三年にパリ大学神学部はギリシャ語およびヘブライ語原典から直接訳した聖書の出版を禁止した。学問上の異説はすなわち宗教上の異端なのだ。そこに設けられるのが火刑台である。この緊迫した情況は『ガルガンチュア』執筆の直後に生じた。作者ラブレーが感じた身の危険がテクストに読みとれる。ブラグマルド博士を嘲笑するくだりで、一五三四年（または三五年）の初版では直裁に「神学者」とあるのを四二年の改版では「詭弁学博士」と表現をずらせたこと（I、九八。渡辺a、I、三二一）、また初版の「ソルボンヌ野郎」（パリ大学神学部をその創設者ソルボンの名にちなんで「ソルボンヌ」と呼んだ）が改版では「諸先生方」となっていること（I、一〇四。渡辺a、I、三一五）、などである。

　こうしてみると、先にパリ大学神学博士の一件を巨人物語の本筋（ノートル・ダムの鐘の一件）からの脱線だと述べたことを訂正しなければならないように思われてくる。本筋はむしろ作者ラブレーの生々しい現実体験であり、巨人物語はその導入の手続きに過ぎないのではなかろうか。しかしそれにしてもなぜ小説なのか。人文学者、福音主義者としての身を切るような体験を、なぜ架空の巨人の話に仮託しなければならないのか。

　さらにいえば神学博士の話には先があって、こちらこそがラブレー作品の醍醐味とも言える。博士の支離滅裂・荒唐無稽な弁論を聴いていたガルガンチュアとその仲間たちは、演説が終わらないうちにすでにげらげら笑い出した。これだけならまだありきたりであるが、これに続く、「ジャノトゥス博士先生も、負けじ劣らじと笑い出してしまい、脳味噌の激震によって一同の目に涙が湧《わ》き出してきた〔……〕」（I、一〇二）がいかにもラブレー風なのだ。神学部を代表する先生が「余興を演じてくれて、讒言法師《ソンジュ・クルー》〔十六世紀初頭の道化俳優〕以上に笑わせてくれたのだから」（I、一〇二。渡辺a、I、三一四）しこたま酒を振る舞い、謝礼を進呈する。「ラブレーの考え方は、神によって秩序付けられた世界を大前提にしており、これに照らし合わせたときに見えてくる人物の愚かしさを、必要ならば涙をもって裁くが、多くの場合笑い飛ばす」（スクリーチ、二六二）。ラブレーの人文主義思想の精髄としての笑いである。しかし、繰り返すが、なぜこれを小説の形にしなければならないのか。言い方を換えて、学術論文でも宗教論義でも社会評論等々でもない何ものかを仮に文学と名づけるなら、文学は十六世紀フランスの一知識人にいかなる期待を抱かせたのだろうか。ちなみに、文学の処女作『パンタグリュエル』を書いたときのラブレーの年齢は五十歳に近かった（異説をとっても四十歳に近い）。

物語文学の様式

学者が小説家になる、なぜ小説なのか、という風に書いてきたが、実は「小説」という語がはなはだ使いにくい。その理由は、普通に「小説」というとき思い浮かべる作品に、ラブレーの時代には大別して二つがあり、これらがまったく別個の種類《ジャンル》だとみなされていたことによる。

ひとつは、「ヌーヴェル」という呼び名が代表する作品である。「ヌーヴェル」という語は、人がまだ知らない最近の出来事すなわち「ニュース」の意味の、フランス語の基本単語でもある。この意味合いで読み物を指す用法が中世からあった。何らかの面で並外れた、人がまだ知らないという点でも物珍しい出来事を、社会や日常生活の中から拾い上げて物語る。その方面では、今日でも世界文学を代表するボッカチオの『デカメロン』（一三四九―五三年）の名声がラブレーの時代にも轟いていた。フランスではマルグリット・ド・ナヴァール作のヌーヴェル集『エプタメロン』（一五五九年）が名高い。

ラブレー作品は同時代に盛んに書かれたこの種の読み物から多くの話題を取り入れていて、語り手に、「皆様にこういう嘘いつわりのないコント〔contes. 渡辺訳は「物語」〕をいたして居るこの私めは〔……〕」（II、二三一。Seuil, 344）などと言わせている。ヌーヴェルまたはコントは一つの出来事を一つの話にまとめるのが基本であるから、テクストの分量はおのずと少ない。日本風には短編小説というところか。これに対する長編も結局は出来事を集めてつないだものではないかという理屈があり得るが、しかしつなぐという局面に、個々の短編では主題化されない理が働くということもあって、これがヌーヴェルに相対するもう一つの種類《ジャンル》の物語文学を十六世紀に存立させている。その代表が騎士道物語である。

騎士道物語は名だたる騎士の伝記を綴る作品である。ラブレー作品もこれを踏まえて、「超人的英雄の誕生と幼年時代」「修行遍歴時代」「驚異的武勲」の三部分（二宮、三五九）からなる構成だ。伝記を貫く理、その人物の人生の意味や目的などが、この騎士道物語を単なるエピソードの集積以上のものにしている。だからこそ長編小説なのではないかという意見はもっともであるが、なんとしてももうひとつのことが「小説」という語を用いるのをためらわせる。それは、当時騎士道物語がもっぱら「歴史《イストワール》」と呼ばれていたことである（Casauran, 29）。ラブレー作品の主人公も、「昔の武士の偉勲を伝えた愉快な歴史〔histoire. 渡辺訳は「物語」〕」を愛読している（I、一一七）。「歴史（書）」の同意語の「年代記《クロニック》」はまさしくラブレー作品の種本の題名であり、ラブレーも自作を、「この愉快で珍らかな年代記〔chroniques. 渡辺訳は「物語」〕」と呼んでいる（I、二一。Seuil, 40）。もともと漢語の「小説」はその語源において「小さな話題」「取るに足らない議論」といった意味であり、「儒教の論理の外部に位置していた。それゆえ、正史からはみ出しているものと考えられた」（藤井、六八六―六八七）種類である。同様に日常卑近な話題を主とするヌーヴェルなら「小説」と呼んでもよかろう。しかし騎士道物語は英国国王アーサー王を中心人物の一人とする、まさに西欧の「正史」であり、これを長編として構築している理は、西欧世界の基本理念（キリスト教思想、封建社会の道徳観）にほかならない。だからヌーヴェルを「小説」と呼び、騎士道物語もまた「小説」と呼ぶとしたら、西欧文学論は破綻してしまうのである。

　騎士道物語はもともと中世の物語文学であり読み聞かせが主であったが、印刷術を三大発明の一つとするルネサンス期においてもなお大いに流行していた。「一四七八年から一五四九年に至る約七十年間に、フランスで判明しているかぎりで七十九種の散文騎士道物語が出版されている」（二宮、三五九）。遍歴の騎士が武勲を挙げる物語は近代の曙においてもなお盛んな人気を博していたのだ。一五三二年出版のラブレーの第一作『パンタグリュエル』の成功もこの波に乗った面があるのだろう。その「序詞」は読者に「世にも高名な雄武無双の〔原文は chevaleureux「騎士的な」〕戦士《もののふ》よ」（II、一五。Seuil, 213）と呼びかける。新刊本を市に並べる風習に沿って、「見世物小屋の客寄せと、呼売り本を市で売る商人の宣伝文句の口調」（バフチーン、一四一）である。それだけ幅広い読者層を当てにしていたということだろう。有名な騎士道物語の題名をずらりと並べた上で、「しかし、これらの書物とても、今申し述べた物語とは較べものにはならぬ。〔……〕その証拠には、二カ月間にこの物語が出版元から売り捌《さば》かれてしまった部数のほうが、九カ年かかって聖書が買われる部数よりも、はるかに多かったからである」（Ⅱ、一八）とまくしたてる。「今申し述べた物語」とは文面では種本『大年代記』を指すことになっているが、しかし「でくのぼう同然のガルガンチュアの行動を、稚拙な文体で辛うじて綴ったものに過ぎない」（二宮、三五八。強調は原文）この貧弱な作品が大ベストセラーになったとはとうてい信じ難いから、この論法は、他人を褒めると見せかけてその実は他人に成り代わった自分を宣伝するレトリックなのだろう（*Notice*, 1234）。面白いこと前代未聞の、まさに画期的な騎士道物語本が出現した、と呼ばわっているのである。

画期的というのは、騎士道物語が盛んに出版されるとはいってもほとんどが従前のパターンの焼き直しであり、「とくに十六世紀に属するといえるものはほとんどない」（Cazauran et Simonin, 116）情況の中でラブレーが、「騎士道物語という中世の規範」の「なれのはてのような小さな器に注目して、そこにあらためて同時代の現実を盛り込もうとした」（宮下、一七七）点である。先に見た、大聖堂の鐘の一件が現代の学問思想の大勢を映し出すまでに膨らむということである。とりわけ目を見張らせるのが物語主人公の騎士の有り様だ。中世の物語中の騎士はなかなか文武両道というわけにはゆかなかった。たとえばかのトリスタンが、主君のマルク王に大事な手紙を送るとき僧の力を借りて書面を作るのは、おそらく読み書きが不得手なのだろう。これに反して、ラブレー作品の王子たちは立派な学者である。そもそも主人公の学問教育に多くのページを割く騎士道物語はかつて存在しなかった。まさにこれらのページこそがラブレー作品をルネサンスの現代に向けて開く第一の窓になるのだ。パリに留学中のパンタグリュエル王子に宛てて父王が認めた書状の中の、「今や一切の学問は復旧せしめられ、諸々の言語研究も再興せしめられ候〔……〕」（Ⅱ、六八）などの文言がルネサンス宣言と呼ばれるゆえんである。

これに伴ってラブレー作品は、いわば騎士道物語を中世につなぎ止めていたへその緒を断った。中世騎士道物語といえば、第一は円卓の騎士団であり、これを主宰するアーサー王である。種本の『大年代記』では主人公ガルガンチュアは円卓の騎士ランスロの血を引くということになっていて、ガルガンチュワ自身もアーサー王に仕えるが、ラブレー作品にアーサー王の名が出るのはおそらく一度だけ、しかも故事として言及するに止まる（II、一七二）。種本のガルガンチュアが武勇一点張りだったのに反してラブレーのガルガンチュア王子は高度な人文学を修めたルネサンス人なのだ。まさしく新しい時代の新しい物語文学がここに誕生している。

歴史、物語、ロマン

さらに用語のことを言うなら、実は「騎士道物語」は日本独自の名称であり、十六世紀のフランスでは作品の題名は、「騎士○○○の歴史（年代記）」という風に名づけていた。ジャンル名としては、「騎士道本 livre de chevalerie」あるいは単に「歴史 histoire」と呼ばれていた。今のフランスでは「騎士道ロマン roman de chevalerie」が一般的であるが、この呼び名はずっと後の時代にできたものである。

しかし「騎士道物語」とは、この種の本が歴史書として扱われていた由縁を言い得て妙である。そもそもフランス語では（スペイン語なども同様に）「歴史」と「物語」が昔から今日まで同じ一つの語（histoire, historia）に重なっているのだ。それが意味するものは、歴史の本質の一側面、すなわち「《歴史》とは出来事に物語叙述を重ねたものにほかならない」（Zumthor, 301）ということである。歴史において「説明と言われるものは、物語がひとつの理解可能な筋書きを組み立てる仕方とほとんど変わらない」（Veyne, 123）。

要は、「歴史」的真実と「物語」的筋書きの比重あるいはバランス関係であり、これはいわば文学の存在証明に関わることであって、本書の全体を通して考察すべき問題である。さしあたり次のことを指摘しておこう。

騎士道の歴史（物語）はその価値を歴史的真実性に求める傾向があった。その手法には主として二つがある。一つには、由緒正しい歴史書に準拠することである。たとえば、アーサー王物語は『ブリタニア王列伝』（一一三六年頃）にのっとっている。この書物は今日から見ればふんだんに創作が混じっているが、しかし十六世紀までの人々は、この書の権威にのっとってアーサー王の史実性を疑わなかったし、疑わせるような実証的資料も持っていなかった。他方、下敷きにする歴史書に自由に細工を加えたり新奇な創作を追加したりするのは物語作者たちの常であった。そしてそういった創作の多くが、下敷きの威光によって歴史的真実なるものの中に組み込まれてゆくのである。ラブレー作品が画期的である由縁は、こういった物語文学の系譜から自らを切り離し、物語の真実性を保証するものを同時代の社会的現実に求めたことにある。

　騎士道系譜の物語文学が真実の証しとして用いたもう一つの手法は、目撃者証言の手法である。アーサー王物語では、魔法使い（または賢者）のメルラン（マーリン）が身を隠して騎士たちの冒険に立会い、「定期的に騎士たちから離れて遠くにいる忠実な書記ブレーズのもとに行き、記憶している物事を口述し筆記させる」(Roubaud-Bénichou, 154)。ラブレー作品でも、アルコフリバスと名乗る語り手が巨人王子やその側近と行を共にする。自分の眼でじかに見たことを報告するのだから、「もし私がこの物語全編にわたり、わずか一言でも嘘を申していたならば、身も魂も、五臓も六腑も、十万籠ものもの凄い悪魔にかっさらわれてもかまわぬと誓言いたす」（Ⅱ、一九）と見得を切ることができる。

　もちろんこれらは歴史的真実の主張をかくれみのにして自在に創作を行う手法であり、近現代の文学作品にもよく見られることである。中世や十六世紀などの、歴史と物語が本来不可分な関係にあるのに加えて、まだ実証的な歴史学が発達していなかったために「物語の術《エステティック》が事実と虚構の区別に優先していたと思われる」(Demerson, 119) 情況の中では、歴史的真実の装いが格別な効果を生んでいたのかもしれない。ただしラブレーはこの装いそのものを茶化すような書き方をしていて、文学作品の価値を歴史の真実から切り離す姿勢が目立つ。たとえば、ガルガンチュア王子の衣装の描写は「モンソローの《会計院》のある古記録」に基づくと宣言したり（I、五四）、母君ガルガメル死去の経緯は「『年代記補遺之補遺』による」（I、一七五）などと述べて、「語り手は古文書に基づきつつ年代記作者としての仕事をしている」（*Notice*, 1084）かのようであるが、実際には、化けの皮を被った途端にそれがはげ落ちてしまう滑稽さを狙っているのだ。「モンソロー〔フランス中部に実在の町〕には《会計院》はなかった」し、『年代記補遺之補遺』なる書物は前世紀のある年代記書を「もじった架空の書名」なのである（渡辺a、I、二八一、三四四）。

「小説」「騎士道物語」に続いて用語の問題をもう一つ、これは本書の最重要主題に関わることである。先に触れたように、今日のフランス語ではアーサー王物語など、すなわち日本語で言う騎士道物語を「騎士道ロマン **roman de chevalerie**」と呼ぶが、ラブレーの時代にはそのような呼称は存在しなかった。同様に、今日ではラブレー作品を「ロマン」として扱うが、そのような慣習は当時にはまだなかった。

「騎士道ロマン」は十七世紀の後半にその最初の用例が確認できるとのことである（Casauran, 29）。その背景には「ロマン」という語がこの世紀になってはじめて文学のジャンル名として慣用化されたということがあり、このジャンルの一種として、あるいはこのジャンルの代表として騎士道ロマンなる概念が作られたということであろう。もちろん、「ロマン」という語そのものは中世の昔から存在していた。しかし最初は言語に関する概念であって文学的な意味は希薄であった。すなわち公の言語であるラテン語に対する日常の言語が「ロマン（語）」であり、後者で綴ったテクストにも「ロマン」という語を当てた。「ロマン（語）」は要するにフランス語の源（中世フランス語）であり、このフランス語で書いたテクストをすべて「ロマン」と呼ぶのだから、そこには種類《ジャンル》分けの意識はあまりない（詳しくは中山、第一章）。そしてこの用法での「ロマン」はもう十六世紀にはすたれていた。ラブレー作品に「ロマン」という語はまず出てこないのである。

「ロマン」が今度は文学の用語として再登場するのが十七世紀である。一群の物語作品が大人気を博し（代表作はオノレ・デュルフェ作『アストレ』（一六〇七—二八）、これを「ロマン」と呼んだ。「人呼んで《ロマン》とは、恋愛冒険のフィクションである」と同時代の批評家は定義している（Huet, *Traité sur l'origine des romans* cité dans Chartier, 57）。本体はギリシャ・ローマ以来の牧人文学の系譜に属する恋愛物語であるが、これに加味されているのが、かつて「ロマン」と呼ばれた種々の作品の中でもっとも広く読まれていた、ロマン（語）すなわちフランス語による文学の筆頭である騎士の歴史物語だった。「『アストレ』に見られる騎士道の名残り、勇気と美徳の観念は、円卓の騎士団を思い起こさせずにはおかない」（Casauran, 44）。

しかしロマンの概念がこれでぴったりと定まったわけではない、ラブレー作品を、ロマンと呼ぶときなどは右とはかなり別のことを思い浮かべているはずだ。ロマンの歴史は反《アンチ》・ロマンの歴史だと言われる。ひとつのロマンの書き方に反対する書き方が現れて、反・ロマンを名乗るのだが、いつの間にか後者がロマンの主流の座を占めるようになり、これに対して新しい反・ロマンが出現する、といった具合である。たとえば『アストレ』流の牧人ロマンに楯突いて、「常軌を逸した牧人の物語を含む反《アンチ》・ロマンの本」（Sorel cité dans Coulet, 100）を狼煙として打ち上げたのは、やはり十七世紀の作家である。同じ方向での反・ロマン（ス）の大規模な運動が十八世紀イギリスにおける「ノヴェル」の勃興であり、フランスでもこのノヴェルの主張を汲み上げて十九世紀の写実的ロマンが花咲いた。そして二十世紀では、この写実的ロマンに反旗を翻した反《アンチ》・ロマンまたは新《ヌーヴォー》ロマンの記憶がまだ新しい。

だから今日ラブレー作品をロマンと呼ぶのは、以上のロマンの変転を反芻することに等しいことなのだ。ラブレー作品について一つの定義を下すと言うよりは、この作品にあらためて問いを向けるのである。「決してロマンは、目を射るような、疑うべからざる実体として現れるのではない。ロマンはまずは、質問でありまた挑発でもあるような、一連の問題として浮上する」（Chartier, 18. 強調は原文）。

ラブレー作品こそは反・ロマンの先駆けではなかろうか。当時の物語文学の主流であり、やがてロマンの主流に組み込まれるべき騎士道歴史物語を革新した。物語に現代世界を盛り込んだこと、これはすでに指摘した。さらに、これは以降の四章にわたって述べたいことであるが、歴史＝物語の書き方そのものに根源的な批判を加えて、物語文学を換骨奪胎した。先にも触れたように、ラブレー作品には「ロマン」の語はない、しかし、いくつもの反・ロマンの運動を包括しながら今日に至るロマンの概念、と言うより問題性は、まさにラブレーを重要な始発点の一つとしているのである。

書くこと《エクリチュール》の巨人性

ラブレー作品の巨峰の影に種本はすっかり姿を消したにしても、「極言すれば、もし『ガルガンチュア大年代記』が存在していなかったなら、ラブレーは『ガルガンチュアとパンタグリュエル物語』を思いつかなかっただろうということにもなる」（渡辺c、上、四二九）。ラブレーの大作の種となった巨人ガルガンチュアは、民間伝説中の人物だと思えるが、これを記した文書といったものは存在せず、『大年代記』で初めて書物の中の人物になった（*Notice*, 1171, 1178）。騎士道物語の主人公としては由緒ある出自とは言えないのである。この『大年代記』のガルガンチュアは巨躯と怪力だけが取り柄の、アーサー王に仕える一兵士にすぎない。これを王子に格上げして、ルネサンスの新時代の物語の中心に据えたところにラブレーの独創がある。

　とは言えラブレー作品も、題名に「魁偉なる巨人ガルガンチュア」などと謳っているとおり、主人公の巨体が第一の売り物であることには変わりない、もともと巨人の怪力は、多くの場合は悪役としてであるが、騎士道物語の見せ場のひとつであった。種本『大年代記』は巨人を味方に配し、加えて思いきり巨大な奴を引っ張り出したというわけだ。太い鉄棒を両手で握り、「あちらこちらへと蝿でも払うように打ち倒しなぎ倒して、わずかの間にまさに十万二百十人を殺してしまった〔……〕」（『大年代記』、七九）といった活劇でもって読者を引き付けようとする。先に触れたように人文学者たちがこの種の騎士道物語を軽蔑していたのはもっともなことである。その一人アミヨ（プルタルコスの『英雄伝』などを翻訳した）は、「こういった作り話は、まるで何かの病気にかかった人が熱に浮かされて夢を見ながら書いたと思われるほど、およそ真実らしさから遠ざかっている」（cite dans Casauran, 32）と述べている。

それでも、巨人の活劇を売り物にする『大年代記』は、ラブレー作品がこれに加えたさらなる途方もなさに較べれば、まだしも「真実から遠ざかる」度合いが小さいと言うべきかもしれない。この途方もなさは、およそ通念の尺度では図ることができない性質のものであって、まさしくそこにこそラブレー作品独特の巨人性がある。

それは端的には、『大年代記』では巨人の体躯は全編を通じてほぼ一定しており、巨人物語なりに「度外れの嘘にはならないように配慮していることは明らかである」（Baraz, 2）のに反して、ラブレーの『パンタグリュエル』と『ガルガンチュア』では巨人王子の身体の大きさが一定しない、ということである。大聖堂を腰掛代わりにしたガルガンチュアが、同じパリで、これは体育の授業の一環らしいが、「鼠のように家の屋根に攀《よ》じ登ったかと思うと、一気に上から下へ飛び降りたが、落下に際して少しも怪我をしないようにと、体をちゃんと構えていた」（I、二三）という風なのだ。

本人の意志で伸縮自在ということならまだ話はわかるが、どうやらそうではなさそうだ。パリ滞在中のパンタグリュエルは「サン・ドニ寮」に宿泊している。セーヌ河の南側に実在した修道会の学寮である（渡辺a、Ⅱ、三〇四）。どうやって巨体を建物の中に押し込んだかについて説明はない。というよりも、読者は王子が巨人であることをまるで忘れてしまっているし、おそらく語り手もそうなのだ。そこに訪ねてきた外国の学者が「パンタグリュエルがこのように逞しく大きな体をしているのを見て、恐ろしさにすっかり身振るいしてしまった」（Ⅱ、一四二）が、実はそのとき王子は庭に出ていたのだ。つまり天井や屋根の高さ制限がなくなったので、「思い出したようにその巨人性が描かれる」（渡辺a、Ⅱ、三〇四）。「思い出す」のはパンタグリュエル当人というよりは、これを叙述する語り手の方である。「パンタグリュエルが巨人であるということは、このようにして時折描出される」（渡辺a、Ⅱ、二七四）。

にもかかわらず、パンタグリュエルとガルガンチュアは一貫して巨人であると言わなければならない、読者にそう感じさせるものがあるからこそ、身体の大きさの不整合などは一向に気にならないのだ。ラブレー作品の巨人性は身体の次元を超える。

第一に王子はその身体だけが巨人なのではない。パンタグリュエルは父王の勧めでルネサンスの先端諸学を修めるが、その勉強ぶりが半端ではない。たとえば博物学の学習内容は、「空翔《か》ける鳥類の一切、森林の樹木、灌木、草薮の一切、大地に生い立つ草根の一切、深淵奥譚に潜む金属の一切、全東邦および南海の珠玉宝石の一切」（Ⅱ、七〇。Seuil, 248）と、まさに「一切（tous, toutes, tous. すべて）」ずくめである。種本の大男が頭の中は空っぽだったのとは正反対だ。幼時の遊び道具からしてすごい。「加留多骨牌《かるたふだ》がうんとこさ、骰子《さいころ》がうんとこさ、それに将棋碁盤の類は山と持ち出された」（Ⅰ、一一〇）。いくら遊びの主が巨体だからといって、遊び道具の数まで巨大である必要はなかろうにと思うほどだ。

第二に、心身が巨人的であるのは王子に限らない。王子の腹心の友パニュルジュとジャン修道士がその代表だ。パニュルジュはパンタグリュエル王子の眼前に姿を現した途端、語学の才能をひけらかして王子と側近たちを圧倒するが、そこで用いられた外国語は、ラブレーが考案したいくつかの架空語を含めてその数実に十三言語に及ぶ。一方、ジャン修道士は、「丈《たけ》は高く、体は痩《や》せ、耳まで裂かれたような大きな口、至極見事な鼻を具え」（Ⅰ、一三五）ているが、超人的な体躯であるとは書いてない。それでも、一人で一万三千余の敵兵を撲滅する。その数そのものもさることながら、数え方に眼を見張るものがある。

すなわち、ペンの動きにつれて巨人化が加速するのがラブレー作品の第三の特徴である。ジャン修道士奮戦の場は彼が所属する修道院のぶどう園である。初めに、ぶどう園に侵入した敵軍は「七小隊の歩兵と二百の槍騎兵とだけ」（Ⅰ、一三四）とあった。人一倍ワインを愛するジャン修道士はこれに目をつむることはできない。震え上がる同僚をしりえに単身打って出ると、「十字架つきの棍棒を振りあげながら、敵兵めがけて勢い物凄く撃ち［かかり］」、最後には、「葡萄園に侵入した敵軍の者どもは全部撃滅されてしまい、その数は一万三千六百二十二人の多きにのぼった」（Ⅰ、一三七、一四一）。いくらなんでも、「七小隊」プラス「二百」が一万三千余りになるという計算はないだろう。つまりジャン修道士が撃破した敵兵の数は、この快僧が棍棒を一振りする度に、あるいはラブレーのペンがこれによって勢いづく度に、うなぎ上りに増えたのである。

第四に、と言うべきか、巨人化の勢いは改版の度にますます加速する。たとえばパンタグリュエル王子の側近カルパランの俊足である。酒宴に供するために、森の縁で一頭のたくましい牡鹿を追いかけて捕まえた。その勢いで、「走りながら両手を宙に伸ばして、次のような鳥を捕らえた」、その捕獲リストは八種類の鳥、計百四十五羽を数える（Ⅱ、一八五）。鳥を捕まえるくだりは実は一五三二年の初版にはなく、その翌年から一五四二年までの数種の改訂版において、「徐々に増補された」（渡辺a、Ⅱ、三一八）。パニュルジュが操る言語の数は、初版の九が四二年版では十三（渡辺a、Ⅱ、二八〇）、ガルガンチュアの遊びを記述するくだりは「一五四二年以前の諸版においては、列挙される遊戯名の数も少なく、前章中に収められていた」が、四二年版ではその数が二百十七に達し、ついに一つの章として独立した（渡辺a、Ⅰ、三一八）。

以上をまとめて次のように言うことができるだろう。なるほど、種本『大年代記』の巨人に着目して巨人王子を主人公に据えた発想がはじまりであった。そしてこの発想が、ラブレーの内に秘める書くこと《エクリチュール》の巨大なエネルギーに点火し、書かれる人物や物事とそれらを書く行為が双方の巨人性を相乗したのである。「巨人の枠組みはもっぱら言葉の巨人性への跳躍板の働きをしている。とてつもなく馬鹿げた、突拍子もない話が、言葉の過激さを受け入れる準備を読者にさせる。そして、途方もない架空譚から言語の仮構作用へと進んで行くのだ」（Rigolot, 34）。

この「言語の仮構作用」がルネサンス世界の動きに焦点を合わせる。「ルネサンス期を代表する人々は、自然の中に神が宿っていると信じて、被造物に無限の力を認める傾向があった」し、「世界は驚嘆すべき不思議《メルヴェユ》が尽きないと見る」(Baraz, 133, 132)。大聖堂を腰掛け代わりにする巨人王子、十三の言語を操る腹心、棍棒を一振りする度になぎ倒す敵兵の数が桁違いに増える修道僧。ラブレー作品はこういった人物を、「驚嘆すべき不思議」であるからこそもっとも真実に近い人物として、ルネサンスの同時代人に差し出したのだった。

ところが驚嘆すべき不思議にはもうひとつの側面がある。過剰な巨人性は「世のもっとも自然な秩序を転覆させるのだ」(Gray a, 109)。「ラブレーはわれわれに親しい空間をその巨人性によって異形なものに変えてしまう」(Ménager b, 75)。『大年代記』では、巨人性はむしろ日常の空間感覚を維持する働きをしていた。巨人の体躯をほぼ一定に保つことで、これに相対する人間世界の尺度をも安定させていたのだった。ところがラブレー作品は「写実的模写の基準などはまったくおかまいなしに、われわれが普段の生活の中で現実的であると見なしている事物の尺度を勝手に弄ぶのだ」(Baraz, 28)。もともと数百名が入れば一杯になるはずのぶどう園に一万を超す息絶え絶えの人間が横たわる時、「普段の生活の中で現実的であると見なしている」ぶどう園のイメージが壊れてしまうではないか。

確かに壊すことは創ることにつながる。ラブレー作品の巨人性は、中世以来「自然」「現実」と思われていたものを転覆させ崩壊させながら、ルネサンスの新時代を測量するための尺度を提供しようとする。しかしそのための物差が伸びたり縮んだりするのであれば、秩序だった図面など描けるはずがない。「図面」を「物語」と言い換えれば文学の切実な問題となるだろう。物語を作ることと壊すことが裏表の関係にある文学作品がここに出現している。

空想世界から現実世界へ

ラブレー作品が騎士道物語に加えた革新の第一は、同時代の現実への密着である。種本『大年代記』のガルガンチュアは「どこの国ともわからぬ地域に飄々《ひょうひょう》として生きる」が、ラブレーのガルガンチュアは「極めて明確な実在世界に生き始める」(渡辺c、下、四九八)。作者ラブレーが生きた十六世紀前半のフランスである。

そもそも騎士道物語の主舞台、アーサー王と円卓の騎士団の世界が、いまや伝説の霧に包まれて、ほとんど「どこの国とも分からぬ地域」になっていた。かりに物語の作者が自分の時代の出来事を意識した場合も、それを伝説の騎士世界において「再生し、そのように再生することで叙述のコードを変換する」(Uitti, 137) ために、本来の時代性がぼやけてしまう。このコードを逆に変換すれば、『大年代記』についても、十六世紀におけるフランスの「国家神話」が読み取れる(宮下、八〇)とのことであるが、専門家はいざ知らず一般読者にそれを求めるのは無理であろう。これに対して、ラブレーの『ガルガンチュア』では、文字どおりの読み方で、王子の国に侵入するピクロコル王はスペインのカルロス一世であるとすぐわかる(後で詳しく述べる)。これを迎え撃つガルガンチュア王子はもちろんフランス国王フランソワ一世。実際に両者はラブレーが『ガルガンチュア』を執筆し改訂するのにほとんど並行して戦火を交えていたのだった(一五二七年に第二次交戦、一五三六年に第三次交戦、一五四二年に第四次交戦。一方、『ガルガンチュア』の初版は一五三四年または五年、重要な改訂版は一五四二年)。

先にも述べたように、ラブレー作品は主人公の半生を誕生、幼年期、修行遍歴期、武勲の時期と順を追って物語る。主人公は王子であるから、いきおい時代の中心かつ最先端に立つ。ルネサンスの息吹を胸一杯に吸い込み、世界の新しい動きの中に進んで身を挺するのだ。「これこそまさしくフランス・ルネサンスの最盛期、老朽化した中世末期の教権文化に対する困難な闘いにおいて、ユマニスム〔人文主義〕と福音主義が共に勝利を信じえた時代の、もっとも美しくもっとも雄弁な文学的証言である」（二宮、三六〇）。

　ところでこの証言の「雄弁さ」に、第一作『パンタグリュエル』と第二作『ガルガンチュア』では性質を異にする面がある。『パンタグリュエル』の初版は（今日われわれが読む版は度重なる改訂によって大分模様が違う）、「あくまで純然たる笑いの書であり、そこに響く笑い声の中に重要な道徳的見解が込められていることは、ほとんど、あるいはまったくない」（スクリーチ、一四七）とも言われる。主たる理由は、主人公パンタグリュエルのいささかふざけた出自にある。ラブレーは種本『大年代記』の巨人ガルガンチュアを王様に格上げして、これに王子を持たせ、この王子を第一作の主人公にしたのであるが、さて、「この『パンタグリュエル』という人物も、〔ガルガンチュアと〕同じく中世民間伝説中に出て来る海の精であり、酒呑みの口のなかに塩を投げ入れて、乾きを招き寄せるという特性を持っていた。丁度一五三二年〔『パンタグリュエル』発刊の年〕は、六カ月間も旱天続きで天地万物が乾き切ったという事実もあったために、ラブレーはこの『パンタグリュエル』を起用し、伝説的な巨人物語に結び付けて、ガルガンチュアの子パンタグリュエルという別な巨人物語を創造したのではないかと言われている」（渡辺b、Ⅰ、四〇七‐四〇八）。

　だから、「〔第一作の〕パンタグリュエルにはどこかその前身である小悪魔の尻尾が残っているようなところがある。非常に立派な王者だったかと思うと、いきなり頼りなげな希薄な存在になってしまう」（二宮、三六〇）。一例を挙げれば敵の巨人人狼《ルウ・ガルウ》との一騎打ちである。「さて、人狼《ルウ・ガルウ》がかっと口を開いて迫ってくるのを見たパンタグリュエルは〔……〕腰帯にさげていた樽のなかから十八斗と半升ほども塩を掴み出して、これを投げつけ、相手の喉や口はもとより、鼻や眼にもぎっしり詰め込んでしまった」（Ⅱ、二〇八）は、お義理にも王子らしい戦い振りだとは言えない。これに反して、第二作『ガルガンチュア』では、「巨人たちは〔……〕理想的なフランスの貴族の姿を徐々にまとい始めるのである」（スクリーチ、二六六）。

　そもそも第一作では地図が描けない。一応パンタグリュエル王子の領地は、「ラ・ドヴィニエール」を含むトゥレーヌ地方（フランスの中央にありロワール河が流れる）に位置することになっている（Ⅱ、七八）。ラ・ドヴィニエール村はラブレーの生地と言われている。ところが、パリ留学中の王子が領地に敵軍が侵入したとの報を受けて急遽向かったのはドーヴァー海峡に面するオンフルール港。なんとそこから海原に乗り出し（Ⅱ、一七四）、「ルネサンス時代の航海者のインド航路と一致する」海路を経て「全くの架空世界にはいって行った」（渡辺a、Ⅱ、三一六—三一七）。何しろ、王子の国の名称が「ユートピア〔「場所無し」の意。渡辺訳は「無可有郷国」〕」だからさもありなんと思いきや、そこには主としてフランス人が住んでいるから二重に不可解である。

第二作の地図は、フランスの実際に即してきわめて現実的である。主な舞台は例のラブレー生誕の地ラ・ドヴィニエールを含む、ヴィエンヌ川（ロワール河に合流する）流域の約二十キロ四方、テクストに出てくる沢山の地名のほとんどが現実の地図に載る。その中で地理的にも物語構成上も中心となるのが「栁が原《ソーセー》」であり、やはり、「ラ・ドヴィニエール近くの実在の原の名」（渡辺a、Ⅰ、二七三）だ。ガルガンチュア王子の誕生を祝って国中の人がこの原に集まり、祝宴を挙げた（第五章「酔っ払いが管《くだ》を捲く」）。戦争を仕掛けてきたピクロコル王にグラングゥジェ王（ガルガンチュアの父）が送った使節団は、道の途中でこの原の葦を刈り、おのおのが片手に一本を捧げ持った。「自分たちはもっぱら平和を求め平和を購《あがな》わんがために来た旨を、こうして判らせようとしたのである」（Ⅰ、一五四）。しかし好戦的なピクロコル王は聞き入れず、ついに戦端が開かれて、栁が原は主戦場の一つになる。

以上の例だけからも推し量ることができるように、第一作『パンタグリュエル』と第二作『ガルガンチュア』の間には王子の成長物語の風土と道筋に変化が生じている。すなわち空想の世界から現実の世界へ。そしてこの変化がミクロの尺度において、伝説的騎士道物語がラブレー作品において新しい文学に生まれ変わるマクロの変容を反映している。そして大局として向かう方角と目的は、蒙昧と野蛮に対する文明と福音の勝利である。この観点から、以下では両作を重ね合わせる形で、そこに一つの物語（ルネサンス物語）を読んでゆきたい。

近代の学問の始め

ラブレー作品が、中世以来の物語文学を一新した新機軸のひとつは、主人公（騎士すなわち貴族、王侯）に学問教育を授けたことである。先にも触れたように、フランスの中世では騎士（武士）が書を学ぶというようなことはまずなかった。加えて、この教育の主題を通して古い時代の学問と新しい時代の学問の違いを力強く明示した点に、ルネサンス物語の面目躍如たるものがある。

幼い巨人王子には家庭教師がつけられる。ガルガンチュア王子はチュバル・ホロフェルヌ先生から『ドナトゥス文典』などを教わった（I、八五―八六）。ところが、「父君グラングゥジェは、ガルガンチュアが実に良く勉強して、その時間を全部これに当てているにもかかわらず、それから少しも得るところがなく、更に悪いことには、頭が変になり、薄のろになり、すっかりぼんやりして、ぼけてしまったということに気づいた」（I、八七）。それもそのはず、ガルガンチュアに押しつけられた『ドナトゥス文典』などは中世以来の教科書であって、十六世紀初頭でまだ使われてはいたものの、「人文学者たちに愚弄されていた」代物である（渡辺a、I、三〇〇。*Note*, 81）。くわえて教師の素性が怪しい。その名「チュバル」は旧約聖書によれば、「混乱」を意味する（*Note*, 80. *Notice*, 1101）。

思い悩んだ父王はこのことを近隣の国の貴人デ・マレーに相談した。デ・マレー Des Marays はエラスムス Erasmus の換字変名《アナグラム》だとも言われる（*Notice*, 1103）。エラスムスすなわち十六世紀の全ヨーロッパにおける人文学の第一人者である。この大学者が紹介した新しい教師がポノクラート（「疲労に負けぬ」、「強靭な」の意（渡辺a、I、三〇三））。ガルガンチュア王子とポノクラートは、「当世フランスの若者たちの勉強振りを知るためにもと、打ち揃ってパリに赴くことに話がまとまった」（I、九〇）。

パリ留学中の王子に故郷の父から一通の書簡が届く。「今や一切の学問は復旧せしめられ、諸々の言語研究も再興せしめられ候」（II、六八）と高々と謳うこのルネサンス宣言がラブレー作品中でもっとも名高い一節であることは先にも触れた。学問の「復旧」とは古代ギリシャ・ローマの文献を原語で読むことができるようになったこと、すなわち文芸復興であり、そのためにはもちろんギリシャ語をはじめとする「諸々の言語研究も再興せしめられ」る必要がある。この書簡文を含むラブレー第一作の『パンタグリュエル』が出版される（一五三二年）まさに直前（一五三〇年）に、古典研究・教育機関「王立教授団」がパリに設立されたのである。

ただし、ラブレーが世に先駆けて新時代の新学問と新教育を喧伝したというわけではなく、「人文学者たちはとりわけ教育問題に関心を寄せていたのであって、教育を論じる著作はガルガンチュアの書簡に先行する年代において数え切れないほどであった」（*Notice*, 1125）。見方によってはラブレーの書簡文は、「中世以来のありふれた一般論をつぎはぎしただけだ」（Defaux cité dans Poutingon, 71）と言うべきかもしれない。王立教授団の設立に貢献した人文学者ギヨーム・ビュデが息子に宛てた書簡を模倣しているとの説もある（*Notice*, 1269）。そうだとしても、時代の先端的動向を捉えて格調の高い文章にまとめたことはやはり功績であり、フランスにおけるルネサンスの雰囲気を今日に伝える第一級の歴史資料であることに間違いない。ただし、ここにもラブレーの巨人性の裏面が見え隠れすると言うべきか、この過度な名文が曲者であって、実は文芸復興の熱狂をパロディ化している節もある、これも含めて、ラブレーのルネサンス物語のパロディ的側面については後に取り上げる。

実はこの王子教育の主題にも、第一作『パンタグリュエル』と第二作『ガルガンチュア』の間の開きが反映している。教育書簡を受け取るのは、第一作の王子パンタグリュエルであり、かつて（つまり第二作で）ポノクラートとともにパリに留学したガルガンチュアは、今は主人公王子の父である国王だ。一五三〇年の王立教授団設立の気運の中で父王ガルガンチュアよりの書簡を受け取ったパンタグリュエル王子は、「新しい勇気が涌き上がり、今まで以上に熱誠燃ゆるばかりとなって、修業の実を挙げようとした」（II、七二）。とはいうものの、どのような学芸を修めたか具体的なことはほとんど書いてない。この物足りなさを埋め合わせるのが第二作『ガルガンチュア』の、父王ガルガンチュアの若き日である。ポノクラートとともにパリに上がったガルガンチュアのまさしく巨人的スケールの勉学については、先にその一端（博物学）を見た。[1] 理系ではほかに数学、天文学、哲・史・文はいうまでもなく、寸刻を惜しんで学業に勤しむ姿は涙ぐましく、また天晴れである（第二三章「ガルガンチュアがポノクラートによって一日のうち一時間も無駄にならぬような規律で教育されたこと」）。そしてこのカリキュラムこそは、「一五三〇年の王立教授団設立後の人文学研究の勝利を祝福するものである」（*Notice*, 1105）。実にこの一五三〇年こそは、ガルガンチュアが息子パンタグリュエルに宛てた書簡の中の「今や一切の学問は復旧せしめられ」の「今」に当たるのではないか。つまり第二作の父は、第一作の子が十分に成さなかったことを自らの行いでもって成し遂げた。ラブレー作品は、年立の矛盾をあえておかしてまで、同時代の現実に肉迫して行くのである。

ガルガンチュアの学習カリキュラムの中に、「また、金銀をいかにして伸ばすか、或いは鉄砲の類をいかにして鋳造するかを見学しに赴いたり」（I、一二五）があることを特に指摘しておきたい。なるほど正規の人文学から逸れているが、しかしこの技術的分野への目配りに、ルネサンスを越えて近代の最中にまで到達するような、ラブレーの先見の明がうかがわれるとも言える。近代科学の基礎を作ったのはギリシャ語やラテン語の書を読む人文学者たちよりはむしろ、「経験を重視する新しい知のあり方」を重んじる町工場の人たちだった。「十六世紀の職人や技術者は、〔……〕定量的測定の重要性を知り、精密な測定を実行したことによって、それまでの定性的な自然学を越える定量的な物理学に至る道を拓いたのである」（山本、一一－一二、六五六）。先見の明の一つに次を数えてもよかろう。ラブレーがギリシャ語などを元にして作り出した語の多くは、人文学の特殊用語の範囲を超えて、現代に至る一般フランス語の基本単語となった。ほんの一例をあげれば、パリ留学中のガルガンチュアが手慰みに「自動性《オートマット》 automate〔渡辺a、I、三二五〕の、即ち独りでに動く小さな機械を色々と作ったりした」こと（I、一二八。Seuil, 118）、ガルガンチュアの巨体に怯えた敵兵が「彼らの心に宿ったパニックの恐怖〔une terreur panice（panique. 渡辺訳は語源を踏まえて「パンの大神の故知らぬ恐怖」）〕だけに追い立てられて」（I、二〇四。Seuil, 171）遁走する、などである。

一大叙事詩

騎士道物語に想を得ているからには、ラブレーのルネサンス物語も読ませどころは戦闘場面である。二人の王子はいざ戦場に臨むとき、その巨人性をいかんなく発揮する。パリ留学中のパンタグリュエルはその巨躯が忘れられがちであった。しかし長い航海を経て祖国の土を踏み、初戦を明朝に控えて部下たちと車座になって酒宴を開くと、「諸君が一粒の糖杏を飲み込まれるのと同じようにやすやすと、この捕虜〔敵の斥候を捉えて車座の中に座らせている〕を呑みこんでしまえる」（II、一八四）ほどになる。出陣に際しては、「船の帆柱を金剛杖のように握り締め」る（II、二〇〇）。その船にどうやって巨体を乗せて来たのか、などという狭苦しい詮索はやめよう。帆柱は敵の巨人狼《ルウ・ガルウ》との一騎打ちで真っ二つに折れたが、パンタグリュエルは取っ組み合いで見事に相手を打ち負かした。なお、この闘いでお家芸（?）の塩撒きの術を用いたことはすでに述べた。ガルガンチュア王子も引けを取らない。戦場に向かう「途上に一本の丈高い逞しい立木を見つけたので〔……〕こう言った。『願ったり適ったりのものがあるぞ。この樹は、わしの法杖にもなれば槍の代わりも相勤めるぞ』と」（I、一七一）。そして、その「大木を城にどしんどしんと突き当て、がんがん殴りつけて、塔も砦《とりで》も打ち倒した」（I、一七三）。

ただしこういった腕力的な巨大さだったら、種本『大年代記』のガルガンチュアも、「長さ六十尺もあり先の方が船の腹のように太い鉄の棍棒」(『大年代記』、四一)を振り回していた。先に述べたように、ラブレー作品において巨人性は人物の心身の美質を純化し理想化する。父王グラングゥジェが王子ガルガンチュアに「アレクサンデル〔アレクサンドロス大王〕に具わった神々しい智能のほどを認め」た(I、八五)ことは、大木を槍の代わりに持たせるよりもいっそう人物を巨大化している。まさしく「叙事詩的誇張」(*Notice*, 1144)と言うべきであろう。実にラブレー作品は、もともとはフランスの民間伝承にすぎなかった巨人説話を世界文学の規模に拡大した。ガルガンチュアの愛馬だけを例にとっても、次のことがある。『大年代記』ではこの巨大馬は、アーサー王に仕える魔術師メルランが一頭の牝馬の骸骨を鉄床の上で砕いたものをもとに作った(『大年代記』、一四)。西欧の辺境の伝説からネタを拾ったわけである。これに対して、ラブレーの『ガルガンチュア』の牝馬は地中海の向こうのアフリカ産だ。「諸君もご承知の通り、アフリカからは、常に何か珍奇なものが齎《もたら》されるのである」(I、九〇)は、人文学の雄エラスムスの文言を借りたらしい(*Notice*, 1105)。加えて、この馬を「かのユリウス・カエサルの馬」(I、九一)になぞらえるという手の掛けようである。

叙事詩的誇張は作中人物一般に及ぶ。たとえば、決戦を目前にしてパンタグリュエル王子の家臣たちがときの声を上げる、その文言に眼を見張るものがある。知恵者パニュルジュは、「何しろ私は、ゾビルス〔ペルシャの武将。変装して敵の城中に入った〕の血筋を引いて居りますからね」と豪語し、学友ユステーヌは、「小生はヘラクレスの子孫でござりますからな」と唱え、俊足のカルバランは、「何しろ、私は、女騎士カミラ〔麦畑を飛び渡れたという〕の血統のものでございますから」と言い放った(II、一七九—一八〇)(渡辺a、II、三一七—三一八)。まさに、世界史総捲りの感じだ。

とりわけ地理の叙事詩的巨大化がめざましい。先にも述べたように、主たる舞台はトゥレーヌ地方の一角、馬で楽々巡回できるほどの広さにすぎない。シノン〔二十世紀の人口約八千〕を除いて都市と呼べるほどのものはなく、ラ・ドヴィニエールは小さな村落で、ラブレーの生家と言われる建物が一軒、畑の中にぽつんと建っている写真がよく知られている。作品ではここがグラングゥジェ王（ガルガンチュアの父）の居城だ。周辺の三拠点（実在の村落の名を当てる）を合わせて、「軍団の兵数は、武士が二千五百人、歩卒が六万六千人、火縄銃手が二万六千人、大砲類が二百門、砲手が二万二千人、軽騎兵が六千騎に及んだ〔……〕」（I、二一六）とあるから魂消る。しかもこの数は例によって改版の際に膨れ上がったものであって、初版では、「騎馬武者が一千二百人、歩卒が三万六千人、火縄銃手が一万三千人」と半分ほどだった（渡辺a、I、三六一）。この大軍団が進撃の途中で「ヴェードの浅瀬にいたったが、船に乗り或いは手軽に架けた橋を渡って、一気に推し渡った」（I、二一八）とあるが、実際は文字通りの浅瀬であって、徒歩で渡れる（渡辺a、I、三六二）。

かたや敵方のピクロコル王の居城は、トゥレーヌ地方の同じ一角のレルネという小村に位置していることになっているが、その城の名が「カピトリ城」（I、一三一）とは、「ローマの『カピトリウムの丘』を思わしめるのでこう呼ばれる」（渡辺a、I、三二七）。戦を決するのはピクロコル軍勢が立て籠もったラ・ロシュ・クレルモー城（古城の廃墟が今日に残る）（渡辺a、I、三三一）の攻防。これは中世の騎士道物語にはなかった近代的集団戦だ。ガルガンチュアが率いる軍隊の編成はフランソワ一世が創設した歩兵軍団に倣っている（*Notice*, 1155）。もうこのとき巨人王子は大木を槍代わりに振り回したりはしない、ガルガンチュアが正面を攻め、ジャン修道士の奇襲隊が側面を突く。手に汗を握る戦いの模様は、第四八章「ガルガンチュアがラ・ロシュ・クレルモー城中にピクロコルを襲い、右ピクロコル軍を壊滅させたこと」を読まれたし。叙事詩的誇張に輪をかけると言うべきか、十九世紀の画家ギュスターヴ・ドレはこの戦闘場面に添えて、雲に聳えるような断崖絶壁をあるいはよじ上りあるいは転げ落ちる混戦の挿絵を描いているが、もちろんそのような地形はロワール河両岸のトゥレーヌ地方には存在しない。

このピクロコル王が現実のスペイン王そして神聖ローマ皇帝カール五世（またはカルロス一世）に当たることはすでに述べた。ジブラルタル海峡に「かのヘラクレスの柱にもまさる壮大なる二本の柱」を打ち立てるという文言（I、一五八）が動かぬ証拠の一つだ。まさしく、「二本の柱」がカール五世の紋章であった（*Note*, 142）。「カール五世は、自分がアレクサンドロス大王の再来だと人々に思われるのを、満更でもないと感じていた」（スクリーチ、三三五）。同様にラブレー作中のピクロコル王は、王を現代のアレクサンドロスにおだて上げる家臣を相手に世界制覇の夢を語る。スペインを領有し、ローマ法王を言いなりにさせ、新十字軍の名の下にトルコと戦い、チュニジアにまで侵攻するという途方もない野望は、現実のカール五世の権勢の地図を踏まえている（*Note*, 143-144: *Notice*, 1140-1141）。そしてこれに立ち向かう巨人王と王子は、カール五世と宿敵の関係にあるフランソワ一世に相当する。王子の腹心の部下となるジャン修道士がぶどう園で振り回す「十字架つきの棍棒」には、「百合の花模様が描かれていた」（I、一三七）。百合の花はフランス王家の紋章である。また、ガルガンチュアが二言目には口にする「騎士の信仰にかけて Foy de gentilhomme」（II、三七。Seuil, 226, etc.）は、フランソワ一世の口癖として知られていた（*Note*, 226）。

元はと言えば馬で簡単に一周できるほどの地域に発生した紛争が、こうして地中海の周辺にまたがる大戦にまで発展する。カルロス一世とフランソワ一世は、ラブレーが作品を執筆し改訂するのに並行して、何度も戦火を交えていたことはすでに指摘した。ラブレーのルネサンス叙事詩はこうして現実の国際政治の大局を反映すると同時に、これさえも小さく見えるような、人類の文明の理念を謳い上げている。それが巨人王子の物語の上がりである。

人文学者のエラスムスは、君主にとり戦争はあくまでも最後の手段でなければならない、と説いている。「キリスト教徒の間で戦端を開く前に、あらゆる手段方法が試みられねばならない」（*Notice*, 1136）。ラブレーのグラングゥジェ王が、「一生を通じて欣求《ごんぐ》していたものは、ただ平和だけ」である。敵軍侵入の報を受けても「だがしかし、ありとあらゆる媾和の手段方法を試みた上でなければ、戦端は開くまいぞ。これがわしの決心じゃ」（I、一四四）。やむを得ず敵と戦火を交えるに至っても、捕虜たちに向かって、福音書やプラトンの

『国家』などを引用して平和を説き続ける（I、二〇九、二一〇）。この平和王が、ラ・ローシュ・クレルモー城に大軍を結集して四方を脅かすピクロコル王に差し向けた、使者ウルリック・ガレは、まことに声涙ともに下る名演説を行った。「いまや貴殿〔ピクロコル王〕は、いかなる狂乱に取り憑かれて居られるのでしょうか？ 樹《た》てし誓言はいずこにござります？ 条約はいずこ？ 理法はいずこ？ 人の道はいずこにござります？ 神を恐れる心はいかがなされました？」（I、一五〇）

右の演説は人文主義と福音主義の精華であり、まさしくこの二つの思想が、ラブレーのルネサンス物語の進展の軸、ラブレーにおける物語の理であることを確認させる。ここで言う物語の理とは、物語中の人物（巨人王子）が目指す目的であり、達成すべき意思であって、人生をこのような構図で思い描くのが物語である。「人間的な時間、アリストテレスの言う、始まり、真ん中、終わりを持つ時間は、目的意識に貫かれている。そこには意思の達成というゴールが設定され、それが行為を促すことで、物語に形を与えるものとしての時間、ポール・リクールの言う《物語的時間》が流れ始める」（川本、一三六）。物語の理（目的意識、意思の達成）はもちろん物語の始まりとともにあり、物語の進展につれて意識、確認されるが、それが完全な認識を得るのは物語の終わりにおいてである。「物語の終点は、物語を一つの全体としてみることを可能にする視点となる」（Ricœur, I, 104）。

ラブレーのルネサンス物語の終わりは、ピクロコル軍撃滅に続く第五〇章「敗残軍の兵士に向ってなされたガルガンチュアの告諭」だ。捕虜を釈放するばかりか、故郷の家に帰るための費用まで支給する。「何となれば、道理を弁《わきま》えた人間に対して篤く施された恩顧は、その高潔なる心境と追想とに養われて、絶えず生育いたすものだからである」（I、二二六）。そして歴史上の輝かしい先例として、モーゼ、ユリウス・カエサルの徳政を引く。ラブレーはガルガンチュアにこの演説をさせるためにこそ物語を綴ってきたと言っても過言ではなかろう。巨人王子はここに至るためにこそこの世に生を享け、教育を授けられ、友人を得てきたのだった。

ところがである。ラブレーの巨人王子の物語には、完結・充実と思われたまさにこの地点で、実は思わぬ風穴が空いて、物語の中身がまるで掻き消えてしまうのだ。物語は完成してはならないとでも言うかのように。

物語の消点――最後に誰も居なくなった

対ピクロコル戦に大勝を収めたガルガンチュアは、戦の論功行賞として部下それぞれに領地や財宝を与えたが、腹心の部下ジャン修道士のためには「テレームの僧院」なる修道院を建てて、ジャンをその院長に任命しようと考えた。騎士道物語では終わりに僧院が建てられて、戦功があった武将がそこで余生を送ることがしばしばである（*Notice*, 1160）。このテレームの僧院、ロワール河畔に六層の威容を誇り、九千三百三十二（初版では九百三十二（渡辺a、Ⅰ、三七三））の居室を備える（Ⅰ、二三四）。そこでは沢山の若い男女が潤沢な衣食住を与えられて学問と心身の鍛錬に励む。特筆すべきは、この修道院というよりは学院に、規則というものがあるとすればただ一つ、「欲することをなせ」だけということである。「それと申すのは、正しい血統に生まれ、十分な教養を身につけ、心様《こころざま》優れた人々とともに睦み合う自由な人間は、生まれながらにして或る本能と衝動とを具えて居り、これに駆られればこそ、常に徳行を樹て、悪より身を退《ひ》く」のだから（Ⅰ、二四八）。いま先引用したガルガンチュアの演説の文言「道理を弁えた人間に対して篤く施された恩顧〔……〕」に引き続く思想ではないか。まさしく「明け初める時代に懸けた希望と理想と憧憬との夢――ルネサンスの夢」（渡辺b、Ⅰ、四三五）であり、ラブレーのルネサンス物語の理の達成である。

ところが、院長であるべき肝腎のジャン修道士の姿がそこにはない。僧院建設の計画段階でこそ二、三の発言を行ったが、いざ建立された僧院の模様を記述する五章の中では、「彼は言及すらされず」「われわれの視界から完全に姿を消してしまう」「彼はもはやそこにはいないのである」（スクリーチ、三九六）。ジャン修道士だけではない。ともに戦場を駆け回った戦友の誰も、王子の教師ポノクラートも、王子の学友ユーデモンも、副官ジムナストも、そこには姿を見せない。

ジャン修道士は、大勢の敵がぶどう園に侵入したことで怒り心頭に発し、単身打って出たほどの大の酒好きである。ところがテレーム僧院の大建築物には厨房や酒蔵（の所在を示す記述）がない。ずっとそう言われてきた。二十世紀の半ばになってようやく研究者がそれらしい記述を見つけ出した（渡辺b、I、四三五―四三六）が、そんな風ではとてもジャン修道士を満足させないだろう。そもそも飲み方が気に食わない。「もし一人の男子なり女子なりが『飲みましょう』と言えば、皆が飲んだ」（I、二四九）では少しも面白くない。酒の席は、「おいおい酒じゃ！　酒をくれ！」で始まり、「魚なら何でもよろしいが、にょろにょろの鰻鯉《タンシュ》は御免ですぞ、しゃこの肩肉を下されい。いやさ、尼御前の太腿をな」（第三九章「ジャン修道士がガルガンチュアに歓待されたこと、ならびに晩飯を食べながら談論風発に及んだこと」）と盛り上げなければならない。テレームの僧院はお行儀が良すぎるのだ。

巨人王子の世界は、本来、生命のエネルギーに満ち溢れ、その過剰さは猥雑・猥褻のそしりをものともしないほどである。大聖堂を腰掛け代わりにしたガルガンチュア王子は、周囲を大勢の野次馬が取り囲むのを見ると、「にこにこしながら、見事なその股袋《ブラゲット》を外して、その一物《いちもつ》を宙に抜き出し、人々めがけて勢い劇しく金色の雨を降らした」（I、九四）。父王グラングゥジェがまだ幼い王子にかのアレクサンデル大王に匹敵すると思われるほどの知力を見出したきっかけは、王子が考案した「尻を拭く妙法」各種の奇抜さと面白さに感嘆したことによる（第一三章）。この王子を囲む愉快な仲間たち（とはすなわち教師ポノクラートをはじめとする側近たち）の盛んな飲み食い、猥談をちりばめた談論風発は、これにジャン修道士が一枚加わることでますます活気を帯びる。だからこそ、テレーム修道院に関する「この巻末部分は全体の流れから解離している」（Gray a, 104）と言わなければならない。ラブレーのルネサンス物語は、ガルガンチュアの戦争終結宣言の中の、「道理を弁えた人間」「常に徳行を樹てる」などの文言が示す理の完成と純粋化と引き換えに、広くは物語一般の起点である「人がいま・ここに在ることの絶対的な過剰性」（井口a、六〇）を汲み上げるのを止めたのではあるまいか。そしてこのことは、ただラブレー作品だけに生じた個別的な事態ではなく、およそ物語というものの本性、すなわち、「筋に関係する出来事を取り上げ、無関係な出来事を除外するという選択的な働き」（野家b、七七。強調は原文）によると考えたほうがよかろう。ここで言う「筋」と物語の理は同じことであり、「ラブレーはこの無理強いの理想化を行いながら、明らかに窮屈な思いをしている。単線的な筋は彼の素質になじまない。画一的均質的なものが嫌いなのである」（Rigolot, 85）。きっとそのせいなのだろう。テレーム僧院に関する数章は、ラブレー作品の常に反して、「奇妙に生真面目な（ある時には生真面目すぎて退屈な感じすら与える）文体を用いています」（渡辺c、下、一九二）。

ジャン修道士がテレーム僧院に住まないのは、生命の過剰さを抱える、非画一的な存在としての人間が住むための場所がそこにはないからである。なるほど、「汝の欲することをなせ」をスローガンに掲げるこの僧院あるいは理想都市は、規則でがんじがらめであった旧教会とはまったく違って、「《キリスト教的自由》を享受している男女を読者に提示している」（スクリーチ、三七六）はずであるが、結果として、「これら《自由な》人たちは、他者と異なる自由以外のあらゆる自由を持っている」（Rigolot, 93）と言わざるを得ない。驚くべきことに、この僧院の寄宿生は固有名詞というものを持たない。だから、僧院の生活を記述しようとすれば、先に引いたように、「もし一人の男子なり女子なりが［quelqu'un ou quelqu'une. ある者が］『飲みましょう』と言えば、皆が［tous. 全員が］飲んだ」（Seuil, 203）という具合になってしまう。人は、それぞれの特徴を備えた個であることを止めて、全体の任意の一部になっている。すなわちアレゴリー（寓意）的人物である。

ルネサンス物語の巻末をアレゴリー化することで、『ガルガンチュア』は自らを裏切ったと言わなければならない。なぜなら、この書物はまさしく脱アレゴリー宣言でもって始まっていたからである。大きく言えばそれは文学の脱中世宣言であり、文学を近代に向けて開く声明であった。

ラブレー作品は各巻に「作者の序詞」がついていて、読者に作品の味わい方を示している。『ガルガンチュア』の場合はこうだ。まずは見掛けにとらわれずに中身をよく見ることを勧めて、例として「貴重な香料霊薬」が入れてある薬箱（表には「他愛無い画像」が描いてある）、風采はさっぱり上がらないが「神々しい智慧」を隠し持っていた哲人ソクラテスを挙げる。書物の場合も同様で、見かけの文面に止まらず、「一段と高い意味に解読せねばならない」（I、一九）。ちょうど、犬が拾った骨を「噛み砕いて、滋味豊かな骨髄を〔……〕啜る」（I、二〇）ように。

「一段と高い意味に解読する」という文言の背景には中世以来のテクスト解釈法がある。たとえば聖書について、「中世のアレゴリー（寓意）解釈法は、文字通りの意味とより高い意味を区別していた。後者は、秘術めいた方法でもって、何らかの神学的または道徳的真理を啓示するのである」（*Note*, 39. 強調は原文）。問題にしているラブレーの「序詞」にも、「ピュタゴラス流の寓意 ces symboles Pythagoricques」という文言があり、これを敷衍して、「こうして書を繙《ひもと》くにつれて〔……〕、極めて高遠な玄義や畏怖《いふ》すべき神秘が啓示されることになる」（I、二〇。Seuil, 39）と述べる。書物の中に包み隠されている真理や神秘を「滋味豊かな骨髄」になぞらえる言い方も、ラブレーの同時代人が表した『ピュタゴラスの象徴の道徳的説明』（一五二〇年）からの借用である（*Note*, 39）。

寓意または象徴は中世文学の基本的作法であった。騎士道物語の代表作に『聖杯の探求』（一二二五年）がある。とある修道院に立ち寄った騎士は、修道院付属の墓地の墓のひとつから恐ろしい声が開こえてきて人々を震え上がらせている、という話を聞いた。剛胆な騎士が修道士たちの制止を振り切って重い墓石を持ち上げると、途端に煙と炎が噴出した。それにもたじろがずに墓穴を覗き込むと、甲冑を身にまとった一人の人間が横たわっている。騎士が「この驚くべき出来事のいわれ」を問うと、修道院長が答えて、「この冒険の意味」を明かにする。堅く重い石が被さっていたこと（文字通りの意味）は、「神の敵」（悪魔）の冷酷さが世界を覆い尽くしていたこと（より高い意味）を表す。「あなたがここに来られたことは」、と修道院長が騎士に向かって言う。「その偉大さにおいてとは言わないまでも、その類似性において、キリストがこの世に来られたことと並ぶものであります」（*Quête du Graal*, 84-83）。

このように寓意または象徴においては、「文字通りの意味」が何らかの類似性によって「より高い意味」に結びつく。それによって物事の最終的な意味が完成するのである。そして世界は「より高い」次元において統一的な意味の体系を完結する。アレゴリーとは世界のあちこちに散らばっている物事をこの意味体系の中に整然と位置づける技法である。

「偶然的なものから理にかなったものを、特殊なものから普遍的なものを、挿話的なものから必然的またはもっともらしきものを生じさせるのが、物語を組み立てるということである」（Ricœur, I, 70）。騎士が修道院を訪れ、不思議な墓石を持ち上げるという小さな物語がすでに、騎士の来訪、一個の墓石という、それ自体では偶然的で特殊な物事を、いささかなりとも普遍の方向に持ち上げ、何らかの理の気配を感じさせていた。墓石を悪魔に、騎士を救世主に読み換える修道院長の説明は、小さな物語を包含しその意味を完成させる、大きな、そして究極の物語を語っている。「人間存在とその運命に関するあらゆる可能な物語の原型となる大文字の物語」（Dragonetti, 44）、中世においてそれは聖書であった。さらには、「聖書が世界と一体である以上、世界という体そのものが神の手によって書かれた一冊の書物なのである」（Hugues de Saint-Victor cité dans Dragonetti, 42）。

地上のすべての物事と物語は、「文字通りの意味」のほかに、世界という究極の書物に照らして読み取るべき「より高い意味」を持つ。いや、前者の意味は後者の意味に達するための糸口にすぎず、それ自体の価値は無きに等しく、したがって個別的で挿話的な文字通りの記述などはいっそのこと省略したほうが、普遍的で必然的な真理をより鮮明に表すことになるであろう。たとえば、人間から固有名詞を取り上げ、生活の臭いといったものを消し去って、その分だけより純粋にルネサンスの理を輝かせようとするかのようなテレームの僧院である。「アレゴリーが嫌うのは《現実の表れ》、すなわち日常現実の突飛さあるいはおどけた感じ、歴史絵巻的な風物である。アレゴリー物語は常に何らかの精神的品位、高貴さ、普遍性を帯びている」(Zumthor, 120)。一般に書物と名づけられるものはそうであるべきかもしれない。ただ一つこれになじまない書き物があって、それが文学である。ラブレー作品は何をさておいても文学であることを目指している。

『ガルガンチュア』序詞が書き出しでアレゴリー的読解を勧める物言いをしているのは、実は修辞的な戦略であり、その意図は、中世では定説となっていた書物の観念を引っ張り出すと見せて、次の瞬間にはこれを否定することにより、この作品が打ち出そうとする新機軸をより鮮明にすることにあると思える。「ラブレーが《滋味豊かな骨髄》を口にするのは、それが自分の作品中には存在しないことを言うためである」(Spitzer, 142)。実際に序詞の論旨は一気に反転する。「文字通りの意味」をもって「より高い意味」の譬えとするのがアレゴリーであるなら、「このような数々の譬え話は、ホメロスにしてみれば思いも寄らぬものであって、『変身賦《メタモルフォセス》』の中でオウィディウスが、『福音書』の秘蹟を念頭に置かなかったのと同じこと」(I、二一)である、すなわち、「ラブレーは地上の時空世界を、彼方の世界のヴィジョンから、すなわち垂直的上方に位置するもう一つの世界との関係における象徴的そして序列的解釈から、一切解放しようとするのである」(Bakhtine, 314)。

世界をアレゴリー的解釈から解放したらどうなるのか。もろもろの物語、物語の断片、物語の素描が、究極の大文字の物語の傘下を脱する。個別(修道院の墓石)は一般(悪魔の支配)に読み替えられることなく、個別のままにとどまる。およそ一般的なものは成り立ちが単純であるのに対して、「個別的なものはすべて、その存在を汲み尽くすことができない」(Zumthor, 128)。アレゴリーが「多様なものを単一なものに帰着させる」(Jeanneret c, 83) なら、脱アレゴリーは事物が潜在的にもっている多様性を顕現させる。とはすなわち、「意味の産出に読者を立ち合わせる」(Jeanneret c, 78) のである。二人の王子の心身の巨人性から、汲めども尽きせぬ意味が湧き出る現場に、読者はみな等しく導かれるのだ。

『ガルガンチュア』の「作者」は、このことを酒宴の活気になぞらえながら「序詞」を締めくくっている。「私が名誉光栄と考えることは、ただ、愉快な奴よ、楽しい奴よと言われ、もて囃《はや》されることだけだし〔……〕」(I、二二)。ラブレー作品において「愉快」とは、この世の人間や物事が個々に持っている、他に移し替えることができない特性の一切を尊ぶ精神のことを言う。ジャン修道士はじめ巨人王子の愉快な仲間たちは、まともに酒盛りができないばかりか、人間が固有名詞を失ってしまうテレーム僧院を敬して遠ざけるのである。

近代ロマン

以上のアレゴリー論議から、アレゴリーと物語は言わば車の両輪の関係にあることがわかる。「筋立てによって、種々様々でかつ散らばっている出来事を、完全でかつ完結した一個の物語に統合し、意味をまとめ上げる」(Ricœur, I, 12) ためには、個々の出来事が、それ自体の意味に加えて、前後の出来事と何らかの点で共通する意味を帯びなければならない。そうして作られる小さな物語が、やはり前後の小物語と共通した意味によってつながれ、最終的には一個の大きな物語が完成する。そういった共通の意味をそれぞれの段階で設定し機能させるために有力な手法がアレゴリーである。アレゴリーと物語は歩を揃えて、複雑から単純へ、差異から共通へ、分離から連続へと進む。そしてこの出来事の連続の終点において、出来事を相互に繋いで来た意味、すなわち物語が表そうとする世界の理が完成を見る。『聖杯の探求』においてそれは地上世界の救済であり、ラブレー作品ではルネサンスの光であった。

　これとは反対に、前後する出来事が、さらには同一の人物や物事さえもが、相異なった意味を主張し続けたら、いったい物語はどうなるのだろう。実はこれがラブレー作品に始終生じる事態である。「ラブレーにとって思想的見解には、（コインと同じく）二つの面がある。きわめて重要な見解だからといって、そこに喜劇的な側面が現れることが妨げられはしない」「真面目なテーマに取り組みつつあるときでさえ、言葉と戯れたり、愉快にして風刺的かつ時には意味深長なジョークを飛ばしたい」（スクリーチ、七二四、七三一）のである。一つにはラブレーという人の性格であろうが、しかしこれは個人の癖のレベルに留めておくべきではない、文学の成立そのものに関わる要件であり、物語を共通の根としながらも文学と歴史が分化する由縁がそこにある。「文学の言語はいく種類もの文体を意図的に混ぜ合わせる。勝手に他者の文体を模倣したり、剽窃したり、あるいはひとつの物言いからもう一つの物言いへと予告なしにギヤを入れ替えたりする。それが文学の言語の《カーニバル的》性向と呼ばれるものだ」（Barthes, II, 983. *Préface à l'Encyclopédie Bordas*）。これに対して、歴史の分野などでは、正規・正当な文体というものが決まっていて、その地位を他の文体に譲り渡すようなことはしない。

　例を挙げる。ガルガンチュアの父王が遣わした使者ガレが敵ピクロコル王の前で平和を説く演説については先に触れた。声涙ともに下るという形容がぴったりの、格調の高い文体である。ところが、終わりで突然ギヤが入れ替わる。休戦条約の担保として人質を要求する、その人名が可笑しいのだ。「挽臼廻《トウルヌムール》〔Tournemoule. 臼を回す〕、珍竹林《バドフェッス》〔Basdefesse. 尻の下部〕及び弥久座《ムニュアイ》〔Menuail. 屑人間、ヤクザ〕の諸公爵ならびに爪掻《グラテル》王子および虱集《モルピアイ》子爵を人質として申し受けたく存ずるしだいにございます」（I、一五二。渡辺a、I、三三三）。「演説のこれまでの文体との対照を狙う」（*Notice*, 1138）というのがその意図だ。高位の人物を前にした、または集会場における演説（「アラング」と呼ばれる）という形式を取りながら、締めくくりでわざとずっこけて、本来の荘重な口調を打ち消した滑稽でいささか下品でさえある言葉遊びになっている。

この演説の聞き手であったピクロコル王も二重化する。まずは側近たちが王をおだて上げてその征服欲を掻き立てる。隣国すなわちトゥレーヌ地方の一角グラングゥジェ王国を攻め落とし、次にフランス国境を越えてポルトガル、イタリア等々を支配し、さらには地中海を渡る。この野心が歴史的事実としてカール五世（カルロス一世）の政治地図と重なることはすでに指摘した。「カール五世は、ヒトラーが現代人にとってそうであったように、当時のフランス人にとっては、大いに不安をかき立てられる存在であった」（スクリーチ、三五二）。ところがこの侵略王がラブレー作品の中では大いに脱線するのである。側近がイタリア南部に軍を進めることを進言すると、「わしは、（とピクロコルは言った、）ロレト詣《もうで》もしたいものじゃな」（I、一五九）。ロレトはアドリア海に近いイタリアの町、中世以来有名な巡礼地である（渡辺a、I、三三七）。トルコを征服してユーフラテス河に達すると、「わしらは、（とピクロコルは言った、）バビロン〔聖書によく出てくる古代都市〕もシナイ山〔モーゼが十戒の書を授かった山〕も眺めることになるのじゃな？」（I、一六〇）。灼熱のアラビア半島でもぶどう酒の供給は大丈夫、と側近が請け合えば、「それも左様じゃが！　しかし、（とピクロコルは言った、）一向に冷やしてはなかったというわけじゃろうな」（I、一六一）。愛すべきツーリストのピクロコル王。「笑いには、恐るべきものやぞっとするもの〔十六世紀のヒトラー、カール五世〕を、われわれと同じレベルどころか、はるかに劣ったレベルにまで貶めることにより、恐怖心を追い払ってくれるという効能がある」（スクリーチ、三五二）。他方、この「効能」は、強大な侵略王に対して平和を守るという歴史物語に場違いな雑物を混入することで物語の意味を変質させずにはおかない。中世の武勲詩がそうであるが、元来歴史物語では、「あらかじめ主要人物のあり方には伝統に基づく定義があり、一定の人となり（英雄とか裏切り者とか）が人物を動かす唯一かつ十分な動機である」（Zumthor, 325）。ラブレーのルネサンス物語はこの定石を意図的に踏み外している。

そしてこれが新しい文学の形となった。西欧の文学理論は、元祖アリストテレス以来、文学というものを二分法の累乗でもって概念化してきた。まずは演劇と物語がある。そして演劇は高位の演劇（悲劇）と低位の演劇（喜劇）に分かれ、物語も高位（叙事詩）と低位（パロディ）に分かれる（Dumoulié, 40）。アリストテレスは低位の物語については言及しなかったが、実作としては古代ギリシャ以来、今日一般にロマン（小説）と呼ばれる作品がこの分類欄を埋めている。そしてラブレー作品は、この欄に「パロディ」という名が振り当てられる由縁を説明する。すなわちロマンは叙事詩、一般には歴史物語のパロディがその本性なのである。ロマンは歴史物語を語りながら、あるいは語ると見せかけて、実際にはこれを換骨奪胎する。近代ロマンはこの傾向をあらわにしてゆくが、ラブレー作品はその先駆をなしていて、近代ロマンの祖と呼ばれるにふさわしい。

伝統的な叙事詩（歴史物語）の読ませどころは戦闘場面であり、『イリアッド』の今日残っているテクストはほとんど全部がこれだ。叙事詩において戦は高位の人（武士、騎士）の高貴な所行であって、語る者も聴く（読む）者も襟を正さなければならない。これに対してラブレー作品では、たとえばジャン修道士がぶどう園で十字架つきの棍棒を振り回す場面は、「肩胛骨《けんこうこつ》をぐちゃぐちゃに砕き、雙《そう》の脚に脱疽《だつそ》のような傷をつけ、腿から大腿骨の頭をにょきりと飛び出させ〔……〕」（I、一三八）といった具合で、「武勲の描写をまるで解剖学講義に書き換えている」（Pouilloux, 48）と言うべきか、崇高・悲壮の印象を押しつけようとする姿勢はまったくない。

以上の三例は、意図的にずっこけた低位次元の口調や用語からして、高位テクストをパロディ化していることが明らかである。ところが、文面が高尚だからといって、そのテクストの実質が高位次元にあるとは限らない。パロディと本体が明らかに分かれる一方では、両者が一つに重なっていることもある。

たとえば、先にルネサンス宣言として援用した、「今や一切の学問は復旧せしめられ」の名文句が光るガルガンチュア王の教育書簡である。なるほど今日の多くの教科書の類がこれをルネサンス讃歌の代表として引用する、しかしルネサンス讃歌を謳い上げたのはなにもラブレーが最初ではない、それどころか、「同時代の修辞学教科書からの借用、社会通念の援用」(*Notice*, 1269)にすぎないとさえ言える。中世の世界を「時期いまだ暗澹として」と貶め、これに対してルネサンスの世紀を「光輝と品格が学芸に恢復せしめられ」(II、六七)と賛美する論法、すなわち、「中世対ルネサンスを《闇と光》との比喩で表現することは、既に十五世紀末から見られた」(渡辺a、II、二七七)。ラブレー当人が、やっとギリシャ語学習を始めたばかりの修行時代に、同じ趣旨のことを人文学者のギヨーム・ビュデに送った手紙の中で述べている(*Notice*, 1270)。二番煎じもいいところだ。おそらくラブレーはこれを意識したからこそ、「古典的修辞学のパロディを行い、老ガルガンチュアが擬似キケロ風の饒舌でもって己の無学を包み隠す様を鮮やかに描き出したのだ」(Gérard J. Brault cité dans Poutingon, 71)。手紙を受け取る息子の方も同類というべきか、それを傍証するのが次のことである。父王は「そなたが諸々の言語を完璧に学ばるるよう切に希望いたし居り候」(II、六九)と書き、第一にギリシャ語、第二にラテン語、第三にはヘブライ語の学習を勧めていた。ところが、この励ましが実を結んだとは書いてない。むしろ逆であることが分かるのが、パンタグリュエルがパニュルジュに出会う場面だ。王子一行に向かってパニュルジュがまくし立てる十数カ国語の中には当然これら三大外国語が入っているが、王子の語学力は無に等しい。ヘブライ語を聴き取ったのは侍従のカルパランであり、ギリシャ語は教師のエピステモン、ラテン語はおよそ学問に親しむ人なら皆心得ているべきなのに、王子の反応は、「これはどうも、(とパンタグリュエルは言った、)そなたはフランス語をしゃべられぬのかな?」であった(II、八四)。

最初に述べたように、ラブレーは名のある医学者でかつ人文学者であったが、巨人王子を主人公とする作品を書き始めてからというものは、「古代の文化と文学の再生のために尽力している人々の欄外に位置している」と言わなければならない。なるほどラブレー作品は右の教育書簡から始まって、「ますます博学風になるが、それに応じて人文主義的になるわけではない」。「ラブレーが引用すると人文学のテクストはパロディ化されるのである」(Gray b, 138, 140)。ちょうど騎士道風叙事詩にラブレーが筆を染めれば、それがパロディ化されるのと同じだ。人文学（一般に学問）は人間と自然に関わる普遍的真実を述べ、叙事詩（一般に歴史物語）は過去の出来事の真実を語る。これらの真実からあえて脱線するテクスト、真実を述べることを必ずしも第一の使命とはしないテクストが、ラブレーの名を冠して出現する。近代ロマンの先駆けであった。

第二章　反・物語

パニュルジュ登場

前章の終わりでロマンを歴史物語または叙事詩と対立させた。物語をめぐって対立するのである。歴史物語（叙事詩）は、フランス語などで「歴史《イストワール》」と「物語《イストワール》」が同じ語に重なっていることからも、まさに物語そのものである。出来事が一定の意味・方向《サンス》に連なり、一つの目的・終点《ファン》に向けて進む。ラブレー作品の中にも歴史物語があり、前章ではそれをルネサンス物語と呼んだ。しかしラブレー作品は、この物語を語りながら、同時に、物語のパロディや換骨奪胎を行っている。物語に関わるこの二重のスタンスは歴史物語にはないものであって、この二重のスタンスが顕著な作品を別種類《ジャンル》の物語あるいは反・物語と見なして、これにロマンの名を与えたいのである。

　したがってロマンには大きくは二つの要素があり、ラブレー作品においてその一つを担うのが、ルネサンス物語の英雄（主人公）巨人王子、これに対するもう一つの要素はその機能が反・物語であるために、これを担う人物は反・英雄（主人公）と呼ぶべきであろう。この後者が、ルネサンス物語がロマンになるためには不可欠なのである。出来事が相互につながるべき道筋の意味・方向を狂わせ、目的・終点を見定めることのできない時空の中に作品を彷徨わせる。その人物の名はパニュルジュ、これが巨人王子とペアになることでラブレー作品は、「二人の主人公、二つの対照的な極を持つことになり」、両者は相互に働きかけながら、「作品を活発に動かす」(Poutingon, 69)。その動きは歴史物語のような直線的進行ではない。

さて物語は言語によって作られる。そしてラブレーの第一作『パンタグリュエル』は初めから言語の問題を主題に掲げている。それもなんと、意味をなさない言葉、意味を拒絶するような言葉が世にはびこる様を描いている。第六章で、大学巡りの一環としてオルレアン市に滞在中のパンタグリュエルは、学業の仕上げにいざパリに上ろうとしているが、ある日のこと、パリに通じる城門付近を散歩していると、向こうから、すなわちパリの方角からやって来た「はなはだ小粋《こいき》な一人の学生」に出会った。その学生は、パリ風を吹かすつもりだろう、でたらめなラテン語まじりの奇妙なフランス語でまくし立てて、一瞬王子を煙に巻く。そしてパリに上った王子がまず訪れるのが、中世以来の学問の殿堂サン・ヴィクトール図書館である。第七章はその蔵書目録なるものを延々と列挙するが、まともな題名をもっている書物は一冊もない、ところが王子は、「そこで見出した何冊かの書物を、世にもすばらしいと思った」(II、五四)のだった。

その後(第八章)、父王から例の教育書簡を受け取り、学業に励んだことになっている王子がいよいよ世に出る場面が、第一〇章から第一三章までの「パンタグリュエルが驚くべき晦冥難解な論争を公平に裁き、しかも極めて正しかったので、その裁き方がはなはだ賞賛すべきものと言われたこと」である。さだめし人文学研鑽の成果であろうと思いきや、さにあらず、ナンセンスな言葉遊びに興じているだけだ。たとえば被告人は次のように主張する。言葉の裏に何かが秘められていると考えてはいけない。文字通りに読むこと。読み取れなかったら、それこそが正解である。

「殿〔裁判長パンタグリュエル〕ならびに判官御一同よ、もし人間の不正義が、牛乳中に蠅を見分くるがごとく、明らかなる審判において容易に判別し得たりといたせば、世界は、四頭の牛でござるが、かくのごとく鼠に喰わるることはなかりし筈、また度を越えて齧《かじ》られたる耳にしても、未だ数あまた地上に残りしものと思われまする」（Ⅱ、九八）。こういうのをフランス語で、「雄鶏からロバへ coq-à- l'âne」と言う。何の脈絡もなく話題が変転するということだ。パンタグリュエル裁判長は訴訟当事者をさえあっけにとらせるほどの「雄鶏からロバへ」を演じて、一躍パリの有名人になった。

以上の例を通じて言えるのは、「まるでラブレーは言語がしかるべき形を成す前の、すなわち言語が意味を成す前のあらゆる奇形を、掘り起こそうとするかのようだ」（Gray a, 40）ということだろう。あるいは言語が崩壊を重ねてもはや意味というものを失った状態である。そしてこの状態が、ルネサンスの光が差す以前の中世の暗黒に対応している。「雄鳥からロバへ」が跳ね回る法廷は、「ラテン語の優れた書物など聞いたこともない連中」（Ⅱ、九〇）が牛耳っているのだ。実に人文学者の視点から見れば、中世末期の言語情況は、「語の意味がさまざまの相矛盾する方角に飛散し、意味の繁茂が結局は無意味に帰し、言葉が対象をしっかり捉える力を失っている」（Dubois a, 42）。

パニュルジュはそのような中でパンタグリュエルの前に姿を現した。王子が供を連れてパリ東郊外の、セーヌ河とマルヌ河が合流する地点のシャラントン橋付近を散歩しているときのことだ。橋の向こうから、「犬の群れにでも襲われて逃げてきたのか」、ぼろ服を着て手足が傷だらけの男がやってきた（Ⅱ、七二）。この男が王子と出会い様に十数カ国語を立て板に水の勢いでしゃべりまくったことはすでに見たとおりである。オルレアンで会ったあのパリの学生のように、秀才風を吹かせるいやな奴かもしれない。パリの学生は巨人王子に一喝されると恐怖の余りズボンに糞をたれてしまった。ところがこんどはパンタグリュエル王子がいきなり、「そなたと私は、アエネヤスとアカテス〔ヴェルギリウスの叙事詩『アエネイス』でアカテスは英雄アエネヤスの忠実な友である〕との間のごとき金蘭の交わりを新たに結ぶであろうぞ」（Ⅱ、八五）と申し出る。いったいどういうことか。

実は、パンタグリュエルとパニュルジュの出会いを語るこの第九章は、前後の話の流れを断ち切る形で後から挿入されたものらしい（宮下、五八―六〇による）。教育書簡の第八章末尾は、パンタグリュエル王子の猛勉強振りを、「書簡を繙くその精神は〔……〕不屈不撓、また烈々としていたのである」（II、七二）と叙述し、現在は第一〇章の「裁判風刺」の書き出し、「父君の書信と訓戒とをよく肝に銘じていたパンタグリュエルは〔……〕」（II、八六）に直結する。だとすれば、現在は第一〇章の裁判風刺がもとは第九章だったはずであり、案の定、『パンタグリュエル』初版には、新しい第九章（出会い）と元からの第九章（裁判風刺）の二つの第九章が存在する。「どうもこの口達者〔パニュルジュ〕は執筆途中で急遽動員された役柄らしいのだ」（宮下、五九）。

何のためか？「作者は、自己を映し出す鏡をパンタグリュエルに授けた。巨人王が自己の内なるソフィスト的な存在を対象化できるようにと、もう一人のヒーロー、パニュルジュをいわば分身として創造し、テクスト空間に闖入させたのである」（宮下、五八）。つまりパニュルジュは、パンタグリュエルが自分自身を鏡に映した姿の一部（ソフィスト的存在）を独立させた人物である。十数カ国語を駆使しながら言いたいのは要するに、腹が減って死にそうだから何か食べさせてくれにすぎないということ（すなわちパニュルジュ）、「雄鶏からロバへ」のナンセンスを競い合うこと（すなわちパンタグリュエル）、両者は言語に対する理を欠いた関わり方という点で同じではないか。言語をいたずらに繁茂させることでもってかえって言葉から意味を剥ぎ取る、ソフィスト（詭弁家）すなわち言語破壊者の側面において、パニュルジュ出現前のパンタグリュエルと、パンタグリュエルの面前に現れたパニュルジュは実は同根の存在なのだ。だからこそパニュルジュに英雄貴賓の面影が残っていて、「かのオデュッセウスの物語よりはるかに奇異と申すべき我が身の上」（II、八五）と豪語することが許されるし、実際にぼろ着の下の「体格好も優雅だった」し、「自然の生まれは富裕高貴な家柄の者らしい」（II、七二―七三）と見えるのである。そして何よりも、だからこそパンタグリュエルはこのパニュルジュにためらうことなく、「金蘭の交わり」を申し込んだのである。

このパニュルジュが、それまでパンタグリュエルが担ってきた役割、すなわち言語の奇形と戯れる役を引き受けるのは自然なことである。第一八章「イギリスの大学者がパンタグリュエルを相手に論争をしようとし、パニュルジュに負かされたこと」がそれだ。大学者の名はトーマスト。パリの学寮にパンタグリュエル王子を訪ねて、その巨躯に仰天したあの人物である。目下取り組んでいる学術上の諸問題に関して、「雄鶏からロバへ」裁判で名声を博した王子を相手に論争をしたいと申し出た。論争の方法が実に奇形的である。「論題となれることは、極めて嶮難《げんなん》なるがゆえに、人語を以ってしては思うがままにこれを解明するには不十分」（Ⅱ、一四四）であるから、一切合切を身振り手真似でやろうというのだ。

はるばる海を渡ってやってきた大学者の挑戦を受けたものだから、さすがの王子も緊張した。『数ト表象トニツイテ』、『超絶言筌論〔原題はラテン語。現代フランス語に訳すと、De l'inénarable「語り得ないものについて」〕』（Ⅱ、一四六。Seuil, 292）等々の言語学、と言うよりは反言語学の書物を山と積んで徹夜の準備にとりかかる。パニュルジュがこれを見て言った。まあ、私にお任せください。

さて討論開始。トーマスト先生は「両手を離れ離れにして宙へぬっと立てたかと思うと、指の先を合わせてシノン地方で牝鶏の尻と呼んでいる形を作り〔……〕」、これに対戦するパニュルジュは、「突然右手を宙に挙げ、その親指を右の鼻の孔に突っ込み〔……〕」（Ⅱ、一五一）といった具合である。何を勘繰ったのか勘違いしたのか、大学者がたじろぐ。すかさずパニュルジュが、口の両端を思い切り引っ張って歯を剥き出しにする「実に醜悪な渋面を作った」のが決定打となった。トーマストは「起立して、帽子を脱ぎ、パニュルジュに向って物穏やかに感謝し、次いで大音声で満堂の人々にこう言った。／――諸卿よ、いまこそ福音書の御言葉通りに、『見ヨ、ココニそろもんヨリ優レタルモノアリ《エウト・エッケ・プルス・クロム・サロモン・ヒック》』〔キリストが自らについて言った言葉。『マタイ伝』一二・四二、『ルカ伝』一一・三一（渡辺a、Ⅱ、三〇八）。ソロモンは古代ユダヤの賢王〕と正に言い得るのでござる」（Ⅱ、一五六

—一五七）。

言語でもって世界を揺さぶる

「パニュルジュ」の名前はギリシャ語に由来し、「いかなることでもやってのけるペテン師《トリックスター》」を意味する（スクリーチ、一六六）。この種の人物には昔からの文学的系譜があり、中でも奸智に長けた弁護士の活躍と失敗談『パトラン先生』（一四六四年頃）はラブレーがとりわけ愛読した本であって、作品中で頻繁に言及している。ペテン師《トリックスター》の世界代表と言うべきティル・オイレンシュピーゲルの伝説本は一五三〇年に仏訳されて評判になった（*Notice*, 1222）。これらの間にあってラブレーが生んだパニュルジュの特徴は、「言葉の転がし屋」（スクリーチ、四三二）であること、すなわち悪戯の主なターゲットが言語に向けられていることにある。

人は言語を用いて世界を分節化し、同じく言語によって分節を統合する。世界という構造体を組み立てているのは言語である。そのような働きをする言語とは一体何であるのか。どのような力が、どこから来て、言語に備わっているのだろうか。ルネサンス時代には二つの考え方があった。

一つは、聖書に基づく言語神与説である。「万物は言によって成った。成ったもので言によらずに成ったものは何一つなかった」（『ヨハネ伝』）。「世界の創造は同時に言語の創造である。〔……〕名づけることはものをあらしめることであり、世界創造は神の言説行為にほかならない」（Dubois a, 28）。これに対するのは、言語人与説である。ラブレーは一応こちらの方だ。「言語は、諸民族が人智によって作り設け、約し定めたものだ。言葉の一つ一つには、〔……〕本来何の意味もないのだが、適宜に意味をこれに与えたのだ」はパンタグリュエルの発言である（Ⅲ、一二四）。言語記号の意味するもの《シニフィアン》（音声の要素）と意味されるもの《シニフィエ》（語の意味）の結びつきは恣意的であるという現代言語学の思想に近い。とはいえ、一旦約し定められた言語が世で広く用いられるからには、言語記号も含めた記号一般について、「かくのごとく世界全体の承認がある以上は、自然がこれに何らかの根拠や理法を与えて居らぬわけはな〔い〕」とも言うべきであろう（I、六四）。
たとえ人間が作ったものであるにせよ、言語が世界を構築する力として働いていることは確かだ。ましてや、そこに自然の理が存在するならなおさらである。ところが、世界を構築する言語は構築される世界の影に姿を消すのである。世界の構造は、それを組み立てる言語の構造と合同であり、ゆえに世界と言語はぴたりと重なり合う。言語はいわば透明なガラス板であり、言語を透かして世界のありのままが見える。そして、言語（ガラス板）自体は眼に映らないのだ。パンタグリュエルはこのようにして完成した世界の中に住まっている。パンタグリュエルにとって世界は、「すでに決定し固定した秩序をなしている」（Gray a, 136）のであって、この秩序の元となった言語についてあらためて問う必要はない。これに対して、秩序の外にいるパニュルジュは「その瞬間瞬間の言葉がとらえる存在」（Gray a, 135）すなわち言語の不定形性を意識する者であり、この意識は言語の恣意性を告発せずにはおかない。パニュルジュにおいて、「言語の実態、すなわち人間が作った約束事、恣意的な産物である言語の本性が露になる。〔……〕言語記号の空虚な本性が、言語と世界の意味との関連という、悩ましい問題を突きつけるのだ」（Delègue b, 74）。

言語の恣意性の意識が、言語の秩序と、これと一枚に重なっている世界の秩序を同時に揺さぶる。パニュルジュの悪戯は、身体行為と言語行為が対になって同時に行われるのが特徴だ。たとえば、「天火鏡〔集光鏡〕」を使って、「教会堂内で善男善女を激憤させたり、周章狼狽させたりした」。これだけなら並みの悪戯であるが、パニュルジュの真骨頂は次にある。「蓋《けだ》し、パニュルジュの言っていたところによれば、『いらだつ信女』と『いたずら信女』との違いは、一字転換《アンチストロフ》を一つやるだけのことだったからである」（II、一二九―一三〇）。

言語の仕組みそのものがポイントなので、悪戯の仕組みが翻訳ではなかなか伝えにくい。「一字転換（antistrophe または contrepêtrie）」は、「語群中のいくつかの文字または音節を置き換えて、別の意味を持つ語群を作ること」（Petit Robert 辞典）である。ここでは、femme *folle* à la *messe*（ミサで狂う女）の f と m を入れ替えて、femme *molle* à la *fesse*（お尻が柔らかい女）とする（Seuil, 282）。

教会の儀式を messe と言い、尻を fesse と言うのは、フランス語の特殊事情であり、しかも言語記号の音と意味の組み合わせには必然的なものはなく、「偶然の産物であるが、伝統の中に組み込まれることで強制力を発揮していた。ラブレーは語呂合わせを用いることで、偶然と伝統の相互補完性に、言語の側から揺さぶりをかけているのである」（荻野a、一一三）。実に不穏で不埒な振る舞いだと言うべきではなかろうか。たしかに言語が世界を組み立てているが、一旦世界が組み立てられたからには、そしてこの世界が自らの秩序の必然性を標榜するからには、組み立ての過程に存在していた偶然性にはあえて触れない方がよい。「通常の言語運用では、意味するもの《シニフィアン》〔音〕は意味されるもの《シニフィエ》〔意味〕に従属し、後者は前者を消すことによって自分を在らしめる」（Gray a, 62）のである。また、秩序世界の記念碑的な書である叙事詩（歴史物語）では、テクストの言語秩序とそのテクストが「依拠している現実の秩序との同一性」によって、「記号と記号内容《シニフィエ》〔意味されるもの〕の間に介入するものは何もない」（フエンテス、一七）という読み方が成立する。「介入するもの」とはもちろん、あらかじめ考慮の外に置かれている記号表現《シニフィアン》（意味するもの）のことである。

これに反してパニュルジュの言葉悪戯では「意味するもの《シニフィアン》が注意を引き付け、意味されるもの《シニフィエ》への接近を妨げている」。こうして、「ラブレーは、伝統的な解釈法を無視するような記号（あるいは偽記号）を作り出した。それらは人の制御をかいくぐって、思ってもみなかった、不確定な、秩序撹乱の意味作用を生み出していく」（Jeanneret c, 98, 97）。

このようなパニュルジュの悪戯はただの地口や駄洒落とは違うのである。地口・駄洒落は言葉の形（意味するもの）の側面に注意を引き付けるようでありながら、より大きな目的は言葉の内容（意味されるもの）への視線をいっそう促進することにある。これに対してパニュルジュは、社会と伝統が定めた接続の通路を切断し撹乱するのだ。だからパニュルジュを単なる剽軽者と軽く見てはいけない。パニュルジュの言語撹乱は、「一字転換」にとどまらず言語運用のいくつもの領域に及ぶことをこれから見てゆく。この男が撒き散らす言葉は、「理性の城砦を破壊し」「幾世紀にもわたって積み上げた哲学を無に帰せしめ得る」(Gray b, 43)のだ。十六世紀の人にとって、「単一なもの〔言葉と物の合同性、等〕は神に結びつき、複雑なものは悪魔に結びつく。悪魔は複雑な存在なのだ」(Dubois a, 35)。やはり、と言うべきか、後にパニュルジュは素性を明かして、悪魔大学の出身であることを告白している(Ⅲ、一四五)。

とはすなわち、パニュルジュの存在は一作中人物のスケールを超えている。もともとパニュルジュは、この章の初めで見たように、第一作『パンタグリュエル』のテクストそのものの中から躍り出てきたと言うべきである。なお、第二作『ガルガンチュア』では、時代が一世代昔にさかのぼるために、パニュルジュその人は登場することができないが、しかしパニュルジュの役は代わりの人物がしっかり担っている。すなわち幼少年の頃のガルガンチュア王子であり(ほぼパニュルジュ出現前のパンタグリュエル王子に相当)、王子が人文学を修めるようになった後では、例のジャン修道士がその役を引き継ぐ。

言語を慣用性から解放する

語は元来多義的である。たとえば仏和辞典で mal(名詞)の意味を調べると、「わざわい」「痛み・病気」「苦労」「悪」等々ずらりと並ぶ。にもかかわらず、実際の言語運用でそこにほとんど問題が生じないのは、つまりこの mal という語が即座に一義的に了解されるのは、もっぱら文脈(語句の続き具合)の働きによる。すなわち後ろの語によって意味が決まる。“faire(英語の do)du mal à +人”だと「わざわいをもたらす」であり、“avoir(英語の have)mal à +身体の部分”なら「痛い」である。「語のいくつかの意味のうちただ一つだけが意識に上る。文脈が決定する意味である。他の意味はすべて消えて無となり、もはや存在しない。通常の言語運用では一つの語は一回につき一個の意味しか持たない」(Vendryès cité dans Ruthier-Revuz, II, 715)。

パニュルジュは「通常の言語運用」にあえて楯突く。次は、トルコの捕虜収容所を脱出した自慢話のひとこまである。ちなみに西欧のキリスト教国家とトルコを中心とするイスラム国家は中世以来戦争を繰り返している。有名なのがセルバンテスも参戦した一五七一年のレパント（ギリシャ）の海戦であり、十六世紀の初めにもフランスを含む西欧数カ国がトルコに軍を派遣している（*Notice*, 1289-1290）。パニュルジュもこれに加わったのであろうか、トルコの収容所を果敢に脱出したのはよいが、次の瞬間野犬の群れに囲まれた。そういえば先に見たパンタグリュエル王子との出会いの場面（パリ郊外）でパニュルジュは、「犬の群れにでも襲われて逃げてきたのか」（II、七二）といった格好をしていたのだった。文字通りの一瀉千里と言うべきか。

　パニュルジュは、「［野犬の］歯牙のわざわい」をいかに回避したかということを熱心に語る。ところが、聴き手のパンタグリュエル王子にはこれが一向に伝わらない。「また、どうしてそなたは歯牙のわずらいを恐れるのだな？」（II、一一六―一一七。強調は原文）と首を傾げる始末である。それもそのはず、malを「わざわい、わずらい」の意味で用いたつもりの文脈がよくない。パニュルジュは、“le mal des dents”（歯のわざわい、犬に噛まれること）と言った（Seuil, 275）。そう言ったつもりだった。ところがフランス語では、malとdents（歯）が前後して並ぶと、先に挙げた“avoir mal à ＋身体の部分”（～が痛い、～に病気がある）の文脈が聴き手の頭を支配して、malに「痛み、病」の意味を振り当て、それ以外の意味を消してしまう。パニュルジュは歯痛の話を始めたらしい。でも、野犬に取り囲まれた情況でなぜ突然にそんなことを？　というのがパンタグリュエル王子の、そしてフランス語を話す大方の人の疑念であるに違いない。

　文脈（あるいは話の主題）が語句の形と意味を決め、さらには語句の形と意味が文脈を確定する。この往復運動がほぼ自動的に行われることが言語の慣用性というものだろう。慣用句と呼ばれる語句（“avoir mal à ＋身体の部分”等）がその最たるものであって、物事が言葉を決めると言うよりは、言葉が物事を指定すると言うべきである。「何らかの現実に基づくのではない、レトリックの身ぶりによる虚構の物言い」（Bessière,

100）だ。「現実」から解離したこの「虚構」性あるいは人為性こそが、日常語において科学がもっとも警戒するものだ。「隠喩は思考をそれ自体で自足させ、イメージの領域で完結し終結させる」ために、「科学的精神の形成にとっては危険である」（Bachelard, 89-90）。

ここで「隠喩」とは本来指すべき対象とは別なものを表している語句を言う。それが広く了解されるのはひとえに慣用のおかげである。反対に、慣用の圏外にいる人間には一体何を言おうとしているのか、なかなか分からない。たとえば幼年時代のガルガンチュア王子の毎日の過ごし方である。「お天道《てんとう》様めがけておしっこをしたり、雨を避けに水に潜ったり〔……〕」といった文句がずらりと並ぶ（I、七〇）。

ここは、「昔から民間で用いられ、今日でもそのいくつかは通用しているような慣用句や俚諺格言の類を故意に羅列したものである」（渡辺a、I、二九三）。「pisser contre le soleil（太陽に向って小便をする）は、『空に向って』（contre le ciel）とも言い換えられるが、『天に唾する』に近く、友人や恩人たちに加辱すること」であり、「se cacher en l'eau pour la pluie（雨のために水中にかくれる）は〔……〕『木に倚って魚を求める』の愚を現すのであろう」（渡辺c、上、四五四―四五五）。ところがラブレーのテクストは、これらの語句を比喩としてではなく、文字通りに読ませようとする。するとその時、慣用が抑圧していた本来の意味がその輝きを取り戻す。王子は誰はばかることなく太陽に向けて勢いよくおしっこを飛ばし、雨よけのためにざんぶと水に跳び込む。

若い生命が躍動して縦横無尽、悪く言えば支離滅裂である。もともと言語は人と物のこのような乱舞を取り鎮めるために設けられたものである。とくに喩表現がそうである。「言語は隠喩的であり類推《アナロジー》的であればこそ、現象のカオスの中で、異なったものをひとつにまとめながら、統一を打ち建てることができる。類推は物事と物事を近寄せ結びつけることを可能にする」（Hottois, 236）。「物事と物事を結び付ける」とは物事に意味を付加することにほかならない。「太陽」は恩人のことであり、「おしっこをする」は恩義に背くことである。それぞれ勝手な方向を向いていた物事が意味の連関（因果関係）を通して同じ方向を向くようになる。「偶然的なものを因果連関の中で関係了解することによって、受容可能な経験となるのだ」（野家a、三一六）。先に、「文脈」という表現で言おうとしたのは、この意味あるいは因果の連鎖のことにほかならない。

こうして世界は支離滅裂ではなく筋道がとおった、理解可能なものとなる。言語の慣用の中に住まうものにとっては即座に、ほとんど自動的に行われる理解である。これを言い換えれば、世界がひとつの物語になるということだ。「物語とは何か。認識論的にいえば、それは世界を認識する際の無自覚的な枠組み。〔……〕言語論的にいえば、人の言説を自動的に一定の型にはめこんで組織してしまう機械のようなものである」（井口b、一四五）。

パニュルジュの悪戯、ガルガンチュア王子の遊戯は、言語の隠喩化、世界の物語化に対する異議申し立てである。人間は物語文脈に閉じ込められず、「定型化されない」「直接的個別性」として生きてこそ、「現実がその絶対的な具体性をもって噴出する」存在となるのだ（Nancy, 14, 17）。「現実」の「絶対的な具体性」とは要するに生命そのものにほかならない。ラブレーの吐き出す「言葉の行列は、意味の連関とか矛盾とかにはかかわりなく独立の生命を持ったもののように続けられて行く」（渡辺c、上、三七五）。ガルガンチュアの幼年時代を記述するテクストは、「毎日のように、泥水の中を転げまわったり、鼻面を真黒けにしたり、顔を汚したり、靴の踵を潰したり、〔……〕」（I、六九―七一）と、慣用句の隠喩性を無化した文言を百個近く列挙して（その中に、先の「太陽に向けておしっこ」「雨の中の水潜り」がある）、王子の生命の発現を、方角を定めず、文脈に囚われず、猛烈な勢いで撒き散らす。ラブレー研究者はこれを、「言葉の瀑布」（渡辺c、上、三七七）と呼ぶ。言語が世界の混沌を秩序化するのではなく、すなわち世界を物語化するのではなく、混沌のエネルギーそのものと同化することに踏み切った時、そこにラブレーの言葉の奔流がほとばしる。

物語が成り立つための必要条件は、文脈が一貫していること、語句の意味・方向が終始変わらないことである。先に見たパニュルジュのトルコ脱出談では、犬に噛まれる文脈と歯が痛む文脈が衝突し混線したために話が頓挫してしまったのだった。原則として一つの物語には一つの等質の文脈が対応し、他の種類の文脈を排除する。「筋に関連する出来事を取り上げ、無関係な出来事を除外するという《選択的》な働き」（野家b、七七）をする。この「選択的な働き」こそが物語テクストの内容と文体の統一性を保証するのであるが、さてラブレーはまさにそれとは反対のことをした。「伝統的に低俗だと見做されている語り口を荘重で高貴な主題と結び付けることで物事の通念的序列を掻き乱し、慣用上区別されている二つの次元を重ね合わせて内容と形式の関係を錯乱させる」(Jeanneret a, 98)。その結果として物語の芽を摘み、進行中の物語を頓挫させる。

文脈を一定させるのは、一つの内容には一つの形式を結びつけて、物事の通念的な序列（「荘重」対「低俗」等）を明確にするためである。すなわち、「世界と社会についての序列的概念に芸術上で対応するのがジャンル区分の要請にほかならない」(Baraz, 70)。パニュルジュの悪戯の一つは、真っ向からこの要請に違反するのだ。とある貴婦人に言い寄ってこう述べた。「御身に具わったものはすべて、甘美なる蜜に外なりませぬ。砂糖に外なりませぬ。天来の神糧《マンナ》に外なりませぬ」（II、一六一）。これは、当時の文明先進国イタリアから渡来した「抒情詩人ペトラルカ風のプラトニック・ラヴの常套句」(*Note*, 303)、「プラトン主義を極限にまで推し進めた挙句に、女性を女神の高みにまで引き上げていたのである」（スクリーチ、一三五）。「恋愛のことばは肉体行為を遠ざけるべきものとされていた」(Gray a, 54)。ところがパニュルジュは、貴婦人が一向になびきそうにないのを見て、こう打って出た。「『竹庵《ちくあん》氏《し》左手《ゆんで》に坐《ざ》す』の語呂合わせをしてごらんなさいな。——存じませぬ。（と貴婦人は言った。）——こうなるんですよ（、とパニュルジュは言った、）『痴《ち》漢《かん》駿《しゆん》馬《め》を御《ぎよ》す』とね」（Ⅱ、一六三）。

これもまたパニュルジュお得意の「一字転換」であって、種と仕掛けがフランス語の言語記号であるから他国語への翻訳は難しい。邦訳者は次の注を補っている、「竹庵氏左手に坐す」の原文は A Beaumont le Viconte。A（à）は英語の at に相当し、後はノルマンディ地方の町の名である。この -mont と -com (n) を入れ替える。すると A beau con le vi(t) monte となり、「con は『女陰』vit は『男根』。従って『美しい（立派な）コンの上にヴィットは登る』の義になる」（渡辺a、Ⅱ、三一〇。Seuil, 303）。プラトニック・ラヴのジャンルに違反すること甚だしい。もともと見込みがなかったパニュルジュの求愛はこれですっかりご破算になった。

例を重ねるならパリ城壁談義がある。パンタグリュエル王子はある日、パニュルジュを伴ってパリ市の南界隈を散歩した。このあたりの城壁がかなり破損していたのは当時の事実らしい（渡辺a、Ⅱ、二九二。*Notice*, 1294）。王子とパニュルジュは城壁建築について談義を交わす。将来の国王たる者に必須の学術である。パニュルジュは提案した。「当地の女陰石〔caillibistyrs はラブレーの造語。渡辺訳は「得手吉箱」。Seuil 版現代語訳（p.276）は《sexes des femmes》〕は、石材よりはるかに廉価と存じまする。これを使用いたして城壁を畳み上げるべきなのでございまして〔……〕」（Ⅱ、一一九）。例によって怪しげな気配の文言であるが、一応は耳を貸す。と言うのは、直前でパンタグリュエル王子が、市民たちを指し示しながら「これぞ、この都の城壁なるぞ」と述べたスパルタ王の話をしていたからだ。定めし人は城、人は石垣というところか。「女陰石」という名の岩石は自然界に存在しないが、しかしこの名を隠喩（むしろ換喩？）表現として受け取るなら、思い当たる史実がいくつもある（以下は *Notice*, 1292-1293 による）。たとえば紀元二世紀のギリシャの作家プルタルコスが書いている、城壁に登って奮戦し、服をへそまでめくり上げて敵をおじけさせた女性たちの話、ラブレーの前の世紀では女性作家クリスチーヌ・ビザンが『女たちの都市』（一四〇五年）という本を書いている、七つの岩からなる要塞都市の物語であり、それぞれの岩には神話・歴史で有名な女性の名がついている。現代史としては一五二四年のマルセイユ籠城戦がある。夏の陣では女性が城壁建設に大貢献をした。秋の陣では塹壕に石や木の枝を運び、「女の塹壕」と呼ばれた。

ところが、右に続いてパニュルジュが述べる言葉がよくない。見せかけの文脈をすっかり反古にしてしまうのである。「〔石と石の間に〕添物をところどころに植え付けるのでございますが、これには、修道院内の股袋に住まい居ります筋金入りの短剣をふんだんに使うことにいたします」（Ⅱ、一二〇）。肝腎の城壁建築の話は、パンタグリュエル王子の「わっは、は、は！」の笑い声とともに吹き飛んでしまった。

先に見た、ピクロコル王が中近東観光を夢見るくだりも同類である。アリストテレスの修辞学以来、「一定の物事がそれに見合った感情を人に呼び起こすような描き方」（Danto, 266）を定めてきたのが文学のジャンルであった。好戦的な侵略者ピクロコル王は読者に恐怖と憎しみを与え続けなければならない。ピクロコル戦争物語は、この王が無邪気なツーリストになった時、ほとんど頓挫しかけたのであった。

以上に例として挙げたような大脱線が度重なるのにもかかわらず、『パンタグリュエル』『ガルガンチュア』が王子の成長を軸とする物語の形を全うしているのは、ひとえに騎士道物語の枠組みのおかげである。「物語が生じる知の場所への絶えざる回帰こそが物語の運動にほかならない」（マッケイブ、七〇）。巨人王子の物語が生じた元の場所は種本『ガルガンチュア大年代記』であり、すでにそこでは主人公の半生が、騎士道物語のパターンに従って、幼年・修行・武勲の三つの時期を繋いで語られていたのだった。ラブレーのペンは脇道で遊びに遊んだ後で、ふたたびこの物語場に戻ってゆく。ピクロコル王を観光客に仕立てた章の後の新しい章の書き出しには、「これと時を同じゅうして、ガルガンチュアは、その父の書面を読み終えるや、現れ出たその大牝馬に跨って急遽パリを離れ〔……〕」（Ⅰ、一六五）とあり、王子の修行の時期を侵略者を撃破する武勲の時期へと繋ぐのである。その武勲の時期においても盛んに脇道が派生し、パニュルジュの生まれ変わりあるいはその祖先とも言うべきジャン修道士を中心に四方山の談論風発であるが、これを戦場へと場面転換させる新しい章の切り出しは、「さて、選りすぐられた気高い武士《もののふ》たちは、勇武のほどを見せばやと出発した」（I、一九四）という風に、「騎士道物語の文体をパロディ化した表現」(*Note*, 165) である。

これにもかかわらず、いや、このことが一層明かにしているように、ラブレーの物語は随所で文脈が破綻し、しかもそれが作者のひとつの意図なのである。こうしてラブレー作品は騎士の年代記（広くは歴史物語）というその発生の地から決定的に遠ざかった。歴史物語が権威を持つための条件は「その言説に筋が通り、連続していて、断絶していないこと」（十六世紀の歴史家、ラ・ポプリニエール。Dubois d, 133 に引用）である。これに反してラブレーのルネサンス物語では章と章の不連続が著しい。「各断章はたがいに還元不可能である。それぞれの章が異なる言説を採用し、ひとつの断章から他の断章へと読者を誘うであろう登場人物と出来事の連続性は存在しない」（マッケイブ、八八）。この引用は実はジェイムズ・ジョイス論からの借用であるが、現代文学のこの顕著な特徴が、ルネサンス期に歴史物語から分岐する形で出現した、後にロマンと呼ばれることになる作品にすでに兆していると言うことができるだろう。ラブレー作品内でもこの傾向は、騎士道物語の枠組みを取り払ってしまう『第三之書』以降では一層急進的になる。

十七・十八世紀の古典主義文学者がラブレーを嫌ったのは、異なったジャンルの言説の混淆、それに伴う物語文脈の混乱が主な理由である。ラ・ブリュイエールは『人さまざま』（一六八八年）の中で、「ラブレーは理解を絶する。謎の書物だ。まるで怪物である。顔は美女で、足は蛇。蛇よりももっと奇怪な獣の尻尾を生やしている。繊細で精緻な精神と汚らしい腐敗物を接合したおぞましさだ」(cité dans Pouilloux, 113) と書いている。ラブレーが再評価されるのは十九世紀になってからであり、たとえばバルザックは「ラブレーから始まりマノン・レスコーに至るロマン」という風に述べている（『モデスト・ミニョン』）。この風潮を創ったのは十八世紀末のロマン派であり、これら二つの「ロマン」はもちろん無縁ではない。ロマン派の旗手フリードリッヒ・シュレーゲルは「文学の個別的ジャンルのすべてを結合する」(cité dans Szondi, 140) と宣言した。「騎士たちの世界の混沌《カオス》を今一度甦らせるロマン」(cité dans Lacoue-Labarthe et Nancy, 328)とも。ここで「騎士たち」と言うのは、騎士道物語が歴史物語に組み込まれて「年代記」などと名付けられるようになる以前の、まだ「ロマン」とだけ呼ばれていた初期作品群の主人公たちのことである。

不連続点に噴出する哄笑

「あらゆるものがもつれ合っているが故にそれがカオスと呼ばれるのではなく、そこにあるすべての要素がそれぞれに異なった自分をわれがちに主張しあっているが故にカオスなのである」(蓮實c、一四九)。それぞれの語句がそれぞれの意味を思い思いの方向に向けることでおよそ文脈が成立しないようなカオスを言語の始原にある自然だとするなら、物語はこれを秩序化する技《アール》であるが、物語的秩序が世界の通常すなわち第二の自然となっている社会においては、物語を批判的に解体しつつ秩序をカオスに戻すこともひとつの技になりうるだろう。ロマンはそういった言語の技を受け持っている。

ラブレーのテクストは、物語を綴ると見せかけながら、綴りかけた物語を直ちに断ち切るという、奇妙な振る舞いを見せる。第一作『パンタグリュエル』の読者は、読み始めて間もない第七章でさっそく面食らってしまう。パンタグリュエル王子がパリに上って学業を開始し、その一環としてサン・ヴィクトール図書館を見学するところまではよいが、その後は何と、同図書館の蔵書名が、それだけが、一〇ページほどにわたって延々と並ぶ。「〔蔵書〕一覧表という塊が、物語の糸をぷつりと断ち切っている。これまでは〔種本の〕『大年代記』とつかず離れずの道〔つまり主人公の成長物語〕をたどってきた『パンタグリュエル』が、ついに大きく軌道をはずれたようである」(荻野a、五一)。それだけではない。この第七章が書物名の羅列とともに終わると、章を改めて(第八章)父ガルガンチュア王からの例の教育書簡が披露されるが、この間を繋ぐような物語叙述は微小であり、「第七章から第八章への移行は、近代小説の常識から言えば唐突そのものである。ナレーションの糸が断ち切られている」（荻野a、七五）。読者は、手にするこの本が、題名の「言行武勲録」とは裏腹に、通常の歴史物語とはまったく性質を異にするものであると覚悟しなければならない。

章と章のつなぎ目だけで物語の糸が断ち切られるのではない。第七章を埋め尽くす図書目録は、まさにひとつの「塊」であって、ナレーションの声が入り込む余地もなく、ただ『救イノ竿《ビグワ・サルウティス》』『硬直法理股袋《ブラグエッタ・ユリス》』『法令集上靴《パントラフ・デクレトールム》』〔……〕と書名だけが並んで、その総数百三十九に達する（渡辺a、II、二七二）。もっとも、この種の列挙方式は格別ラブレーの創案ではなく、「時としては何ページにもならんとする列挙、こういうことは十五、十六世紀の文学では普通にあることだった。だがラブレーには並はずれてそれが多いのである」（バフチーン、一五六）。いや、単に量が多いだけではなく、「ラブレーはカタログの精神を彼独自の才能にしたがって開発した。すなわち過激さを求めた」（Demerson, 78）。「過激さ」、第一に、図書館に収めるべき書物の体を成していないことである。いっさいはラブレーがでっち上げた架空蔵書目録であって、しかも一つ一つの書名がまともではない。右に引いた冒頭の数冊にしてからが、「○○法」が「股袋」、「法令集」が「上靴」とくっつくのはふざけているとしか思えない。すなわちパニュルジュ流の（人物そのものはまだ登場していないが）ジャンル混淆である。「題名中の真面目なものとふざけたものが衝突し、お互いを打ち壊している」（Gray b, 92）。

さらなる過激さは、このカタログがまさに反カタログの精神でもって作られていることである。実はサン・ヴィクトール図書館はラブレーの時代におけるフランス最大の知の拠点であり、当時の本物のカタログが今日まで残っている。クロード・ド・グランリュという人が一五二八年に作成したもので（『パンタグリュエル』出版は一五三二年）、全蔵書を大きく三つに分類する（Gray b, 84-86）。第一部は神学・法学・医学関係、第二部は初期教会の教父たちおよび最近の神学者の著作、第三部は歴史・聖人の伝記・芸術・技芸・修辞学といった具合である。すなわち当時の学問的知を体系化している。そして三部門それぞれが書名をアルファベット順に並べている。

ラブレーがこの本物の図書目録を見ていたかどうかはわからないが、確実に言えるのは、『パンタグリュエル』第七章の架空蔵書目録が図書分類の通念に意図的に背いていることだ。分類の気配もないし、書名の順序もアルファベットその他のいかなる基準にも従っていない。「分類原理たりがたい原理が堂々と採用されている場合の列挙」（蓮實b、二七二）という定義がぴったりだ。「分類原理」が一つの技法《アール》であるなら、「分類原理たりがたい原理」はそれに輪をかけた超技法《アール》であると言うべきか。知を組み立てる用具であるはずの言語を用いながら、徹底して知を壊すという離れ業である。「文脈《コンテクスト》を持たないフレーズがテクストを壊乱し、考えうるいかなる意味も拒絶する。言葉の群れは、それを読むことを可能にする文脈を奪われて、ページの上の物質と化し、それを意味に従わせようとするわれわれの試みを拒絶する」（マッケイブ、一〇七）。これは『ユリシーズ』の列挙法を対象とする文言であるが、ほぼ同じように言うことのできるテクストが四世紀前にも作られたのだった。

　ところで模範的な図書館が一つ、ラブレー作品のただ中に存在する。例のテレームの僧院の図書館である。人文学研究の理想郷にふさわしい立派な図書館であることは間違いない。ところがこれについては、「ギリシャ、ラテン、ヘブライ、フランス、イタリア、イスパニア語の書籍を蔵《おさ》めた壮麗な大図書館が設けられ、各国語別に各階へ分けられていた」（I、二三五）との素っ気ない記述があるだけである。なるほど、「各国語別に各階へ」と分類の原理が貫通している。しかしパンタグリュエル王子および愉快な仲間たちの誰かがそこに足を運んだとは書いてないところを見ると、どうやらラブレー作品はこの図書館のまともさにあまり興味を示していないようだ。さらに広くは、「ソルボンヌの旧教育vsユマニストの新教育、で作中に緩やかなサイクルが形成されるのだけれども、内容で否定されている旧教育のほうが、文体がチャーミングなんだよ。変なねじれが、実にいい味出しているんだ」（荻野b、一一八）と言うこともできる。

もちろん、「旧教育」それ自体に魅力があるのではなく、旧教育の「内容」を否定する「文体」が魅力的なのだ。文体は内容を超越しているのである。すなわち第七章の意図は、実在のサン・ヴィクトール図書館（まさしく旧教育の牙城）への批判や風刺にあるのではない。空想の図書館に奇怪で滑稽な書物を並べることにあった。作者ラブレーにとって、サン・ヴィクトール図書館に実際にどのような書籍があるかということは、さしたる関心事ではなかったはずである。彼の関心は空想の書棚に並べる書名を考案することにあるように思える[2]。第一に、書名があまりにもナンセンスだということがあり、そして第二に、本を並べるためのスペースをどんどん増やしてゆく。つまり、書名の数（蔵書数）が改版の度に増えてゆくのである、初版（一五三二年）では四十二、次いで五十五、百二十五、百三十五、百三十三と増えて、一五四二年版では百三十九に達している（渡辺a、Ⅱ、二七二）。だから、次のように言うのが妥当であろう。空想の図書館は、「明らかに〔実際の図書館の〕風刺を念頭に置きつつも、笑いの喚起にさらなる力点を置くという精神である。〔……〕諸々のタイトルは、ただひたすら笑いを引き起こすのをめざしており、それ以上でも以下でもない」（スクリーチ、一五三）。

　笑いの反対は真面目であり、真面目さの印は思考の連続性にある。連続とは、のっぺらぼうに続くということではない。思考には節目があり区切りがある。しかし区切られた部分のそれぞれは、ひとつの全体を構成するべき要素として、共通の方向を目指しながらお互いに結びつく。ゆえに真面目な思考において節目は、切り離すようにみせかけることでかえって強い力で前後を結び付けるのだ。これに反して、「パニュルジュはおよそ結合の観念を拒否し続ける」（Gray a, 135）。パニュルジュ的人物において、あるいはそれぞれの人物のパニュルジュ的側面において、言動の節目に生じるものは結合ではなく不連続である。まさしく笑いはそこに発生する。平和の使節ウルリック・ガレは声涙ともに下る演説の締めくくりを、「爪搔王子《グラテル》および虱集子爵《モルピアイ》を人質として申し受けたく存ずるしだいにございます」（Ⅰ、一五二）とずっこけてみせた。

笑いを社会的制裁の発動だとみなす説があるが、しかしそれでは右のガレの演説が引き起こす笑いを説明することはできない。ガレの口から飛び出た「爪搔《グラテル》王子」などの文言はなるほどお上品だとはいえないが、かといって、そのことでガレを非難するような構えはない。そもそもこれらの文言が笑いを誘うのは、文言それ自体のおどけぶりというよりも、この文が演説の本体との間に生み出す対照による、つまり笑いはあくまでも、文脈の不連続点において発生するのである。そこで、目を向けるべきが、不連続点の前にある演説の本体である。

もちろんここにも社会的に非難されるべきものはない。それどころか、平和を唱える思想内容の一貫性といい、ぴんと張り詰めた格調の高い口調といい、まさしく世の模範である。にもかかわらず、いやそうであるからこそ、この演説を滑稽化することが必要なのだ。ガルガンチュア王がパンタグリュエル王子に宛てた教育書簡についても同様である。文脈が見事に整合した言語は揺るがしようのない物語秩序を構築し、秩序体は閉じたシステムとして機能する。人間は生き物である限り、システムの内に閉じ込められることに反発する。反発の姿勢のひとつが笑いであり、笑いは人間が生き物であることを証明しているのだ。「主体《サブジェクト》は割り振られた固定的ポジションによって《支配に甘んじるもの《サブジェクト》》でもある。〔ロマンは〕いかなる明確な対象の集合（および固定された自己同一性）をも撥ねつけることによって〔……〕矛盾するあまたのポジションを読者に引き受けさせ、彼あるいは彼女を屈従から解放する。この主体《サブジェクト》の屈従《サブジェクション》からの解放が哄笑を生み出す」（マッケイブ、一二九。「〔ロマンは〕」は原文では「『ユリシーズ』は」）。「矛盾するあまたのポジション」とは文脈の切断であり、ジャンルの混淆であり、そういった「不整合がシステムに亀裂を生じさせ、滑稽味を生み出すのである」(Jeanneret a, 98)。「生命力の瞬発、その過激さが滑稽感を生みながら、一切のシステムを否認する」(Paris, 73)。

システムに亀裂が生じるのを打ち眺める知的な笑いは、システムが解体され尽くすとき、生命をほとばしらせる哄笑となるであろう。元来は分類システムとして機能すべき図書目録を、およそ分類・分節の観念を消し去った文字の羅列に変えてしまった『パンタグリュエル』第七章は、「皮肉の冷笑を超えた、大規模なカオスの熱い胎動のようなもの」（荻野a、五八）を感じさせる。「途方もなく豊穣で創造の力が溢れる自然への歓喜に満ちた密着がラブレーの笑いである」(Baraz, 25)。「ラブレーは人物を言語記号の地獄から救い出して、肉体・有機体・生命という初源の価値そのものが記号となるような宇宙の中に置く」(Rigolot, 50)。

端的には肉体の営み、飲み・食い・排泄・性がテクストの圧倒的な分量を占める。この点でも、『パンタグリュエル』と『ガルガンチュア』は騎士道物語の伝統を塗り替えた。一般に騎士道物語では騎士は性の快楽や過度な飲食を慎んでひたすら武勲を求める。ところが、パンタグリュエルの出陣の掛け声、「さあ、皆の者、〔……〕目ざす影は旌旗《はた》の影〔……〕」に、愉快な仲間の一人（教師エピステモン）は、「目ざすは厨房の影、求むるは肉団子の煙、食器《うつわ》の響きのみ」と和したのだった。パニュルジュにいたっては、「目ざすは帷帳《いちょう》の影、求むるは乳房の煙、ふぐりの響きのみ」と応じるのである（II、一九四―一九五）。「飲み食いや性の主題を受け入れることで、英雄物語のステレオタイプを一新する。価値の序列を弄ぶのは、道徳や美的感覚の側から見ればうさんくさいことであるが、文学《エクリチュール》にはひとつの収穫をもたらす」(Jeanneret a, 99)。その「収穫」とは、英雄物語（一般に、騎士道物語を含む歴史物語）の物語秩序を批判的に解体し、物語批判としての文学、後にロマンと呼ばれる文学への道を拓いたことである。

生命の旺盛な発現が物語秩序というシステムを一時頓挫させながら、その間に蓄積し凝縮したエネルギーが再び、前にも増した勢いでもって物語を再発進させる。エネルギーの蓄積と凝縮の場が列挙法である。第一作『パンタグリュエル』において、サン・ヴィクトール図書館の架空蔵書目録に匹敵するものとしては、「エピステモンの冥界めぐり」があり、あの世ではアレクサンデル大王が仕立て屋になっているのをはじめとして、歴史上の有名人の「身分が妙な工合に変わっている」様を列挙して百名近くに及ぶ（II、二一五以下）。第二作

『ガルガンチュア』では、先に見た「ガルガンチュアの幼年時代」（遊び方を列挙）などがあるが、中でも特筆すべきは、ガルガンチュア王子の誕生を語る章にすぐ続く、第五章「酔っぱらいが管を捲く」であり、これから始まるルネサンス物語に投入されるものは、一人の主人公の人生だけではなく、この主人公を取り巻いてその輪を際限なく拡げてゆく、一つの宇宙であることを告げている。

王子の誕生を国を挙げて祝うことになり、栁が原《ソーセー》で酒宴が開かれる。この第五章は、杯を手にする人たちの言葉を集めて百十余名分。ここもやはり改版にしたがって分量が増えて、「一五三七年以前の諸版では極めて短く、〔前章の〕第四章中に収められている」（渡辺a、I、二七三）が、「一五四二年版で独立した章になった。大々的に増補したのである」(*Notice*, 1074)。読みどころの一面は、実に多数の職業や階層の人間を集めていることであり、その限りではカタログ的だとも言える。ところがこの一面はたちまち、もう一面によって塗り潰されてしまう、たとえば「薔薇葡萄酒を溢れるほど注いで、御提出願おうかな」は法曹関係者、「永遠に飲む。飲酒の永遠性だ。永遠性の飲酒じゃ」は学者風の人だと思われるが（I、三九、四〇）、こういった社会的地位や職業をほのめかす印が、酒を酌み交わす歓喜の声に溶け込み、もはや区分・分類の機能を放棄して、一つの大合唱を歌っている。草原をおそらく埋め尽くしたこの大群衆は、カタログではなく一つの巨大な生命体になぞらえられるべきだ。「個人は、大きな全体の中の一個の臓器」であり、総じて、「ひとつの巨大な肉体が飲んでいる」（荻野a、四二）。

カタログは様々な異なった品目を並べるが、これを並べる場は同じ一つの平面である。一枚のカタログを完結させる「全体性の観念は、複数性の観点と単一性の観点の結合がもたらすものである。全体性とは、単一として設定される複数のことである」(Descombes, 130)。言い換えれば異と同の相互補填がシステムを構築する。ラブレーの列挙法はこの相互補填を無効にする。いかなる同によっても補填されない異は、その異形によって笑いを引き起こし、人間がこの世に在ることにあらためて目を振り向けさせる。「異種一覧《エテロトピー》は人を不安にさせる、〔……〕《統辞法》を一挙に破壊してしまうからだ。ただ単に文を構築する法だけでなく、語と物に（両者を並べ、向い合わせて）《手をつながせる》、より不分明な法を瓦解させる」（Foucault, 9）。「不分明」なのは、この「法」が人の目から隠されているからではない。あまりにも目の前にあるために、もはや眼に映らなくなっているのだ。つまり、われわれの頭脳の構造と相似的な世界の意味構造、われわれがそこに安住している社会の物語的秩序である。

「本質的に滑稽な書き方《エクリチュール》は、それが述べることの一切を崩壊させ自己撞着に陥らせる危険がある。一切の提言の真実性を揺るがす傾向がある」（Gray b, 9）。ガレの演説がそうであり、ガルガンチュア王の教育書簡がそうである。いや、それらを真実として提言する意図は必ずしもなかったと言うべきだろう。真実を述べることを最終目的としない、奇妙なテクストが存在するということだ。「文学的テクスト空間は言語の日常使用によって分節化した言分け空間を《虚構の言述》によって新たに《再分節化》することによって成立すると言ってよい」。「虚構の言述は現実組織の強制力（《真理》への従属を強いる圧力）から《遮断》されることによって、同時に既成の言語規範の制約からも身をもぎ離す」（野家ａ、二二八、二二九）。多くの場合「真理（真実・事実）」とは、物事が「既成の言語規範」が構築する「現実組織」の要素になっている様を言っている。これに対して「文学」あるいは「虚構」と呼ばれる種類の、「真理（真実・事実）」の強制から自由な書き方《エクリチュール》が出現し、自由の代償として「現実組織」からあれこれの弾圧を受けることになる。(3)

文学の領分

ラブレー作品は全四巻がことごとく出版直後から弾圧を受けた。弾圧者はパリ高等法院とパリ大学神学部（ソルボンヌ）、すなわち司法（しばしば立法にも関与）と学問・思想の権力を握る者である。両者は人文主義と福音主義を目の敵にして、ラブレーが著作を始める以前にも、聖書の仏訳を発禁にしたり、人文学者を火刑に処したりしていたのだった。

第一作『パンタグリュエル』は、初版刊行の一年後（一五三三年）に神学部の糾弾を受けた（禁書宣告が下されたかどうかは不明）。その模様の一端を伝える文書が残されており、これは実はカトリック教会に反旗を翻す以前のカルヴァンがひとりの友人に送った書簡の一部である。「聖アンドレ・デ・ザール教会司祭ニコラ・ルクレール（注＝ノエル・ベダの腹心で、ソルボンヌ神学部の代表者の一人）は、……『パンタグリュエル』や『愛の森』その他これに類する書物を卑猥（あるいは怪しからぬ）（obscaenus）として処断した……」（渡辺c、上、二五一による。強調と註も渡辺）。

問題は「卑猥」という語である。「猥褻」ということならば、パニュルジュの言動について見たように、猥褻な箇所はいくらでもある。ところがラブレーは神学部の非難を受けて続く版ではある程度の書き直しを行っているにもかかわらず、「いわゆる『卑猥』な箇所はそのままにされている」（渡辺c、上、二五四）という事実がある。ゆえに次のように考えるべきだろう。「このobscaenusというラテン語は、単に『卑猥』のみを意味せず、『怪しからぬ』『不吉な』『好ましからぬ』という意味を持つのだろうから、ラブレーがその全巻に撒き散らした露骨な用語や卑猥な描写だけのために検察当局の処断を受けたのではなく、むしろ、特に宗教思想の点で『怪しからぬ』と評定されたのであろうということになっている」（渡辺c、四一七―四一八）。「ソルボンヌはただ漠然と『猥褻さ』を非難しているのではなく、確固たる神学的な異議申し立てを行っている」（スクリーチ、二四一）。

ところがこの「異議申し立て」が正鵠を得ているとはどうしても思えないのだ。そもそも「『パンタグリュエル』の初版は、あくまで純然たる笑いの書であり、そこに響く笑い声の中に重要な道徳的見解が籠められていることは、ほとんど、あるいはまったくない」（スクリーチ、一四七）。「聖書のパロディーや、聖書を下敷きにした、時としてかなり卑猥でもありうるジョークは、ありふれたユーモアのジャンルとして古くから知られていた」（スクリーチ、一一五）。「この種のパロディーや冗談には、秩序を脅かすような破壊的要素など何も含まれていない。〔……〕にもかかわらず、当時のソルボンヌは、『パンタグリュエル物語』が〔その第一章の、パンタグリュエルの祖先の系統図において〕、聖書におけるキリストの系図を危険にもパロディー化し無化しようとしている、という嫌疑を〔誤って〕ラブレーにかけている始末である」（スクリーチ、一一二―一一三）。

読めば一目瞭然である本を誤読したのはなぜか、あるいは、誤読だと気づきながらもあえて嫌疑をかけつづけたのか。そこには宗教を巡る緊迫した時代情勢がある。ルターがドイツで贖宥の制度を告発して宗教改革運動を開始したのが一五一七年、一五三〇年代のフランスにはまだ大規模な新教徒の運動はなかったが、体制側のカトリック教会が極度の警戒態勢を敷いていたことはすでに繰り返し述べた。「十六世紀においては、宗教だけが世界に彩りを与えていた。何事につけ皆のように考えてないと言い張る者、大胆な言葉を用いる者、安易に批判をおこなう者がいたとする。『不信心者だ』、という叫び声があがったものだ、『神聖冒瀆者だ』、――そしてとどのつまりは、『無神論者だ』」（フェーヴル、一六一）。「無神論者」は火刑に処せられる。これはラブレーに一生つきまとった強迫であった。

十六世紀後半のフランスは国が旧教側と新教側に二分し、お互いを「無神論者」と罵って宗教戦争に突入する。宗教戦争そのものは時代の特殊情況であるが、二分法のメカニズムは時代を超えて、言語でもって社会を組み立てる人間の普遍であると言うべきだろう。ある一つの観点（ラブレーの時代なら「信仰」）に立ち、世の中を善と悪、味方と敵に色分けする。世の中を見るにはこの観点しかなく、この観点を表す言葉が真理の名のもとに世の中を裁く。「〔社会的対立の〕場に立つ者は、正統派も異端派もともに、暗黙のうちに同じ意見・通念に与していて、まさにそのことが両者の対立を可能にしているのだ」（Bourdieu, 147）。二分法のパラドックスとも言うべきこのメカニズムは、政治や思想の分野に限らず、およそ人間が作る組織一般に当てはまることである。「集合論では〈非・A〉は『Aでないすべてのもの』を意味するが、言葉と世界の関係では、〈非・A〉はどこまでもAに依存していて、『Aの中でAでないもの』でしかない」（保坂、三一）。

物語、特に歴史物語は、世の中の一切を一個のAに帰結させようとする言説である。種々な物事がそれぞれの方向に向けて発生させる意味を、一定の意味・方向に収斂させようとする。「物語の機能は複数の出来事を関連付け、統一的な意味を与えるコンテクストを設定することにある」（野家b、七八）。「歴史的物語叙述は究極の意味されるもの《シニフィエ》としての《現実》を構築する」(Barthes, II, 452. *Le discours de l'histoire*)。この《現実》は、実際には「物語叙述」に先行して存在しており、「構築する」は名だけで、その実は《現実》をなぞっているにほかならないのだ。世の中を支配する究極の意味をあらためて確認するのである。「叙事詩の詩的テーマは前もって確固として存在しているのである。〔……〕叙事詩は、根源的な亀裂や未知の出発点を排除し、独創性、あるいは再・記述とか読みの多様性を求めようとしない」（フエンテス、一八）。

ラブレー作品は世界を読み直す企てである。単一の意味・方向でもって構築されていた世界に亀裂を生じさせ、読みの多様性を求める。その具体的な手法が、この章で見てきた文脈重層、ジャンル混淆などだ。『パンタグリュエル』に押しつけられた「卑猥〔obscaenus はラテン語、フランス語では obscène〕」という表現は、ラブレー作品の文学的な前衛性あるいは過激性を言い得て妙な感じがする。すなわち「卑猥な obscène」は「脱・場面 ob-scène」の含みである（*Dictionnaire étymologique de la langue française* (Bordas) は、「しばしばそう言われているが、語源的根拠はない」と記している）。その反意語は「本来の、清潔な propre」であり、「本来の清潔な場《プロプル》」からは場違いな物事が一掃されている。一般に世に行われる言説は、その場の本来にふさわしい人物や物事を選び取り、他を排除する傾向がある。ところがなかには、「一掃されたものが再びこの『清潔な場《プロプル》』に忍び込み〔……〕人がそこを『自分本来の場《プロプル》』として住む安心感を無にしてしまう」(De Certeau, 86) 言説があり、それが文学と呼ばれるものの特徴である。パニュルジュの悪戯は文学の先鋒だと言ってもよい。その破壊的言辞はすでに数々引用したが、パリ城壁問答で「女陰石」（渡辺訳では「得手吉箱」）が廉価であることについて説明する文をすべて引用するところである。「私はこの町〔パリ〕に参りまして以来、――まだ九日にしかなりませぬが――別にこれを鼻にかけるというわけではござりませぬが、四百十七個の得手吉箱を買い調えましたぞ。〔しかもそれは、聖像聖画に噛りつく信女たちや、神学奥方たちのお持ちものだったのでございますぜ。〕」（Ⅱ、一二四。〔 〕は渡辺）。なるほど卑猥な話であるが、その卑猥さは単に女遊びの話題に尽きるのではなく、なによりも、この話題のなかにまったく場違いな人たち（信心深い貴婦人たち）を引き込んだことによる。もともと卑猥・猥褻は、場違いだからこそ卑猥・猥褻になるのだろう。

ところがラブレーは、『パンタグリュエル』の改版に際して右引用の「〔しかもそれは〔……〕ございますぜ。〕」を削除した（渡辺a、Ⅱ、二九五）。確かに「神学奥方」などはソルボンヌの神経を逆なでする文言だ。ところが一方では、これに類する場違いで卑猥な語句が、パニュルジュの例の教会堂での悪戯など、手を触れずにそのまま残留している。キリスト教の教義に直接関わる個所でも同様なちぐはぐが目につく。福音主義思想の表明が削られたり（「神にすべての望みをかけよ〔……〕」Ⅱ、一九八。渡辺a、Ⅱ、三二二）、そのまま残ったりである（「神の尊き御福音を正しく、ただそれのみを〔……〕」Ⅱ、二〇七）。ソルボンヌを罵倒する文言を書き加えた上で、それを削除したりもしている（「詭弁学者やソルボンヌ野郎〔……〕」Ⅱ、一四九。渡辺a、Ⅱ、三〇七）。

おそらくこういうことだろう。ラブレーのテクストにおいて、部分修正というものは本当はあり得ないのである。部分として抽出できるような断片は存在しない。一つの断片は他の断片とつながり、そこに生じるのは量の和だけではなく、質の変化である。断片の単位を語句から文へ、文から段落へ、段落から章へと大きく取れば取るほど、質の変化は重層化されて、テクストの意味を一口で言ってのけることは難しくなる。ラブレー作品は、また一般に文学とよばれる作品は、そのようなテクストを読者に突きつけている。「孤立した単独の言明を分析するだけでは足りず、その言明を取り巻いている文脈（context）を考慮に入れざるをえない。つまり、考察の単位を個別の言明から『言明の体系』にまで拡張せねばならないのである」（野家a、一二三六）。『パンタグリュエル』を「卑猥」あるいは場違いであると断罪した人たちは、この作品を考察する単位を定めあぐんだのだった。単位を縮小する方向で読めば、なるほど反体制的な言辞が目に付く。しかし、これらの言辞の下に重なっている幾層もの文脈が、表層の意味を錯乱させて止まない。「宗教と司法の権力は、ラブレーのロマンの人を困惑させずにはおかない〔ジャンルの〕混合を受け入れることができなかった。そしてこの美学《エステティック》上の狼狽を異端告発に変形させたのである」(Pouilleux, 62)。すなわちラブレー作品を弾劾するにしても、そのターゲットが定まらない。福音主義・人文主義の側からの諫言も同様であって、敵味方の区別が実はつかないのである。「低俗軽薄な作り話、金銭目当ての御伽草子、恥ずべき卑賤な言辞、臭気を放つ肥溜め」（二宮、三七六に引用）は、『パンタグリュエル』出版直後に一人の人文学者がラブレーに送った忠告の手紙の文言である。「紙を雑言で汚し、毒を吐き出してはじょじょに至る所を汚染する」（フェーヴル、一五八に引用）は、高等法院の尻馬に乗ったかのような一修道士の罵声だ。そしてかのカルヴァン、ソルボンヌが『パンタグリュエル』を「卑猥」と非難したことを報告したかつての人文学者、その後急進的な宗教改革者となりソルボンヌとは違った角度でラブレーと敵対することになったカルヴァンは、「ここに一人の下種野郎がいて、パンタグリュエルと呼ばれる悪魔や、その他ありとあらゆる汚穢《おあい》下賤なことを述べ立てて〔……〕」（二宮、三三〇に引用）と痛罵した。

　共通するのは「臭気」「汚染」「汚穢」といった文言、つまりラブレー作品を、「清潔 propre」に対する「卑猥 obscène」、「本来的 propre」に対する「場違い obscène」として非難している。では、「清潔・本来的」とは、ものを書く営みについて、一体何を言おうとするのか。一言で言えば、「真実」を述べることである。これは十六世紀の歴史（物語）の書き手たちのモットーであった。真実な言述とは、「語られる物事に忠実な」語りのことである。「歴史家たちは、歴史的法則に支配された物事の総体と、論理的脈絡によって首尾一貫する思想の総体と、統辞的連関を持つ語の総体とが並列するような」「物と言葉の合致を求めた」。その結果おのずと文体は「厳粛で荘重な響き」を帯びる（Dubois d, 72-73, 167）。

歴史（物語）がぜひとも避けなければならないのは、「物と理と言葉の（混同とまでは言わないまでも）相互干渉」である。「歴史家は言語を表現の手段として用いるのであって、言語そのものを目的としたり、あるいは隠れ蓑にしたりしてはならない」。「言葉遊びというものはあり得るし、遊びの規則を設けるのが修辞学の役目であるが、まさにこの意味するもの《シニフィアン》の自律性をこそ、真実に基づいて語ろうとする者は拒絶するのである」（Dubois d, 72-73, 126, 154. 強調は原文）。ラブレー作品は、この「真実」の言述に真っ向から逆らったのだった。パニュルジュの悪戯の目的は、意味するもの《シニフィアン》の自律性を過激に主張することによって、物と理と言葉の結びつきを断ち切ることにある。

右のような十六世紀の歴史家たちの思想が近代の骨格を作ったと言うことができる。世界は理に基づく秩序体であり、言語もまたひとつの合理的なシステムであって、ゆえに物と言葉は明快な一義的結びつきを果たす。すでに述べたように、十七世紀はラブレー作品を支離滅裂だとして一蹴した。事態が動いたのが十八世紀である。「学問として正統化される言説の内部において抑圧されていたものが《文学》として形を成した」。「真実」を語ることを第一の任務とするのではない言説、「ロマン」とも「虚構」とも呼ばれる新しいジャンルである。「本来的《プロプル》・清潔で単義的な場が存在しないところに虚構の存在を見ることができる。すなわち、異なるものが浸透してくる場所である。歴史記述の分野において修辞学の役割が重要になるということは、まさしくこの異なる論理が出現していることの大々的徴候である」（De Certeau, 81, 82）。

ここで「修辞学の役割が重要になる」とは、言葉と物は別個の存在であり、両者の相関作用がさまざまな「現実」を作り出すという、近代文学の問題意識に触れた言い回しなのだろう。また「虚構」とは、実話か作り話かという狭い視野を取り払って、言語によって生きる人間にとり世界とは何であるかを問う、やはり近代の視座が呼び寄せる概念なのだろう。この視座から見れば、古典的な歴史物語は次のように見える。「物事には〔……〕言語的実在があるのみだ。ところがあたかもこの実在が、構造の外に在る、《現実》という名を持つもう一つの実在の、単なる《コピー》にすぎないかのように見なされている。おそらく歴史記述は、その指示対象を言説の外にも持とうとする唯一の言説であるが、しかし言説の外でそういったものを探り当てることはできない」(Barthes, II, 425. *Le discours de l'histoire*)。このようなものの見方にはポスト近代という形容詞が付くのであろうが、しかし近代そのものがこれから始まろうとする時点ですでに、ラブレー作品の人物たちがこの視座から世界を見渡していたのだった。

第三章　物語を壊し、物語を呼ぶ(4)——『第三之書』

騎士道物語を離れる

『パンタグリュエル』と『ガルガンチュア』はいわば疾風怒濤の物語作品であった。その主人公が若い力に溢れる巨人であることは、物語のスケールをいやがうえにも大きくし、物語の進展にいっそうの勢いを加えていた。なかには物語を脱線させたり停止させたりしようとする分子もいるが、しかしそれらをさえ飲み下して物語展開のさらなるエネルギーとする旺盛な活力が、この巨人の物語を前に前にと進めていた。

「物語」とは「時間の前後関係を〈目的〉と〈手段〉の関係に読み替えて、時間の流れを最終目的の実現の過程として解釈する概念装置」（野家ａ、一四三）である。一つの出来事はもう一つの出来事を目的に定め、これを到来させるための手段として働いている。こうして出来事と出来事は目的意識によって繋がる連鎖をなし、最終の目的である出来事を目指して連続的に進展する。

大事な点は、出来事の連鎖が偶然の産物ではなく、そこに理が働いていることである。個々の出来事の間においてすでにそうであるし、出来事の連鎖の総体を最終目的である出来事に結びつけるためには、すなわち物語を一個の完結した全体として認識するためには、個々の理を通底し総合するような大いなる理念が要請される。『パンタグリュエル』と『ガルガンチュア』の場合、まずは騎士道物語の伝統的主題である人間の成長がその理念であった。幼年期、教育期、活躍期と、段階を経て人格の完成に至る。赫々たる武勲がその最終段階であるが、ラブレー作品ではもうひとつ先があり、武勲のさらなる目的は人文主義《ユマニスム》と福音主義の顕揚である。そしてこの二つの主義こそは、まさにルネサンスの大いなる理念にほかならない。こうして二人の王子の成長物語は「まさしくフランス・ルネサンスの最盛期、老朽化した中世末期の教権文化に対する困難な闘いにおいて、ユマニスムと福音主義が共に勝利を信じえた時代の、もっとも美しくもっとも雄弁な文学的証言である」（二宮、三六〇）。

第一章と第二章で「ルネサンス物語」という呼び方をした理由がそれであるが、しかしラブレー作品はこの一面に尽きるのではなく、もう一面では物語の「美しさ」と「雄弁」に対する警戒あるいは批判の姿勢があり、実はこの姿勢こそがこの作品を「文学」にしているのだと言いたい。物語の雄弁の裏には物語の欺瞞が潜む。つまり物語は往々にして、その理念を出来事に優先させ、先行させる。出来事を結びつける理念を「（両端の出来事に共通の）意味」とするなら、この「意味」に適う事だけが出来事として連鎖の中に入れてもらえる。「意味は出来事に先行し、出来事をあらかじめ決定している。〔……〕『出来事それ自体の存在というものはない。〔……〕逆に、出来事が存在するためには何らかの意味をまず導入しなければならない』とニーチェは述べている」（Barthes, II, 1617. *Les sorties du texte*）。したがって物語（出来事の連鎖）の意味にそぐわない物事は、たとえその存在が疑いえないものであっても、物語からは排除されるのである。

『パンタグリュエル』が「卑猥」と非難されたのは、この作品が理想的な物語となるために排除されるべき「場違いな」物事が多々あることを意味している。ルネサンス物語の進路を錯乱させるパニュルジュなどはその最たるものだ。そして実際にラブレー作品は、その物語の完成点で、パニュルジュ的異分子をテクストから一掃したのだった。テレームの僧院は人文主義と福音主義の理念が完全な実現を見るひとつの理想郷である。物語の理念あるいは意味はいまや出来事の助けを借りずともそれ自体で充足しつつ存在するから、新たに出来事を語る必要はもうない。こうして物語の完成は物語の終焉でもあった。

ところが、パニュルジュたちがそのまま姿を消してしまったのではなかった。テレームの僧院をもって上がりとする『ガルガンチュア』を出版した十一年後の一五四六年に、ラブレーは、『気高きパンタグリュエルの雄武言行録第三之書』（以下、『第三之書』と記す）を出した。その間に前二作がパリ高等法院とパリ大学神学部により禁書に指定され、ラブレーの動勢が不明である時期もあったが、しかしこの『第三之書』については国王フランソワ一世の出版允許状を得て、これを誇らしく巻頭に掲げている。「出版允許状は、ラブレーがいまや勝利の美酒に酔い、かつその文名の絶頂期にあったことを示している」（スクリーチ、四一五）。

パニュルジュが戻って来て、パンタグリュエルがそれを迎え入れる。戻って来ることができるほどに作品世界が変わったということだ。それに合わせて、人物たちの側にも変化があったにちがいない。

まずは地図について。もともとラブレー作品の地理は、第一作『パンタグリュエル』以来、作者ラブレーの故郷であるロワール川流域の一地帯が下敷きであり、実在の地名がそのまま文面に出ている。『第三之書』も同様で、ラブレーの生家があったとされる「ラ・ドヴィニエール」村の名物ワインをパニュルジュが客に振る舞ったりしている（Ⅲ、一九四）。しかし、『第三之書』の大きな違いは、前二作ではこの現実の地図の上に架空の国名（「無可有郷国《ユトピー》」「乾喉国《ディプソディー》」）が乗っかり、両国の争いがルネサンス物語の基軸をなしていたのに反して、『第三之書』ではこの架空国名が、戦争の名残がまだ幾分かは残っている書き出し部分を除いて、他ではすっかり消えてしまうことだ（渡辺a、Ⅲ、三〇八。*Notice*, 1371）。ラブレー作品は、「今までの物語の筋の一端を握ったまま、全然別な世界へ進み入る」（渡辺a、Ⅲ、三〇九）のである。

人物たちにも変化が生じている。第一に巨人王子であるが、これは変わったと言うよりは、ルネサンス物語の最終目的を究めつつその生長過程を終えていると言うべきだろう。『第三之書』の第一章は戦後処理におけるパンタグリュエルの施策を賛美する。かつての敵国「乾喉国」の主君となった王子は、恩でもって仇に報いる善政を敷き、全人民から深く敬愛された。「この王様は、この世で刀を腰につけたお方のうち、最もやさしく、物判りのよい、でっかい図体の御仁だったからだ。あらゆることの良いところを認め、一切の行為を善意に解釈するのが常だった」（Ⅲ、三九）。人文主義と福音主義が理想とする賢者王がここに出現している。

「でっかい図体」とあるが、かつて戦場で船の帆柱を引き抜いて槍の代わりに振り回し無数の敵をなぎ倒した、あの巨躯はもう文面には現れない。『第三之書』のパンタグリュエルは精神の巨人である。その聡明な風貌は、敵の巨人に一騎打ちを挑むにさいしては腰に塩樽を結わえ付けた、あの一種剽軽な巨人王子と同じ人物とはほとんど思えない。腰に塩樽というのは、パンタグリュエルの文献的な出自が中世の民話に出てくる悪戯悪魔であって、この悪魔が人の口の中に塩を投げ込み喉の渇きを催させることを特技としたからである。賢者王にあまりふさわしくないこの出自を『第三之書』はすっかり抹消した。

「刀を腰につけた」とあるが、『第三之書』のパンタグリュエルがこの刀を抜くことはもうないだろう。ここで注目すべきは各巻の題名であり、第一作『パンタグリュエル』では、「パンタグリュエルの畏怖驚倒すべき行為と武勲〔faicts et prouesses. 渡辺訳の「言行武勲」は必ずしも的確ではない〕」とあったのが、『第三之書』では、「善良なる〔初版は「気高き」〕パンタグリュエルの雄武言行〔faicts et dicts〕録」である。つまり「武勲」を引っ込めて代わりに「言（葉）」を打ち出している。これは、騎士の武勲を最大の見せ場とする騎士道物語の系列を離れることを意味する。パンタグリュエルに付随する形容詞が、「畏怖驚倒すべき」から「善良なる」に変わるのも同じことだ。『第三之書』は明らかに意図して前二作とは異なる世界に足を踏み入れている。

パニュルジュの変化はもっとめざましい。ある日、主君パンタグリュエルの御前に伺候したパニュルジュは、それまでとはうって変わった異様な身なりであった。「パニュルジュは、濃い鳶色の粗織布を四丈《オーヌ》ほど裁って、縫目の一つしかない長衣を着るような工合に、これを身にまとった。洋袴を履くのをやめにしたし、頭巾に眼鏡を付けた」（Ⅲ、六三）。すなわち「洋袴」を「長衣」に替えた。「洋袴 hault de chausses」は「キュロット（culotte）」とも言い、膝から上が半ズボン風、膝から下はタイツ風の、貴族の服装だ。ちなみに十八世紀末のフランス大革命では、「キュロット」ではなく長ズボンの平民が政治運動の前面に進出して、これを「サン・キュロット」（キュロットを履いていない、の意味）と呼んだ。パニュルジュは長ズボンではなく「長衣」をまとう「サン・キュロット」になったというわけだ。「長衣 robbe」についてはパニュルジュ自身が「これは、平和時におけるローマ人の用いる由緒深き衣」（Ⅲ、六五）と説明している。

とはすなわちパニュルジュは階級から離れた。貴族は軍人（中世では騎士）である。第一作『パンタグリュエル』ではパニュルジュも主君パンタグリュエルに従って対乾喉国戦争に出陣した。勇ましく奮戦したとは書いてないが、巨人王子がなぎ倒した敵兵の喉笛を掻き切るぐらいのことはした（Ⅱ、二一一）。ところが第三作のパニュルジュは、「私は、戦争には飽々いたしました」（Ⅲ、六五）と言う。すでに転職先を決めたのであろうか、「出納係」などとほのめかす。「頭巾に眼鏡を付けた」もこれに関連しているのだろう。

こうしてラブレー作品の二人の重要人物が歩並みを揃えて騎士道物語の外に出るのである。そして二人の間でもウェイトが逆転し（もっとも、『パンタグリュエル』のパリ滞在編がすでにそうであったが）、パニュルジュが物語を引っ張って行く、と言うよりはパニュルジュが物語を掻き乱す様を描くのが『第三之書』である。もともとパニュルジュは言語の悪戯でもってルネサンス物語の進行を邪魔する存在であった。今度は悪戯の域を越えて、ルネサンス物語に対する異議申し立てを、ルネサンス物語の成果としてのパンタグリュエル王子にぶつけるのである。だから、『第三之書』の題名にはもう一度クレームをつけなければなるまい。「『善良なるパンタグリュエルの雄武言行録』という題名は内容を見誤らせる恐れがある。パンタグリュエルの『行』がパニュルジュの『言』に座を譲っているのが実際なのだ」（Poutingon, 85）。

このように、ラブレー作品は第三作において大きな転換を見せる。これまではとにもかくにも枠組みとしてきた騎士道物語（中世にはロマンと呼ばれていた）の外に出る。外に出ながらも、作中人物名は変わらず、前作の経歴を背負い続ける。このような作品を文学史上のいかなる分類項目に位置させるべきか。教科書風の文学史は、『第三之書』における転換を見て見ぬ振りをするかのように、ラブレー作品全体にロマンというレッテルを貼り付ける。その場合、「ロマン」はほとんど何も定義しない。

　前に述べたようにラブレー自身は「ロマン」という語は用いていない。ラブレー作品をロマンと呼ぶのは後の世の慣習であるが、この慣習は『パンタグリュエル』『ガルガンチュア』が騎士道物語（ラブレーの後の世紀はこれを再び騎士道ロマンと呼んだ）を下敷きにしていることに根拠を置いているのであろう。そこで眼目となるのは物語性であり、実際に騎士道物語の狙いは、出来事と出来事が手段・目的の関係によって緊密に結びつき、その連鎖が最終の目的（輝かしい武勲）を目指して進捗する物語の魅惑であって、ロマンまたはロマネスクという語は一般にはこれを指していると言ってよかろう。

　ところが『第三之書』は騎士道物語の外に出る。しかも、別の物語路線に乗り換えるのではなく、物語性そのものに異議を申し立てる。パニュルジュは、巨人王子が主導するルネサンス物語において出来事と出来事を結びつける理念に楯突くのだ。したがって物語の進捗に絶えずブレーキがかかる、物語はどこにも行き着かない。そもそも発進したとは言い難いのだ。だから、出来事と呼べるようなことは何も起こらない。このようなテクストを依然としてロマンと呼ぶか、あるいは翻ってアンチ・ロマンと名づけるか、いずれにしてもラブレー作品は、ロマンという文学用語が世に広まる前に、ロマンとはいったい何であるのかを問うている恰好である。

身なりを一変してパンタグリュエル王子の前にまかり出たパニュルジュは、ひとつの新しい問題を抱えていた。結婚である。これまでのパニュルジュは騎士団に属する者の多くがそうであるように独身であった。その素行は例のパリ城壁談義からも窺い知ることができる。あらためて申し述べることによれば、「日毎摘み食いをして絶えず棍棒でどやしつけられたり、まかり間違うと梅瘡などを背負いこむ危険に曝される」（Ⅲ、七三）我が身を顧みて、ここで一心を改め、「立派な御亭主になっておめにかけますぞ」（Ⅲ、六四―六五）の決意である。

ただし、パニュルジュの心の中には一つの懸念がわだかまっていて、そのことで面前の主君の助言を求める。そしてこの問いかけが『第三之書』の本体である問答の連鎖の発端となるのだ、曰く、「殿も御存知の通り、今年は孤窮《コキュ》〔cocu. 妻に不倫をされる夫のこと〕の豊年満作でございますが、〔……〕しかし、自分が孤窮《コキュ》になるのは死んでもいやでございます。心配でたまりませんのは、このことでございます」（Ⅲ、七二）。

女の本性は善であるか悪であるか、云々を論じる女性論議は中世以来のフランス文学の一つの伝統であり、ラブレーが『第三之書』を書いた時期は特にこの論議がブームであって、「結婚生活に対する賛成《プロ》と反対《コントラ》の見解を掲載した書籍やパンフレットが氾濫していた」（スクリーチ、四四九）。したがって『第三之書』をこの風潮の中に位置づけて読もうとする向きもあるが、しかしラブレー作品の射程は単なる結婚論議をはるかに超えて、結婚が論点の一つとなる所以の人間存在そのものに及んでいる。そのことが、右のパニュルジュの煩悶へのパンタグリュエルの助言にさっそく表れている。「いったん結婚したいと思った以上は、目かくしをし、頭を垂れ、大地に接吻し、しかも一切を神のみ心に委ね奉り、運在天と覚悟するにしくはないな。これ以外の保証は与えるわけにはゆかぬ」（Ⅲ、七六）。

注目すべきは「運在天と覚悟する」の文言であり、原文は、se mettre à l'aventure（Seuil, 403）、直訳すれば「冒険に身を曝す」である。さらに言えば、普通「冒険」と訳するadventure（aventure）の本義は「時間の中で生じる予測できない物事」（〈aventure〉については、*Trésor de la langue française* による）のことである。つまりパンタグリュエルは、結婚の成り行きを含めて人生の万事を予測不可能と見ている。予測がつかなければ手段・目的の連鎖は成り立たない。マニュアル的な人生の方向《サンス》・意味というものはない。すなわち物語的筋書きは存在しない。「冒険に（身を曝す）à l'aventure」という熟語は、「目的（終点）なしに」の意味である。そしてこれが「騎士道の冒険 aventure de chevalerie」すなわち中世に勃興した「ロマン」の原型であった。この原型を今日の「ロマン」も引き継いで、往時の遍歴の騎士の危険な旅路に似た老若男女の人生行路の有為転変を物語る。というよりは人生行路を脱物語化する。

しかしながらパンタグリュエルの「冒険」論は彼の思想のほんの一面にすぎない、巨人王子はあくまでもルネサンス物語の人なのだ。人生の行く先が予測不可能であるのは人間の有限な知にとってのことであって、神の全知には不可能の壁はない。「神のみ心は〔……〕その栄光を示し給うために、屡々賢人をも昏迷せしめ〔る〕」（Ⅲ、二四七）は、これはパウロの『コリント信徒への手紙』にもとづく（渡辺a、Ⅲ、四五六）パンタグリュエルの発言である。この神の知は言い換えれば大いなる理性である。「人間は調和的な成長・発展を遂げるためにこの地上に在るのであって、敬うべきはただ神（神すなわち理性 raison）のみである」（Saulnier, I, 16）が、ルネサンス物語の根本思想なのだ、この思想を具現したパンタグリュエル王子への賛辞が、この章の初めに引用した「この王様は、〔……〕あらゆることの良いところを認め〔……〕」であり、引用を続ければ、「もしも、そうはせず、悲嘆に暮れたり思い紊《みだ》れたりしたら、聖なる理智（raison）の宮居から追い出されることになってしまうことは必定だったからだ」（Ⅲ、三九。Seuil, 378）とある。「神によって秩序付けられた世界を大前提にして(5)」いるのが、パンタグリュエル＝人文学者ラブレーの思想なのだ。パニュルジュへの助言の中にあった文言「一切を神のみ心に委ね奉り」は、「聖なる理智の宮居」に住む人間の究極の安心を謳っている。ちなみにパンタグリュエル自身の結婚に関しては、「一切を父君〔ガルガンチュア王〕の御意志御命令に従いとう存じます」。「なるほど、左様に考えて居るか（とガルガンチュアは言った、）これもありがたき神の思し召しによるものだろう」（Ⅲ、二六三）。フランス語（一般にヨーロッパの言語）では「父」の頭文字を大文字にすれば「神」になる。

パニュルジュには小文字の父も大文字の父もいないのである（まるで親などいなかったかのように、出自には一言も触れない）。「彼は神々が沈黙し言語が混乱状態にある世界の中を彷徨っている」（Gray a, 121）。「超越者を失い、もろもろの記号が曖昧で不統一な世界に如何に処するか」（Paris, 191）、すなわち、究極の目的に向かう出来事の連鎖として物語ることが出来ない世界をどのように生きればよいか。「一切を神のみ心に」と説くパンタグリュエルに対しては、「条件仮説法に縋《すが》りつけというわけでございましょうが」（Ⅲ、一八〇）と反論する。パニュルジュの直説法の見立てでは、「この世界が、今後三年ほど続くかどうかが、誰に判って居りましょう？」（Ⅲ、四〇）なのだ。

物語を否認するパニュルジュは物語共同体から追い出される。「『語る』が共同体的ないしは間主観的言語行為の色彩を強く帯びていることはまぎれもない、われわれは、個人の体験や知識や伝聞を共同化し、他人と共有するためにこそ『語る』のである。〔……〕『語る』という行為は、いわばその背後に、歴史的共同体とでも言うべき時間意識を背負っている」（野家 a、一一〇—一一一）。『第三之書』において「歴史的共同体」は、聖書やギリシャ・ローマの古典の物語から始まり巨人王子の活躍を語るルネサンス物語に至る言語行為の積み重ねによって構築されている。パニュルジュは、「伝統が打ち立てている仕来りにはもはや加盟しない特異な個人、〔……〕『異なるもの』と呼ぶべき人間である」（Jeanneret b, 340）。まるでこれを象徴するかのように、先に見たパニュルジュの新しい服装は、「当時の服飾に関する手引書を見ても、いかなる職業・身分のカテゴリーにも入らない」(Marrache-Gouraud, 251)。パニュルジュは、『第三之書』に異邦人として登場しているのだ。

パニュルジュのような人間を異邦人と見るのは、歴史という名の物語において「《勝利を収めた者》の視線」である。「そうした視線は歴史《イストワール》（物語）を、今日支配している者たちの統治へと繋がる閉じた《前進》の連続と捉える」（ジジェク、二一四）。パンタグリュエルは物語の勝利者の座から、物語の筋を踏み外したパニュルジュを見下している感じだ。相談に乗る前に、あらかじめこの男の身持ちの悪さを断罪している風である。「セネカの箴言は古今東西を通じて真実だからな。曰く、『汝ガ他人ニナスコトハ、他人モコレヲ汝ニナスト信ゼヨ』」（Ⅲ、七二）。また、パニュルジュに助言を与えようとする神学者にはエリート主義の差別意識があり、こう言った。「立派なお方たちの血を享けた婦人であり、徳を磨き道を弁《わきま》え、良家の人々とのみ交り睦」む女性を妻にすれば、「あなたは断じて孤窮《コキュ》にはなられまい」（Ⅲ、一八一）。そのような女性（人間）だけが、ルネサンス物語を言祝ぐ社会共同体の中に入れてもらえるのだ。これにはパニュルジュがむっとした。「そういう貞女様は〔……〕、今まで一度もお目にかかったことはございませんねえ」（Ⅲ、一八二―一八三）。

このパニュルジュをパンタグリュエルは次の言い方で非難している。「自惚れとひとりよがりとのために、今、幻滅の悲哀を味わって居るものと認められる」（Ⅲ、一七五）。「自惚れ philautie」は、ラブレーが座右の書としていたエラスムス『痴愚神礼賛』のキーワードの一つであって、エラスムスでは文字通りに自分が優れていると信じて得意になることであるが（『痴愚神礼賛』一一九など）、ラブレーでは意味を拡張して「エゴイズム」（Seuil, 476）、「自分の考え方に固執すること」（Saulnier, I, 117）を言うようだ。この欠点をさらに強い口調で咎めれば、「そなたは邪《よこしま》な精霊に惑わされている」（Ⅲ、一一二）、「異端邪説」（Ⅲ、四三）ということになる。

パンタグリュエルが人を「異端」呼ばわりするのがいかにもパラドックスである。時代の現実においてはパンタグリュエル＝ラブレーが信奉する福音主義こそが大異端であった。『第三之書』が出版された一五四六年には、ラブレーと親交があった人文学者エチエンヌ・ドレが異端の罪で火刑に処せられた。ラブレーも出版直後に国外に脱出している。そして『第三之書』は出版後直ちに禁書処分を受けた。パニュルジュはまさにこの異端の書の中で異端者とみなされるのである。つまり歴史的現実を支配する物語と、架空の世界においてこれを打ち負かす物語の双方から排斥された、徹底した反物語存在なのだ。

歴史的現実における異端者ラブレーが「紙を雑言で汚し、毒を吐き出してはじょじょに至る所を汚染する」と罵られたのと同じく、ラブレーのルネサンス物語の異端者パニュルジュは、この物語の理念に与する研究者から「不道徳で巧妙な『言葉の転がし屋』」、「叡智の完全なアンチテーゼ」（スクリーチ、四三二、四五八）と非難される。ところが『第三之書』は、そのようなパニュルジュを、あえて題名（『パンタグリュエルの雄武言行録』）に背いてまで、第一の主要人物にしているのだ。そこにこそこの作品が、文学として、歴史（物語）から自立する証があると言えるのではないか、いかなる物語の理によっても保護されないこと、「自分の生が何の例示になっているかがわからないままに生きていること、〔……〕これが存在の条件であることを徹底して示す場が文学＝虚構なのではないか」（青柳 a、一、一四九）。

対話形式の物語文学

右で言う「文学」を積極的に担う種類の作品が、中世においてすでに「ロマン」と呼ばれていた作品の系譜である。ロマンは、歴史物語としての叙事詩（武勲詩）とは別の要請に応えていた。すなわち、民族や国家の歴史を綴る叙事詩（例はウェルギリウスの『アエネイス』およびそのフランス語翻案である『エネアス物語』）が、歴史の運行を支配している者の眼で捉えた、「それ自体において完成している生の全体を象る」のに対して、ロマンは、「道から逸れた、孤独な存在」を扱う（Lukács, 54、61）。ラブレーの前二作は実質的に十六世紀の歴史物語であり、ルネサンスの叙事詩であった。ところが第三作では中心人物が歴史共同体から離脱して、黎明期のロマンの主人公に似通った、路に迷う存在となる。このことは、「テレームの僧院が光り輝く最後の表現となっていた、安定と調和の夢の終焉を告げている」(Ménager a, 75)。「天と地が結びつき調和のある統一体として息づいていた」ルネサンスから、「道標が切れ切れにしか与えられない迷宮、謎、パズル」と言うべき次の時代(Dubois c. 36, 41)への移行を示している。

目の前に伸びている道筋をどんどん進む人間を描けばおのずと物語叙述《ナラシオン》の形式になるのだろうが、これに反して道なき道を歩こうとする人間の場合は、切れ切れに与えられる道標について自他に問い合わせる対話《ディアローグ》形式が採用されるだろう。「彼らはさまよい歩く、そして脱線する。言葉の海を漂う。『書くよろこびにとらえられ、帆を上げるやいなや、沖に出るままにまかせる』(ギヨーム・ビュデ)。対話体はこのディスクールにもってこいの形式なのだからして、『ガルガンチュアとパンタグリュエル物語』の中心を占める『第三之書』がダイアローグになることは必然と言える」(宮下、三九)。

ギヨーム・ビュデはラブレーの時代のフランスにおける人文主義を代表する学者である。文芸復興を主導した人文学者にとり対話および討論《シンポジウム》形式は、古代ギリシャ以来の文芸の正統的な表現様式であり、また時代の要請にも応えるものであった。「討論形式は、表現内容の多様性を無理に統一したりまとめたりせずに、外に向けて広がる言説を可能にする。世界の現象の驚くべき多様性を前にしたルネサンス時代の人々は、現象を取捨選択したり分類したりするよりも、これを観察し賛美することを好んだ」(Jeanneret a, 164)。実際にルネサンス期の作品は対話あるいは討論形式が大きな特徴である。エラスムスはたくさんの対話作品を書いているし、トマス・モアの『ユートピア』は前半が作者自身を含む三名の討論である。

ラブレーが『第三之書』において意図的に対話形式を採用したことは題名の選択にも窺える。先にも触れたように、『パンタグリュエルの雄武言行録』の『言(dicts)』は、この第三作で初めて題名に浮上したのだった。さっそく第二章から、パンタグリュエルとパニュルジュの長大な対話が始まる。これに、第一四章からはエピステモン、ジャン修道士ら愉快な仲間たちが加わって討論会の形になる。これをギリシャ古典文学に即して「哲学的対話」から「バッカス〔酒の神〕喜劇」に移ると言うことができる（*Notice*, 1394）。「討論会symposium」をギリシャ語源に戻して「饗宴」と呼んでもいい（プラトンの『饗宴』）。酒宴・饗宴の場面は前二作でも読みどころのひとつであったが、この『第三之書』はこの種の場面で談論風発がますます盛んである。意見を述べるだけではなく、例証として様々な逸話を例に引く（ジャンル名ではコントまたはヌーヴェル）。たとえばパニュルジュは、人間がいかに色事を好むかの例として、簡単な手真似だけで意気投合した男女の話を面白可笑しく語る（Ⅲ、一二五）。スペインの逸話集から借用したらしい（*Notice*, 439）。つまり対話・討論形式は表現様式の一つであるだけではなく、もろもろの様式の総合となりえる。「普通は個々のジャンルに振り分けられるような、様々なタイプの言説を複合した作風になるのである」（Jeanneret a, 145）。対話形式それ自体の作り方にも各種がある。「対話の演劇的様式」（*Notice*, 1430）、つまり戯曲と同じように人物名と台詞だけを載せるページもあれば、描写や物語的叙述を多分に書き添えた個所もある。

『第三之書』はこのようなテクストの質と形の多様性においてまず前代未聞の作品となった。「古典主義によって一掃される前に、物語文学がその構成と口調において享受したほとんど無制限の自由がそこにあった」（Jeanneret a, 146）。「古典主義によって一掃される」とは前章で触れた、ラブレー作品のあまりにも通念をはみ出た作風が十七・十八世紀に受け入れられなかったことを指す。これに対して十八世紀末のロマン主義以降は、「無制限の自由」を主張する近代ロマンがラブレー作品をモデルのひとつとしたのだった。

果てしなき対話

饗宴といえばラブレー作品は、饗宴の場面をたくさん含んでいるだけでなく、そもそも全体が饗宴であり対話であると言うこともできる。「本を開くその瞬間に、読者は飲み食いに誘われるのだ。〔全四作の〕それぞれの序文で、《私》なる声が立ち上がり、聴き手に二人称で呼びかける」(Jeanneret a, 112)。『第三之書』の「序詞」は、「向こう隣りの旦那衆、その名も匿《かく》れない酒呑みの大将〔……〕」で始まり、「我が酒甕《さかがめ》に戻ることにしよう」(Ⅲ、一九、二八)で締めくくる。ラブレー作品において酒を飲むことは言葉が起動することを意味する。その言葉は実際に声に出して人に呼びかける言葉であって、思いを心の中に秘めたり、あるいは神に向けて告白をつぶやく言葉ではない。

心の中の言葉を綴る文学がある。十六世紀ならラブレーに対するモンテーニュだ。「モンテーニュによって写実《ミメシス》の対象が外的世界から発話の主体へと移されるのに対して、ラブレーと饗宴文学の伝統は、身体と物質の厚み、宴席の活気と会食者の発する言葉の繁茂をテクストの中に注入していたのだった」(Jeanneret a, 268)。近代文学ではモンテーニュ派が一時は主流であったと言うべきかもしれない。西欧の文学を日本に移植するにあたって坪内逍遥が、「されば人間という動物には、外に現るゝ外部の行為と、内に蔵《かく》れたる思想と、二条の現象あるべき筈なり。〔……〕この人情の奥を穿ちて、人情を灼然《しやくぜん》と見えしむるを我が小説家の務めとはするなり」(『小説神髄』六九)と宣言したことはよく知られている。

ラブレー作品の読者は「序詞」の口上に誘われて『第三之書』という名の饗宴に連なるのだ。それは饗宴としての世界そのものに臨むことである。「書き記し、出版される個々の作品は、人間という大いなる普遍的書物を写している。世界が口述することを筆記しているのだ」(Bon, 31)。ルネサンス人が好んだ言い方を用いるなら、世界は一つの劇場であり、変人・奇人といえども人はみな、舞台に姿を現してもろもろの人々と言葉を交わすのであって、独りでこっそりと身を潜めるような人間はいない。パニュルジュはなるほど異端児ではあるが、パンタグリュエルが主宰するルネサンス世界の宴に連なって、めげず臆せず自分の意見を主張するのである。

さて、対話は人物が話す会話文であり、これに並んで語り手が語る地の文がある。テクストは両者を組み合わせて綴るが、それぞれ働きには違いがある。もともと、「カタリは始まりと終わりのある、方式のととのったものいい」であるのに対して、「言葉を口から自由に出して雑談するのがハナシ（放し）」であった、これは日本語の語義にとどまらず、物語論一般にとって有意義なヒントである。「『語り』という行為は聴き手の反応や応答とは独立に、その落ち着き先はあらかじめ語りの構造と仕掛けによって定められている」のに対して、「『話す』という行為〔は〕特定の場面における対話の相手の反応や応答に応じて言葉を臨機応変に繰り出すという一種の相互行為」である（野家a、九九―一〇〇）。ゆえに個々のテクストの特徴は、対話文（話すこと）と地の文（語ること）の比重関係、言い換えれば、「臨機応変な応答」と「あらかじめ定められた落ち着き先」のバランス如何によって決まるであろう。

　通念的な物語作品では地の文が会話文を並べるための道筋を敷く[6]。「地の文による物語はメタ言語であり」、「〔会話文〕のなかでは漠然とした形でしか形象化されない真理」が、「メタ言語の中ではそれとわかるようにはっきりと示される」。要するに、「世界の真理がその光明を物語の地の文を通してあらわす」（マッケイブ、二一、二五）のである。会話文は、「世界の真理」の断片として、地の文の中に埋め込まれるのである。地の文が表立たなくとも仕組みは同じだということがある。ルネサンス期の人文学者が古代ギリシャ以来の技法として尊重し、自らも愛好した対話形式は、結論を目指す論争術《ディアレクティック》であった。たとえばエラスムスのある対話作品では、若い男女が人生論を戦わせながら、じょじょに意見が歩み寄り、最後には意気投合して結婚に至る。その道筋があらかじめ用意されているのであり、対話者は出発点においてどれほど意見が相違していようとも、この道筋に立つということによって、すでに結論について合意しているのである。対話者の背後には、みずからは姿を現さないが、対話の道筋を作り、それに沿って対話者を歩かせる、「オーケストラの指揮者のような、あるいは舞台の演出家のような」（Ruthier-Revuz, 82）存在が居て、これこそが対話の実質的な主体なのだ。『第三之書』は地の文の働き方においても、対話の成り行きにおいても、右とはまったく違う作品である。ここでは、地の文がメタ言語として機能する余地はない。そのような情況を異邦人パニュルジュがこしらえてしまったのだ。これを取り鎮めるべき「〔作品の〕創造主《オトゥール》の機能は停止している様子だ。普通なら素材を選び、秩序付け、階層づける審級が欠如しているように見える」。その結果、「ラブレーのテクストは多種多様な素材をまるで無秩序に撒き散らし、統一の配慮なしに、これみよがしに錯綜させるのである」（Jeanneret a, 259）。ここには、最終目標に向けて手段・目的の連鎖を延ばす物語が成立する余地はない。『第三之書』は、「果てしない対話を継続しつつ〔……〕未完成であり続ける」（Jeanneret a, 145）テクストなのだ。

「語り」に対する「話し」の圧倒的優勢である。量においてもさることながら、異邦人パニュルジュが放つ言葉の矛先が、パンタグリュエルが統括するルネサンス物語の理を掻き乱してやまないのだ。その様を以下に見てゆく。

言語記号は機能不全である

結婚は幸福をもたらすか否かについて議論を始めたパンタグリュエルとパニュルジュであるが、二人の意見はますます分かれるばかり。とうとう、占いによって決着をつけることになった。

かの大預言者ノストラダムス（一五〇三―一五六六年）の世紀であることを思えば、なるほどという感じであるが、これにはさらに真面目な検討を付け加えるべき面がある。第一に、ラブレーは迷信的な占いの愚を諭す合理主義者だったようだ。第一作『パンタグリュエル』出版の直後に、この本の成功の波に乗って、『一五三三年のパンタグリュエル占筮《うらない》』なる小冊子を出した。その年の運勢を占う本である、その中で曰く、「蚤はたいてい黒かろうし、お腹は前へ進むだろうし、お尻は真先に座るだろうし〔……〕」（渡辺c、下、四六四に引用）。わざと戯作的な口調を用いているのは、「占筮というものがいかに愚劣であるかということを示す」（渡辺c、下、四六二）ためである。

ただし、今日では同じく迷信だとみなされることでも、ルネサンスの時代では正統な学説として通っていたことが多々ある。ルネサンスは万物照応《コレスポンダンス》の世界である。「多くの人文学者《ユマニスト》たちにとって、宇宙は、無数の霊やダイモン、霊的存在、あるいは主天使や能天使などに満ちていた」（スクリーチ、四六四）。「宇宙はそのもろもろの運動を通して、創造主の栄光を讃える一つの讃歌を歌い上げている」（Dubois b, 85）。一つの物事はもう一つの物事とともに、この讃歌の和音を作っているのだ。たとえ両者が見かけは著しく離れていても。だから「ある印に働きかけることは、同時に、その印が密かに指し示す物事に作用を及ぼすことになる」（Foucault, 47-48）。こうして、「決心する上で占いを参考にすることに関しては［……］ルネサンス期は概して好意的な態度を保っていた」（スクリーチ、四六二）。

『第三之書』は大半のページを占いに割く。有名な叙事詩（ここではウェルギリウス作『アエネイス』）の任意の詩句を拾い出してそこにある文言を予言として読み取ること、および夢占い、巫女の占い、占星術、死期が迫った老詩人の白鳥の一声を求めること、等々をパニュルジュに勧めるのが人文学者パンタグリュエルである。夢の中においてこそ「霊魂は、その最初の聖なる始原の姿を明らかに啓示せしめられる」（Ⅲ、九一）という思想は、「当時ごく一般的な医学理論」であったとのことで（*Note*, 414）、パンタグリュエルも数々の古典を引用しながら、夢占いが「暦とした、由緒ある、正真正銘の占筮《うらない》」（Ⅲ、九二）であることを強調している。叙事詩の詩句を用いる占いも、やはりパンタグリュエルによれば、ソクラテスなどの哲人・賢人が古来行ってきたとのこと（Ⅲ、七七）。このウェルギリウス占いなどは、その回数が改版で二倍に増えている（*Notice*, 1386）ことなどから、『第三之書』が占いに置いたウェイトの大きさがうかがわれる。

それぞれの占いで出た結果をパンタグリュエルとパニュルジュが解釈するが、二人の意見はいつも真っ向から対立して討論が始まる。すなわち、占いをきっかけとする記号解釈の問題が『第三之書』の本題なのである。たとえば夢占いについては、パンタグリュエルの言では、霊魂は「過去の事象のみならず未来の事象をも認知」して、これを人間に伝えようとするが、それを受け止める「〔人間の〕肉体の感覚は不備脆弱であるから、それに妨げられて、霊魂は、見た通りをそのままに過りなく伝えられるものではない」（Ⅲ、九一―九二）。また、せっかく霊魂が真理を伝えようとしても、人間はこれを「不備脆弱」な「肉体の感覚」すなわち視聴覚等の徴候《シーニュ》を通して把握するほかはなく、これを他の人間に伝達する際には、さらなる記号《シーニュ》としての言語を用いるほかはない。そしてこの言語記号が機能不全に陥っていることこそ人間にとって最大の問題なのだ。言語の「用語が多義に解され、曖昧で晦冥なため」（Ⅲ、一二二）、とパンタグリュエルは言う。

　まさに言語の多義性と曖昧性が、第一作『パンタグリュエル』に引き続くパニュルジュの悪ふざけ（『第三之書』においては、むしろ反体制運動と言うべきか）を助長するし、一方、これを受けて立つ人文学者パンタグリュエルの理論を蝕むことになる。たとえば次の様である。

　一つの語が二つ（以上）の物事を指すという多義性。パニュルジュは額に角が生える夢を見た。フランス語で「角を生やす」は「孤窮《コキュ》になる」の意味であり、早速パンタグリュエルは、[7]「お人善しの貴様は孤窮《コキュ》となり、見事なお角を生やしてしまうわ」と断言する。ところが、ギリシャ神話には豊穣の角《コルヌ・ダボンダンス》というものがあり、角の中に満ち溢れた果実が赤児のユピテルを養った。「とんでもない、話はあべこべだ。（とパニュルジュは言った。）私が結婚すると、あらゆる富という富を悉く我が物とし、豊穣角《コルヌ・ダボンダンス》を抱えて左団扇《うちわ》の身の上になると夢に出て居るのでございますぞ」（Ⅲ、九九）。

　記号の見かけは一個であるのに、その実は二個（以上）であるという曖昧性。「瘋癲〔狂人〕の意見や勧告や予言などによって、どれほど多くの王公貴顕国家がその生命を全うしたか判らぬ」（Ⅲ、二一三）と提唱したのはやはりパンタグリュエルである。さっそく王宮に招かれた瘋癲は、「moine に注意!」と叫ぶ（Seuil, 531）。《moine モワヌ》はフランス語の基本単語としては「修道僧」であるから、パンタグリュエルは「いずこかの修道士のために、そなたは孤窮《コキュ》になるだろうという意味だ」（Ⅲ、二五六）と、なるほど自然な解釈を下す。これに対してパニュルジュは、『モワヌ』というのは〔……〕女房が慰みに可愛がるに違いありませぬ一羽の雀《モワノー》のことでございましてな」（Ⅲ、二五七―二五八）とやり返し、これも間違いではない。というのは、「moine 修道士」が語源となって「moineau 雀」という語が生まれたといういきさつがあり、その心は、「修道士の長衣の茶色と雀の羽根の茶色の類似による」（*Dictionnaire étymologique de Robert*）と言われる。両方とも間違いではないとは、いずれも決定的に正しくはない、ということだ。瘋癲占いもまた無効であった。

　言語記号は機能不全である。単語レベルだけではなく、単語を組み合わせてメッセージを構築すべきテクストが実は壊れている。パンタグリュエルの命令でパニュルジュが訪問した巫女は、八枚の落葉に「紡錘棒で何か短い詩句をそそくさと書きつけた。それから、吹く風のまにまにその落葉を散らせ、こう言った。――お望みならば探しに行かっしゃれ。できるものならお見つけなされ。お前様の嫁取りの定められた運勢は、これにしたためてありますわい」（Ⅲ、一一五）。パニュルジュと連れのエピステモンは汗だくで落葉をおいかけ、拾い集め、パンタグリュエルのもとに持ち帰って、さっそくその解釈を行う、ところがその際に、テクスト確定の手続きがすっぽり抜け落ちるのである。「さて、この落葉を一枚ずつ並べてみると、次のような韻文になった」（Ⅲ、一一六）とあるが、どのような順序で並べたか、またその順序が元の言葉の順序とどう符合するかしないかについての配慮は一切ないのである。つまり校訂の手続きを経ないテクストがまかり通って、世間を周章狼狽させる。

　このように語はそれぞれにいくつもの意味《サンス》を放出し、これを一つの方向《サンス》に揃えるべきテクストが存在しない。これでは、物事が相互に手段・目的の関係による連鎖を作り、連鎖の終点に大いなる目的を望み見ることはできない。つまり物語が成立するはずはない。「自分というものを探して彷徨いながら、曖昧性の無限地獄の中に入っていく」（Paris, 213）のが、『第三之書』のパニュルジュである。

人が想起する世界の像は、その人の「自ずからなる経験の遠近法（パースペクティヴ）によって制御されているのであり、そこには選択は言うまでもなく強調や削除や変形といった要因が働いている」。つまり物語は世界をそのまま写し取るのではなく、世界の「解釈学的再構成」を試みるのである（野家a、一六四）。「イデオロギー体系は虚構である。〔……〕この虚構は、ひとつの社会的物言い、社会的言説によって支えられ、さらにこの言説と一体化している。ここで虚構とは、一つの言説が脚光を浴び、聖職者階級（司祭、知識人、芸術家）を通して一般的物言いとして普及する時に、その言説が到達する堅牢度のことである」（Barthes, II, 1508. *Le Plaisir du texte*）。

パンタグリュエルの言説にイデオロギーとしての堅牢度を与えているのは古典研究から得た知識である。パンタグリュエルはこの知識に基づいて現代フランスの事象を切りさばく。たとえば、聾唖者が手真似で伝えようとする内容を「ピュタゴラス派の教説」でもって読み取ったり、そこに「ソクラテスの神霊《ダイモン》」を見出したりする（Ⅲ、一二八―一三〇）。そもそも、占者の選択基準がいかにもギリシャ古典風だ。パンズゥーの村に住む巫女は、「第二のカッサンドラ〔トロイアの落城を予言する〕であるかも測られないではないか？」（Ⅲ、一〇九）。また、老詩人を訪ねさせる理由は、「諸々の詩人《うたびと》は〔……〕その死に近づくにつれて予言者となるを常とし、アポロの神の霊感によって、きたるべき事物を占筮《うらな》って歌うものだ」からである（Ⅲ、一三三）。

つまりパンタグリュエルは、古典の知識に基づいて現代の世界を解釈し、再構成する。解釈は誤りを含むかもしれず、再構成は実はすり替えであるかもしれないが、それに目をつむらせるのがイデオロギーという名の虚構装置なのだ。パニュルジュは、まさしくこの虚構の欺瞞性を突くのである。ウェルギリウス占いでもって始まった二人の対話は、のっけから、ユピテル（ゼウス、ジュピター）とは何者かという、人文学的イデオロギーの核心を巡る議論に発展する。
「天空に雷霆殷々雷光閃々《らいていいんいんらいかせんせん》たるユピテルの神」（Ⅲ、八五）と、パンタグリュエルは言う（直訳は、「天上で雷を鳴らし雷光で打つユピテル」Seuil, 408)。念を押して、「これは高遠な神話から借りきたったものとして承知してもらいたい」。ギリシャ神話とキリスト教の融合《サンクレティスム》を図った人文主義は、ユピテルとキリストを同一視する傾向があった（Jeanneret b, 342)。さしずめ天地を知ろし召す大御神というところか、万物に神の理が浸透している。

　このような「道徳化がギリシャ神話の元々の奇妙奇天烈さと生々しさをカムフラージュしてしまう」（Jeanneret b, 341）と、異を唱えるのがパニュルジュである。ユピテルが白鳥や雄牛などに変身して女性のもとに忍び寄ったことは、ギリシャ神話を一読した者なら誰でも知っている。神々の王のこの好色的側面を意図的に削除した、パンタグリュエル流のギリシャ神話虚構物語に対しては声を張り上げて抗議しなければならない。この「神は、前代未聞の、またとない道楽者、穢れはてたる托鉢坊……いや青楼〔売春宿〕坊主だったのでございます」（Ⅲ、八七）。

　とはいっても、パニュルジュは論争相手のイデオロギーにもう一つのイデオロギーを対峙させようとするのではない。パニュルジュが告発するのは、物語とイデオロギーが手を携えて相互の虚構性を増幅する、世間の動向である。このパニュルジュとともに文学は近代世界を批判的に観察する視座を得たと言えるのではなかろうか。「パニュルジュは万人が認める価値体系に決して従わない。こういった懐疑の精神は、世紀の交代期にバロック思想によって増幅されて、物の見せかけに対する不信の渦を世界中に巻き起こすことになるであろう。ピカロはパニュルジュの後継者である」（Marrache-Gouraud, 378)。
「不信の渦」の中に真っ先に飛び込んだのがパニュルジュである。『第三之書』の「占いは、その解釈を巡って際限のない論争を引き起こし、その結果、物語の筋道が見えなくなってしまう」（Marrache-Gouraud, 280)。

パニュルジュには人生の筋道が見えず、当面する結婚問題を進展させることができない、ところがこのことは裏腹に、身体に溢れる生命が彼を突き動かして止まない。「はや私は痼馬のよう、鞘走るは秋水三尺、嫁御をもらって、黒鬼もどきに女房を耕したいものと、体が燃えあがるばかりでございます」(Ⅲ、六四)は、まことに切々たるものがある。これが、『第三之書』に一つの方向、あるいは徹底した無方向性を与える。

物語脱出の語法

占い師巡りには、愉快な仲間たちの一人ジャン修道士も同行した。以下は、このジャン修道士が気落ちしたパニュルジュを慰め激励する話である。

前二作(『ガルガンチュア』と『パンタグリュエル』)を読んできた読者は、パニュルジュとジャン修道士が道連れになることに首を傾げるに違いない、ジャン修道士はガルガンチュア王子がその武勇と心意気を愛でた人物であり、一方、パニュルジュが仕えたパンタグリュエル王子はガルガンチュアの息子である。だから、パニュルジュとジャン修道士二人の間には一世代の年齢差があってしかるべきだが、『第三之書』はそのことをほとんど無視している。その理由は、前二作の親と子二代に渡る王子の物語が、『第三之書』作者の頭の中では今や一つに統合されて、一個の理念的なルネサンス物語を形成しているということであろう。たとえば、パニュルジュは、「ついこないだのことだが、ヴェードの浅瀬で、武者どもが橋の板張りを打ち破った折に[……]」(Ⅲ、一四三)と、体験談を語る。「ヴェードの浅瀬」の合戦は『ガルガンチュア』の一場面であって、パニュルジュが仕えるべきパンタグリュエル王子はこの時まだ生まれていない。それを承知でパニュルジュをヴェードの合戦に臨ませたのは、この戦がルネサンス物語の合戦の部を代表する理念的戦場面となっているからで、パニュルジュは今や、この理念的物語が表す物語の理念と対峙しているのである。

星占いのもとでも例によって不毛な記号解釈論議を行ったパニュルジュは帰り道ではなはだ機嫌が悪かっ

た。連れのジャン修道士に「なあ、布袋《ほてい》和尚、少しは俺を陽気にしてくれよ、なあ」と呼びかけ、その勢いで次のように叫びだした（歌い出した、と言うべきかもしれない）。「半欠けふぐり　名うてふぐり　足太ふぐり〔……〕」（Ⅲ、一五八）。この「ふぐり」の連呼は、三個ずつの行がずらり五十五行、したがって合計百六十五個となる。そのうち十四個は改版に際しての追加である（渡辺a、Ⅲ、四〇八）。

第二章で論及した列挙式記述である。『第三之書』では、これがさっそく巻頭を賑わしていた。「序詞」に出てくる古代ギリシャの哲学者ディオゲネスは「我が家として雨風を凌いできた素焼きの酒甕《さかがめ》」を盛んに転がす。これは西洋文学史中の有名な場面らしく、西暦紀元二世紀のギリシャの作家ルキアノスも同じ場面を描写して次のように記しているとのことである。「ディオゲネスは家の代わりにしている樽を転がしはじめた」（cité dans Baraz, 7）。これはごく普通の文だ。すなわち主語が一つ（「ディオゲネスは」）、述語動詞も「転がす」の一つだけである。ところがラブレーでは、「この酒甕をば、くるくるぎりぎり、がたがた、ぐるぐるとぶん廻し、〔……〕、危うく甕に風穴を開けかねまじき勢いだった」（Ⅲ、二二―二三）とあって、途中省略部分に魂消るほど多数の動詞が入り、結局、この文の動詞は合計六十四個。そしてここでもその数が、「一五五二年版〔改版〕では著しく増加せしめられている」（渡辺a、Ⅲ、二九九）。

これはもはや文ではない。文としてあまりにも畸形であるのもさることながら、およそ文の精神に違反している。よく言われることだが、一つの文はすでに一つの物語を素描している。ある人物または事物を主語に据えることで大枠を設定し、動詞がこれに方向性をもつ運動を与え、補語によって目指すべき目的を指定する。さらに副詞を添えて『何を・いつ・どのように』を揃えていくことは、現実の表象に至る道である」（荻野a、三二）。「現実の表象」とは、世界を意味的統一性を持つ秩序体として表すことにほかならない。

ところがいま問題にしている列挙記述では、「いわば物化した言語が、物語の中に突出している」（荻野a、三三）。語の羅列が、いかなる意味・方向によっても統一されないのだ。ディオゲネスが酒甕を転がす様を述べる動詞の「各語はさまざまな職業（酒屋、荷車輓き、水夫、騎士、武士……）の専門語であり、必ずしも酒甕を転がすことと直接関係はない」（渡辺a、Ⅲ、二九八―二九九）。この点についてはパニュルジュの「ふぐり」連呼も同様であって、「卑猥なリストの真ん中に上品な語を挟みこむ」（Rigolot, 166）、「頭韻を踏ませたものもあれば、脚韻を合わせたものもあり、観念聯想のみによるものもある。建築用語や貴重な木材に関する用語もある」（渡辺a、Ⅲ、四〇七）といった具合である。

およそ文なるものが要求する統一的な筋をはねつけるこの語の集積を、ルネサンス人が好んだ表現を用いて小宇宙と呼ぼうか。「男性生殖器という一つの世界の中に現実の極めて異種なる領域に属するもろもろの要素を見出そうとする意図は、この小世界と宇宙の大世界との間に深い親近性があることを示唆している」（Baraz, 15）。あるいは、「『ふぐり』という小宇宙の周りに、あたかも惑星のようにきらきら光る語句をちりばめる」（Ogino, 46）。いずれにせよここには、一筋の連鎖として単純化されることを拒む世界の存在の厚みがある。

パニュルジュの「ふぐり」連呼に、ジャン修道士も唱和する。「黴生えふぐり、ぐにゃぐにゃふぐり、黴臭ふぐり〔……〕」（Ⅲ、一六九―一七二）と、三×五七行で「ふぐり」の数は計百七十一。こちらの「ふぐり」にいまひとつ勢いが欠けるのは、パニュルジュの頭髪に「白いものがちらほら見える」（Ⅲ、一六七）からだろうか。しかしここは嘲笑ではなく同情、そして激励ととりたい。少々「ぐにゃぐにゃ」でも、「ふぐり」が百も二百も集まればやはり大したものだ。「いくらなりたがっても、おいそれと孤窮《コキュ》になれるわけのものじゃないね（とジャン修道士は答えた。）もし貴様が孤窮《コキュ》になった場合はだな、サレバコソ、貴様の女房は美人だということになろうし〔……〕」（Ⅲ、一六八―一六九）。パニュルジュの結婚問題はこれで解決したではないか。「俺が恐くて気後れしていたことを一切合財一つ洩らさずに、はっきりさせてくれたよ」（Ⅲ、一六四）と、本人が認めているように。

これを言い換えれば、「物語の中に放り出されて途方に暮れる主人公を、筋という時間の流れから救い上げる」（荻野a、一〇四）のである。いまやパニュルジュは「懐疑論的対話の中に閉じ込められてはいない」（Marrache-Gouraud, 101）。「気まぐれな文句をまるでご詠歌のように唱えることには遊び以上のものがある。それは思想の洗濯なのだ。列挙法は物語にきっぱりと背を向ける。伝統的な文を拒絶する。構文に対して語が決定的に優位に立ち、構文はリズムに取って代わられる」（Rigolot, 164）。

ただし、パンタグリュエルがなかなかパニュルジュを離さない。この異端者をどうしても物語共同体の中に取り込みたいのである。

学問の世界と文学の世界

「ふぐり」連禱を唱えながら占い師訪問の旅から帰ってきたパニュルジュを迎えたパンタグリュエルは、今度は、学者を招聘して結婚問題を論じさせることにした。学者の選定は次の基準による。「そもそも我々人間の性命および存在は、霊魂、肉体、財宝の三つにかかわる。この三つのものの各々を、それぞれ護持いたすために、今日では、三種類の人間がこれに当たって居る。神学者は霊魂に、医師は肉体に、法曹家は財宝に対してだ」（Ⅲ、一七五―一七六）。加えて第四番目の人物として、「完璧なる哲人」トルウイヨーガンを呼ぶ。「神学者」といえば普通はラブレー作品が罵倒してきたソルボンヌの教授たちを指すが、パンタグリュエルが招く神学者ヒポタデの思想は「福音主義の信条にもとづき」、その論の内容はフランス人文主義の第一人者ルフェーヴル・デタープルの説を反映しているとのことである（*Notice*, 1423）。また、医学者ロンディビリスのモデルはおそらく、モンペリエ（ラブレーはここの大学で医学博士号を取得した）の医師で、ラブレーの友人ロンドレであろうと言われる（*Notice*, 1424）。つまりパンタグリュエルが招くのは、人文学者ラブレーが範とするような学者たちであった。

学者たちが滔々と学説を披瀝するページは実に圧巻である。「ルネサンス期における一種の百科事典であって、そこでは形而上および形而下の双方に関わる膨大な知識が繰り広げられることになる。読者は期待どおり、プラトンの『饗宴』のような舞台を目にする」（スクリーチ、四七二）。ラブレー作品は堂々と学問の書に肩を並べるのだ。『第三之書』の印刷活字が前二作のゴシック体に替わってイタリック体になっていることもこれに関係があるのだろう。ゴシック文字は従前から大衆向きの本に用い、一方イタリック活字は文芸復興のイタリアで十六世紀初頭に発明されたのだった。ラブレー作品は、「大衆文学の圏内を決定的に離れて、『学圏の』人士を読者対象とする人文学書の領界に入るのである」（Poutingon, 93）。加えて、ラブレーがこの『第三之書』で初めて作者名に実名を掲げ、「医学博士フランソワ・ラブレー」と記していることも付け加えよう。

ただし、ラブレー作品はルネサンスの知の饗宴に、この種の知に対する辛辣な批判の仕掛けを忍び込ませているように思える。第一に、「協同で真理を探究する」（Jeanneret a, 165）という伝統的意味での「饗宴」の体を成していない。パンタグリュエルが招いた学者たちは、「これらの連中とともどもに、そちの当惑について合議することといたそう」（Ⅲ、一七六）という当初の企画に背いて、個々にパニュルジュと問答するだけで、せっかく一堂に会しているのに、学者同士ではほとんど言葉を交わさない。「人間に関する知の専門家の間に期待された討論はついに行われないのである」（Demerson, 83）。近代の学問の始まりの時点において、知はすでに細分化されて、それぞれの専門領域に閉じこもっているということなのか。

さらにはパニュルジュと学者たちの問答が一向に噛み合わない。パニュルジュにとっての問題点は、「私は結婚するべきか否か」である。これを受けて学者たちはそれぞれの説を延々と披露する。神が創造した世界における人間の位置について、人間の性欲について、男女の交わりの社会的意義について、等々。しかし、それらはあくまでも人間一般についての所論である。パニュルジュが「では私は?」と問い詰めると、「貴殿のなさりたいようにな」「何とも決しかねる」（Ⅲ、二〇七、二〇八）などといった返事しか返ってこない。双方が位置している地平の違いなのだ。学問的知は、「超越的すなわち普遍的である。世界についてのヴィジョンとも、あるいは人間個々の心理とも、学問は混同されてはならない。普遍的知の主体は個別主体ではないのである」（Hottois, 138）。実は、パンタグリュエル王子ははじめからこのことをわきまえていた。学者たちを招き寄せるよう家臣に命じる席でも、パニュルジュに向かっては、「結婚問題に際しては、各人が己が思弁の批判者となり、自ら判断を下さねばならぬ」（Ⅲ、一七五）と諭している。個々の結婚生活の成り行きは、「運しだいで決まってしまう。〔……〕こうした偶然に支配される事柄は『アディアフォラ adiaphora』、つまりは、哲学的な意味で『可でも不可でもない』こと、言い換えればそれ自体では善でも悪でもないこととして扱わねばならない」（スクリーチ、四六三）。これに対して、一般論としては「可でも不可でもない」、「世界についてのヴィジョン」や「人間個々の心理」を、それ自体の価値において追求する分野がある。そこでは、個が一般の例としてあるのではなく、「すべて存在にはそれ自身を自分の『例』として示す働き」（青柳b、七一）があることが許容される。古来、文学はそのような言説として自立し、学問と相対してきたはずだ。

したがってパンタグリュエルが設けた饗宴の席は、学問と文学という異質の言説が正面から衝突する場となる。パニュルジュと哲学者トルウイヨーガンの対話。

パ――もし私が結婚いたせば、孤窮《コキュ》になりますかな？
トルウイ――そうなるかもしれんな。
〔……〕
パ――だがしかし、一体私を孤窮《コキュ》にいたすのは、どこの何者？
トルウイ――さる御仁《ごじん》じゃな。
パ――南無もうもう、だ。そのさる御仁《ごじん》様とやらを（monsieur le quelqu'un）、ぎゅうぎゅう言わせて遣わすぞ。
（Ⅲ、二〇八―二〇九。Seuil, 502）

物事が暗礁に乗り上げる時、ラブレーでは笑いが沸き起こり、暗礁そのものを吹き飛ばす。存在が一般と個別の二つの地平に分断されて、人が身の置き所を失おうとする時、笑いが炸裂して、「矛盾すると思われた面と面が共存するのを受け入れるように誘う」(Rigolot, 26)。

「共存」とは融合のことではない。すでに権威ある学問として世に行われている人文学の言説と、これに対するパニュルジュの徒手空拳の異議申し立てとして産声をあげ始めた文学が、対立関係にあることをもってそれぞれの存在理由としながら共存することである。笑いは、そのような関係を設置するための更地を作るために――旧風をいわば一掃する。

そして、パニュルジュとパンタグリュエルの関係に変化が生じる。パンタグリュエルは学者を招いた饗宴もまた効を奏さなかったのにも懲りず、なおも「瘋癲〔狂人〕にしてよく賢人を諭す」(Ⅲ、二一三)の故事を持ち出して一人の狂人を呼び寄せて、パニュルジュの運を占わせようとするが、例によって一向に埒が明かない。その時である。パニュルジュがパンタグリュエルに提案した。「徳利明神の託宣」を求めに、「御一緒に出かけようではございませんか」(Ⅲ、二五九)。

これは、二つの意味において、『第三之書』の世界の変化である。まず、提案の方向性である。これまではもっぱらパンタグリュエルがパニュルジュに提案してきた。ところが、ここで初めてパニュルジュがパンタグリュエルに提案し、提案の内容によってもこの作品に一大変化をもたらす。すなわち、「徳利明神」の神殿は遠い海の外の国に在る。

ところがパンタグリュエルは、そこにルネサンス物語の発展的断続を思い描いていたようだ(8)。パンタグリュエルが右の提案を直ちに受諾したのは、パニュルジュが言うように「殿が異国巡歴を好まれ、常に新しいものを見、常に新智識を求めようとして居られる」(Ⅲ、二六〇)からであろう。新大陸発見によっていやがうえにも鼓舞された、ルネサンス人の旺盛な探究心をそこに見ることができる。ただし、それがルネサンス物語に幸せな延長をもたらすとは限らないことを、続く『第四之書』は語るであろう。ともあれ『第三之書』は、パンタグリュエルが「サン・マロ〔ドーヴァー海峡に面するフランスの港町〕近くのタラースの港」で大船団を仕立てる場面で、元はと言えばパニュルジュの結婚論議に始まった話を閉じる。

話は閉じたが、テクストはまだ続く。それも、まるでパニュルジュの新提案に付言するかのように、これまでの話の経緯から思いきり離れてゆくのである。パニュルジュの結婚話として辛うじて希薄な形をとどめていた作品の物語性を、最後に一掃してしまうかのように。

ラブレーの時代に、「逆説的な礼賛」という古代ギリシャ以来の表現様式がもてはやされていた。「修辞学にも『おもしろまじめな』弁論というものが立派に存在していた。これは陽気な、あるいは祝祭的な演説として、古代よりひとつの理想とされてきたものなのである」（宮下、三七）。ラブレーの座右の書であったエラスムス作『痴愚神礼賛』（一五一一年）がその代表作である。痴愚神が壇上に登り、世間から貶められている「痴愚（常軌逸脱、狂気の言動）」こそが実は世界を動かす力なのだ、と雄弁をふるう。世の通念を逆手に取るから、おのずと逆説や超論理を乱発する物言いになり、「詭弁賛美」（渡辺b、Ⅲ、五二四）のレッテルを貼られたりするが、しかし、「論理的な論述をおどけてパロディ化するその先に一つの想像世界の創出が展望されるのである」（Rigolot, 139）。物語的論理の枷を解かれた想像力の展開、さらには乱舞である。

さて、『第三之書』の末尾で突然話題となるのは、パンタグリュエルが大航海に備えて船舶に「山のように沢山積みこませた」「パンタグリュエリヨン草」（Ⅲ、二六八）である。その根、茎、葉の形状を観察的に記述した文言から察するに、どうやら亜麻の類をイメージしているらしい。「古代から十六世紀に至るまで植物学者は、亜麻を貴重な植物とみなし、これに関心を注ぎ続けてきた」（Ogino, 107）。「大プリニウス〔古代ローマの博物学者〕を熱狂的に支持したルネサンス期の多くの学者たちは、揃いも揃って、『麻＝亜麻』というたったひとつの植物に、無数の使用法が備わっている点を強調している」（スクリーチ、五四四）。『第三之書』のラブレーもこれらの植物学者の一人に入るのだろう。繊維製品の素材としての用途、薬草としての効果などを盛んに列挙する。

ただし、ラブレーの筆致はやがて植物学の地平を離陸する。実在の植物を観察して言葉で記述することから、世にあるべくもない不思議な植物を造り出す言葉の芸に移る。離陸地は、この植物が巨人王子の名にちなんでパンタグリュエリヨン草と呼ばれたということ。すなわち、この草の中には「実に多くの美質、精力、完璧さ、すばらしい効能が認められる」（Ⅲ、二七七）。そしてこの「美質」「効能」の中身は、ラブレーの筆力、この筆が自在に操る修辞技法にほかならない。

たとえば、「パンタグリュエリヨン草を用うれば〔……〕千人万人の人員を擁する船舶も、その碇泊港を離れて船長たちの思うがままに進行せしめられるのだ」（Ⅲ、二八〇）とあるが、ここでパンタグリュエリヨン草が果たしている役割は「空を吹き渡る風を捕捉すること」であって、これは、大きな船が海を渡るのに必要とされるさまざまな機能の一つにすぎない、つまりここは、部分（「帆」）でもって全体（「船」）を表す提喩《シネクドック》である[9]。また次などは、一つの物事をそれと関係が深い別の物事で表す換喩《メトニミー》というべきか。パンタグリュエリヨン草で作った帆は、さらにいっそうの風を受けて「大気中を遊泳する」。こうして、「グリーンランドの島民たちもエウフラテス河の水を飲むことと相成ろう」（Ⅲ、二八〇）というわけだが、よく考えてみれば、空中を移動するのは船それ自体ではなく、「東風君《エオルス》は西風君《ゼフィルス》を訪ねた」ともあるように、たまたま空中に浮かんだ船などは意にも介さない大気の流れなのだ。つまり自然現象としての原因（気流）に、偶発的な結果（空に浮かぶ船）を代える。船は自然の法則から解放されて、修辞の世界を遊泳する。

これに類する過剰な修辞語法が、実は『第三之書』の冒頭にもあった。身なりを一変してパンタグリュエルの面前にまかり出たパニュルジュは、結婚相談を持ち出す前に、借金礼賛を主題にして一席弁じている。借金は貸した人と借りた人間を「結び繋ぐ」働きをする（Ⅲ、四七）。この「結び繋ぐ」というテーマを、パニュルジュが隠喩としてふくらませて[10]発展させて、宇宙を論じるまでに至る。性質を共有する二つの物（者）があたかも同一物（者）であるかのように語るのが、隠喩《メタフォール》である（例、「人間は狼だ」）。「星辰の間の恒常な運行」、つまり結び繋がれた天体同士は借金人と金貸しの如くである。そうでないとしたら、「何の理由《いわれ》があって、太陽は、その光明を月に頒《わか》ってくれましょうや?」（Ⅲ、四八）。「人間と申すもう一つ別な小さな世界」についても同様だ。もし体内の諸器官が貸し借りで繋がっていないなら、「心臓も、何もこれほどまでに働いて手足に脈搏を送ることもあるまいとお冠を曲げ」（Ⅲ、五〇）ということになるだろう。こうして森羅万象は実に「借金」の壮大な隠喩となるのである。

じっと耳を傾けていたパンタグリュエル王子は、ややあってこう述べた。「そなたは、見事な形容や表現を用いて弁じてくれたし、大変面白いとは思う。しかし、よく聞けよ」。「聖なる使徒〔聖パウロ。渡辺a、Ⅲ、三二八〕も申されしごとく、人間相互の慈悲情愛を除いては、何人にも何物をも負うべきではないからな」（Ⅲ、五六）。すなわちパニュルジュの修辞技法は評価するが、修辞の核となっている「借金」は、パンタグリュエルが主導するルネサンス物語の世界にあってはならないものだ。これはおおかたの福音主義者・人文主義者の考え方であったらしく、エラスムスは「金銭の力の虜になった人間」と痛切に風刺した（Ogino, 60）し、トマス・モアの「ユートピア国」には「さまざまな悪徳を生み出す貨幣制度はない」（渡辺d、三七）。

同様に、パンタグリュエリヨン草もルネサンス物語の枠の中に収まることが難しい。なるほど用途のひとつに、「高貴な印刷術」によって作成される書類を収納する袋（Ⅲ、二七八）というものがある。しかし、修辞の疾走がこの草の効能をいやが上にも高めるにつれて、もはや十六世紀のテクノロジーをもってしては使いこなせないような代物に変わってゆく。その証拠は、先にも見たように船に「山のように沢山積みこませた」この「秘蔵のパンタグリュエリヨン草」については、航海の模様を記述する『第四之書』ではわずか一箇所で触れるだけなのだ。この万能の植物に頼るべき局面がなかったわけではない。大嵐、海の怪獣、寄港した島の軍勢の襲撃、等々がある。しかしパンタグリュエル王子も、側近の愉快な仲間たちも、まるでこの大量の積荷のことはすっかり忘れてしまったかのように、パンタグリュエリヨン草のパの字も口にしない、そして「わずか一箇所」は次である。凪ぎのために船団はほとんど海上で停止した。退屈をもてあました皆は昼寝をしたり、板切れで細工物をこしらえたりする。パニュルジュはといえば、「一本のパンタグリュエリヨン草の茎に舌を当てがって、ぶくぶくがぼがぼと泡を出していた」(Ⅳ、二八一)。出航時のパンタグリュエリヨン草礼賛によれば、茎の部分は使い道がなく、「焚きつけにしたり、童子たちが遊戯の時に豚の膀胱を膨らませるのに使ったりする以外には役に立たない」(Ⅲ、二七二)。

とはいえ、『第三之書』の冒頭と末尾を飾る二つの礼賛論に、「人類の進歩に対する希望の表白」(渡辺b、Ⅲ、五三一)があるのは間違いない。「二つがそれぞれの想像の宇宙を提示しながら、まるで合わせ鏡のように相照らし合って、人類の未来の幸せに信頼を寄せている」(Ogino, 114)。人間は、パンタグリュエリヨン草と、「同じような力を有する別な植物」を発見し、それを用いて、「雹の源、雨水の井樋、雷電の工房を訪《おとな》い、月世界へも侵入できるであろう〔……〕」(Ⅲ、二八一)。言い添えるべきは、こういった科学技術を発展させるのは、「ラテン語を操るエリート知識人」、すなわち人文学者ではなく、「経験を重視する新しい知」を求める、「それまでは学問世界の住人とは考えられていなかった芸術家や職人や商人」だということである(山本、一一一―一一二)。

概していえば、人文主義は時代的に後ろ向きである。哲学者王パンタグリュエルは「あらかじめ定められた、そして不変の秩序に拠って立つ」(Gray a, 136)つもりであるが、それが結局、「王と人民の間の相互愛に基づく」(Ogino, 49)封建制度の主従関係にほかならないことは、『第三之書』第一章が記述するとおりだ。ところが、「十六世紀は金銭の文明の始まりであり、貨幣の問題が重要事として出現する時代であった」(Ogino, 58)。パニュルジュの借金礼賛論は、封建君主の夢の名残に時代の現実を突きつけているとも読める。実際問題として、『第三之書』出版とほぼ同時期に、やがてラブレーとは不倶戴天の間柄となるカルヴァンが利子所得に関する文書を認めて、「中世以来の教会の姿勢に反対し、利息付きの貸し付けを奨励した。これが、世の実務面においてもまた思想面においても、特に新教徒国家の経済躍進に関わって、多大の影響をもたらすことになる」(Ogino, 59)。

特筆すべきは、「礼賛論の口調は高揚して法悦にまで至る。その息吹は時として叙事詩あるいは思想の叙情詩の息吹となる」(Saulnier, I, 152)ことである。森羅万障を借金の隠喩として述べ立てるパニュルジュの声はまるで歌うかのようだ。「このように貸したり借りたりいたして居ります世界の深い淵にはいりますと、私めは溺れ切り、我を忘れ、五里霧中となってしまいます!」(Ⅲ、五五)。またパンタグリュエリヨン草礼賛では、それまで終始文面下に身を沈めていた語り手が、ここで初めて「私」を名乗り出る。先に見た超自然的な効能を並べ立てて、こう喝破するのだ。「ほんとうと思われても思われなくとも、私は一向にかまわぬ。皆様に真実を語ったというだけで本望である」(Ⅲ、二八一)。

右に見たように『第三之書』は、テクストの発話源となる有名無名の人物が並立し、それぞれの自説を主張して譲らず、ゆえに全体としてはとらえどころがない印象を与える。それというのも、前二作から引き継いだ騎士道物語の枠組みがすでに崩れかけていたところに、狭義の物語文学の外のいくつもの様式を導入したために、もはやどのような名称でこの作品を呼ぶべきかわからなくなっているのだ。逆説的な礼賛ではパニュルジュと「私」の声が鳴り響き、対話では諸人物が議論を交わし、さらには列挙法が間に挟まる。問題は、これらの発話を一つに統合するような、さらなる発話がほとんどないことだ。「これら遠心分離性の諸部分が大々的に攪拌される中で、作者の機能は停止しているように思える。普通なら素材を選択し、秩序付け、階層化するべき言語行為主体が欠けているのだ」(Jeanneret a, 259)。言い換えれば、「物語の機能は複数の出来事を関連付け、統一的な意味を与えるコンテクストを設定することにある」(野家b、七八)という意味での物語の機能が働いていない。

この章の冒頭でも述べたことであるが、物語とは、出来事と出来事を手段と目的、あるいは原因と結果の関係で結びつけ、それらの総体を、最終目的(結果)を目指す連鎖として解釈することである。物語には全体を一貫する一定の意味と方向性があり、各部分はこれを中心として結びつく。ところが、『第三之書』の第一の特徴は脱中心である。「まずは人物の言動の面で脱中心的であり、人物が向かう先には何も存在していない。〔……〕次に解釈の面で脱中心的であり、いかなる意味もあらかじめ与えられておらず、また予定されてもいないと思える。すべてを作り、壊し、そして作り直して行かなければならない」(Marrache-Gouraud, 283)。

出発点が騎士道物語であったラブレー作品がこのような反物語性をあらわにするに至った背景には、作者ラブレーが位置していた時代というものがあるのだろう。西欧社会が近代に突入してゆく時代である。「新世界の発見と古代世界の再発見という、この地理学上および歴史時間上の二重の世界拡大は、中世的世界像をひっくり返した。宇宙はもはや安定しない、あらゆる次元で膨張する。空間においてそうであるし、時間においてそうである。世界のこの変遷の中で、人間は喜びと恐れの両極からの牽引を受ける。思いがけない新地平を発見する喜びであり、目くるめく巨大な時空の中に呑み込まれる恐れである」(Ogino, 28)。世界の運行を導く一定の意味・方向というものはもう見えない。もろもろの出来事がそこに結びつくべき宇宙の中心を見定めることは困難である。『ガルガンチュア』序詞で中世文学のアレゴリー手法からの脱宣言を行ったラブレーは、この宣言が含んでいた射程を自ら測量しているようである。「中世末期の作品は、事物と事象の多様性に直面する時、これを宇宙秩序という見事に定義された枠組みの中にはめこもうと努めた。ラブレーは逆に、事物や視点の可能な限りの多様性と戯れ、伝統的な物の見方に慣れている読者に向けて現象の渦巻きを提示するのだ。世界という広大な海原に読者を連れ出し、自由に泳がせるが、これは危険無しではない」(Auerbach, *Mimésis*, cité dans Baraz,114)。

この局面において、かつてロマンと呼ばれた騎士道物語と、のちにロマンと名付けられる作品群が結ばれ、結び目にラブレー作品がある。これらの作品において「それぞれの章が異なる言説を採用し、ひとつの断章から次の断章へと読者を誘うであろう登場人物と出来事の連続性は存在しない」(マッケイブ、八八)。まるで『第三之書』の解説かと思うこの文は実はジョイスを論じている。何度も言うように、ラブレーは「ロマン」という語を用いなかった。しかし、「たえず違った水準で、異質の領域へ、予期せぬ系列へと方向転換させる装置」(蓮實b、二九五)を言う「ロマン」は、ラブレー作品を通して時代を遡行することができる。[11]

第四章　書《エクリチユール》くことの冒険の果てに(12)——『第四之書』

『第四之書』の問題点

『第三之書』の終わり近くでパニュルジュが徳利明神の託宣を授かる旅に出ようと提案し、それを快諾したパンタグリュエルであった。続く『第四之書』（未完成版、一五四八年、完成版、一五五二年）は出帆の場面で始まる。主船十二隻、さらにこれと同数の補助船からなる堂々の船団である。パンタグリュエル王子と愉快な仲間たちが乗り組む旗艦タラメージュ号の船尾に「大きくて、たっぷりした徳利が、標識として付けてあった」のは、もちろん、「一同が徳利明神のお告げを授かりに出かけるのだ」という印である（Ⅳ、五八）。

徳利明神の「神託は北インドのカティ国近くで下されている」（Ⅳ、六〇）。ここで「インド」とは、コロンブスが最初のうちインドに到着したと信じた「インド」、すなわち十六世紀にヨーロッパ人がイメージするアジア大陸のことである。「北インドはアジアの東端を言う」（*Notice*, 1497）とのこと。突き詰めれば、「カティ国 Catay」とは、「北シナ。モンゴル（Kitaï）地方のこと」（渡辺a、Ⅳ、三五一）らしい。

とはいうものの、当時の世界地図は極東のこの部分がはなはだ空想的である。ましてや、「ポルトガル人どもが普通取っている航路」は「喜望峰を迂回するために〔……〕途方もない長い航海をすることになるから〔ヴァスコ・ダ・ガマの喜望峰発見は一四九七年〕」、パンタグリュエル船団はフランス北西の港を出て、「西から北極軸を廻るようにしながら」(Ⅳ、六〇)アジア(インド)に向かうとあっては、これは出鱈目な空想譚だと思われかねないが、しかし北極航路は十六世紀の西洋人の頭の中に実際に存在していたのである。ルネサンス期のヨーロッパ人はコロンブスをはじめとして、大西洋を西または北に進んだほうが早く「インド」に行き着くと考えていたし、実際にこちらの方が距離がはるかに短い。コロンブスの新大陸発見(一四九三年)に四十年ほど遅れて、一五三四年にカナダに到着したフランス人カルチエが、以後二度繰り返して今のケベック州を探検した目的の一つが、アメリカ大陸の北を廻ってアジアに至る航路を開発することであった(*Note*, 585)。そして探検隊員の一人は、この航路をたどって「カティの幸いの岸辺」に至る夢を書き記したとのことだ(Smith, 36)。『第四之書』でパンタグリュエル船団が経て巡るのも空想の島々である。しかし、この島々を一続きに連ねているのは、新大陸発見と大航海の時代の人々が実際に抱いた夢であると言ってよかろう。

文学上の先行作品としては、古来の海洋冒険譚の系譜がある。『第四之書』に密接に関わるものとして、少なくとも三作を挙げなければならない。第一はもちろん『オデュッセイア』、第二はラブレーが愛読した紀元後二世紀のギリシャの作家ルキアノス作『本当の話』、第三は作者不詳の『パニュルジュ航海記』である。この第三の架空航海譚は、題名から察しがつくとおり、ラブレーの第一作『パンタグリュエル』(一五三二年)の人気にあやかろうとした何者かが書きなぐった駄作であるが(一五三八年出版)、『第四之書』はこれからもいくつかの奇怪・不思議を借用している。

ところが、これら先行作品と『第四之書』の間には重要な違いがあり、その一つは、海洋冒険譚は一般に「航海の初めに嵐が起きて、旅行者を不可抗力的に遠い未知の国へ運んで行く」(Smith, 83)のに反して、『第四之書』はそうではないということだ。すなわち『オデュッセイア』では、トロイア戦争から故国イタケーに帰国しつつあったオデュッセウスが、出港の数日後に暴風雨に襲われて漂流し、単眼巨人の難にあう（第九章）。『本当の話』では、「大西洋の際涯をきわめその向こうにはどんな人種が住んでいるかしらべてみたい」と願って船出した「私」一行が、突然「ひどいつむじ風」に見舞われて、帆船が空に巻き上げられ、そのまま、なんと月世界に連れて行かれる（『本当の話』一五）。また、『パニュルジュ航海記』は嵐の代わりに巨大鯨を出現させる。その背中をひとつの島であると勘違いして接岸した船が、「大インド地方の国々の方へと運ばれてしまった」（『パニュルジュ航海記』二一）。

『第四之書』にも嵐が起きるが、しかしずっと後のことであって、嵐の意味も違う。航海の出だしはいたって平穏である。とはいうものの、四日目に到着した最初の寄港地「メダモチ島」は、やはり海洋奇譚の定石で、名前からしてただの島ではない、すなわち「メダモチ」とは、作者ラブレーの解説によれば（『難句略解』という小辞典が付録として付いている）、「どこにもない所」の意味である（渡辺a、Ⅳ、三五三）。どこにもない島には現実世界にはあり得ない品物が存在する。パンタグリュエル王子と愉快な仲間たちは、生きた「一角獣」や「プラトンの観念やエピクロスの原子が生き生きと描かれていた」絵などを買った（Ⅳ、六二―六三）。すでに幻想の圏内への突入である。と思いきや、船団を追ってフランスからやってきた一艘の船がこの島に到着する。最愛の息子パンタグリュエルの旅路を気遣う父王ガルガンチュアが発進させた高速艇「つばくろ」号だ。パンタグリュエルは父王への親書を「つばくろ」号に託し、「どこにもない所」で買い求めた品を土産に添えた。そのうちの一つはロアール河畔の例のテレーム僧院に今でも飾ってあるという（Ⅳ、六二）。

つまり、先行の海洋冒険譚では出発地の現実のヨーロッパと洋上の島々は全くの別世界であり、両者は深く断絶して不連続であるのに対して、『第四之書』の両者は、一面では別世界にありながら、他面では接続し連続している。洋上で遭遇するある船には、「新しい異端者どもを抑えるための」宗教会議〔カトリック教会の自己粛清と新教徒取締りを議したトリエンテ公会議を指すとみなされる〔渡辺a、Ⅳ、三九七〕〕に赴く修道士たちが乗っている（Ⅳ、一二三）、などだ。つまり、『第四之書』の海原とそこに浮かぶ島々は一面においてヨーロッパ社会の移し替えであり、ラブレーのペンは、怪奇譚が許容する誇張と変形の手法を利用して、同時代の現実を鋭く暴きだすことを狙っている。幻想は、「日常的知覚の習性の中でまどろんでいる眼を覚まさせる」（Smith, 124）ための手立てなのだ。こうして、古来の海洋冒険譚が時代風刺の文学へと面目を一新する。

さて、先行作品と『第四之書』のもう一つの大きな違いは、パンタグリュエル船団がついに目的地に到達しないということである。オデュッセウスは船と仲間の全てを失いながらも、ともかく故国イタケーの岸辺に辿り着き（第一三章）、『本当の話』の「私」は、所期の目的であった「あちらの大陸へ行き着く」し（『本当の話』六八）、またパニュルジュは、「旅行を終えると、わが家で休養し」とある（『パニュルジュ航海記』一八〇）。これに反して、『第四之書』はパンタグリュエル船団を洋上に浮かべたままで本を閉じる。すなわち、冒険物語はその目的・終焉《ファン》に到達しない。これが『第四之書』の一番大きな問題である。

たしかに出港時の記述では、「一行は、四月足らずで北インドへの船旅をなしとげた」（Ⅳ、六〇）と明記してある。さらに日程の詳細を詰めるなら、途中で立ち寄る予定の提燈国が目印になる。「提燈国《ランテルノワ》」は伝説上の文明国であり、『本当の話』にも出ているし（邦訳では「灯明の郷」）（『本当の話』二七）、『パニュルジュ航海記』の一行はこの国の女王の盛大な接待を受けている（『パニュルジュ航海記』六六以下）。さて、パンタグリュエル船団は出航後五日目に、提燈国からフランスに帰る商船と行き会い、「来る七月の終わり頃に提燈人たちの総集会が開かれる」との情報を得る。これに間に合うのは、「我々としてわけないことだった」（Ⅳ、七三）。船団の出港日は六月九日であるから（渡辺a、Ⅳ、三四七）、情報を得た日付は六月十四日、したがって提燈国到着までは一月ほどがあるということになろうか。ところが、『第四之書』の船旅の日数はほぼ半月で尽きる（島々を訪ねる度に、「その翌日」「三日後」など、わりと几帳面に記しているので、これに基づいて計算）。すなわち最終目的の北インドはおろか、途中の「提燈国」に到着するずっと手前で、船団を洋上に残したまま、ラブレーは『第四之書』のペンを止めている。

なるほど、パンタグリュエルの船旅の続きとして『第五之書』なるものが実在する。パンタグリュエル一行は提燈国を訪れ、さらに船を進めて、めでたく徳利明神の国に到着することになっている。ただし、この『第五之書』はラブレーが作った本ではなかろうというのが、今日の大方の見解である。出版されたのがラブレーの死（一五五三年）から十一年も後（一五六四年）であるのを説明するのが難しいこと、文体や表現に前四作のラブレーらしさが希薄であることが、『第五之書』偽作説の主張である。だとすると、ラブレーの文学について確実に言えることは『第四之書』までを範囲としなければならない、後で確かめるが、『第四之書』末尾の「終わり」の印は、ラブレー全作品の終着点を記しているとみなすべきだろう。船団を海上にいわば置き去りにするのが、ラブレーの最終的な意図であったと考えたい。

つまり、『第四之書』は当初の企画に背いたのである。何がそうさせたのか。ラブレーの最終作品に何事が起きたのか。きっとそれは、実際にテクストを書くということに内在する出来事だったに違いない。物語を書く営為が、物語のプランに離反してしまう地点にまで筆者を運んだのである。思えばラブレー作品は、伝統の物語の型を採用しつつも、それらをことごとく換骨奪胎してきた。『パンタグリュエル』『ガルガンチュア』では騎士道物語、『第三之書』では饗宴の対話形式、そしてこの『第四之書』では海洋冒険譚である。そこには共通して、書くということに内在する動勢を徹底して推し進めることで、書かれる予定であった物語の型を批判的に解体する姿勢が見られる、この姿勢が近代文学の地平を拓くことを論じてゆきたい。

社会参加《アンガジュマン》の文学

パンタグリュエル船団は出航後四日目に、「代理委任島」に寄港した。島の名称は法律用語の「委任状」に由来する（渡辺a、Ⅳ、三八〇）。また、住民を呼んで「法院族 chicanous」とは、「訴訟好き chicaneux」をもじってこしらえた語で、執達吏などの意味である(*Notice*, 1515)。「法院族」の営業は次の様だ。まずは、裁判所への出廷通告を手渡しながら相手を罵倒し愚弄する。愚弄された方は怒り心頭に発して法院族を叩きのめす。これに対して法院族は多額の賠償金を請求し、裁判を取り仕切る教会組織からもたんまりと礼金を頂戴する(Ⅳ、九八)。

理性を備えた人間のすることではない。しかし実は、この類の「法院族」はフランス本土にもちゃんと実在している。代理委任島の風習を耳にするや否やパニュルジュが語り始めるのは、フランス本土の法院族を叩きのめすバシェの殿様の話である。バシェはトゥレーヌ地方の一角にあり(*Note*, 614)、ラブレーの生地とされるラ・ドゥヴィニエール村を含むこの地方が、第一作『パンタグリュエル』以来のラブレー作品の舞台になっている。右の殿様が手下たちに法院族を殴らせる様が実にすさまじい。「肋骨《あばら》は八本へし折られ、胸骨はぐじゃぐじゃに潰され、肩胛骨は四つに割られ、下顎は三つに裂かれてばくばくになり、傷だらけになって失神してしまいました」(Ⅳ、一〇二)。これに較べれば、「相手の頭を棍棒で殴りつけるか、剣で斬りつけるか〔……〕」(Ⅳ、九八)といった島のやり方はまだ手ぬるいと言うべきだろう。もっともバシェの殿様の場合は法院族の根性のさもしさを懲らしめる意図があるようだが、だからといって、一層の残虐があってしかるべきだということにはなるまい。

つまり、反理性の度合いはむしろフランス本土の方が勝っているのである。それだけではなく、テクストの分量もこちらの方が多い、代理委任島探訪記は五つの章に及ぶが、その最初の章でパニュルジュが、同行の通弁が島の法院族の生業を紹介したのをすぐに引き取って、話題を例のフランスの殿様に移す。続く三章は終始フランスの話である。最後の第一六章になってやっと話が島に戻るが、分量はこの章が一番少ない。まるで、わざわざこの島に立ち寄ったのは、島の奇怪な風習を通してフランス本土の現実を再認識するためのようだ。そして、同じことが他の島々についても言えるのである。

『第四之書』は献辞で、「パンタグリュエルの架空譚（mythologies Pantagruelicques）」を名乗っているが（IV、一五。Seuil, 562）、ここで「架空譚（神話）」とは、決してたわいもない作り話の意味ではあるまい。ラブレー自身が例の『難句略解』で、この語を「架空の（お話に出てくるような）物語 fabuleuses narrations」（渡辺a、IV、三〇六）と解説していて、この“fabuleux”というフランス語には「事実だが本当とは思えない」というひねりが加わっている場合があり、『第四之書』がまさにそれなのだ。海原に浮かぶ島々では、一目この世にあり得るとは思えない人間や物事に出会うが、パンタグリュエルの一行はそこに、社会の事実を、本当であればこそ欺瞞と偽善の社会では目に映り難い事実を読み取るのである。

先に述べたように、伝統の海洋冒険譚では初めに嵐が起きて、船をヨーロッパ大陸から一気に遠ざける。これに対して『第四之書』では、嵐は航路のほぼ中間点で生じて、話題をますますヨーロッパに引き付ける。嵐の原因を偉人（特に大神パン）の死にあるとし、「当時のフランスの現実を『大神パン』の死後の混沌として捉える眼がここにある」（荻野a、一六八）。大神パンはギリシャ神話の神であるが、後に改めて見るように、パンタグリュエルはパンの死をイエス・キリストの死になぞらえている。すなわち、同時代のフランスをキリストの精神が死んだ後の混沌として見据える。「船団の前に障害として立ちはだかる既成権力、一五五〇年の人間の目に映る障害であり、とりわけローマ〔法王庁〕の権威、宗教裁判所の権力、とくにパリでは高等法院と官憲の権力」（Saulnier, I, 138-139）である。

第一作『パンタグリュエル』出版（一五三二年）の頃の、人文主義と福音主義にとっての大いなる希望の時代はすっかり過去のことになった。特に、一五四六年の『第三之書』出版以後、ラブレーにとって情勢はますます悪化していた。四六年には、宗教改革派ヴァルド教徒の合法的大虐殺が行われている。やはり同年、親しい人文学者エチエンヌ・ドレがパリで火刑に処せられ、また、ラブレーと交渉があったであろうモー（フランス東北部の都市）の大勢の改革派信徒が火刑宣告を受けている。ラブレーは難を避けて国外に脱出した。そして四七年、ラブレーを庇護していた国王フランソワ一世が没し、後継のアンリ二世は「新王令により瀆神者の刑の強化を命じる」（渡辺b、I、四九六）。ここで「瀆神者」はもちろんローマ・カトリック教会側から見た宗教改革派のことであるが、後者の方でも「瀆神者」を捏造するのだ。すなわち、ローマ・カトリック教会に公然と反旗を翻してジュネーヴに立て籠もったカルヴァンが、一五五三年に、最初の火刑を執行する。そのカルヴァンが、一五五〇年出版の『つまずきを論ず』の中で、ラブレーを名指しで弾劾した。「このような犬どもは、咎められずに冒瀆の言辞を吐き出す最大の自由を得ようとして、愉快なお調子者のふりをし、酒宴やら楽しい集まりを飛びまわってことさらに喋りまくり、神へのあらゆる畏敬をできるかぎり消滅させようとしている」（二宮、四〇六に引用）。

『第四之書』は、「〔嵐の後の〕後半部分にこそ寓意の衣をまとったラブレーの敵が多出する」（荻野a、一六八）。その敵と敵が反目して、いたるところに戦陣を敷くために、もはや人文主義と福音主義にとっての安住の地はない。「教皇嘲弄族《パプフィーグ》」と「教皇崇拝族《パピマーヌ》」の対立（第四五章から第五四章まで）などは寓意の衣を脱ぎ捨てている。第二九章から第三二章までの「精進潔斎坊《カレームプルナン》」は、カトリック教の重要な風習である四十日間《カレーム》の節食をもじり、これに敵対するのが、謝肉祭の寓意である「腸詰族《アンドウイ》」だ（第三五章から第四二章）。パンタグリュエルが訪れる最後の島は、「世界第一の技芸宗匠大腹師」の国、この第五七章から第六〇章は物質文明風刺と読める。このように後半の島々は、割り当てられるテクストの分量も多く、『第四之書』の執筆がラブレーにとって、現実の社会に対する、きわめて切実で、火刑死の危険をさえも賭した関与《アンガジュマン》であることをひしひしと伝えている。「火刑と拷問の時代に、あるいは検閲官と異端審問所の時代に、ある人物が抱いたキリスト教の究極の真理を、何者も恐れず表明していると思しき書物を一冊挙げよ、と求められれば、その書は一五五二年版『第四之書』〔嵐以後のことはこの版で初出〕をおいて他にない」（スクリーチ、六一四）。

ところがここに問題が生じる。島々の探訪記はなるほど社会風刺で始まるが、しかしそれに止まるのではない。人文主義・福音主義の思想を注ぎ込んだ現代社会批判は、やがて、「無償の滑稽」に座を譲り渡し、結果として、「一切の風刺的意図をぶち壊してしまう」（Spitzer, 139）。

風刺が成り立つためには、まずもってそのターゲットが明瞭でなければならない。探訪する島々が表す寓意が明白でなければならない。ところが多くの場合、探訪記は「寓意の管轄を逃れてしまう」（Jeanneret c, 162）のである。「腸詰族」を例に取るなら、カトリック教のしきたりである四十日間の節食に敵対する限りでは「腸詰」は明確な思想的意味を帯びている。ところが、この意味にしたがうならあくまでも人間の食物でなければならない「腸詰」が、逆に人間に戦争を仕掛けて来るとなると、寓意の構図が崩れる。ましてや、迎え撃つ人間の側の兵士はみな料理人であり、戦いの模様は「腸詰斬隊長は、腸詰族どもをずばりずばりと斬った（Riflandouille rifloit Andouilles）」（Ⅳ、二〇三。Seuil, 694）という風に、ほとんど言葉遊びの様相を呈するとなれば、そこに思想の座標を設けることは難しい。「〔「腸詰」という〕記号表現《シニフィアン》が言述の主導権を握り、概念の優先に挑戦するのである」（Jeanneret c, 162）。概念が確定しない場に、概念としての存在を位置させることはできない。たとえば、反カトリックの旗手カルヴァンを「精進潔斎坊」と「腸詰族」の対立図式のどちら側に据えるかが問題になるはずであるが、この問題そのものが壊れてしまう、テクストに沿って読めば、ひとつには、「ジュネーヴのぺてん師で悪魔憑きのカルヴァンども」（Ⅳ、一七四）があり、これは「精進潔斎坊」の章中で、その同類を列挙するくだりだ。と思うと、敵側の「腸詰族」の章に、「腸詰族の昔からの仲善しでもあり同盟者でもある〔……〕山育ちの大腸詰族」（Ⅳ、一八二）の文言があって、ラブレー研究者の間に、これが「『スイスのカルヴァン一派』のことを指しているのだろうとする人々がかなりいる」（渡辺a、Ⅳ、四三八）とのことだ。カルヴァンという現実社会の思想・政治における重要な指標は、ラブレーのテクストではいったいどこに位置しているのだろう。

こうして、「テクストは繁茂に繁茂を重ねるあまりに、読者は特定の攻撃対象のことは忘れてしまって、こんなにも反自然でナンセンスな作風にただただ驚嘆するのみである」(Pouilloux, 92)。ただしそこにもやはり現実社会への関与を読み取るべきだとの主張があって、ラブレー「韜晦説」がそれだ。「後期〔『第三之書』以降〕におけるラブレーは、全体として韜晦的な態度を取るようになっている。〔……〕比喩・暗喩・寓意などによる暗示的間接的な記述によって目的を達しようとしているかのように見える。ラブレーのこの態度の変化は、十六世紀中葉の社会情勢を考える時、また当時の『知的悲惨』に思いいたる時、やむを得ぬこと、当然なこととも考えられる」(渡辺c、上、二九六―二九七)。「ラブレーの風刺は、奇怪な人物と情況の設定によって、極めて幻想的な衣装で激しい批判を包んでいる」(渡辺c、二九九)。これを別の表現で述べれば、思想弾圧の時代を生き延びながら、何らかの形で己の立場を書き残す「非説教的な暗黙の福音主義《エジユキスム》」(渡辺b、Ⅳ、五二四)の作戦である。「時の不運の中にあっては、口をつぐむことにしよう。しかし期待は持ち続けよう。一粒の麦は決して死なないのだ。いまここに隠す真実は、いつの日にか世に現れるだろう」(Saulnier, II, 120)。

右の説が描いているラブレー像に対して異を唱える人はいないであろう。しかし、ラブレーの作品をこの説明のままで読み通すことができるかとなれば、異論が噴出するのは避けられない、第二章で論じた思想と文学の問題がふたたび浮上するのである。

「極めて幻想的な衣装」が「激しい批判」すなわち宗教上・政治上の思想を「包んでいる」、という説明に不足しているのは「包み方」の問題である。ラブレー作品において、言語表現はその思想内容を、衣服が身体にぴったりと貼りつくような仕方で包んでいるのではない、言い換えれば、表現対象である思想と合同で等価なものとして表現があるのではない。表現(衣装)と思想(中身)の間には距離があるだけではなく、次元の差が横たわっている。衣装を取り去って包まれているものを捜す仕方で読めば、そこにラブレーの思想なるものが見出されるのであろうが、反対の方向で読めば、すなわち衣装は簡単に脱ぎ捨ててよいものではなくそれ独自の価値をもつこと、そして特にラブレー作品においては、衣装（表現）と中身（思想）の間に単なる距離以上の開きがあることを意識して読めば、テクストが伝えようとしているのはもはや「思想」という言葉には収まらない。ラブレー作品における「言語の働きは、思想が表現に先行するという考え方を退け、言述の論理を転覆させる」。物語が語を従えるのではなく、「語が物語を主導する」という、「形式と内容の関係の倒立」が生じる（Jeanneret c, 109）。この読み方が作品から引き出すものを、ラブレーを糾弾する人々は「卑猥（場違い）」と呼んだのだった。われわれはそれをラブレーの文学と呼びたい。

卑猥とは場違いに他ならないことを示す例が、『第四之書』では、早速序文（「新序詞」）に出ている。それも、由緒ただしく教訓的な話をナンセンスな笑い話に置き換えるという過激さだ。

元の話は、木こりと斧のイソップ寓話である。イソップでは木こりに接するのはメルクゥリウス（ヘルメス）神であるが、ラブレー作品では木こりの訴えがユピテル（ジュピター）大神の耳に達してしまう。しかもその時と所が悪かった。ユピテルは神々を招集して会議の真っ最中なのである。パリの王立教授団に絡む学閥の争い（渡辺a、Ⅳ、三二五）、ローマ教皇領の争乱など、「作者ラブレーが関心を寄せるごく最近の政治と学問情勢」（*Notice*, 1488）が議題だ。というのも、古代ギリシャ世界は国家統治の普遍的なモデルとして機能しているのである。ユピテル大神は果敢に裁定を下す。学園をひっかきまわす教授連中を石に変えてしまえ、争乱を鎮めるための雷光を増産すべし（Ⅳ、三一―三三）。その勢いのまま、と言うべきだろう、一介の木こりの私事の訴えに対して、「もし自分の斧以外のものを取ったならば、奴の斧で、その頭を刎《は》ねることにせい」（Ⅳ、三七）という極めて過酷な刑を言い渡してしまった。

「寓話とか比喩というものは、イメージを豊かにしたり拡散させたりするのではなくて、語りを目的に向って絞り込む」（保坂、四三）。イソップの元話には、寓話の通例として、「神は正直者を愛で、不正直者を退ける」の教訓が付いている（Gray b, 72）。ラブレー作品の場合も、最初はこれにしたがって語りを絞り込む風で、「我々の願望が分限を弁えた平凡なものであるならば、〔神は〕これを実現してくださる」（Ⅳ、二六）との触れ込みであった。ところが木こりの私事がこともあろうにユピテル大神の御前会議に持ち込まれるという場違いが生じたために、物語の方向《サンス》が狂ってしまった。それとともに、「斧」という、この寓話のキーワードの意味《サンス》があらぬものになってしまったのである。すなわち、物語にユピテル大神が介入した後の「斧」は、木こりが木を伐る道具ではなく、雷光や人を石に変える術（変身化体）と並んで、神々が人間を罰する手段である。ユピテル大神はメルクゥリウス神を地上に遣わして、欲張り木こりの首を斧で刎ねさせる。物語はますますあらぬ方向に逸れてゆく。

語の意味と物語の方向を一致させるものが文脈である。生活を運営する言葉遣い一般では、「すでに文脈化されている言葉」（蓮實b、二九七）が人々の間で交換される。場は文脈の一節一節である。「語は、それが置かれる場にしたがって、あらかじめその価値が決まる。一つの語にはいろいろな意味があるが、それらはことさら削除するまでもなく、すでに消されているのである。〔……〕語は、その前にあるものとそれを囲むものによってすでに調理された形で我々に届く」（Bréal cité dans Ruthier-Revuz, II, 243）。一つの場に置かれた語の意味が一つに決まる仕方を人々が共有することを、共通の場《リユウ・コマン》（一般的論拠）と呼ぶ。イソップ寓話は、「正直は徳」という世間で共通の人生観によって組み立てられている。一般に物語とはそういうものだと言える。

これにあえて逆らう立場があって、こう主張する。「すべての言葉は文脈としてわれわれのもとにやってくる。書くとは、何よりもまず、そうした諸々の文脈をときほぐし、無方向に再配分する作業である」（蓮實b、二九七）。イソップ寓話が斧を木を伐る道具として読者のもとに運んできた文脈を解体し、その結果、斧があらぬものに変化した後にラブレー作品に生じる珍無類の出来事の数々は、「笑いのモードでもって、哲学者の論理とは別個の論理、別個の読書法を提唱する」（Jeanneret c, 43）。狭義・広義の哲学者たちが卑猥だと蔑んだ、このラブレーの「笑いのモード」は文学のモードの一つである。「虚構が虚構である所以は、固有で一義的な場ではないということ、すなわち異なるものが侵入しつつある場所だということである」(De Certeau, 86)。

卑猥が卑猥の蔑みを受けて立つためには、卑猥の論理を全うすることが必要だ。「パロディ、曖昧語法、ねじ曲げた引用。言語は自らを意識するとき破壊的になる。その際に大事な点は、際限なく破壊し続けることだ。〔……〕（理性、学問、道徳の）留め金を外し、発話行為に自由を与えるとき、終わりのない脱出の道が拓ける。言語の安心感が廃止される」(Barthes, III, 145. *Roland Barthes par Roland Barthes.* 強調は原文)。『第四之書』の木こりと斧の話なら、ユピテル大神に続いて「プリヤポス〔豊穣・生産の神、巨大な陽物の姿で表される〕（渡辺a、Ⅳ、三二六）」が介入する。「その頭巾を脱ぎ棄て、赤々として燃えあがるような、意気軒昂たるその頭をおっ立てて言った」。「斧 coignée と申す言葉は、色々様々なものの意味になることに気がつきましてござります。斧とは、木を伐ったり割ったりする時に用いります或る道具を意味いたしますな。がまた、見事熟れ切って、度々揚足開脚ごっこをさせられました女をも意味いたしまする。〔……〕それと申しますのも、これなる道具を用いまして、（プリヤポスは、こう言いつつ、その九寸棍棒《ドドランタル》を見せたのであるが、）何しろ、者どもは、実に勇気凛々《りんりん》、敢然として、相手の斧の臍孔《ほぞあな》に打ち込みまするが故に〔……〕」（Ⅳ、三〇、三四）。先にユピテル大神は斧の用途について場違いをしたが、今度はプリヤポス神が斧の成り立ちについてとんでもない場違い、文字通りの卑猥発言を行っている。

「日常の言語において意味するもの《シニフィアン》（記号表現）は意味されるもの《シニフィエ》（記号内容）に従属し、後者が前者を押し退けてのさばっている。ラブレーはその反対だ」(Gray a, 62)。つまり、「斧と申す言葉」（意味するもの《シニフィアン》）が「色々様々なものの意味」（意味されるもの《シニフィエ》）になることをもって、書くという営為の基本とする。これはまさに、「言語の安心感」を揺さぶる振る舞いである。社会生活の言語においては、「『意味されるもの』はその過程を通じて無限に反復可能な『同一の意味内容』として理念化あるいは物象化される。いわば伝達過程から相対的に独立な『理念性（イデア性）』を獲得するのである」（野家a、三二）。「斧」は、どこにあろうと、誰が持っていようと、木を伐る道具でなければならない。それが言語の安心感であり、共通理解《リユウ・コマン》の場である。一つの「意味するもの」の中にいくつもの「意味されるもの」が重なる言語記号ははなはだしく不透明だ。ラブレー作品において、「イデオロギー共同体の理念性が言語記号の不透明性のために潰えるのである」（Jeanneret c, 44）。

ラブレー作品を卑猥だと非難した人たちは、思想上の敵よりももっと大きな脅威を嗅ぎつけたのであろう。この「卑猥」という表現の中に折り畳まれた思想と文学の食い違いはそのまま、この世でもっとも妥協を許さない対立関係を生む。「虚構が人を安心させるものを造り出さないことはもちろんである。虚構はむしろ意味の可変性と解釈の複数性を明るみに出す」（Jeanneret c, 44）。「ラブレーが決定的な言語を拒否する姿勢をとり、主題よりも書くこと《エクリチユール》の展開にペンを結び付けるとき、そこにロマンが可能になる」（Gray a, 198）。

言葉が溢れ、物語が溺れる

引き続いて、『第四之書』が先行作品を素材として、これを自己流に書き換える例を挙げる。パンタグリュエル船団が出港五日後に海上でフランスの商船に出会う話だ。種はイタリアの作家フォレンゴの『奇天烈物語』（一五一七―一五二五年）の中の一挿話。羊の群れを乗せた船上で、羊飼いに侮辱された先客が仕返しをする。羊飼いから一頭の羊を買い取り、それを海に投げ込むと、続いて全部の羊が海に飛び込んだ。

パンタグリュエル船団が出会った船にも、たくさんの羊を積み込んでいる商人がいて、この男とパニュルジュが口喧嘩をはじめた。のっけからパニュルジュのことを「孤窮男《コキユ》」の様子をしていると嘲る。『第三之書』で見たとおり、これはパニュルジュの大きなコンプレックスなのだ。おまけにその物言いの憎たらしいこと。仕返しの策を練ったパニュルジュは相手に、羊を一頭売ってくれと話を持ちかける。そこまでは種本と同じだ。

ただし、次のパニュルジュの台詞に注意。商人があまりに高額な値を吹っかけたので、

「あまりひどいことはしなさんな。私の知っている限りで、あんたが最初じゃないが、あまり性急《せっかち》に金持ちに成りあがろうと思ったために、逆に素寒貧になりさがり、いやさ、或る時には、首を折っちまった奴もいるぜ(qui voire quelquefoys s'est rompu le cou)」(Ⅳ、八一。Seuil, 602. 強調は中山)。

傍点部分が肝心、それだけに翻訳が微妙である。「首(の骨)を折る」は se rompre le cou のいわば直訳であるが、普通この表現は比喩的に、「(高いところから落ちて)怪我をする」「(事業などで)失敗する」の意味で用いる。商人はパニュルジュの台詞をそう受け取ったに違いない。また、種本『奇天烈物語』に従う限りでは、商人はせいぜい財産の羊を失うだけで済むはずだ。ところが、パニュルジュの復讐計画には文字通りの意味、すなわち「命を失う」が含まれていて、これが事の成り行きを主導する。「パニュルジュは商人ダンドノーに向かって、事を急ぎすぎる商人は首の骨を折る恐れがあると言った。しかるがゆえに、事を急ぐこのダンドノーは、話の内的必然性により首の骨を折らなければならない」(Saulnier, II, 57. 強調は原文)。商人ダンドノーは海に飛び込む羊を捕まえようとしてこれに引きずられて自分も海に落ち、船に這い上がろうとすると、パニュルジュに船の櫂で突き飛ばされ、あわれ溺れ死にしなければならない。

先の「斧」の場合と同様に、語が文脈の規制から解放されて、話が意表を突く方向に転換する。種本の話を引き取った段階では、「首の骨を折る」はその本来の意味(「命を失う」)を消し、比喩的な意味(「失敗する」)に偏っていた。ラブレー作品において書《エクリチュール》くとは、この偏りを撤廃して、語が持つすべての力をテクストに溢れ出させることである。そこからこれまでになかった新しい文脈(商人を海に溺れさせる)が発生することを確認しよう。それは、「欲張り者は損をする」といったような、通念的で偽善的な道徳思想を根底からひっくり返す企てである。「エクリチュールとは〔言葉を〕溢れ出させることである。型にはまった文学のコードをしりえに、文体を言語と主体の別種の領域へと運んでゆく〔……〕。〔……〕意味する《シニフィアン》ものの主導が開始される

のだ」。「そのとき私は、言語そのものから発想を得る、という気持ちになる。それが要するに書くということだ」(*Barthes*, III, 153, 159. *Roland Barthes par Roland Barthes*. 強調は原文)。またはこれを、部分(文脈に含まれる語句)と全体(語句を含む文脈)の関係の逆転と考えてもよかろう。「部分が全体を支配し、規定し、ついには部分と全体の関係が逆転するというファルスの事態」(千石a、五三)、すなわちラブレー作品の笑いである。笑いは、全体の名のもとに制度化され固定化され、したがって硬直化した物事に対する生体反応なのだ。「ファルス(笑劇、ふざけ)」に対する真面目な作品は、「統一的で階層秩序を持つ世界像に奉仕し、その世界像は一個の真実によって支配される」(Jeanneret c, 83)。ここで言う「真実」は文脈の軸となる意味《シニフィエ》されるものと等価であって、個々の文脈を統合するような「一個の真実」があるということは結局、作品全体を統べるとみなされ得る究極の意味《シニフィエ》されるものがあるべきだということであろう。ラブレーが笑い飛ばそうとする伝統的な文学観はそのようなものであった。「中世において作家とは第一に、一個の超越的現実の解読者、神がその作者である一冊の書物を読み解く者であった。これに対してラブレーは、書くこと《エクリチュール》の自由解放に努める。書くという営為が自らに拠って展開するような方法を見つけようとする。書くことは、ばらばらな世界像を一つにまとめることではなく、読みの様々な可能性の中にこそ活力を見出すのだ」(Gray a, 207)。

　この挑発的な姿勢は一つの背理を抱え込む。究極の意味を抜き去った世界をいかにして読む(書く)のか。「読みの様々な可能性」が導く所は、旺盛な言葉の繁茂が文脈という文脈を覆い隠す荒れ野ではないか。「言葉が欠けてしまうのではなく、あたりいっせいに立ち騒ぐ言葉が物語的な秩序におさまりがつかなくなる過剰な失語体験」(蓮實a、二〇)、それが『第四之書』に到来した事態であった。

　最後は海上をほとんど漂流することになるパンタグリュエル船団の、この限りでの旅路の後半に出現するのが、怪物「精進潔斎坊《カレームプルナン》」である。これにもやはり先行作品があり、例の『パニュルジュ航海記』だ。パニュルジュ一行が海上で目撃したこの巨大怪物「唐竹鼻割坊《ブラングナリーユ》」は、喉が乾けばワインを満載した船をまるごと呑み込む。風車とその小屋を一口で食べてしまう（『パニュルジュ航海記』二五、二七、四四）。『第四之書』の第二九章から第三二章を占める精進潔斎坊は、「『唐竹鼻割坊』ブラングナリーユから想を得て、ラブレーが新たに創造したと思われる」（渡辺a、Ⅳ、四二三―四二四）。「塩まぶせの鎖鎧や、鉄甲、塩漬けの武者兜」などを「喰って身を養う」（Ⅳ、一六〇）ことなどに、先行モデルの残映が認められる。

　ところが、「半巨人」（Ⅳ、一五九）と触れ込む、この怪物の全体像がまったくイメージできないのである。描写が不足しているのではない。逆に、微に入り細を穿った記述が実に一〇ページ余り（Ⅳ、一六二以下）、例の列挙方式である。すなわち、「脳漿は牡の壁蝨《だに》の左の睾丸のような大きさ」で始まる「内部器官」の解剖学的記述が六十二項目、「精神」については「その記憶は、巾着のよう」に始まって十五項目といった具合に、「体の外の部分」、「挙動」と合計百七十四項目を並べ上げる。

　元来、列挙は知の構築と伝達のための手段である。部分を数え上げることで全体を浮かび上がらせる（たとえば、生徒の名前を挙げてゆけば、生徒たちのクラスがイメージされる）。精進潔斎坊の場合も、各項目の頭の語句だけなら、その機能がなくはない、「脳漿」「脳葉」「虫状隆起」「粘膜」……は、順序が少しおかしいもののの、とにもかくにも「内臓器官」である。さて、これらの語句をAとすると、構文はおしなべて「AはBのようである」の作りであって、問題はBにある。B相互の間に何らかの関連や共通項を思い浮かべることができず、そのためにA相互の共通性までもが疑わしくなるのだ。「一行ごとに、比喩の範例が異なる」ために、「ひとつの対象に収斂していくべきイメージを、いたずらに拡散している」（荻野a、二〇六、二〇四）。

　いったい次から「顔」を思い描くことができようか。

髯は、提燈のよう、

顎は、南瓜のよう、
耳は、二つの二股手袋のよう、
鼻は、楯型靴に編上靴を継いだよう、〔……〕（Ⅳ、一六八）

「精進潔斎坊の挙動について」では、イメージ拡散の度合いがさらに加わって、

理屈をこねますと、「去年《こぞ》の雪」と相成りました。

心配いたしますと、ざん切り頭や剃髪頭が出てまいりました。

何も出しません場合にも、縁取り師はその分だけ頂戴いたしました。〔……〕（Ⅳ、一七二。Seuil, 670）

これはほとんど謎かけであって、しかし解を求めるべき方角を思い切り拡散させている。「去年の雪」の出所は十五世紀の詩人フランソワ・ヴィヨンの有名な詩句、「さあれ、去年の雪は今いずこ?」であり、原文は女性の色香の衰えを嘆いている。精進潔斎坊の場合は、忘却ということか。第二行目は、「se soucier des res (*ras*) comme des tondus.（ざん切り頭のことを剃髪頭同様に気にかける。細かに気を配る）という俚諺を洒落たもの」（渡辺a、Ⅳ、四二九。*Note*, 670）と言われる。「ざん切り頭 des rez (ras)」と「剃髪頭 des tonduz (tondus)」はともに髪を短く刈った人のことであって、精進潔斎坊は言葉だけの違いにさえこだわる性質だと言いたいのか。第三行目はもっと込み入っている。「縁取り師は裁縫師と（或いは布地代と）同額の賃金を貰う（或いは要求する）、という成句を用いた駄洒落」だとのことであるが、その心は、ラブレー研究者によって様々なようである（渡辺a、Ⅳ、四二九）。第一作『パンタグリュエル』の裁判の場面でパンタグリュエル王子が同じ成句を用いて判決を下すくだりを参照せよ、との註もある（*Note*, 670; *Notice*, 1545）が、それでは

ますます焦点が定まらないことになるのではないか。
いったい読者は何を読んでいるのか。確かに出発点は、カトリック教の風習（四旬節期間中の節食《カレーム》）に向けた風刺であった。「信心深い善良なカトリック教徒の御仁でございますな」と皮肉を込めて書いている。「決して結婚式には出ませぬ」（Ⅳ、一五九）は、「教会法は四旬節中の結婚を禁じているから、この表現がある」（渡辺a、Ⅳ、四二六）とのこと。しかし、この導入部に続く列挙記述がたちまち風刺の照準を錯乱させるのだ。「精進潔斎坊《カレームプルナン》の解剖は、筆が進めば進む程、この怪物の全体像を捉えにくくしている」（荻野a、二〇六）。「もしラブレーが幻想をすべて風刺の意図に従属させるつもりだったら、これほど膨大な数の比喩を連ねる必要はなかったであろう」（Baraz, 137）。

この精進潔斎坊なる怪物についてパンタグリュエルは、「反自然の神《アンチフィジー》」が産み落とした「法外坊と乱調坊」を思わせると述べた。その正反対が「自然の神《フィジー》」が産んだ「美と調和」である（Ⅳ、一七三）。まさしく人文主義者パンタグリュエルの発言である。古代ギリシャに端を発して、「ヨーロッパでは理想の人体美が人体各部の数的な比例と調和によって表されるという観念が語り継がれていた」（山本、九三）。『第四之書』の書くこと《エクリチュール》は徹底してこの観念に楯突いている。「怪物は描写を付け加える度に変化する。こうして生じる差異だけが怪物に統一性を与えている。そしてこの差異は狂気の語り口によってますます増殖する。言葉のこの過剰性がまさに怪物的な形象を造り出すのだ」（Kritzman, 352）。この怪物を、パンタグリュエルが「反自然」だと非難する。こうして『第四之書』は、作品の書き方と作品の主人公が真っ向から対立するという、きわめて異例な葛藤を抱え込むことになる.

もともとはカトリック教の風習に関わる精進潔斎坊と長年にわたり抗争を続けている「腸詰族」は、節制・断食に対する肉食という建前からいえば、カトリックの「因習に反抗する党派」（Saulnier, II, 94）を象徴するはずであるが、その本性がなかなか定まらないことは先に述べた。これもまた、記述が加わるにつれて、その自己同一性がますます多義的になるのである。その形状から、「エヴァを誘惑した蛇」「陽物神」にも見立てられる（Ⅳ、一九二）。

この腸詰族が、島に上陸して休養を取っているパンタグリュエル一行を宿敵精進潔斎坊の一味だと勘違いして、大挙して攻め寄せてきた。したがって両軍の合戦ということになるが、これが一向に戦争の体を成さない、反自然の書くこと《エクリチュール》が、古来戦場において顕揚されてきた人間の自然・本来の価値を蝕むのである。押し寄せてくる敵軍を迎え撃つ我が軍の指揮官としてパンタグリュエルは、「配下の両隊長、腸詰鬣《リフランドウイ》と豚血腸詰斬《タイユブウダン》」を指名した（Ⅳ、一八七）。そのような名の軍人が船団にいたとは初耳である。そして戦なるものは、「腸詰斬《リフランドウイ》隊長は、腸詰族《アンドウイ》どもをずばりずばりと斬った。豚血腸詰斬《タイユブウダン》隊長は豚血《ブウダン》腸詰族めらを、ばさりばさりと斬った」（Ⅳ、二〇三）という具合だ、言葉同士が戯れ合っているだけで、戦場で顕揚されるべき人間の気力・知力・体力はほったらかしである。「言葉は姿を現すや否や、それ自体は忘れられるべきものであるが、ここはそうではない。言葉はものとしての自分をひけらかし、テクストの上にのさばり、テクストを形作っている」（Gray a, 96）。

武勲叙事詩の名誉ある伝統はすっかり反古にされた。割を食ったのが主人公のパンタグリュエルである。白兵戦の直中に身を投じた「パンタグリュエルは、腸詰族《アンドウイ》を膝にあてがって、ぽきぽきへし折った Pantagruel rompoit les Andouilles au genoil」（Ⅳ、二〇三。Seuil, 694）。もし戦場が別で、敵も別であったなら、これはパンタグリュエルの武勲を讃える文になっていたかもしれない、というのも、「膝で腸詰を折る（rompre l'andouille au genou）」は、「不可能なことを企てる・できないことをする・手段を選ばねば成功せぬ、などの義に用いられる古い成句」（渡辺a、Ⅳ、四四六）である。弾性に富む腸詰を膝で折ることはなるほど難しいから、難事を成し遂げることのたとえになるのだろう。パンタグリュエル王子は常人の及ばない奮闘を行ったというわけだ。ところが、相手が「腸詰」そのものとあっては、この成句を文字通りの意味に取らざるを得ない。かつては敵の大将の大巨人、人狼《ルウ・ガルウ》を大地にのけぞらせ、手下の巨人三百人をなぎ倒した（『パンタグリュエル』第二九章）あのパンタグリュエル王子が、腸詰めを膝で折るとは何と情けないことか。ルネサンス物語は、その思い出さえも消えてゆく。

話が思い思いの意味・方向を乱反射し、したがって定かな文脈は成り立たない、物語のこの廃墟を埋め尽くすものがある。「戦場は、息が絶えたり或いは傷附いたりした腸詰族《アンドゥイ》で蔽い尽くされた」（Ⅳ、二〇三）。言葉の戯れが生み出した、戯れでは済まないひとつの結果である。

物語の廃墟に露呈するもの

「今までのラブレー作品には無縁の、独特の雰囲気が『第四之書』を覆っている。奇怪にして豊麗なイメージ群の狭間から、時として濃密な死のにおいが立ちのぼってくるのである」（荻野a、一四二）。その死が不条理であるのは腸詰族の場合に限らない、たとえ死が罰として科せられる場合でも、「『罪』と『罰』の間には大変な不均衡があると言わねばなるまい」（荻野a、一四六）。嘘つき木こりの首を刎ねたユピテル大神の勅令がそうであるし、欲張り商人を溺死させるパニュルジュの仕返しがそうである。しかも、殺害される人の数がおびただしい。正直木こりにあやかって金の斧を得ようとする不正直者は数知れず、「どんな立派な母親から生まれた息子でも、その斧を失くさない者はいないという有様。このように斧が失くなってしまったために、もはや、この地方では、樹は伐られもせず割られもしないということになった」（Ⅳ、三九）。そして全員が黄金の斧を「地面から持ち上げたその瞬間に、メルクゥリウスの神は、ユピテルの勅令通りに、一同の素首を刎ねてしまった。従って、伐られた首の数は、失くなった斧と同数であり、ぴたりと符合していた」（Ⅳ、四〇）。パニュルジュの意趣返しの場合も、相手の商人だけでなく、「他の羊飼いや番人どもも同じく〔……〕海中へ引っ張り込まれ、無慚にも溺れてしまった」（Ⅳ、八三）。そして、戦場を埋め尽くす腸詰族の死体である。

ラブレーの前三作に殺戮がなかったわけではない。『ガルガンチュア』には、ジャン修道士が僧院のぶどう園に侵入した敵軍を全滅させる場面がある。十字架付きの棍棒を振り回し、「こちらの奴らの脳味噌を押し潰したかと思うと、あちらの者の腕や脚をばへし折り」の大立ち回りのために落命した敵兵の「その数は、一万三千六百二十二人の多きにのぼった」（I、一三八、一四二）とは豪儀な誇張法であるが、ここの読みどころは、ジャン修道士の旺盛な生命力とそれを叙するペンの躍動感である。すなわちここで死は、そのおぞましさを払拭して、生に一層の輝きを添えている。この生の輝きがルネサンス物語の揺るぎのない理であり、敵兵のおびただしい死でさえも、物語の進展を印す標識のひとつとなっている。

物語としての「文学は、ひとつの数理《マテシス》であり、ひとつの秩序、ひとつの体系、ひとつの知の構造体である」(Barthes, III, 185. *Roland Barthes par Roland Barthes*)。知を構造化する「数理」としての「文学」は、物事の値を示す明確な標識を必要とする。『第四之書』は、物語としての「文学」のこの必要条件をみずから放棄した。木こりや羊商人や腸詰族の死にはほとんど理由が欠けているし、その先のどこにも導かない。「最小限の原因さえも除いてしまった世界が、ここにはある」（荻野a、一六二）。「標識と構造の溶解が全篇に行き渡り、その犠牲として、不安に満ちるひとつの世界が現れる」(Mari, 103)。知の「数理」の管轄をはみ出た世界を、「文学」は描くことはできない。「文学は時代の知を超えることはできないし、また、すべてを語ることはできない。言語の性質上、また、有限な一般性のために、文学が、それに直面すれば茫然自失するほかはないような対象、光景、出来事を語ることはできない」(Barthes, III, 185-186. *Roland Barthes par Roland Barthes*)。ところが『第四之書』は、パンタグリュエル以下の人物たちが茫然自失するような世界を描き、時代の「文学」を超えている。「文学は有限な世界を表象するのに対し、テクストは言語の無限を形象する。もはや知も、理も、分別もともなわずに」(Barthes, III, 186. *Roland Barthes par Roland Barthes*. 強調は原文)。ここでいう「文学」に対する「テクスト」を、「物語」に対する「ロマン」と言い換えたいのである。というのは、中世でロマンと呼ばれていた作品は、時代の知を超える物事を前にして茫然自失する主人公を描いていたからだ。媚薬を飲んだトリスタン、聖杯を眼前にしたペルスヴァル等である。

茫然自失とは事態を理解できないということであり、事態を言い表すべき言葉を知らないということである。物語としての文学は、知でもって世界をひとつの合理的な構造体として認識し、知が意味を保証する言葉でもってこれを言い表す。ただし、こうして言語化された世界は世界そのものではない、「言語は現実《ル・レエル》に直接触れる仕方では作られていない、そこにはある種の頭脳の働きがあり、まず現実《ル・レエル》を意味される《シニフィエ》ものに作り変え、次いでこれを記号に作り替えるのである。〔……〕言語はそれ独自の仕組みを持つひとつの組織体〔……〕であって、この組織体は、現実を踏まえずとも、組織体としては十全に機能する」(Barthes, III, 451. *Réponses*)。ここで言う「現実」は、言語の意味を通してイメージされる世界(象徴界《ル・サンボリック》)に対する、意味に移し変えられる以前の、いわばものそのものとしての世界(現実界《ル・レエル》)のことである、普通「現実」と呼ばれるものは象徴界のことであって、そこでは現実界の混沌が言語記号が表す概念によって分節化され、分節の網目が世界を組織する。「生」と「死」はもっとも初源の分節であり、世界を物語るにあたっての最重要基本語である。ところが『第四之書』に生じたのは、「生への欲望が死への衝動と見分け難く、自然への憧憬が破壊への意志と一つであるような、異和と親和の混沌とした情動のアマルガム」(井口a、六〇)とも言うべき事態である。『現実』がいつも『内面』〔人が心の中に抱く物語的世界像〕を突き放すような無意味な現れであるならば、突き放されたその場でファルスの笑いを高らかに笑うしかないだろうに、人はいつも突き放す『現実』を再び内面化し、私の物語として『意味』を修復しようとする」(井口a、一四一。強調は原文)。しかし、『第四之書』は物語文学の路線を決定的に離れた。「ファルスの笑い」はいまや、ルネサンス物語を伴奏していた生命讃歌ではなく、「象徴」が崩壊し、「現実」が露呈する時に世界が発する悲鳴のようにも聞こえる。「神意は図りがたく、死神は笑いながら人間を刈る。この人知を超えた宇宙的なエネルギーとしての死、笑う不条理である死は

〔『第四之書』の〕序詞に止まらず、本文を一貫して裏から支えている感がある」（荻野a、一四五）。

『第四之書』でいよいよ煮詰まってきたラブレー作品の書き方《エクリチュール》において、言語はもはや現実界（もの）を分節する象徴の機能を失ってゆく。先に引用した文言を再び借りて言うなら、「〔物語〕文学は有限な〔意味を定義された〕世界を表象するのに対し、〔ロマンの〕テクストは言語の無限〔意味の定義の撤廃〕を形象する」。「膝で腸詰を折る」は、パンタグリュエルの振る舞いに何らかの意味を付与するのではなく、逆に一切の意味を消し去ってしまう。そのような言語は、究極として、自らの意味をも消し去らずにはおかない。すなわち意味されるもの《シニフィエ》を抜き取った意味するもの《シニフィアン》というべきであって、これはもはやものの記号ではなく、それ自体がひとつのものに近い。すなわち、「かばん語《モ・ヴァリーズ》」（二語またはそれ以上の語を圧縮して作る語）がラブレーのテクストに頻出する。

パンタグリュエル船団が出航後四日目に立ち寄った法院族の島については、前に概要を述べた。教会権力を後ろ盾に金銭をせしめる法律関係者を殴りつけて懲らしめる話であるが、この懲らしめ方が、例によってペンの動きとともに過激になってゆく。まさしく言語を絶する壮絶さであり、これを前にして人は言葉を失い、言葉は自らを失う。「手や腕を一本残らず、こんなにまで、がくがくがたがたよれよれしわしわぽきぽきびりびりにした」（Ⅳ、一一二―一一三。強調は中山）といった調子だ。傍点で強調した部分は、訳者渡辺一夫の自称「戯訳」であって、原文は“morcrocassebezassevezassegrigueliguoscopapopondrillé”（Seuil, 624）。語尾のéに辛うじて動詞過去分詞形の印がうかがわれるものの、もちろんこんな語はフランス語に存在せず、ラブレー創作の戯語である。もっとも、よくよく眺めれば、mourre（鼻面）、croc（歯）、casser（へし折る）などの単語の痕跡が認められないでもないが（*Note*, 625）、こんなに押し潰されたのでは、もはや言語記号とは呼ぶことができない、ただの文字あるいは音の塊である。

言語破壊が突出したこの種のかばん語は、前三作にも見られたが、とくに『第四之書』で著しい、ラブレーの全作品を通して行われてきた言語の冒険、すなわち物語言説解体がここでひとつの極限に達した感がする。かばん語の徹底した無意味さは、腸詰を膝で折るパンタグリュエル王子の振る舞いの無意味さと通じ合う。そして周囲には、無意味な死を強いられた人の死骸が散乱している。

世界から物語が消えた荒廃の中で、かつての物語がなんと懐かしく偲ばれることだろう。ここで話を対腸詰族戦の戦場に戻す。腸詰斬隊長の奮戦に加えて、ジャン修道士が兵を率いて切り込んできたから、腸詰族軍は陣を乱し、もしそのままだったら皆殺しにされてしまうところだった。ところが「物語の伝えるところによると」（Ⅳ、二〇三）驚くべきことが起こった。「朔北の方から、風車の翼のように長くて幅の広い翼を持った、大きな、脂切った、太った灰色の豚が一匹飛んできたのである」。それを見ると腸詰族は、一斉に武器を投げ出して大地に膝まずいた。それを見たパンタグリュエルが退けの命令を出す。これ以上の殺戮はせずにすんだ、さらにめでたいことには、翼のある豚が空中を旋回しながら撒き散らした大量の辛子泥は死者を蘇らせる効能があるという。

ところがこのハッピーエンドには無理がある。この場面で「物語の伝えるところによると」という文言を用いることはできないはずだ。この文言は中世騎士道物語の常套句であって、今書き綴っている物事が古くから世に行われている歴史物語にも記載されていることを宣言して、自作の信憑性を補強しようとする手法である。ところが『第四之書』の語り手は、腸詰族とパンタグリュエル軍の戦闘を叙述するに際して、「私めは、しかとこの眼で見たものが何だったかは、よく心得て居る」（Ⅳ、一九一）と宣誓していたのだった。すなわち、戦闘の一部始終は語り手が目撃した実際であって、どこかの物語本に書いてあることではない、実際がいかに馬鹿げているからといっても、よそから借りてきた話にすり替えたのでは、それこそ話にならない。

ということは、ラブレー作品はここで決定的に破綻したのである。それも、作品をここまで進展させてきた、自らに内在する要因によって。

世界の崩壊に人文主義の理が立ち向かう

以上に見た島々とそこに住む人間または怪物の異形が、パンタグリュエル船団がその航海に求めるものとまったく相反することは言うまでもない。航海の目的は、パンタグリュエルその人が述べるように、「見聞を弘め知識を増し、バクブックの神託を訪《おとな》い、仲間の或る男が提議した色々な難問を解く徳利明神のお告げを授かろうとする」（Ⅳ、一四九）ことである。「色々な難問」とは、『第三之書』においてパニュルジュの結婚問題に端を発し、対話と討論の論点となった、世界と人生に関する基本的な諸問題である。これに解答を得て、森羅万象を理に基づく秩序体として確認することが、「見聞を弘め知識を増し」の内容だ。一言で言えば、世界と人生を完璧な物語として認識すること。「徳利明神のお告げ」は、この物語の究極の理を明かすはずである。

確かに「提議した」のはパニュルジュであった。ところが『第四之書』のパニュルジュはすっかり人が変わってしまって、いまや提議者の資格と権限を失っている。パンタグリュエル王子に初めて出会った時には、自らをかの冒険の勇者オデュッセウスになぞらえた（Ⅱ、八五）彼が、暴風雨に襲われた船上で、「甲板に蹲って、身も世もなく慨《なげ》き悲しみ」（Ⅳ、一二四）、四方八方の聖人様に願を立てる有様だ。『パンタグリュエル』における対乾喉国人との戦役では、味方の鬨《とき》の声に和して、たとえ駄法螺にせよ、「何しろ私は、ゾピルス〔ペルシャの武将〕の血筋を引いて居りますからね」（Ⅱ、一七九）と豪語して見せた男が、いざ対腸詰族戦の火ぶたが切られようとすると、こそこそとその場を逃げ出そうとする（Ⅳ、一八六）。何より大きな変化として、「パニュルジュの巧妙な修辞が、いまや完全に過去のものとなっている。〔……〕彼が流暢に言葉を転がす機会は、ほとんど見受けられなくなっている」（スクリーチ、六四二）。

このパニュルジュに代わって、いまや海洋冒険の主役はパンタグリュエル王子である。「『第四之書』では、パンタグリュエルその人が航海の舵を取る。〔……〕『第四之書』は、次第次第にパンタグリュエルの旅と探求の様相を呈する」(Saulnier, II, 23)。このパンタグリュエルは人文学者である。したがって、冒険は人文学の力試しということになる。

人文学または「人間の文芸」は、言語記号の錯乱を鎮めることを目的としていた。中世的な言語の錯乱はラブレーの時代まで続いていたのである。人間の眼に映るものが直ちに真実ではなく、そこを通してすぐには見えない真実に到達しなければならないというアレゴリーの思想については第一章で述べた。「隠された神秘があるということ、言葉の意味は明らかではあり得ないということが、『自然の書』〔世界〕を、秘密が一杯詰まった魔法めいたものにしていた」(Dubois b, 64)。これに対してルネサンスは、そして『ガルガンチュア』序詞でアレゴリー文学を否認したラブレー作品は、「物事の眼に映るままは、物事の写しであり、物事の本質に由来し、本質を表している」(Delègue a, 40) と主張する。ギリシャ・ラテンの古典は、人知を超える神秘にすがるのではなく、人間の知に拠ってこの世を生きる愛知《フィロゾフィー》の姿勢を支えるものであった。パンタグリュエルが事に触れて古典に言及するのはそのためである。たとえば、腸詰族の国に寄港したパンタグリュエル一行を取り囲む腸詰族の大軍。その意は歓迎にありや戦闘にありやで解釈が分かれた。パンタグリュエルは、「款待友誼の外見に匿れて、屡々人命に関わるほどの危害を加えることもあり得た」(Ⅳ、一八五)事例を、歴史の中から引き出す。アントニウス・カラカラ帝、ヤコブの子ら、ローマ皇帝ガリエヌス、等々、「幾千にも上る他の同じような物語が、古き世の様を秘め伝えたものの中に見出せる」。そういった「物語」が、「古き世」にも今の世にも共通な普遍の真理を教え、案の定、腸詰族軍はこの直後に一斉攻撃を仕掛けてきたのであった。

人間の知は学問を通じて世界の理を確認することができる。また世界は、人間の知の要請に答えて、一切が理に則して創られている。人文主義が人間中心主義とも言われるゆえんの楽天的な思想がそこから生まれる。「人文主義は人間存在の問題を扱う際に、神の啓示を表す言葉を用いることを拒否して、実際的な方法を伝える言葉を用いる。〔……〕人文主義は一つのイデオロギー選択であり、人間に関する事象はすべて人間が処理し得るという思想である」(Dubois b, 195)。『第四之書』について言えば、島々の不条理も最終的には理によって説明されなければならない。「パンタグリュエルは彼の周囲の不思議を解明し、不思議ではなくす。得体の知れないものを知れたものにするのが彼の技である」(Jeanneret c, 106)。つまり、世界を合理化する。

パンタグリュエルの技の一番の見せ所が、『第四之書』第三三・三四章の鯨退治である。夕暮れの海上に「一匹の大きくてもの凄い鯨の姿」が認められた。まずは「鯨」の原語に注意、普通のフランス語で「鯨」は baleine であるが、ここではあえてそれを用いず、博物学の書物にある、ギリシャ語から転用した学術語 physetère「(潮を)吹くもの」を使用している(渡辺a、Ⅳ、四三三。*Notes*, 672)。したがって一般読者にとっては、得体の知れない怪獣が「がぼがぼ、ぐうぐう言いながら、むくむくと膨れ上がり、船の檣楼よりも高くなったかと思うと、まるでどこかの山から大きな川が流れ下るかのように、口から海水を前のほうへ空高く噴出して、我々に向って驀地《まっしぐら》に突進してきた」(Ⅳ、一七五。Seuil, 672)、ということになる。

すなわち先の引用「秘密が一杯詰まった魔法」と形容された世界がその本性を剥き出しにする。これを言い明かす言葉はないから、あてどのない文言を乱反射するほかはない。恐怖に駆られたパニュルジュの口から出る文言がそれだ。「聖人ヨブの伝記〔旧約聖書『ヨブ記』〕の中の」「大怪獣《レヴィアタン》」、「昔アンドロメダ〔ギリシャ神話の美女、怪獣に襲われたところを英雄ペルセウスに救われる〕を呑みに現れた海の怪物」、「あの腹黒いアトロポス〔人間の命数を司る女神〕」(渡辺a、Ⅳ、四三三―四三四)、などなど。ついには、「サタンの悪魔め、大怪獣めが!」と悲鳴を上げる始末だ(Ⅳ、一七五―一七七)。「中世で人口に膾炙していた『地獄の入り口』の図像は、深海にすむ悪魔でもって集団的無意識に働きかけていた」(Smith, 111)とのこと。もうこうなったら、この悪魔に呑み込まれるほかはあるまい。

そのときすっくと立ち上がったのが、パンタグリュエル王子であった。手に持ったのは得意の投げ槍。「第一撃で鯨の額に突き刺して、上下両顎と舌を貫き通したので、もはや口は開けられず、水を吸うことも吐き出すこともできなくなってしまった。第二撃で、右の眼を、第三撃で、左の眼を抉《えぐ》った」(Ⅳ、一七九)という具合に、計百本の槍を立て続けに命中させて、見事に怪獣を、いや一頭の鯨を仕留める。「怪獣は、パンタグリュエルが投げ槍を打ち込み退治してしまうと、同定可能な生き物に変わる。すなわち、『死んだ魚がすべてそうするように、鯨も死にながら、仰向けになり腹を見せた』(Ⅳ、一八〇)といった、ありきたりな動物になってしまう。『潮を吹くもの』はその奇怪さを失い、『見るだに、非常に面白い眺め』となる。パニュルジュの恐怖心によって誇大化されていたものが、並みの尺度に還元される。こうして怪獣が自然の枠組みの中に移し替えられる」(Kritzman, 358)。ここでいう「自然」は、理によって成る秩序体としての世界、という意味である。

この鯨退治の場面で、パンタグリュエル王子の巨人性が久々にテクストに顕現する。投げ槍の大きさが「パリで両替橋《オ・シャンジュ》と粉挽き橋《オ・ムーニエ》とを支えている逞しい梁木《うつばり》にそっくり」(Ⅳ、一七九)、これを投げて「ジャン修道士の祈祷書を一枚一枚、少しも破らずに、めくったりした」ほどの超美技だ。こんなに大きな槍を百本以上積み込むとは、いったいどれほどの巨船なのか。巨人王子の尺度は、ルネサンスが人間の知にかけた期待の大きさを表している。

人文主義の理の進路に反理を敷き詰める

ところが近代文学は、『第四之書』の鯨退治と意味・方向《サンス》を逆にしたロマンを生み出した。エイハブ船長はひたすら一頭の白い鯨を追う。十九世紀の通念的理にとって鯨は脂を採るための獲物だ。一等航海士は、白鯨を仕留めても「いく樽ぐらい脂がとれるんですかね、エイハブ船長?」(『白鯨』上、二六三)と極めて理に則した諫言をするが、エイハブは聞く耳を持たない。彼の頭の中ではこの鯨が、宇宙の神秘を体現する怪物に変容しているのだ。「エイハブは、『あの白い鯨』という彼の片足を喰いちぎった実体に、『モウビー・ディック』という呪文を、伝説を、あるいは言葉をかぶせてしまったのである。そしてあの『白い鯨』を離れ、モウビー・ディックなる呪文と伝説と言葉のなかに突入して行くのである」(千石b、七八)。そのエイハブは言う。「いいか、目に見えるものはすべてボール紙の仮面に過ぎないのだ。だが、どんな出来事にも〔……〕、未知だが、道理にかなったものが、道理にあわない仮面のうしろから、その姿をあらわすのだ」(『白鯨』上、二六三―二六四)。

これは、ロマンとしての作品『白鯨』と同時代に種々の分野で見られた、近代的知の崩壊局面の一つである。眼に映る物事とそれに付けた言語記号がそのまま真理を表しているという信念が崩れた。「この局面〔フロベール、ニーチェなどを例に挙げる〕において人は、言語にはいかなる保証も付いていないことに気づくのだ。言語にはいかなる権威的審級も保証もない。近代の危機がそこに始まる」(Barthes, III, 435. *La crise de la vérité*)。ラブレー作品は「近代」とその「危機」の両者を同時に設定したとは言えまいか。一方では主人公パンタグリュエルに近代の知を担わせ、他方ではパンタグリュエルの歩みを描くべき言語の中で知を空洞化する。この深い両義性がラブレー作品を、物語とだけ呼べばその真意を損ねるような、それにふさわしい名を探すとすればさしずめロマンと呼ぶほかはないものにしている。

理を保証する審級を欠いた言語が、語り手のコントロールを振り切って、勝手に戯れる。これが『パンタグリュエル』や『ガルガンチュア』だったら、サン・ヴィクトール図書館の奇怪な蔵書目録やド・ブラグマルド神学部教授の怪しげな演説のように、中世の蒙昧の残存とみなすこともできよう。しかし『第四之書』は、人文学者王子「パンタグリュエルが成熟して、ついに彼その人となった」(Demerson, 282)ことを鯨退治などで確認した上で、彼の進路にあえて反理の怪物どもを跋扈させるのだ。「天地創造の理に反逆する、あたかもボッシュの絵画に出てくるような異形どもが『第四之書』にはびこり、《人文主義的》物語叙述の中心となるべき主人公は、もはや世界の秩序を維持することが難しい」(Ménager a, 60)。仕留めた鯨を曳きながら碇を下ろした島が例の腸詰族島であり、そこでは言葉遊びの犠牲になった腸詰族の死体が平原を埋め尽くし、パンタグリュエルさえも、「腸詰を膝で折る」という言葉の戯れに弄ばれるのである。

もしかしたら、パンタグリュエルが信奉する人文主義の理と、島々にはびこる不合理を対立させる構図は、作品制作の途中ではっきりと意図されたのではなかろうか。次のことから、そのような推測を試みるのである。パニュルジュが憎たらしい羊商人に意趣晴らしをするくだりで、策を練ったパニュルジュは、未完成版（一五四八年）によれば「パンタグリュエルとジャン修道士にこっそりこう言った。『ここから一寸離れていてくれないかね。面白いお慰みを御覧に入れよう』」（Ⅳ、七五。および渡辺a、Ⅳ、三六一）。これではパンタグリュエルも、羊商人およびその手下の殺戮にいくぶんかは荷担することになる。完成版（一五五二年）はパンタグリュエルの名を削除した、人文学者王子は不合理の圏外にあり、理を主張する姿勢を純粋に保つことができる。

『第四之書』のパンタグリュエルは概して機嫌が悪い。闊達に人文学の博識を披瀝するのはわずか一つの島においてであると言ってよかろう。名は「長生族の島《マクライオン》」、島には「いくつもの半ば《なか》崩れた寺院や、いくつもの尖塔《オベリスク》や金字塔《ピラミード》」（Ⅳ、一四八）など、「同時代の人文学者の好奇心を引き付けていた東方の歴史的建造物」（*Note*, 652）があった。とくに、長老が「イオニヤ語で」（Ⅳ、一四八）話しかけて来たことが、パンタグリュエルを水を得た魚の気持ちにさせたのではなかろうか。イオニヤは古代ギリシャ文化の一中心地であった。

他のほとんどすべての島々は、パンタグリュエルの思想と感情を傷つけるのであった。第二の寄港地「鼻欠島《アンナザン》」では、「親子兄弟親戚縁者関係」つまり血縁というものが無視されている。人一倍父親（ガルガンチュア王）を敬愛するパンタグリュエル王子に向かって、島の大法官は、「父親母親などというものは、お前様方の世界でのことじゃな」と言い放つ。「善良なパンタグリュエルは、一切合財に眼を向け耳を傾けていたが、今の言葉を聞いて、危く取り乱してしまうところだった」（Ⅳ、八九―九〇）。教皇崇拝族の島では、小学校長が引率の小さな生徒たちを鞭で打つのを見て、「皆の衆、これなる子供たちに鞭を加えるのをやめてくれなければ、わしは〔船に〕戻って行くぞ」と、「ステントールのような大声」を上げた（Ⅳ、二二五）。「ステントールは、トロイヤ攻略ギリシャ軍中の英雄の一人。この条でも、パンタグリュエルの巨人性が思い出されている」（渡辺a、Ⅳ、四五九）。

　このパンタグリュエル王子が、島々を経て巡るにつれて、次第に寡黙になってゆく。不条理が荒れ狂うこの海原では、愛知の学が伝えて来た理を説いても無駄だ、と言うかのように。これを決定付ける出来事が、船旅の記述が洋上で停止してしまう少し前に起きた。

　パンタグリュエル船団が「氷海果てる」（Ⅳ、二五三）海上を航行しているときのことであった。最初に述べたように船団は、今で言えば北米大陸を迂回しつつ北極海を渡っている。突然、四方の空気に人の声が満ち、一行は恐怖に捉えられた。ただ一人パンタグリュエルが沈着に、この不思議を人文学の知見でもって解明しようとする。ピュタゴラス派の一哲学者によれば、世界の「中心部に、真理の館《やかた》があり、そこに、過去及び未来の一切の事物の言葉と理念と模型と典型（les Paroles, les Idées, les Exemplaires et portraictz）とが宿り、これらを囲んで、現世というものがあると申すのだ。されば、長い間隔を置いて、或る年になると、〔……〕これらのものの一部が、分泌物のように、人間どもの上に下垂り落ちることとな〔る〕」。また、プラトンの弟子哲学者によれば、「或る国においては、言葉が口にされたとき、それが大気の冷たさの故に凍りつき沍《い》てつく」ことがあるという。「今こそ〔真理の館の〕こういう言葉が溶け出す地域が、万が一の僥倖から、このあたりではないかどうか、究理し探索すべきであろう（philosopher et rechercher）」（Ⅳ、二五二―二五三。Seuil, 730-731）。普段は洞窟の壁だけを見ている人間に、「理念《イデア》 les Idées」を直視することが許される、千載一遇の「究理 philosopher」の機会が、いま・ここに開けているかもしれない。パンタグリュエルの意気込みは推して知るべし。

期待と失望の落差ははなはだしかった。たしかに氷が溶けて、中に閉じ込められていた音声が解放されるのだが、それはいにしえの哲学者が言及していた真理の言葉ではなく、昨年の冬にこの海上で行われた戦争における「男や女の言葉や叫び声、群集の立てる武器の音」（Ⅳ、二五三）である、ラブレーのテクストはこれを、「ひん、ひん、ひん、ひん、ひす、てぃっく、〔……〕ごっと、まごっと（goth, magoth）」（Ⅳ、二五五。Seuil, 732）と再生する。最後の二音は、「『黙示録』の中の神の敵、Gog と Magog」を踏まえているとのこと（*Note*, 196）。こともあろうに、天地がこぞって理の不在をわめいているかのようなこの場面で、怯え切ったパニュルジュが叫んだ。[13]「神様、よろしかったら、これ以上先へは行かずに、ここいらで、徳利大明神の御託宣をお授かりいたしとうござる！」（Ⅳ、二五六）。

パンタグリュエルがついに口をつぐむ

氷塊が漂う海原で奇怪な音声を聴いたすぐ後に上陸したのが、大腹宗匠の島である。そしてこの島が、『第四之書』の最後の寄港地となった。その後は、船団を海上に置き放しにする。

この大腹宗匠の島は、これまでの島々とは違って、平和と繁栄の国であるように見える。「実に気持ちがよく、実に肥沃であり、実に健康に適した楽しいところだった〔ことを我々は見出した trouvasmes〕ので、私は、これぞ地上の楽園、地上の天国だと思ったのである（je pensoys）」（Ⅳ、二五七。Seuil, 735）。「私」と名乗っているのは『第四之書』全篇の語り手であるが、この「私」も、徳利明神の託宣を求める旅の一員として、出航以来パンタグリュエルたちと行を共にしている。つまり、単なる語り手の機能としての存在ではなく、固有の身体を持つ一人の作中人物だ。暴風雨に見舞われた船上ではパニュルジュから、「そこな錬金道士どん（monsieur l'abstracteur）」と声を掛けられている（Ⅳ、一三三。Seuil, 642）。「錬金道士」というのは、第一作『パンタグリュエル』の題名に添えて、「万有第五元素抽出者（abstracteur de quinte essence）故アルコフリバス師の作」（II、五。Seuil, 209）と銘打ってあったのに遡る。この錬金術師アリコフリバスが、語り手兼作中人物として終始巨人王子と行を共にしているという建前なのだ。

語り手は地の文をこしらえるが、問題はラブレー作品における地の文のステイタスである。自らも作中人物として実際の場面に立ち会っていたとはいえ、まさに一作中人物であるためその視野は限られ、主観の色付けを免れ難い。すなわち、客観的真実を標榜するいわゆる神の視点ではなく、限定された、相対的な視点である。他の作中人物との関係において相対的であり、また、見ることと語ることの微妙な関係によっても、その真実性は相対的である。地の文は語り手が見たことを指差す以上に、語り手がそれを語る言葉を提示しているのだ。たとえば腸詰族軍との戦闘場面で、「パンタグリュエルは膝で腸詰を折った」と述べるのは（超人的な業を讃える）言葉の綾であり得て、もしパンタグリュエルの心情などが当人あるいは側近の会話文で表されていたら、実際に比喩表現の鞘に納まっていたはずだ。

つまり、地の文と会話文はもともと覇権を争う関係にあり、これを表立てれば作品が壊れる恐れがあるので、普通は両者を曖昧な均衡状態に置いておく。ところが『第四之書』は、この問題を主題化する傾向である。航海の日数が増えるにつれてパンタグリュエルが不機嫌になり、口をつぐみがちなことはすでに述べた。この大腹宗匠島到着の際は、先に引いた、語り手「私」が島の美観を賛美する言葉と競うかのように、パンタグリュエルは次の発言を行う。「これは、ヘシオドスによって記された阿麗亭《アレテ》（即ち美徳）の館であるが、しかし、更に正しい学説があれば、それを無下に斥けるものでもない」（IV、二五七）。ヘシオドスは古代ギリシャの詩人で、『仕事と日々』（かの「黄金時代」の伝説がここに出ている）の作者、「阿麗亭《アレテ》」の原語 Arété（Seuil, 735）は「勇気・美徳・善」を意味するギリシャ語に由来する（渡辺a、IV、四八〇）。いかにも人文学者パンタグリュエルにふさわしい発言である。ところが、この島におけるパンタグリュエルの発言は、これが最初であり、そして最後なのだ。この沈黙には、『第四之書』全体に関わるような意味があるように思える。というのも、先走るが、『第四之書』がそのページを閉じようとする間際で、パンタグリュエルが久々に口を開き、単なる作中人物としての会話文ではなく、一つの物語の地の文になろうとする構えを見せ、そして、その構えのままラブレー全作品の幕が降りるからだ。

パンタグリュエルを沈黙に追い込んだのは、島の支配者、「大腹師《ガステル》 messere Gaster」の、唖然とするほかはない物欲と食欲である。例の『難句略解』によれば、Gaster は「腹」「胃袋」の意味だとのこと（Seuil, 779）。「一切の文明が、『食欲』のために生まれ且つ進歩させられるというやや道化た唯物論的人生観」（渡辺a、Ⅳ、四七九）の権化である。島の住人の名称は「腹崇拝族 Gastrolâtres」、大腹宗匠の教えを守って「しかも一切合財が、身のため腹のため！（Et tout pour la tripe !）」（Ⅳ、二六〇。Seuil, 736）を日常の合言葉にして暮らしている。

腹崇拝族が大腹宗匠に献上する食事のメニューは、例の列挙法である。皮切りは、

イポクラス白葡萄〔酒〕に添えて、ぱりっとした柔らかい焼麺麭、白麺麭、〔……〕

と、パンにスープが十八品。次いでハム、ソーセージが、

極上芥子泥塗附豚腸詰、小腸詰、〔……〕

と十四品、次に肉料理が、

韮醤油附羊腿肉、熱肉汁附挽肉料理、〔……〕

と五十八品といった具合に、デザートまで数えると合計二百五十の品数にのぼる。

　よくもこんなに食べたものだ。いや、よくもこれだけ品名を並べ上げたものだ。この世のありとあらゆる料理の名を集め、ないものはいま・ここで拵えてみせるという勢いである。一方「パンタグリュエルは、献げ物をするこれら下種《げす》野郎たちと、夥しい量の献上品とを見て腹をたててしまった」(Ⅳ、二六八)。これは、『第四之書』の語り手の言葉の芸に、『第四之書』の作中人物である人文学者が腹を立てた、というのに等しい。ただし立腹を言葉にすることはもうない。

　貪欲な胃袋の権化であるこの怪物人間は、また、「世界第一の技芸宗匠」(Ⅳ、二五七)でもある。「大腹《ガステル》宗匠は、あらゆる技芸、あらゆる機械、あらゆる職業、あらゆる道具や細々《こまごま》したものを創案するというお恵みを、世のなかに垂れ給うのである」(Ⅳ、二五九)。「初めから、大腹《ガステル》宗匠は、土地を耕すために鍛冶と農業の術を創案し、〔……〕数世紀に亙って穀物を安全にし〔……〕」(Ⅳ、二七三)といった具合である。この「記述は、『創世記』三に見られる物語、即ち、禁断の果実を食べた後の人間の始祖(アダムとエウァ)が、神の怒りに触れ、今後額に汗して働き、土地から食物を作り出し、色々と工夫して生きてゆかねばならなくなったという物語を踏まえているのであろう」(渡辺a、Ⅳ、四八九)。こうして、ひとつの壮大な世界史物語が始まる。

　この世界史物語に大きな転換点がある。大腹宗匠を「世界一の技芸宗匠」と呼ぶゆえんの「技芸(ars, arts)」は、「自然(nature)」に相対する語である。パンタグリュエルは先に、「自然」を「フィジーの神」とも呼んでいた。「美」と「調和」を産み落とした神である(Ⅳ、一七三)。人文主義は、「技芸」の目的は「自然」を模倣することにあると信じる。大腹宗匠の世界史においても、初めは「自然のお定めによって」食糧を生産し、貯蔵していた(Ⅳ、二七三)。ところが途中で「自然も人間の技術に打ち負かされてしまった」(Ⅳ、二七五)という事態が生じる。時はまさしく近代の夜明けのルネサンス、『パンタグリュエル』のガルガンチュア父王がその教育書簡で、「一切の兵火の器具は悪魔の教唆によりて創《はじ》められたるものに候」（Ⅱ、六八）と歎いた、重火器の発明である。「大臼砲の一撃は、百の雷火にもまして更に恐ろしく驚愕すべく、〔……〕はるかに多くの城壁を崩し去る」（Ⅳ、二七五―二七六）。

これに続く世界史は、「技術は自然に劣るというそれまでの技術観と決別したベーコンにとって、自然研究の目的は『行動により自然を征服する』ことにあり、『技術と学問 art et scientia』は『自然に対する支配権』を人間に与えるためのものであった」（山本、七一五）と言われる近代文明の行く先について、フランシス・ベーコンその人（一五六一―一六二六年）が産まれる前に立てたひとつの予測である。そこにあるのは、胃袋の欲求とこれを叶えるためのテクノロジー、つまり生理と物理の、その場その場での条件反射だ。大腹宗匠は穀物を保存するために「市街や砦や城を建てる術を創案した」。そして次に、他国の「砦や城を攻撃し崩し去る技術を創案し〔た〕」。以後、軍事技術の開発はとどまるところを知らず、ついには、「〔敵方から〕撃ち出された弾丸が、敵の方へ逆向きになって返ってゆき、〔……〕猛烈な勢いで敵に危害を加えるという結果になる技術を創案した」（Ⅳ、二七五、二七七）。

歴史物語の終焉の際に

大腹宗匠の島は、パンタグリュエル船団の最後の寄港地だということにおいて、また、経て来た島々にはびこっていた不条理がこの島において極まるという点でも、『第四之書』の結論を示していると言うべきだろう。「大腹宗匠は、およそ生あるものが持つ初源の衝動、獣と人間を等しく駆り立てる盲目の本能を表している。〔……〕人間をあるいくつかの道に沿って動かす、この自然でかつ制御し難い本性の中に、理性の働きを見ることはできない」（Rigolot, 160）。

理性の働きを見ることができない大腹宗匠の世界史は、本当は歴史とは呼べないものである。「アウグスティヌスにとっては〔……〕救済の完成としての『終わり』こそは、歴史過程に出現するあらゆる出来事を意味づけて裁断する座標の原点とも言うべき役割を果している。〔……〕このような『終局』を設定することができなければ、あらゆる出来事は無意味と化すほかはないだろう」（野家a、一四一―一四二）。本能的な欲望とテクノロジーの条件反射の連鎖には、いかなる「完成」または「終極」を目指す方向性《サンス》もなく、出来事には連鎖の鎖であるということを超えるようないかなる意味《サンス》もない。「時間の前後関係を『目的』と『手段』の関係に読み替え、時間の流れを最終目的の実現の過程として解釈する概念装置」（野家a、一四三）としての歴史・物語《イストワール》は成立しない。ルネサンスの解体はここに極まった。

物語は壊れたが、テクストは続く。沈黙を続ける主人公パンタグリュエルと、ますます饒舌になってゆく語り手の「錬金道士」。両者は作者フランソワ・ラブレーの二面を表す、と言って言えないことはない、「作者は取捨選択を拒絶する。彼一人で複数の声を成しているからだ」（Gray a, 69）。とは言うものの、「複数の声」を取捨選択することができないのは、要するに、「彼一人」と宣言できるような存在が居ないということであろう。これは屁理屈ではなく、ラブレー作品が世に出したテクストの独特の構図である、このテクストを「ロマン」と呼びたい。「ロマンの宿命的な素材である想像界、人が自ら語ろうとしてついには路に迷うこの迷宮は、複数の仮面《ペルソナ》＝人物がそれを担っているのであって、この人物たちは舞台の奥行きの前後に配置されている（が、しかし、全員のさらに背後に控える人物というものはいない）」（Barthes, III, 186. *Roland Barthes par Roland Barthes*）。「虚構の書き方《エクリチュール》は神学の単一性構築からの解放である。〔……〕虚構はもはや、楽園失墜後の世界の欠陥を超克しようとしたり不整合を包み隠そうとしたりはしない」（Jeanneret c, 148）。思えば、ラブレー作品に着せられた「卑猥・場違い」の汚名は、歴史・物語の側から見た虚構・ロマンのことであった。

ロマンのテクストには究極の真実、最終的に意味されるもの《シニフィエ》は存在しない、そのようなものに向かって進む方向性はない。『第四之書』の旅は、統一軸に沿って進展するどころか、中心となるべきものの欠如を露にし、異質な断片を撒き散らすのである」。「島々についての知識は増殖するが、しかしそれらを取捨選択し秩序付けるような物語は存在しない」(Jeanneret c, 144, 191)。世界の究極の真理を求めて船出したパンタグリュエル船団の志は崩れつつある。「探検の旅の出発と、書物の終わりとの間を埋める諸エピソードは、われわれを徳利明神から遠ざけてゆく」(Gray b, 171)。

その時である。パンタグリュエルが久々に発言した。大腹宗匠の島を離れた後はどの島にも立ち寄らず、ほとんど海上を漂泊している船の中のことである。

一つの物語はもう一つの物語の影絵なのか

『第四之書』の、いまや物語の体を成さないテクストに、しかしながらその始発点から、影のように寄り添ってきたもう一つの物語がある。いうまでもなく聖書物語である。

徳利明神の託宣を求めて船出するに当たり、パンタグリュエルは船団員一同に向かって、「聖書から引用してきた説話をしっかりと拠りどころとして、船旅について論じた」(IV、五九)。次いで、「『イスラエルの民、エジプトより出でし時に』で始まる聖王ダヴィデの詩篇が、調べも妙《たえ》に歌われた」。エジプトに囚われていたヘブライ人がモーセに率いられて脱出し、「約束の地」に向かった、いわゆる「出エジプト」を歌う詩である。「誰も彼もが、新たな歓喜にひたり、心の底から微笑しないわけにはゆかなかった」。なぜなら、パンタグリュエル一行の船出もまた一つの脱出だったからである。ラブレーが『第四之書』を執筆していた時期、フランスでは福音主義に対する弾圧と迫害が苛酷の度を加えていたことについては何度も触れた。『第四之書』の前夜、フランス国王〔アンリ二世〕はいささかファラオ〔古代エジプト王の称号〕的になっていた。福音主義者たちが自らを囚われの身だと感じていたのも故無しではない」(Saulnier, II, 42)。パンタグリュエル一同が歌った詩篇は、「新教徒たちに愛唱されていたので有名であるし、〔……〕新教徒たちの旧教会への反抗心の支えとなっていた事実がある」（渡辺a、Ⅳ、三五〇）。
船団の隻数「十二」にも、キリスト教上の意味がある。エジプトを脱出したヘブライ人は十二の部族からなっていた（Smith, 75）。なによりも、十二はイエスの直弟子の数である。「完璧性と調和を表す十二の数は終始無傷である。パンタグリュエル一行に人員の損失も船舶の損傷もないことは、他の航海奇譚に比べて特筆すべきであろう」（Smith, 130）。出航の模様を記す第一章に、「難破もせず、危難にも出会わず、乗組員も失わず、この上もなく朗らかに、（長生族島付近における一日は別であったが、）一行は四月足らずでインドへの船旅をなしとげた［……］」（Ⅳ、六〇）という文があった。

ところが、この「四月足らず」の船旅の最初の半月分を書いただけでラブレー作品がページを閉じていることが、最初から述べているように、『第四之書』の最大の問題点である。そしてこの点から顧みれば、「長生族島付近における一日は別であったが」という軽い言い方はとんでもないことであって、まさにこの一日こそが、『第四之書』のテクストの意味・方向《サンス》を掻き乱し、パンタグリュエル船団を所期の目的・終点《ファン》から逸らせてしまう、決定的な一日であった。

まずは、長生族島に近づきつつあった海上で船団を襲った暴風雨がある。第一八章から第二三章が描くのは、強風と波浪によって木の葉のように翻弄される船上での一同の必死の奮闘である。その最中に、パンタグリュエルが一つの叫び声を上げた。その言葉が「巨人パンタグリュエルを救世主《キリスト》に近づける」（Smith, 93）と言えばあるいは言い過ぎかもしれないが、少なくとも、福音書（『マタイ伝』八、『マルコ伝』四、『ルカ伝』八）が語る、イエスが嵐を静める話につながっていることは確かである。すなわちパンタグリュエルの「主よ、救い給え、我らは亡ぶ」（Ⅳ、一三六）は、湖上の舟の中の弟子たちがイエスに訴えた言葉、「主よ、助けてください、おぼれそうです」に対応する。イエスはこれに応えて言った。「『なぜ怖がるのか。信仰の薄い者たちよ』。そして起き上がって風と湖とをお叱りになると、すっかり凪ぎになった」（『マタイ伝』八・二六）。パンタグリュエルは、このイエスの言葉を念頭に置いてであろう、「我らは亡ぶ」に続けて、「我らの望むことはならざれども、さは言え、主の聖なる御意はなしはたされ給え」と叫んだ。

パンタグリュエルの声が天に届いたのか、さしもの暴風雨もついに静まった。ところが、そこに第二の出来事が起きる。いや、それがすでに起きていることを知った。天地の創造と人類を仲介すべきイエスは、実は、『第四之書』ではすでに死んでいるのである。

嵐との戦いで疲労した船団員を休養させ、損傷を被った船舶を修理するために寄港した「長生族島」は、すでに紹介したように、人文主義者にとり心のふるさととも言うべき島である。古代ギリシャ文明の言語の一つを話す島の長老との会話を通じてパンタグリュエルは、暴風雨などの天変地異は偉人の死が原因であると教えられた。そこで思い起こす故事のひとつに、「大神パン」の死がある。古代ギリシャの宇宙神（渡辺a、Ⅳ、四二二）であるが、パンタグリュエルによれば、その死の噂が世に広まったのはローマ皇帝ティベリウスの治世下、すなわち西暦一四年から三七年の間のことである（渡辺a、Ⅳ、四二三）。そしてその噂の本体について、ギリシャ神話を新約聖書の一つの前史とみなす人文学者一般の説（*Note*, 659）に従い、「拙者は、このパンこそ、信徒たちの大救世主（grand Servateur des fidèles）に外ならぬと解する」（Ⅳ、一五八。Seuil, 660）と断言する。「このお方は、モーゼの掟を奉ずる大僧正や博士や祭官や修道士どもの羨望と不正との犠牲となり、ユダヤで非道な殺され方をしてしまわれたのだ」。

続けて述べる。「その死に際しては、全宇宙、天空、陸地、海原、冥界のありとあらゆる地域に、歎きの声、吐息、恐怖、愁嘆の叫びが起こったのだ」（Ⅳ、一五八）。これは福音書（『マタイ伝』二七、『マルコ伝』一五、『ルカ伝』二三）が記す、イエスが十字架に掛けられたときの天変地異に対応する。「既に昼の十二時ごろであった。全地は暗くなり、それが三時まで続いた。太陽は光を失っていた」（『ルカ伝』二三・四四–四五）。パンタグリュエルが巻き込まれた暴風雨も、その時に生じたのだ。天地を閉ざす暗黒は以後、『第四之書』の世界を覆い続ける。「ラブレーは心を震わせながら、荘重な口調で、イエス・キリストの死を喚起し、そこにおそらく彼の思想のもっとも深いものが表れている。そしてまさにこの直後に、精進潔斎坊の解剖図が来るのだ」（Baraz, 75）。この世の生き物だとは思えない怪物精進潔斎坊、好戦的な腸詰のお化け、教皇崇拝族に教皇嘲弄族、際限のない武器開発を促進する大腹宗匠。暴風雨の後にパンタグリュエル一行が遭遇する海上の不条理は、イエス十字架上の死後、世界を覆った暗黒に対応する。パンタグリュエル船団が進路を見失いかけ、『第四之書』が物語的方向性を失いかける局面である。「『第四之書』はもっぱら積み重ねの原則で作られている。同一範例——海上の冒険——を倦むことなく反復するが、そこに生じる変異はいささかも物語を前進させないのだ。情報と知識は増え続ける。しかしこれらを選別し秩序づけるべき物語機能は働かない」（Jeanneret c, 191）。

　しかし、次のように考えることができる。一つの物語の破綻は、もう一つの物語の進展の中にその一局面として包含されているのではなかろうか。パンタグリュエル船団の旅路の物語は、これに伴走するもう一つの物語、すなわち聖書物語あるいはこれがさらに暗示する壮大な宇宙歴史物語の、いわば影絵のようなものではなかろうか。『ガルガンチュア』序詞の表現を再び持ち出すなら、表に描くものと、「なかに蔵《こ》められた」「一段と高い意味」（I、一九）の関係、すなわちアレゴリーの誘いがここに再浮上する。おそらくアレゴリーは、文学にとって永遠の魅惑なのだ。ただ、この魅惑の誘い声が海行く船を確かな方へ導くのか、それとも船を海の中に沈めてしまうのかが、『ガルガンチュア』序詞が中世的なアレゴリーに対して始末を付けた後の近代文学の重要な問題であり、さっそくラブレー作品自身がこの問題に対して一つの姿勢を見せることを求められている。

船団が大腹宗匠の島を離れた次の日のことである。「風が落ちて、海が静かになってしまった」（Ⅳ、二八〇）。停止した船上で一行は退屈をもてあます。パンタグリュエルは小説本を手にしたまますうつらうつらするし、「パニュルジュは、一本のパンタグリュエリヨン草の茎に舌を当てがって、ぶくぶくがぼがぼと泡を出していた」（Ⅳ、二八一）。前章でも指摘したように、冒険航海に備えて船一杯に積み込んだ、あの万能のパンタグリュエリヨン草が『第四之書』で実際に出てくるのはこの一箇所だけ、しかもなんとも情けない使い方である。

暇つぶしなのだろう、ふと、ジャン修道士がパンタグリュエルに質問を投げかけた。「凪《なぎ》の折に、風を祈って一杯やる方法は、これいかに？」これに続いて側近たち、すなわちいつもの愉快な仲間たちが、次々に王子に質問を浴びせかける。これに対してパンタグリュエルは、「相図をするなり手真似をするなり実際に何とかするなりすれば皆も得心がゆくだろうし、満足の行く解決も得られるであろう」（Ⅳ、二八三）と、一見肩すかしのような返事をした。

「相図をする」とは、食事の相図をするということであった。たちまち食卓が用意され、料理を盛った皿が並ぶ。「全くの話、飲みも飲んだり騒ぎも騒いだりであった！　一同がまだ食後の皿も終わらぬ頃、西北西の風が、帆、大型帆、モール帆、前檣帆を膨らし始めた。そこで、一同は、天に在《いま》すいと高き神を讃えて、様々な讃歌を唱った」（Ⅳ、二八六）。パンタグリュエルがさっきの一斉質問に触れて、「どうだ、皆の者、様々な疑義は、氷解霧散したかな？」と問うと、皆はすっかり満足の様子。「提出された様々な疑義を、（とパンタグリュエルは言った、）このように簡単に解決しただけで、皆の者は満足しているようだから、拙者も満足いたすことにしようか」（Ⅳ、二九〇）。

一件落着めでたしめでたし、かと思いきや、パンタグリュエルが引き続いて次のように述べる。その発言はどう見てもこれまでの話の流れから外れて、まるで突拍子もなく、深く謎めいて聞こえるのだ。「他の場所、他の場合に、もしよかったら、もっと詳しく談合するといたしてな。Ailleurs et en aultre temps nous en dirons daventaige, si bon vous semble.」（Ⅳ、二九〇―二九一。Seuil, 759）

「他の場所、他の場合〔……〕」とは、いったい何を言いたいのか。パンタグリュエルの言動を前後のページにわたって見回しても、謎を解く鍵は見つかりそうにない。ところが、パンタグリュエルの船団の旅を伴走している聖書物語に、これと同じ趣旨の文言がある。イエスが弟子たちに向かって述べた言葉（*Notice*, 1585 などが指摘している）、「言っておきたいことは、まだたくさんあるが、今、あなた方には理解できない」（『ヨハネ伝』一六・一二）である。このときイエスは弟子たちと最後の晩餐を行っている。これで読めた。いま先の船上の食事は、ラブレー作品の最後の晩餐だったのだ。イエスが「これは私の体である」といって差し出したパンと、「私の血」と言いながら注いだ葡萄酒を、パニュルジュたちが、「神様は、このうまい麺麭、このうまくて爽やかな葡萄酒、このうまい食物で、肉体と霊魂の双ほうにおいて、色々の不如意のことから我々を医《いや》して下され〔……〕」（Ⅳ、二九〇）と、感謝しつつ口に運んでいたのだった。

思い返せば、『第四之書』第一章の出帆の場面でも饗宴が開かれていた。「詩篇朗誦がすっかり終わると、忽ち船橋に食卓がしつらえられ、食物が持ってこられた」（Ⅳ、五九）とあった。ところが、二つの饗宴の間には大きな違いがある。出帆に際しての会食は、パンタグリュエル船団の冒険の成功を祈り、『第四之書』のテクストの行き先を言祝ぐものであった。しかし船上の最後の晩餐には、さらにその先というものがない。パンタグリュエルの言う「他の場所、他の場合」は、ラブレー作品には決して現れないのである。

一つの見解がある。先にも触れた「非説教的な暗黙の福音主義《ユジユキスム》」の立場から、次のように言う。「他の場合」とは、『第四之書』執筆の時点で人文主義と福音主義に対して加えられていた弾圧と迫害が止むであろう、歴史の未来を言う。したがって、パンタグリュエルの発言は以下のように読むべきである。「差し当たり今は語るのを控えておく。いずれ訪れるであろうより良い時代に、主張を述べるつもりだ。えせ信者の威嚇に曝されている今は、福音主義者は声高に名乗らないほうがよい」(Saulnier, II, 141)。「一五五〇年の危険な情況、あの束縛の日々において、ラブレーは一つの戦略と戦術を立てた。それが『第四之書』だったのである。〔……〕えせ信者の教会に相対するこの船上に、一種の秘密の教会を創ることだ。まだ今は地上に教会を建立する時ではない。教会は、海上に漂うことでしばらく我慢をしなければならない」(Saulnier, II,150-151)。

「より良い時代」は歴史の事実として訪れた、とも言える。ラブレーの死(一五五三年)の後まもなくしてフランスは、宗教思想の対立に政治権力の争いが重なって、いわゆる宗教戦争に突入する。これを国王アンリ四世が収めたのが、一五九八年のナントの勅令。新教(プロテスタンティスム)は、曲がりなりにも国家が認める宗教となった。あるいは、それ以上にパンタグリュエルを喜ばせるかもしれないのは、十七世紀にカトリック教会自身が、「カトリック教のルネサンス」と呼ばれる内部改革を行ったことだ。ラブレーは宗教改革を主張しながらも、新教に与することはなく、生涯にわたってカトリック教徒であった。

　このように歴史的現実に即した解釈にはなるほど一つの理があるが、しかしラブレー作品は右の思想史的解釈を大きくはみ出るような意味と魅惑を備えていると言わなければならない。パンタグリュエルの発言にある「他の場所、他の場合」と、『第四之書』の中で船団が位置している「この場所、この場合」の違いは、歴史的時間の中の位置取りではなく、同じ歴史的時間の中には位置しないような、全く次元を異にする二つの世界の違いである。「他の場所」とは、『第四之書』の「この場所」を占めている奇怪と醜悪が払拭された世界であろうが、この奇怪と醜悪は歴史的現実の単純な反映ではなく、ラブレーにおける書く営み《エクリチュール》が生み出したものだ。

　世間のまともな人間たち(人文学者、パリ大学神学部、など)は、ラブレー作品のこの独創を「卑猥・場違い」だと非難してきた。つまり、歴史的現実から排除しようとしてきた。理由は、ラブレー作品はまともなことを語らないからである。真実を述べない、一つの真実（たとえばカトリック教会の主張）に対する反論としての反真実あるいはもう一つの真実を直裁に述べることもしない。ゆえにラブレー作品は時代の体制側（パリ高等法院、パリ大学神学部）からだけでなく、反体制側（ジュネーヴに立て籠った新教徒カルヴァン）からも罵倒された。人は真実を語らなければならない。真実を述べる言葉だけが歴史的現実の中に組み込まれ、現実を動かし、現実の一要素となることができる。

ところが、人間の言語は決して真実を述べることができない、と言った人がいる。人間のレベルを越えた地点から、人間の総体を観察し、その限界を見極めた発言である。話は先ほどの最後の晩餐に戻る。イエスはこう述べた。「私はこれらのこと〔イエスが弟子たちに教えたこと〕を、たとえを用いて（in figurative language）話してきた」。しかし、「もはやたとえによらず、はっきり父についてしらせる時が来る」（『ヨハネ伝』一六・二五）。すなわち、「他の場所、他の場合」が来る。イエス・キリストの復活である。イエスがこれまで語ってきたことはすべて、この決定的な出来事を暗示する「たとえ」にすぎなかったのだ。そして、キリストの復活はおよそ人間の言葉が語り得るすべてを超越している。復活があり得ないというのではない。言語はそれを記述することができないのである。聖書物語は、その終点で言語を超えるのだ。

右でイエスが言う「たとえ figure」とは、イエス自身がよく用いた喩（暗喩・換喩、等）的な言い回しだけでなく、究極の真理に関する人間の言語一般のことであろう。「たとえは、宗教的信条を説明する手段ではない、逆にそれは、説き明かされるときが来るまで、宗教的信条をヴェールで覆う手段なのである」（スクリーチ、三六四）。これを拡張して言えば、語はそれが指すべきものをヴェールで覆う手段なのである。実を言えば、語に本義（sens propre）というものはなく、すべてが比喩的意味（sens figuratif）なのだ。一例として、「斧」は、この語を用いる人の立場次第で、木を伐る道具、男女交合、首切り刀、と意味を転々とする。プラトン流に言えば、イデアそのものを追求するのではなく、幾重もの模造品でもって事足れりとする。氷塊が漂う海上でパンタグリュエルが耳にしたのは、「一切の事物の理念」が天上から滴り落ちる清らな（propre）音声ではなく、まさしく卑猥・場違いな（obscène）罵声・怒声であった。

　人間の言語とはそのようなものだと認識することが「文学」であろう。「十九世紀から文学は言語そのものの存在を発掘するようになる。〔……〕いまや、言説を基礎付け、その際限のない運動に境界を設けるような、第一番目の言葉、絶対的に初源の言葉というものは存在しない。増殖に増殖を重ねる言語には、出発点も終点も、そして何らの約束も与えられていない」（Foucault, 59）。「十九世紀から〔……〕」という文言にだけクレームを付けたい。『第四之書』に約半世紀だけおくれて世に出た『ドン・キホーテ』も、その序詞で、「この世はすべてたとえ figura, figures である」と詠っている。これについては、後に詳述する。

　やや図式的な言い方をあえてすれば、宗教と文学の違いは、不完全な人間の言語の彼方にある真理を信じて言語を捨てるか、あるいは、そのような言語を語り続けることをもって人間の業とするかにある。また、まともな言説（たとえば学問）と卑猥な言説（文学）が袂を分かつ所以は、前者にとって、この世に「第一番目の言葉、絶対的に初源の言葉」が存在すべきであること、すなわち人間の言語をもって真理を語ることができるべきであることによる。前者にとり、後者はまさに唾棄すべき存在なのだ。

「文学」についても、区分を設けたほうがよいかもしれない。というのも、絶対的な真実を語っているつもりの作品があるからだ。安直な物語性がその特徴である。すなわち物事や出来事を、理に基づく手段と目的または原因と結果の関係において理解し、そのように理解した物事・出来事がさらなる共通の理によって結びつき、理の最終的な完成を目指す、時間的空間的な連続体がこの世界であると認識する。『第四之書』が否認したのがそのような物語的理であり、目的・終点であった。「〔パンタグリュエル船団が目指す〕託宣が書であるにせよ言であるにせよ、それに近づくための『用語が多義に解され、曖昧で晦冥なために』（Ⅲ、一一二）、決して単一で最終的な読解には至らない」（Rigolot, 173）。テクストを終始一貫するような、一定の意味《サンス》・方向が欠けているのである。その結果、『第四之書』は中心の不在が際立ち、相互に異質な断片を散布している。〔……〕意味の根本的な不統一性が作品を全体として理解することを不可能にしている」(Jeanneret c, 145)。

しかしながら、一つの島から次の島へと順に渡って来たのだから、それでもやはり一つの物語ではなかったかと言いたくもなるが、ここで注意すべきは、日本語の「物語」では、英語等なら二つの語に分かれる別個の概念、すなわち「ストーリー（物語）」と「ナレーション（物語り）」が癒着しているということだろう。『物語』が始めと終わりを持つ完結した構造体を指す名詞的概念だとすれば、『物語り』はあくまでも動詞的概念であり、物語るという言語行為の遂行的機能を際立たせるための用語」である（野家b、三二）。行為の遂行がその結果であるべきものを解体するとはいかにも逆説めいているが、しかしこれにはすでに先例があり、中世のフランスで「ロマン」と呼ばれていた作品のいくつかがそれである。

たとえば、十二世紀後半の韻文『トリスタンとイズー』である。前半分は王子成長物語であり、ラブレー作品におけるルネサンス物語に相当する。ところが、そこに「媚薬」という、それまでの物語的意味・方向とは全く異質な要素が闖入して、物語の完成と終結を不可能にしたのだった（詳しくは、中山、第一部）。「以後、ロマンは不確実性と彷徨を綴る文学の場となる。行く先が不確かで、思いがけない飛躍があり、速度が様々に変化する道行きに読者を誘い込む、不安に満ちた空間がロマンである。〔……〕しかしそこには新奇な喜びもある、なぜならロマンは物語を絶えず再活性化し、冒険の戸を常に開いているからだ。あらゆることが到来し得る。世界と諸価値の合致は仮初めのものでしかないからだ。ロマンの世界は、何らかの真理に向けて閉じるのではなく、諸々の問題を未解決の状態に置くことを使命とする」(Robert, 93)。

まさしくラブレー作品において、「作者が最終的・決定的《デフィニティフ》な言語を拒否することに合意したその時に、ロマンが可能になったのである」(Gray a, 198)。海上を漂うことは、あらゆる方角が行く先になり得るということでもあろう。言語を解脱することも含めて。

『第四之書』の後に残るわずかなページでますます印象付けられるのは、語が本義としてではなく、たとえとして用いられているということである。

船上の晩餐が順風を呼び、船団が海原を進むうちに、遠くに、「何か山のような陸地を発見」（Ⅳ、二九三）した。水先案内人の言うところでは「盗人島《ガナバン》」、ラブレー研究者によればその心は「ラ・コンシエルジュリー牢獄」のことである（Saulnier, II, 143）。船団は、「あれなる反パルナソス山の詩神《ムーサイ》たちに敬礼を送るため」（Ⅳ、二九五）に、一斉に大砲を発射した。その意は、「真のパルナス山〔詩神の住む山〕とは逆に、詩神を白眼視し迫害する『アンチ・パルナソス』即ち『ガナバン島』（＝思想検察当局）の犠牲となった人々に同情と慰謝との情を表す」（渡辺a、Ⅳ、五〇一）のである。

この時、すっかり臆病者になっているパニュルジュがまたまた醜態を晒す。「盗人島」の名が恐ろしくて、「下の船艙の麺麭の皮屑や切端のなかへ匿《かく》れてしまった」（Ⅳ、二九四）。そこに大砲の一斉発射である。なにしろ、「砲撃の轟音は、船橋にいるよりも下の船艙にいたほうが、はるかに物凄かった」（Ⅳ、二九七）から、臆病にくわえて迷信家のパニュルジュは、「千魔百魔が荒れ狂う」（Ⅳ、二九六）恐怖に襲われ、まだ砲撃の煙が漂う甲板に飛び出てきたその姿を周りの者たちがよく見ると、「その襯衣《しゃつ》に、色香も生々しいうんこが、ぺったりこってり附いているのに気がついた。括約筋と名付ける筋肉を、（つまり、尻の孔を、）きりりと締めつける神経の抑圧力が、奇妙奇天烈な夢幻を見て抱いた恐怖の激しさのために、へなへなになっていたのである」（Ⅳ、二九七）。

『第三之書』で徳利明神の託宣を求めて船出することを提案したこの重要人物が、本来の役割をすっかり放棄したと見えるその時に、パンタグリュエルが声を掛けた。「さあ、（とパンタグリュエルは言った、）さあ、神かけて、風呂に入り、汚れを落とし、気を取り直し、白い襯衣《しゃつ》を着 prendre chemise blanche、そして、服も着るがよいぞ」（Ⅳ、三〇〇。Seuil, 765）。この文をたとえとして読むことができる。すなわち洗礼の儀式なのだ（Smith, 186-187）。「風呂に入り、汚れを落とし」は、「新受洗者が罪で汚れたこれまでの人生を捨てること」「洗礼の水に全身を浸すこと」を暗示している。もちろん、「白い襯衣《しゃつ》」は罪を清めて生まれ変わった人を象徴する。

これがパニュルジュをすっかり元気付けたようだ。「殿は、（とパニュルジュは答えた、）私めが恐がっていると仰しゃいますのですかな？　ちっとも、恐くなんかございませんよ」（Ⅳ、三〇〇）。そしてパニュルジュ十八番の、またラブレー作品の面目の一つである、例の言葉の速射砲。ただし、打ち出す弾が糞尿譚であることが、直前の洗礼のたとえとはあまり釣り合わない。「便とでも、糞とでも、うんことでも、うんちとでも、糞滓とでも、あぼとでも、けんけとでも、がんしょとでも、留平留《ルベール》とでも、礼素《レス》とでも、得妙《エムー》とでも、風鳴《フユメ》とでも、得手論《エテロン》とでも、志張《シバル》とでも、或いは、素飛羅戸《スビラット》とでもお呼びになりますかな？　私は思うのだが、こりゃヒベルニヤの泊夫藍《サフラン》ですわい。ほっ、ほっ、ひーぃー！　こりゃヒベルニヤの泊夫藍《サフラン》でさ！　さあさ《セラ》！　飲もうや、皆さん！」（Ⅳ、三〇一）。注釈を施せば（渡辺a、Ⅳ、五〇七。*Note*, 760）、「あぼ」「けんけ」「がんしょ」は人間の糞便を表す言語に日本各地の方言を当てたとのこと、「留平留《ルベール》」から「素飛羅戸《スビラット》」までは各種鳥獣の糞の名、「ヒベルニヤ」は「イスパニア（スペイン）」を言い、ここを産地とするサフランは質が悪いとされる。要するに、糞便関係の日仏語彙の総出演である。まさしく卑猥の極み。一本のペンが引き出す世界の豊穣あるいは混沌、言い換えれば無方向性《ノン・サンス》は、言葉のたとえが素描するもろもろの物語的意味《サンス》・方向を笑い飛ばす。

右に引用した糞尿譚は、『第四之書』の最後の文章である。末尾の「さあさ Sela」（Seuil, 766）は、ラブレー自身が『難句略解』で説明しているように、「確かに」の意味のヘブライ語であって（渡辺a、Ⅳ、五〇七)、旧約聖書の詩篇のいくつかはこれをテクスト停止の印にしている(*Notice*, 1588)。また、「飲もうやBeuvons!」もやはり終了の掛け声であり、ラブレー作品の序詞はこれでもって口上を締めくくることが多い。「一杯飲みましょうぞ」(『パンタグリュエル』一五三七年版序詞)(渡辺a、II、二五一)、「私も諸君の健康を祝うて、必ず一杯つかまつる」(『ガルガンチュア』序詞)(I、二二)などがある。さらに、『ガルガンチュア』は全編の末尾が、「されば、これより大盤振舞!」(I、二五八)である。つまりラブレーは、パンタグリュエル船団を洋上に彷徨わせたまま『第四之書』を閉じることにサインをした。そして、出版の翌年(一五五三年)に他界しているから、この「さあさ! 飲もうや、皆さん!」は、ラブレーが印刷させた最後の文字である可能性が大きい。

　ラブレーの死後十一年経って出版された『第五之書』なるものでは、パンタグリュエル船団が目的地の徳利明神の社殿に到達すること、しかしこの作品は偽作であろうと見なされていることについては再三述べた。文体や語り口の違いなどが指摘されているが、一番の問題点は、物語とロマンの差に関わっている。『第五之書』がパンタグリュエル一行を徳利明神のもとに辿り着かせるのは、『第四之書』がその冒頭で宣言していた、「一同が徳利明神のお告げを授かりに出かける」(IV、五八)という物語的意味・方向を達成させるということである。ところが、一同の実際の旅路はこの方向を逸れて、もはや目的を見失いかけている。このような情況に導いたのはラブレー作品における書くこと《エクリチュール》であり、そしてこの情況において、ロマンと名付けるのがふさわしい文学の地平が開けるのである。だから、『第五之書』はまったくの偽作ではなく、「出版者がラブレーの下書きを編集して最終作に見せかけた」という説(Mireille Huchon cité dans Poutingon, 110)を考慮するにしても、やはりそこには物語的意図と書くことの実践の違いがあり、この違いは文学において実に決定的なのである。

第二部
セルバンテス
——『ドン・キホーテ』

* 『ドン・キホーテ』の引用は牛島信明訳、岩波文庫による。巻数と頁数を記す。横文字部分はジャン・カスーの仏訳より、さらに要所をスペイン語原典で補う。原典についてはスペイン文学者本田誠二氏のご教示を得た。

第一章　騎士道物語が近代と接触する

ドン・キホーテの「狂気」

サンチョ・パンサという従者を得て、再度遍歴の旅に発った騎士ドン・キホーテの行く手にまず立ちはだかったのは、一列の風車に姿を変えた（と、彼には思える）巨人の群れであった。勇猛果敢に挑みかかるドン・キホーテを巨大な回転翼が跳ね飛ばし、馬もろとも地面に転がしてしまう。「『やれやれ、なんてこった！』と、サンチョが言った。『御自分のなさることにようく気をおつけなさいまし、あれはただの風車で巨人なんかじゃねえと、おいらが旦那様に言わなかっただかね。おまけに、頭の中を風車がガラガラ回っているような人間でもねえ限り、間違えようのねえことだによ』」（前篇、I、一四三―一四四）。

ドン・キホーテの「頭の中を風車がガラガラ回る」のはこれが初めてではない。最初は単身で旅発ち、おんぼろ宿屋を一個の城郭とみなして、これを面白がった亭主が珍妙な騎士叙任式を執り行ったりした（前篇、第三章）。「風車の冒険」に続いては、道で行き交った修道士を「悪魔に憑かれた異形の化け物」（前篇、I、一五三）と見てこれに襲いかかったり、砂塵の中を移動する羊の大群を合戦の軍勢と見なし、またまた槍を振りかざして突進したり（前篇、第十八章）である。ほとほと呆れかえったサンチョはぼやき続ける。「連中はお前様を大変な狂人で、［それにつき従っている］おいらをそれに輪をかけたばか者だと思っています」（後篇、Ⅰ、五二）。

「狂人 fou, loco」「狂気 folie, locura」は、ドン・キホーテに貼り付いたレッテルである。「これこそ、途方もない妄想が生み出しうる最も珍しい種類の狂気であると、誰しもが思うように、彼らにも思われた」（前篇、Ⅲ、五四）とあるとおり、多くの作中人物「彼ら」、そして作品『ドン・キホーテ』発刊以来今日に至る読者の「誰しも」が、主人公の狂気を嘲笑ってきた。実は当のドン・キホーテが、死の床で己の来し方を振り返り、「わたしが狂気におちいっていた時に従士として仕えてくれたサンチョ・パンサ［……］」（後篇、Ⅲ、四〇六）と述べているのだ。

「狂気」は一つの病名である。ドン・キホーテと同村の農夫は、かねてより「隣人のおかしな言動（la maladie. 病気）」をいぶかっていた（前篇、Ⅰ、一〇九）。作者セルバンテスの時代の医学は古代ギリシャ以来の、人間の体質は体液（humeurs. 大別四種類）の作用によって決定されるとの学説に従っていて、ドン・キホーテに応対する旅籠の女中なども、彼の「いささか風変わりな気性（l'humeur peccante. 病気の原因となる不良体液）と考えをよく承知していた」（前篇、Ⅲ、一九八）と物知り顔である。

ところがである、ドン・キホーテの物言いに耳を傾けると、これを狂気と決め付けるのはためらわれる場合が少なくない。ドン・キホーテは折に触れて弁舌を振るうが、その内容は普遍の真理を唱え、論旨は整然としている。旅籠では宿泊客たちを前に、「武事のめざす目的というのは平和であり、これこそこの世で人が求めうる最大の恩恵なのですから」と軍人の心構えを説き、「彼の話を聞いていた者の誰一人として、彼を狂人と思うことなどできなかった」（前篇、Ⅲ、六八―六九）。同じような場面が何度も繰り返される。女性論・結婚論（後篇、第二十二章）、為政者に必須の人徳について（後篇、第四十二章）、文学こそ最高の学であること

（後篇、第十六章）、等々。文学論の相手をしたドン・ディエゴは高度の知識人であるが、「ドン・キホーテの筋の通った話しぶりに驚き、すっかり感心してしまった。そしてその驚嘆ゆえに、彼に対して抱いていた、気がふれているのではないかという考えは次第に薄れていったのである」（後篇、I、二六五）。

ドン・キホーテの身を終始案じるのが出身の村の教会司祭であるが、さすがに適正な診断を下している。「ですから、その狂気を触発する騎士道にふれない限り、彼のことをすぐれて理性的な教養人と思わない人はいないでしょうよ」（前篇、II、二六四）。つまりドン・キホーテの「狂気」は、事が騎士道に触れる場合にかぎって触発される間歇的なものであり、これを除いては「理性」を保っているのである。

ここにふたたび、狂気に関する当時の医学の観念が浮上する。「狂気」の症状は間歇的に現れるという説である（ラッセル、一三四）。その具体的な一例が、後篇の第一章で語られる「セビーリャの男」の話だ。男は親族によって精神病院に入れられていたが、やがて正気に戻ったように思われた。ところがいよいよ退院となった時、自分は水の神ネプトゥーヌスだなどと口走り、引き続き入院ということになってしまった。

この話を、第三回目の遍歴への旅発ちを目論むドン・キホーテの身を案じる人物であって、当時「床屋」は初歩的な医業も兼ねる職業であった。わざわざこの話をドン・キホーテに語って聞かせるのは、前篇の末尾でやっとの思いで村に連れ戻し、一時は身を落ち着けたかに思われた隣人に、再び「狂気」の兆しが見え始めたからであろう。ところが、話を聞き終わったドン・キホーテは憮然として言い放つのだった。「親方、わしは水の神ネプトゥーヌスではないし〔……〕。わしはただ、遍歴の騎士が栄華を誇っていた、あの幸福な時代を再興しようとせぬ今の世の錯誤を世の人に悟らせたいと腐心しておるだけでござるよ」（後篇、I、三五―三六）。

つまり、世間の目には間歇的な狂気の発作状態だと見える、「騎士道にふれる」時のドン・キホーテさえも、自身の信念はあくまで理を踏まえているのであり、事実その物言いは依然として理路整然である。従士サンチョに向かって諄々と騎士道精神を説き（前篇第七章の旅発ちの場面から始まって多数）、先に挙げた人文学の知識人ドン・ディエゴを相手に騎士道物語の真価を主張して一歩も譲らない（後篇、第十六章）など、「自分の内側の真実の世界を持っている者として、〔これを〕極めて正確に叙述して見せる」（ウナムーノ、一〇一）。デカルトは狂気を定義して、「思考不能な状態」と述べた。ここで「思考」とは、「自己を十全に把握していること」である（Foucault, 57, 58）。世間が指弾するドン・キホーテの「狂気」なるものはこの定義に当てはまらない。

『ドン・キホーテ』の出版は前篇が一六〇五年、後篇が一六一五年であって、デカルトも同じ十七世紀前半の人である。十七世紀は狂人を社会から隔離する大収容所を設置した。病理学的な狂人だけでなく、道徳的に道を踏み外した者、政治的な不穏分子までもそこに閉じ込められた。いや、『ドン・キホーテ』の世紀に限らず、「世間で最も良く、そして最も早く流通するのは、世の約束事に適った意味を運ぶ言語である」のは世の常と言うべきだろう。「本物の貨幣（言語）は偽者だと疑われる。それが稀だからだ」（Goux, 41, 42）。「英雄の生は、日常的なもの、慣行的なものに対する永遠の抵抗である。〔……〕冒険への意志をもっている人間は、一般大衆にとってはどれもいささかキ印に見えるのである」（オルテガ、一六二）。

つまりは二つの異種な言語の衝突である。双方の言語はあまりに相隔たっているために、対話をなす術がなく、片方が狂気のレッテルを貼られて世間から排除される。そこで立ち消えになってしまって、普通には不可能な対話をなおも遂行するものが、一種特別な言語の織物《テクスト》としてのロマンである。「ロマンの対話は異なった言語を語る人間相互の了解不可能性をその極限まで突き詰める」（Bakhtine a, 173, 174. 強調は原文）。本書は、『ドン・キホーテ』をそのような「ロマン」として読むことを志している。

人間にとり世界は言語がこれを構築する。ところがいわゆる「現実的」と呼ばれる領界は、ある種の言語を排斥することで成り立っている。ロマンはこのからくりを暴露し、「現実」なるものが隠蔽する世界の実相を明示しようとする言語行為である。

この言語行為を明快に遂行するために、『ドン・キホーテ』は一対の概念の組み合わせを活用しているが、これらの概念を表す語が西洋に特有なものであるために、日本語への翻訳には移りにくく、そのために、至って明快であるはずの『ドン・キホーテ』の思想が訳文では分かりづらくなる恐れがある。まずは、これを解きほぐさねばならない。

「知性」と「判断（力）」

一対の概念とは、「知性」（entendement, entendimiento）と「判断（力）」（jugement, juicio）である。たとえば、サンチョを一つの町に領主として送り出すにあたって、ドン・キホーテが統治者の心構えを諄々と説くくだりについて、語り手はこう評釈している。「彼はただ話題が騎士道に及んだときに限って途方もないことを口にしたのであり、それ以外のことに関しては理路整然たる話しぶりによって闊達な知性（entendement）の持ち主であることを示していたのであった。かくして、事あるごとに、その行為が彼の分別（jugement. 判断力）を疑わしめ、その分別が彼の行為を疑わしめたのである」（後篇、II、二九六）。

したがって、疑わしいのはドン・キホーテの「分別・判断力」であって、「知性」の面に難はない。いや、ドン・キホーテこそは人並み優れた「知性」の持ち主なのだ。「あなたのようにすぐれた資質を備え、思慮分別（un si bon entendement. かくも優れた知性）に恵まれた高潔の士が〔……〕」（前篇、III、三一八）と諸人物はほとんど口を揃えて述べている。ドン・キホーテと意気投合した怪盗ロケなどは、バルセローナ在住の友人にこの遍歴の騎士を紹介する書状に、「世にも愉快な、世にも賢明な（le plus entendu. もっとも知性に富む）男である」（後篇、Ⅲ、二一四）と記した。フランス語の entendu（知性に富む）は動詞 entendre（理解する）の過去分詞形であり、entendemnet（知性）は同じ動詞の名詞形である、スペイン語の entendido, entender, entendimiento の関係も同様。

古来、「知性」は西洋思想のキーワードである（哲学書などでは、intellect と記すことが多い）。セルバンテスの時代の思想の主流は、いわゆる新プラトン主義であった。そこにおいて「知性」とは、宇宙に調和と秩序をもたらすべく注がれる「第一創造者の正しい知識」のことを言う（本田 a、一六五）。「知性」は光になぞらえられて、「光源である一者から質量の闇へ、光の漸次の発展・浸透として考えられる」のであり、よって、「宇宙は宇宙知性・世界霊魂・質量の三者から構成されている」（加藤、九五、九七）。この宇宙の構図は、古代ギリシャ哲学（アリストテレス）の「存在の連鎖」と結び付けて考えればイメージしやすい。また、プラトンの「イデア」に関連しては、「神の知性に宿るもろもろのイデアに相応する種子的ロゴスが〔……〕感覚界の事物に形相を授けている」（ウォーカー、一一八）ということになる。

「知性」は宇宙の創造者（神）から発する光として万物に浸透しているが、しかしこれがまさしく知性として機能するのは人間においてである。『ドン・キホーテ』の語り手は、「まるで山羊に理性（entendement. 知性）があり、自分の話すことが分かるかのように」一匹の雌山羊に向かって話しかける無学な山羊飼いをあざけり笑っている（前篇、Ⅲ、三三一）。これに対して、「人は白髪でものを書くのではなく、理性（intelligence, entendimiento. 知性）によって書くのであり、理性は歳とともにいっそう円熟するのがつねである」（後篇、Ⅰ、一二）。人間は、空蝉の身に与えられた「知性」を用いて、「神の永遠の知性に参加する」（若桑、五九）存在なのだ。

とは言ってもそれは学者の特権ではない。羊飼いに身をやつした普通の娘が述べるように、「神様に授けられた生来の分別（entendement. 知性）」（前篇、Ⅰ、二四七）なのであって、「学校で学ぶ高級な知識でも、書物の中で説かれる深遠な真理でもなく、一般の人間が所与の条件として有する人間的資質である」。「たとえば善は求めらるべし、悪は退けらるべし、対立するものは共存しえぬ、といった類」がそれだ（本田b、一七三、一八四）。「心の美しさは、知性（entendement）〔……〕などに顕著に現れるものであり〔……〕」（後篇、Ⅲ、一四八）と、ドン・キホーテも述べている。

話が飛ぶが、第二次大戦中のオーストラリアに次のような事があった。日本軍の兵士が捕虜収容所から集団脱走を試みた。野に隠れて数日を過ごし衰弱しきった幾人かの兵士を官憲が連行する。それを見た土地の主婦が手料理の食物を差し出し、官憲に向かって言った、この人たちがこれを食べるまでは家の前を通させない。これにいくらか似た出来事が『ドン・キホーテ』にある。街道を進むドン・キホーテとサンチョは、「道の行く手から、十数人の男がそれぞれ首のあたりを太い鉄の鎖で数珠つなぎにされ、手には手錠をはめられて、歩いてやってくるのを認めた」。武勇を奮って彼らを解放したのはドン・キホーテの「狂気」の一エピソードであるが（前篇、第二十二章）、彼は後にこの事件を振り返って、「騎士は彼らの悪行にではなく、ただ彼らの苦しみにのみ目を注ぐことにより、助けを必要とする者としての彼らに力を貸すのじゃ」（前篇、Ⅱ、二四六）と言い放った。「彼らの苦しみ」に目を注ぐのは、人間的資質としての「知性」の発露である。しかし、「苦しみにのみ」目を注ぎ、「彼らの悪行」を不問に付することは社会が許さない。「この世でしか意味がないにもかかわらず、この世にふさわしくない事柄もあるのである。そこにセルバンテスの悲劇があったと言えよう」（カストロa、三一三）。オーストラリアの主婦は最後には脱走兵を官憲に連行させた。彼女は「この世」に生きる悲しみを噛み締めたことだろう。しかしセルバンテスの主人公は、まだ右の限りでは己の心を「悲劇」の深みに下ろしてはいない。

この能天気な主人公に欠けているのは、世の物事を的確に認識する力であり、作者セルバンテスはこれに、「判断（力）」（jugement）という語を充てた。「生起する物事を〔……〕」、それらが真実あるがままに判断する

(juger)こと」(前篇、Ⅲ、二三五)である。そしてドン・キホーテの「狂気」を、「正気(le jugement. 判断力)を失った」(後篇、Ⅰ、二一一)、「正気の(du jugement. 判断の)狂人」(後篇、Ⅱ、二一一)と明快に定義している。「羊の群れを軍勢といった具合に、〔……〕ある物を別の物と見なし、白を黒と思い込み、黒を白と取りちがえる」(後篇、Ⅰ、一六〇)ことだ。ドン・キホーテの眼に映れば、物事はつねにその自己同一性が揺らぐのである。

ところで物事の自己同一性、すなわちそれが何であるかの判断は、学術の領域はさておき、日常生活の分野では、「論理的判断ではなく、価値に基づく判断」(カストロb、四一四)であることが多い。そしてこの場合の「価値」は、日常生活を送る人々の意見に基づいて決められる。物事の多くは生活上の有効性を目的として作られているのだ。ゆえに、判断の決め手は生活経験である。作中人物の一人は、「ほかならぬ真実と経験がわれわれに教えるところ」(前篇、Ⅲ、二三七)と述べている。ここで、「真実」と「経験」はほぼ同義語であって、世の経験を積んだ人間こそが、たとえば床屋のニコラス親方のように、「わしは、いつでもより良い判断に従うことを主義としているから」(前篇、Ⅲ、二三二)と自慢することができる。

このように、遍歴の騎士が唱える「知性」と、この世の常識人が標榜する「経験に基づく判断」とが折り合いのつかない対立を見せて、そこに生じる問題性が、主人公ドン・キホーテの人生の核心的な問題、そして作品『ドン・キホーテ』の中心主題となる。

西洋思想は古代ギリシャ哲学以来、知を二つの種類に分けている。「一つは、不動の自己同一性における存在についての真の知を得るものとしての科学、もう一つは、我々が生活する外的世界についての知である。後者はドクサ、すなわち〈意見・世論〉と呼ばれる」。「〈意見・世論〉とは、われわれが経験の中で出会う、移り行く世界に関する知の全てのことである」(Hersch, 19)。ここで言う「科学」を高度な学問に限定する必要はないことは先に触れたとおりである。科学者は高度な専門的操作を行うにしても、基盤となる「知」それ自体は、人間一般が持っている能力、第一創造者（神）が万人に与えたはずの人間的資質としての「知性」なのだ。

セルバンテスの時代の思想家も、「知性」と「経験」をはっきり区別している。「知性的認識は普遍的であって、そのために感覚的認識から切り離されており、個物の縮限から解き放たれている」。「知性は時間と世界に属することなく、これらから解き放たれており、感覚は世界と時間に属する」。ちなみに、「理性」（raison）は「感覚と知性の中間にあって両者を結合する」ものであり、「時間の中にある感覚と、時間を越える知性とが、理性において一致する」（ニコラウス・クザーヌス『知ある無知』（一四四〇年）。本田b、一八五、一八六に引用）。ところが、『ドン・キホーテ』においては両者の不一致が頻繁に生じて、そのたびに、「あなたのように〔……〕思慮分別（un si bon entendement. かくもすぐれた知性）に恵まれた高潔の士が、まるで荒唐無稽な騎士道物語に描かれている、無数のうろんな狂気沙汰を真実であると思いこんでおられるとは、どうにも腑に落ちませんな（il n'y a pas de raison. 理が成り立たない）」（前篇、Ⅲ、三一八）との嘆き声が聴かれるのだ。『ドン・キホーテ』は、日常的経験の中に場違いの「知性」を投入し、そのために生じる世界の「理（性）」の錯乱を描きとろうとした、と言えるだろう。そしてこの企てを、中世から近代への歴史的一大転換期において遂行した点に、この作品の重要な意義がある。

「知性」と経験的「判断」を分離する傾向は、近代思想でいっそう顕著になる。「知性」（entendement）は、日本の哲学書などでは「悟性」と表記する場合が多い。デカルトでは「コギト」である。「コギト」は、「その本質または本性が思考以外ではなく、いかなる〔経験の〕場も必要とはせずに存在する」（『方法序説』第四部）。デカルトの数年後に、ライプニッツはこう主張した。「理性的真実は絶対的なものであり、神の知性（l'entendement divin）に並ぶものである。それは、思考する人間なしにも成り立つ思考、あるいは、それを思考する人間すべてに先立つ思考である」（Lefebvre, 201）。またカントはこれを、「純粋理性」と名付けた。「純粋理性」は、「経験に先立ち、経験を方向づけるような、思考の純粋な形」（Hersch, 200. 強調は原文）である。

近代の自然科学は思考がその純粋さに徹することで可能になったと言える。「経験を方向づける」思考が、「経験内容から独立して自らを思考する」時、経験内容の中に潜む究極の方向性が透視されて、そこに「数理的科学」が成立する（Hersch, 139）。いわば、「知性」と「経験」が究極の一致を達成するのである。しかし自然科学以外の分野では、この達成は人間の知の進歩という一つの神話の無限の行く先にあり、そこに至ろうとする知の実際の営みは、「知性」と「経験」の不一致を反復し続けるほかはない。『ドン・キホーテ』の作者は、どこにも行き着かず、ついに終結しない作品を書いて、いちはやく、近代という世界につきまとう問題性を提示したのだった。

ドン・キホーテの生涯のあらまし

ドン・キホーテは、もともとこの世に居なかった。テクストの外にモデルとしての実在の人間が居ないだけではなく、テクストそのものの中にも、初めはドン・キホーテなる人物は存在していなかった。この人物は、創作としての『ドン・キホーテ』が創作の意志を加速して生み出した、二重の意味での造られた存在である。

書き出し（前篇第一章）は次のように述べる。「それほど昔のことではない」ある頃、「ラ・マンチャ地方のある村」に、「型どおりの郷士〔スペインの下級貴族をこう呼ぶ〕が住んでいた」（前篇、I、四三）。ここで不思議なのは、この郷士の人生体験について何ら特別な内容が報告されないことである。狩りをしたり田畑の管理をしたり、わずかな使用人とともに粗衣粗食に甘んじている。まさに「型どおり」の暮らしであって、彼が日頃何を思っているのか、どのような社会活動をしているのかには一言も触れない。すなわち、この郷士の人生経験を意図的に希薄にしている。

それだけではない。「その名は思い出せないが」とある。経験が人格として結晶するための核を欠いているのだ。さすがにこれでは締まりがなさ過ぎると思い直したのであろうか、「姓はキハーダ、あるいはケサーダであったといわれている。〔……〕信頼するに足る推測によれば、ケハーナと呼ばれていたものと思われる」と付け足すが、結果はいっそう悪い。

この郷士が、「何かよい名が欲しく」なり、「ドン・キホーテと名のることにした」(前篇、I、五二)。いささかとぼけた叙述であるが、主人公が自ら名を選ぶこの瞬間は、ロマン一般にとって決定的な局面である。創作の意志が、助走から跳躍へと移る瞬間だ。たとえば、クレチアン・ド・トロア作『ペルスヴァルまたは聖杯物語』(一一八〇—九〇年)では、テクストの中間部に至って初めて主題の「聖杯」が出現するが、まさにこの局面で、それまで名前というものを持っていなかった主人公が「ペルスヴァル」を名乗る(中山、第三章)。メルヴィル作『白鯨』(一八五一年)は、語り手の名乗り声、「私のことをイシュミエルと呼んでくれ」でもって物語本体が始まる。「この一言によって彼は彼ならざるものと絶縁した。嘘だけが蔓延し、空虚で、去勢されてしまった十九世紀の市民の秩序から、彼は孤立した」(千石、六二)。

名前が定かではなかった一人の郷士が「ドン・キホーテ」を名乗る時、周囲の経験世界から孤立した、それだけにより純粋であるとも言える「知性」(entendement)を奉じる主人公が誕生する。この「知性」をドン・キホーテは騎士道物語の本から汲み取ったのだが、その様は、「われを忘れて、むさぼるように読みふけった」とある。生活経験の希薄さの中に投じられた書物が、経験をますます空白にしたのだ。そして騎士道物語はこの読者にとり、実に「知性」の宝庫であった。「地上における神の代理人であり、地上において神の正義を実践する腕」(前篇、I、二二〇)である騎士、人は騎士道物語を愛読することによって、自らもその「才知(son entendement. その人の知性)がいかに優れたものであるか」(前篇、II、八二)を証明するのである。

こうしてドン・キホーテは、「本の中で読んだ様々な局面を可能な限り忠実に模倣しようとして」(前篇、I、九三)、まさしく遍歴の騎士そのものに扮し、漫遊の旅に出る。ところがその結果は、行く先々での世の通念や常識と衝突する狂気の振る舞い、すなわち「判断力」(jugement)の呆れるほどの欠如を示すことになる。これを予想していた語り手は、すでにドン・キホーテの旅立ちの前に、騎士道物語を耽読したおかげで、「哀れな騎士は理性(le jugement. 判断力)を失うことになった」(前篇、Ⅰ、四五)と前置きしている。

ところで、読書は一種の経験である。さらに書物の内容は、純粋な科学書は別にして、やはり人生経験の集積に他ならない。騎士道物語もまた、それ固有の人生経験から成り立っている。「例えば魔法、喧嘩、戦い、決闘、大怪我、愛のささやき、恋愛沙汰、苦悩、さらには、ありもしない荒唐無稽の数々からなる幻想で〔頭が〕いっぱいになってしまった」(前篇、Ⅰ、四六)。この口ぶりには多分に揶揄がこもっているが、だからといってまったくの嘘ではなく、騎士道物語の時代(西欧中世)の人の生き様を反映しているはずだ。第一創造者を源とする「知性」は永遠に普遍であり、『「すべての自然物がそれによって目的に秩序付けられる、知性的な或るもの』、神が存在する」(熊野a、二二九。トマス・アクィナスについて)にしても、この世に純粋な「自然物」は僅少であり、社会の大部分はそれぞれの時代が生み出した「人為物」から成っている。[14]

ここにドン・キホーテのアポリアがある。彼が「風車」を「巨人」と見なして立ち向かう狂気の振る舞いの動機には、遍歴の騎士は必ず「巨人」に遭遇するという騎士道物語から得た知識があるが、この知識は中世の物語世界における経験的判断の産物に他ならない。ドン・キホーテは、このアポリアに気が付かないほど判断力を失ってしまっているわけではない。旅籠(ドン・キホーテにとっては城)で次々に生じる怪事件に手を焼いて、同宿の客たちに訴えるのだ。「御一同は拙者と違って叙任された正式の騎士ではないがゆえに〔……〕、この城に生起する物事を、拙者の目に映るようにではなく、それらが真実あるがままに判断することがおできになるはずでござる」(前篇、Ⅲ、二三五)。とは言っても、読書から得た「知性」を放棄するのではない。ドン・キホーテは、世間の人々の判断を次のように批判する権利も保持しているのだ。「世間で一般に吉兆と呼びならわされていることなど、何ら自然の道理に基づいたものではなく、実は、みずからを賢いとみなしている連中によって、めでたい出来事と思われ、判断されているにすぎないのじゃ」（後篇、Ⅲ、一四四）。

人は、普遍的「知性」と経験的「判断」の相剋を生きる。この自覚に立って、他人の判断だけでなく、自身の判断をも批判する心を「内面」と呼ぶのであろう。「コギト」または「純粋理性」は、内面とは無縁である。また、世間知でもって充足する人間は、内なる心と外の事象が同質であるから、ことさら内面を意識することはない。「『心の中に部屋をこしらえて、そこに住む』」ためには、「意識の中に神からの声のための場」を設けることが必要なのだ（Pavel a, 77, 79.『』内は Saint François de Sales の言葉[15]）。

ドン・キホーテの滑稽な道行きには、心の内の悲しみが同伴している。「ドン・キホーテ」のまたの呼び名「愁い顔の騎士」（Chevalier de la Triste Figure）は、もとは滑稽含みであった。夜道でドン・キホーテとサンチョは、松明を掲げて葬儀のための棺を運ぶ二、三十人の一行に出くわした（前篇、第十九章）。ドン・キホーテの頭の中を占める騎士道物語では、棺の中には殺された騎士が入っていて、その復讐がほかならぬ自分に委ねられているのだ。槍を構えて襲いかかると、武器を持たない一行は散り散りに野原に逃げて、最初の一撃を喰らった男だけが地面に横たわっている。さすがにドン・キホーテは忸怩たる思いだったのだろうか、勝ち名乗りは、代わって従士のサンチョが上げた。「その名も高けえドン・キホーテ・デ・ラ・マンチャ、またの名を《愁い顔の騎士》というお方だと、〔他の人たちにも〕教えてやっておくんなさい」（前篇、Ⅰ、三四九）。なぜそのような呼び名を使うのかとドン・キホーテが質問すると、サンチョは答えた。「旦那様が、これまでおいらも見た覚えのないほどの、おそろしく侘しげな（mauvaise. 悪い、ひどい）顔をしていなさったからですよ。きっと、このたびの合戦の疲れのせいか、それとも歯がなくなっちまったせいかの、どちらかでございましょう」。「歯がなくなった」というのは、同じ日の昼間に（第十八章）、羊の大群を合戦の軍勢と見立てて突進するあの暴挙を行い、羊飼いたちにさんざん石を投げつけられて、「前歯や奥歯を三、四本も折る」目にあっているからである。サンチョはさらに続けて、「歯が欠けちまったのと空腹のせいで、お前様の顔は、さっきも言ったように、ひどく侘しい（mauvais. 悪い、ひどい）顔に見えるもんだから」と付け加える。実際に主従は、とうに日が暮れているのにまだ宿が見つからず、「死ぬほどの空腹にさいなまれていた」のだった。

したがって、サンチョがドン・キホーテに付けた呼び名の元の意味は、「みじめな（triste）顔の騎士」だったのである。ところが、これを受けたドン・キホーテの発言が見逃せない。「この異名がわしによりしっくりするように、折りを見て、盾にも深い悲しみをたたえた（triste）騎士の顔を描かせるつもりじゃ」（前篇、I、三五〇）。

ドン・キホーテが実際にそのような顔絵を描かせたとは書いてないが、次第に『ドン・キホーテ』は、主人公の一挙手一投足を「深い悲しみ」でもって包み込むようになる。騎士道物語の知から得たつもりの「判断力」は、今の世の物事に関してはことごとく無効であることが身に染みて分かった。ついに弱音を吐くドン・キホーテである。「わしはこのところ取り乱していて、判断力もすっかり鈍り〔……〕」（後篇、III、三〇四）。語り手も言い添える。「ドン・キホーテはそれ〔旅籠〕をあるがままの旅籠と認め、深い濠や、塔や、城門の落とし格子や、跳ね橋などを備えた城だとは思わなかった。彼は〔……〕万事においてよりまっとうな判断をするようになっていたのである」（後篇、III、三七二）。言うまでもなく、この二つの引用の「判断（力）」は拠り所と方向が反対である。そして、両方向からの「判断」が交錯する地点に、「深い悲しみ」を抱えたドン・キホーテの「内面」が、直接の言葉にはならない渦を巻き、もろもろの言葉の発信源となっている。

この内面が発信し続けてきた問題性は、作品の最後で、騎士道物語を模倣する愚から覚めたと自認する、死の床の主人公をすっかり離れている。「やあ、あなた方、どうか喜んでくだされ、わしはもうドン・キホーテ・デ・ラ・マンチャではありませんからな。日ごろの行いのおかげで《善人》というあだ名をちょうだいしていた、あのアロンソ・キハーノに戻りましたのじゃ」（後篇、III、四〇三）。では、当のドン・キホーテはどうなったかといえば、彼は、『ドン・キホーテ』のテクストの中に留まっている。そして自分が荷なってきた使命を、次に来るべき作品の主人公にバトンタッチしようと身構える。これについては、近代ロマンの骨子をなす問題として後に述べる予定である。「知性」の純粋さに近づこうとする人が、誰か居なければならないのだ。たとえそれが狂人であったにしても、あるいはフィクションの人物であるにしても。「もし万人がドン・キホーテだったら、世界はきっと亡びてしまうだろう。しかしまた、もしわれわれのなかにドン・キホーテがいなかったら、世界はきっと亡びるだろう」（アザール、二五〇）。

騎士道物語について

両者それぞれの発想で「愁い顔の騎士」なる名を考え出した主従は、その夜はついに野宿をする。そこでもまた、結果は物笑いの種になる一つの「冒険」が生じた（第二十章）。翌日は（第二十一章）、街道で行き交った近くの村の床屋から、金だらいを強奪する。ドン・キホーテの目には、「かの名高きモーロ人の王、マンブリーノの兜」なのだ。これを被って意気揚々と馬を進めるドン・キホーテに、サンチョが、「騎士道のならわし」とは何かと質問した。これへの答えが、「騎士道物語の最も一般的なパターンの要約」（牛島b、前篇、Ⅰ、四三一）になっている。曰く、「世の王侯に認めてもらえるようになるまでに、いわば試練として、まずいくつかの冒険を探し求めながら広く諸国を歩きまわることが必要なのじゃ。つまり、いくつかの冒険に成功をおさめて大々的な名声を博し、いよいよいずれかの国王の宮廷に参上するという段階では、すでにその武勲によって広く名の知られた騎士となっていることが望ましいのじゃ」（前篇、Ⅰ、三九八）。これに続けて、騎士の活躍ぶりを語って延々と七、八ページほど。まさに騎士道物語の再現である。

遍歴の騎士には、個人的な栄誉栄達のほかに、いわば全人類的な使命がある、「拙者は冒険を求めてこのような人里離れた荒野を歩き回り、運命が拙者にあてがうところのいかなる危険にも臆することなく身をさらし、弱き者、困窮にあえぐ者を助けるために力の限り闘う覚悟を固めておりますのじゃ」（前篇、Ⅰ、二一九）。

「騎士たる者は、彼ら〔修道士たち〕が祈り求めるところを、われわれ自身の腕の力と剣先によって地上に実現し、それを守るのである〔……〕。よってわれらは地上における神の代理人であり、地上において神の正義を実践する腕であると言えよう」（同、二二〇）。繰り返すが、神（第一創造者）は「知性」の光源である。騎士道物語は、「人生の理想を示し、世界を理解するための手段となることで〔……〕人間の真の規範を提供する意図を抱いたのであった」（Stanesco & Zink, 153）。

騎士道物語は、十二世紀のフランス語による文学にその源泉がある。一つには、フランス国家の歴史に題材を仰ぐ叙事詩（「武勲詩」。代表作は『ロランの歌』）、もう一つは、主としてイギリスのアーサー王配下の「円卓の騎士団」を題材とする物語作品である（「ロマン」と呼ばれて、今日の「ロマン（小説）」の呼び名の元になっている。代表作家は先に名を挙げたクレチアン・ド・トロワ）。両者はともに韻文で綴られて、その形式と享受形態に違いがあった。ところが、十三世紀以降に両者が散文化されると、実質上その区別はなくなった（より詳しくは、中山、第一章）。実際に、ドン・キホーテの言う「騎士道物語」では、かの「円卓の騎士たち」が「フランスの十二英傑」と並んでいる（前篇、I、三五六）。

中世の社会と文化を基盤とするこの物語ジャンルは、中世の終わりとともに衰退する。これを一つの必然の事実であるとするなら、もう一つの事実として、騎士道物語が近代の曙にはなばなしく復活するという、時ならぬ流行があった。「騎士道物語は十四世紀以降死滅した。かつてそれに霊感を与えた文明と共に死滅した――と思われていた。しかし〔……〕実際は、十五世紀末にそれらは再登場し、続く世紀に繁栄したのである。このジャンルをその青年期に特徴付けていた高貴な素朴さ、荒々しさ、感動的な純朴さに人々が戻ったからではない、反対に、人々はこのジャンルのメカニズムのみを温存し、その精神を変質させた。人々はそれで玩具を作ったのだ」（アザール、八四）。

騎士道物語がかくも人々をひきつける「力」は、「このジャンルのメカニズム」すなわち波瀾万丈の筋運び、手に汗握る活劇、そして何よりも、必ずハッピーエンドを見る大団円であった。すなわち、「大衆がもっとも好むメロドラマ」（マダレアーガ、九一）である。その影で、本来の主題である騎士道精神はすっかりステレオタイプ化した。騎士の魂である「名誉」が安売りに出される。「一般大衆は〔……〕元来は高貴な生まれの者だけに許された騎士道の第一原理としての〈名誉〉を〔……〕疑似体験し、自分自身が高貴になったかのような錯覚を抱く」（山田、二二六）。

この軽薄な流行に眉をひそめる人もいて、それは主として知識人であった。『ドン・キホーテ』の中では、たとえばトレード聖堂参事会員が、「わたしも騎士道物語と呼ばれる書物は〔……〕最後まで読みとおせたような代物はひとつもありませんでした」（前篇、Ⅲ、二八一）と批判演説をぶつ。ドン・キホーテの出身の村の司祭は、流行の元祖『アマディス・デ・ガウラ　全四巻』を手に取って、「かくも悪しき宗派の教義を説いた祖師として、情け容赦なく火あぶりの刑に処してしかるべきと思われますな」（前篇、Ⅰ、一一四）と断罪する。そして何よりも、『ドン・キホーテ』の作者が、「騎士道物語という基盤の怪しげな虚構の打倒に絶えず狙いを定めておくことだ」との「友人」の勧告（前篇、Ⅰ、二三）にしたがってペンをとるのである。

騎士道物語の流行は、スペインとポルトガルに限っても、「一五〇八年〔『アマディス・デ・ガウラ』出版〕から一五五〇年まではほとんど年に一冊の割合で出版され、一五五〇年から《無敵艦隊》敗北の年〔一五八八年〕までに九冊が加えられたが、それからドン・キホーテ出版〔一六〇五年〕までの間には、わずかに三冊が出版されたのみであった」（マダレアーガ、九四）。もともと、「基盤の怪しげな虚構」だったのである。時代は確実に変化し、読者層に大きな地殻変動が生じていた。スペインの多くの都市が、十六世紀に、二倍から三倍の人口増加を見たという（Sieber, 214）。生活の基盤と様式ががらりと変わった。人々は、遠い昔の荒唐無稽な物語ではなく、勃興しつつある近代都市において今ただちに解決を要求する新しい事態に対応する新しい作品を要求していた。これに応えてこの世紀のスペインに出現した「ピカレスク」と呼ばれる写実傾向の作品群については、後に触れる予定である。

スペインでは一六〇二年を最後に、騎士道物語の新作の出版が途絶える。「このような趨勢から判断すると、『ドン・キホーテ』の第一部が出た一六〇五年の時点であればまだしも、第二部の出版された一六一五年になると、すでに、衰退の一路を辿っていた騎士道物語の『攻撃を唯一の目的として』大部の続編を著すだけの意義はなくなっていた」（山田、一八四―一八五）。ところが作者は「騎士道物語という基盤の怪しげな虚構の打倒」の手を緩めないようにも見えるし、『ドン・キホーテ』全篇をもって騎士道物語批判とみなす解釈は今なお一般的であるように思える。いったい問題の焦点はどこにあるのだろうか。

「書く」ことと「行う」こと

右に引用した「序文」の文言によれば、『ドン・キホーテ』の作者は、いまや衰退の一路を辿る騎士道物語の息の根を止める意図をドン・キホーテの物語の語り手に委託したことになるが、さて、語り手は必ずしもそれに忠実ではない、それどころか、「すでに衰退し、ほとんど死滅していた遍歴の騎士道を蘇生させ、この世に再建しようという、実に殊勝な決意を彼〔ドン・キホーテ〕が抱いた」ことを、「何と幸福な喜ばしい」と賛美するのだ（前篇、Ⅱ、一八一）。「わしはただ、遍歴の騎士道が栄華を誇っていた、あの幸福な時代を再興しよう」と願うのみである（後篇、Ⅰ、三六）、と唱える作中人物ドン・キホーテと主張が同じである。

実はドン・キホーテ自身が、いったんは物語の書き手になろうとした。書斎にずらりと並べた騎士道物語本に日夜読み耽る彼は、その中の一冊が続きを予告したままで終わっているのを見て、「実際にみずからペンを執り、その本が約束しているような続篇を書いて物語を完結させたいという気持ちに何度もかられた」。しかしこの企ては、「いつも彼の頭から離れずにいた考えに妨げ」られた（前篇、Ⅰ、四五）。その「考え」とは、「世の中のあらゆる種類の不正を取り除き〔……〕永久に語り継がれるような手柄を立てて名声を得ることこそ〔……〕極めて望ましいと同時に必要なことである」（前篇、I、四九）というものだ。

紙上の騎士道物語を一作増やすよりも、自らの身を挺して騎士道精神を実践する方がはるかに望ましいと考えたドン・キホーテは、古代の哲人の教えを守ったと言えよう。プラトンは、「ホメロスが叡智と勇気が何であるかを知っていたとするなら、〔『イリアス』などを書かずに〕自ら軍を指揮し、都市に法律を与え、賢く勇気ある人間を育て上げるべきだった」と述べている（Rancière, 85による）。

ドン・キホーテと同じ道を歩む人間が現実の社会に存在していた。主として、騎士道物語の流行をもっとも支持した貴族階級である。「十五世紀には、スペインの騎士が武芸を競うために城から城へとヨーロッパ諸国を遍歴したり、同じ目的で他国の騎士がスペイン各地を訪れたという記録が多く残されている」（山田、二二八）。一般の貴族だけでなく、スペイン国王カルロス一世は、「〔宿敵の〕フランス王が私と一対一で戦いたいというなら、私は甲冑に身をかためて〔……〕決闘に応じる用意がある、とまさしくドン・キホーテ張りのスピーチを教皇の面前で行った（マダレアーガ、二六）。その「フランス王」とはフランソワ一世、こちらも大の騎士道物語愛読者であり、長大な『アマディス』を家臣に命じて仏訳させたといわれる。実際に、十六世紀に出版された騎士道物語本は、必ずといっていいほどその序文で、「この本の中には、勇敢なる騎士の学び舎と剛毅な精神の源がある」と謳っていたのであった（Casauran, 35）。

若き日のセルバンテスもこれら騎士たちの一人であった、と言っても決して言い過ぎではないだろう。十六世紀における騎士道物語の流行は、スペイン国家の最盛期とも重なっていた。新大陸をはじめとして世界の各地に植民地を持つ、「太陽の沈むことなき大帝国」である。『アマディス』の著者は、「大いなる栄光に満ち、精錬そのものの騎士道の業を忘却から救って不朽ならしめることにより、実際の軍務の技を心に深く信奉する、若き戦士たちの優しい心を掻き立てる」ことを目指す、と記している（カストロa、六〇九）。セルバンテスも、この「若き戦士たち」の一人であった。兵役を志願し、キリスト教国連合軍がトルコ艦隊を撃破したレパント海戦（一五七一年）で勇敢に戦い、片腕に負傷を受けた。時にセルバンテス二十四歳。「私のからだの傷は〔……〕どこで負った傷であるかを知っている者の間では高く評価され、尊重されるものです」（『ドン・キホーテ』後篇、序文）と、名誉の負傷を生涯自慢にしている。この戦役に続いて、帰国途上でイスラム教徒の海賊に襲われ（二十八歳）、以後五年間、アルジェで虜囚生活を送ることになる。ここでもセルバンテスはまさに騎士道精神を発揮し、自ら首謀者となって数度の集団脱走を試みた。そして最後に、身代金を払ってやっと解放される。

『ドン・キホーテ』前篇に、『捕虜の話』と呼ばれる挿話がある（第三十九章から第四十一章）。旅籠でドン・キホーテと同宿した「年の頃なら四十ちょっと過ぎ」の旅人が身の上話をする。志願して軍人になり、いくつかの戦役で奮戦し、トルコ軍に捕らえられ、アルジェで長い虜囚の生活を送ったというその話は、セルバンテス自身の体験に重なっている。緻密な脱走計画を練った点も同じだが、こちらの方は、最後に首尾よく計画を成就している。この元捕虜は軍人の道を選んだ動機を、「戦争において神と国王陛下にお仕えするつもり」（Ⅲ、八四）であったと述べる。「誇らかな正義」と「高邁な魂」（Ⅲ、九九、一〇二）が、終始一貫した行動の指針であったとのこと。若き日のセルバンテスの声が聞こえると言えるのではなかろうか。そしてこの「〔元〕捕虜の話」の中に、「かの地の人々の記憶に長く残るであろうような大それたことを、なんとか自由を手に入れんがためにやってのけた〔もちろん脱走のこと〕」一人のスペインの兵士の名、「サアベドラ」が出てくる（Ⅲ、一〇六）。このサアベドラこそは、「ほかならぬセルバンテス（Miguel de Cervantes y Saavedra）のことである」（牛島b、前篇、Ⅲ、三七八）。

祖国に帰還したセルバンテスは、当然のこととして戦功への報酬を期待する。しかし、スペイン宮廷は彼の願いに一顧も与えなかった。生活に窮した彼は、「無敵艦隊」の食糧徴発係の職につく。そして職務上の嫌疑をかけられて、投獄の憂き目にあう、その上に、無敵艦隊が対イギリス戦役において壊滅するという国家的悲劇が生じたのだった（一五八八年）。その間に、もともと文学に親しんでいたセルバンテスは文壇への登竜を試みたが、こちらも首尾を果たせなかった。

　やや長くなるが、日本の学者が著した研究書から名文を引用する。「もしセビーリャの牢獄に疲れた体を横たえたセルバンテスが、若き日のアルジェでの希望に満ちた苦難を思い起こしていたとすれば、それとの関連で、彼の思いはごく自然にレパントの海戦に向い、そこでのおのれの戦功とスペインの栄光をなつかしんでいたことであろう――それにしても、あの凛々しい若武者と、この老いさらばえた小役人との落差はどうしたことだ。世界に君臨していた祖国スペインの衰退ぶりはどうしたことだ」（牛島a、九四）。

　痛烈な思いは、思い返す人生の意味を掘り返さずにはおかない。引用を続ける。「〔セルバンテスの人生の〕前半、すなわち上昇期は信念に凝り固まった、純粋悲劇の世界、言葉と行動が一義的に、そのまま結びついていた世界である。〔……〕そうした純粋で一義的な世界が、後半の下降期〔……〕の懐疑と絶望によって中和され、相対化される。つまり、中世的な一義的世界から、複雑で多義的な近代的認識の世界への移行である――カトリックの大義のために戦った祖国と若き日の自分の熱狂は、結局無謀にすぎなかったのだろうか。〔……〕しかし、あの熱狂的な行為が純粋この上ないものであり、それゆえ美しいものであったことも否定できない」（牛島a、九五―九六）。

　屈折し重層するこの思いは、実生活の行動としては形をなすことができない種類のものである。セルバンテスはペンを執った。『ドン・キホーテ』前篇を脱稿してただちに印刷・出版したのが一六〇五年、年齢は五十五歳であり、当時としてはすでに老境にあると言わなければなるまい。

　作中人物ドン・キホーテと『ドン・キホーテ』の作者とでは、「書く」ことと「行う」ことの繋がりが逆である。前者は書くことから行うことへと移り、後者は行うことから書くことへと向かった。この方向《サンス》の違いと連動して、書かれた行いの意味《サンス》も一変する。「一義的な世界」に対する、「多義的な世界」だ。後者の世界を語る語り方は、一義的な相において遂行される日常生活を語る仕方ではあり得ない。『ドン・キホーテ』の作者は、相互に否定し合う想念をもって一筋の話線を縒り、一枚のテクストを織ることで、それぞれの思念を純粋に肯定するのではないがしかしそのいずれをも否定し切るのでもないといった離れ業を、語り手の言葉の才に託した。そのような語り手を作り出したことが、『ドン・キホーテ』成功の鍵である。

日常の言語運用では、ことさら語り手というものを考える必要はない。行うことと語る（書く）ことは、両者の一義性において直結しているのだ、書物を書くだけに終わって書物の内容を実践しようとしない人間の非をなじったプラトンも、彼自身、書物を書く側の人だった。ただし自分で書く事が、それを読む将軍や法律家や教育者によって実践されることを疑わなかった。ペンを捨てて甲冑を身にまとうドン・キホーテは、この両役を一身に兼ねたと言えよう。いったん書こうと思ったことを、そのまま実行に移したのだ。

一方で『ドン・キホーテ』は、行うことと書くことを別々の相に切り離し、かつ両者を一枚のテクストに重ねることで、思想の書とは別個のエクリチュールを生み出した。「一つには、ドン・キホーテが夢見る物語があり、〔……〕もう一つには、セルバンテスが語り、ドン・キホーテの目にはその一面しか見えないような物語がある。〔……〕主人公が夢見る物語を容赦なくひっくり返すことで、語り手が語る物語がその意味と滑稽な面白みを得るのである」(Sermain, 106-107)。ここで「セルバンテス」とは、牢獄の中でままならぬ人生の苦い思いを噛み締めたその人ではなく、この思いをテクストに刻み込む語り手のことである。このような語り手は、日常生活の地平にいるのではなく、いわゆる思想書の中に座を占めるのでもなく、「文学」と呼ばれる種類の書き物の中にだけ住まいを持つ。

作品世界の多層構造

語り手は、主人公または中心人物とともに行動する。自分の意思を人物を通して実現し、人物の思いをそのまま自分の思いとする。このような語り手と人物の一義的連続性が書物の普通であろう。『ドン・キホーテ』の場合は変わっている。語り手が人物と一心一体となるような一義的同一地平は存在せず、人物の言動はその意味が、人物当人の思いとは別個に、語り手がこしらえるテクストの多層的な地層に吸い込まれて屈折する。

『ドン・キホーテ』の解釈そのものが、歴史の地層の中で屈折を重ねてきた。ややひねり過ぎた言い方であるが、「おそらく『ドン・キホーテ』は、それ自体の本質的な価値においてよりも、その並々ならぬ普及ぶりにおいて、より重要であるような書物の一つに数えられるであろう」（ナボコフ、二三〇）は、なるほど一面の真実である。原著の出版後ほとんど間を置かずに数カ国語に翻訳され、末広がりに全世界に普及して今日に至るその量的な面もさることながら、時代ごとに積み重ねられてきた読み方と評価の質的な厚みは古今東西まことに稀である。「十七世紀には哄笑の、十八世紀には微笑の、十九世紀には悲愴感の、二十世紀には微苦笑と省察の誘引というふうに変化してきた、各時代の新しい読み方」（山田、一八）は、さながら一つの西洋思想史を粗描する感がある。

「十七世紀には哄笑」とは、たとえばスカロン（『滑稽旅役者物語《ロマン・コミック》』の作者）がドン・キホーテの英雄気取りを笑い飛ばしたことであり（Bardon, 93）、「十八世紀には微笑」は、ジョンソン博士が例となるように、「単に笑うだけでなく、同時に悲しみを感じる」という風に「感情移入をもって読まれるようになった」（ライリー、七八）こと、そして「十九世紀には悲愴感」の代表例は、「永遠なる何物かへの信仰」に身を捧げる英雄を賛美したツルゲーネフの『ハムレットとドン・キホーテ』であろう（Canavaggio, 155）。

　一個の作品についてこのように多様な、相反しさえする解釈が続出したことは実に珍しい。これも、『ドン・キホーテ』の奥行きの深さを証すものであり、「各時代の新しい読み方は、作品をそれぞれの時代に引き付けて、以前のものが読み落としたと考えられる部分を補うべく順次発生した」（山田、一八）と言うことができるだろうが、ただし、「部分」をあたかも機械の各パートのように見立てて（コミックな部分、崇高な部分、等)、それらの「結合組織」(Canavaggio, 76)がセルバンテスのテクスト組成であると考えるのは単純すぎる。『ドン・キホーテ』は、どんな小さな部分を切り抜いても、必ずそこに多層構造が認められるのだ。

一つの仮説があり、「セルバンテスは最初、『ドン・キホーテ』にまったく異なる構想を抱いていた。〔……〕ドン・キホーテの最初の孤独の出郷は、パロディ仕立ての冒険とがさつな喜劇性のある短い構成部として考えられていた」(アバリェ＝アルセ、二八)と主張する。作品の成立過程を示すような資料は一切残っていないから、この仮説を実証することはもちろんできないが、だからといって意味がないと一蹴することもなかろう。

右で言う「喜劇性」とは、騎士道物語に狂ったドン・キホーテを嘲ることである。十五世紀末の騎士道物語衰退期には、時代遅れの物語に熱狂する人間の愚行を面白可笑しく描く読み物が流行った。その読者は、「かつて父たちが賛美し、彼ら自身もまだ愛しているものを嘲笑することに喜びを見出した」(アザール、九一)のである。「父親が帰宅してみると、家族がアマディスが死んだと言って涙にくれているという話。読書に熱中するあまり、危険に陥った作中のヒロインを助けようと、やにわに剣を引き抜いて、隣人達をおびえさせるサラマンカの学生の話」(カナヴァジオ、二九一)。『ドン・キホーテ』の中でも、主人公の第一回目の帰還を迎える姪が、かねてからの叔父の奇行について、「あの冒険だか受険だかの罰あたりな本を、二日の間昼も夜も読みふけったあげく、本を放り出し、やおら剣を引き抜いたかと思うと、四囲の壁めがけて、めっちゃやたらに斬りつけるんです」(前篇、I、一〇八)と語っている。また、このくだりの直前で、殴り倒されて地面に横たわったままロマンセ(騎士道物語の一種)を朗誦するドン・キホーテの奇態(I、一〇〇)は、「一五八八年から一五九一年の間に書かれたと考えられる作者不詳の戯曲『ロマンセの幕間劇』〔の一場面〕と酷似している」(牛島b、前篇、I、四一九)。「まだサンチョの登場していない第一回目の出陣は、明らかに独立した物語として着想されたものであり」、その目的は騎士道物語風刺の時流に和して、「一、二時間の娯楽を提供する」(ナボコフ、六九)ことにあった、との説にはそれなりの説得力がある。

しかし、完成された『ドン・キホーテ』は、騎士道物語への単純な熱狂とこれへの浅薄な風刺の双方を一挙に超えた。「出発点において、主人公はパロディの人物にすぎなかった。しかしセルバンテスは次第にこの嘲笑の犠牲者に興味を抱き、ついにこれを愛するようになった。愛することで、生きた人間に創り上げたのである」(Bardon, 134) との十七世紀の作家ソレル(『とっぴな羊飼い』)の評言は、ドン・キホーテを嘲笑することに終始した感もあるこの世紀において、続く数世紀の評価の歴史のすべてをすでに包含していると言えよう。「小説を読み進めるにしたがって、当初は滑稽な戯画にすぎなかったドン・キホーテの姿が人間味を帯び、美しい悲哀をたたえるようになる。〔……〕当初は(そして少なくとも表面的には)風刺の対象であったはずの騎士が、いつのまにか美しく輝いていることに注目しよう」(牛島a、八〇―八一)。「いつのまにか」をふと気づかせる場面がある。ドン・キホーテ第二回目の出陣、例の風車の冒険の少し後に来る、「第十一章　ドン・キホーテと山羊飼いたちの間に起こったことについて」がそれだ。

その日も、夕暮れ時になってもまだ宿に行き着かないドン・キホーテとサンチョであった。たまたま山羊飼いたちの小屋を見つけて、そこで一宿一飯のもてなしにあずかる。出された食事は、「人の拳ほどもある羊肉の塊」と「まるで漆喰でできているかのように固い」チーズ、そして、「羊の毛皮の上に大量のドングリの実がぶちまけられ〔る〕」。農耕以前の原始的な生活だ。食事の最中にドン・キホーテは突然立ち上がって、一場の演説を行った。「その昔の、あの幸せな時代、あれらの幸福な世紀に、古人が黄金時代という名をつけたのは〔……〕」(前篇、I、一八七)。

「黄金時代」は、古代ギリシャの詩人ヘシオドス(紀元前八世紀)が『仕事と日々』で歌い上げた人類始原の世界である。文明の発達とともに、「青銅時代」「鉄の時代」へと推移し、これに伴い、支配・被支配の階級分化や戦争などの禍いが発生する。黄金時代は、人間が自然の懐に包まれて暮らした至福の時代であるとされる。ドン・キホーテも、「あの聖なる時代にあっては、あらゆるものが共有であり、日々の糧を得るにしても、枝もたわわな大樹に手を伸ばし、それがふんだんに提供してくれる甘く熟した果実をもぎ取るだけでよかった」と述べる。「当時はすべてが平和であり、すべてが友愛と調和からなっていた」。宇宙の創造者の「知性」がもっとも純粋に現れたのが黄金時代なのだ。この時代の人間は、ドン・キホーテをもてなした山羊飼いたちのように遊牧生活をしていたことになっていて、いわゆる牧人文学が「ルネサンス時代にヨーロッパ全土に流行した」（カナヴァジオ、一四六）。ドン・キホーテの書斎にもこの種の本が多数並んでいて、騎士道物語を断罪する司祭も、こちらの本は、「良識（entendement, entendimiento. 知性）の書」（前篇、I、一二二）と呼んで敬意を表している。

ドン・キホーテの演説には、これらの書を読んで培った教養と思索が溢れ出ている。「『ドン・キホーテ』の驚くべき斬新さというのは、とりもなおさず、人物が話したり行ったりすることにおいて、内面性が必然的にそこに伴っていることを感じさせる点にある。〔……〕そうしたことは『アマディス・デ・ガウラ』ではとうてい起こりえない。〈高貴な姫君〉と〈冠たる騎士〉の背後には何ものも存在しない」（カストロb、三二三）。『ドン・キホーテ』は、主人公を通して一つの思想を鮮明に打ち出したのである。

ところが、この感動的な演説が一転してもの笑いの種になるのだ。その仕掛けが演説そのものに設けられている。ひとつには、演説の格調があまりに高いために、唯一の聴衆である山羊飼いたちは、「ただもう呆気に取られ、ぽかんとして聴いていた」（I、一九一）。もうひとつは、日本の読者にはなかなか感じ取りにくい点であるが、この格調の高さがまったく紋切り型だということである。もし聴衆の中に知識人が混じっていたとしたら、おそらく失笑を買うであろう。「つまりたくさんの修辞学のお手本に何回となく転載された例の演説」（ウナムーノ、七三）なのだ。その昔、学校で教師に鞭打たれながら暗記させられたに違いない教科書の一ページを感動を込めて朗誦する、やがて五十歳のドン・キホーテであった。

「山羊飼いたちを相手にこうした無用な演説をぶつ」と語り手は笑う。ドン・キホーテが有用だと信じて行う事の数々（巨人（風車）に挑みかかること、大軍勢（羊の群れ）の中に突入すること、等々）は、結果として、無用であるどころか、はた迷惑なのだ。ドン・キホーテの諸々の言動はその意味が幾重にも反転し、その度に、世界の構造の多層性をあらわにしてゆく。

風車を撃ち、「現実」を撃つ

ドン・キホーテ第二回目の出発は、従者を伴う本格的な遍歴の騎士の旅発ちである。遍歴の騎士がその武力と知力を試すことになる出来事は、冒険《アヴァンチュール》と呼ばれる。第二回目の遍歴の最初の冒険が例の風車との遭遇であった（前篇第八章）。「二人は、野原の行く手に立ち並んだ三十から四十の風車に気づいた」。さっそくドン・キホーテは雄叫びをあげる。「ほら、あそこを見るがよい、三十かそこらの途方もなく醜怪な巨人どもが姿を現したではないか。〔……〕これは正義の戦いであり、かくも邪悪な族を地上から追い払うのは神に対する立派な奉仕でもあるのだ」。

風車はすでに十三世紀に北西ヨーロッパの平原地方に姿を見せていた。初期には主として製粉用に利用し（フランス語では、「風車」を「風力製粉機 moulin à vent」と呼ぶ）、十五世紀になると、オランダの低地を中心に排水用に活用した。つまり、当時の有力な動力源なのである。この風車の絶頂期は十七世紀であって、十八世紀には蒸気機関にとって代わられる（平凡社版『世界大百科事典』による）。十七世紀のフランス人は、「五十歳のドン・キホーテが風車を知らないなどといったことが信じられようか」（Bardon, 309）と難をつけたが、あるいはスペインでは事情が違っていたのかもしれない。「風車はごく最近カスティーリャに導入されたものであり、だからこそ騎士はこの怪物を見て仰天する」（アザール、一一七）との説がある。

とはいえ同行のサンチョは、「あそこに見えるのは〔……〕ただの風車で」と、この最新動力源をそれとして見ている。いや、ドン・キホーテの方でも、目にはちゃんと風車が映っていたように思われる。その上で、これを「巨人」と見なしたようだ。「お前はこうした冒険にはよほど疎いと見えるな。実は、あれらはいずれも巨人なのじゃ」（前篇、Ⅰ、一四二。強調は中山。以下同様）という物言いがそれを示唆している。でなければ、「二人は〔……〕風車に気づいた」とのこの冒険を導入する文言と辻褄が合わない。

同じような、見ることと認識することの間のずれが他の冒険にも見て取れる。「〔仇敵の魔法使いが〕敵の大軍勢を羊の群れに変えてしまいおったのだ」（前篇、Ⅰ、三三〇）、「〔兜の〕残りの半分で、お前〔サンチョ〕の言うとおり、まるで床屋の金だらいのように見えるこれをこしらえたに相違ない」（前篇、Ⅰ、三九二）、「ドン・キホーテは苦行者たちの風変わりな出で立ちを目にすると、以前に何度も見たはずなのにそれを思い起こすこともなく、てっきり〔……〕遍歴の騎士としての自分だけが成しとげるべき冒険であると思いこんでしまった」（前篇、Ⅲ、三五二―三五四）等々、どうやらドン・キホーテは視覚とは別の知覚をもって物事を感知しているらしい。

「『ようくごらんなさいまし、旦那様』とサンチョは絶えず言う。〔……〕しかしドン・キホーテは見ない――ドン・キホーテは〔騎士道物語を〕読むのであり、読書はあれは巨人だと言うのである」（フエンテス、八九。強調は原文）。これはドン・キホーテに限らない。人はみな網膜に映るものを、あらかじめ頭の中に持っている本に照らして読み取るのだ。「われわれは自分の〔現実への〕干渉を可能にするために、そして自分の活動（あるいは無活動）のための空間を作り出すために、あらかじめ世界を構造化して知覚する」（ジジェク、三二二）。

問題は、世界をひとつの体系として構造化するものが、普遍的な「知性」であるよりも、むしろ時代や場所に多分に限定される「経験的判断」だということであろう、「たとえば、この物体をコップとして受け取るとき、人はまさにそれをコップとして受け入れる共同体の一員としての資格で認識している」（大澤、六六）。「風車」をそれと認識することは、風車を設置し活用する社会を認識し理解するということにほかならない。

見ることが直ちに認識することであるような、視覚の一重性は、「行為者の立ち居振る舞いと、行為者がはめ込まれている世界が直接に期待しあるいは要求するものとの間の一致」(Bourdieu, 212) の産物であり、この幸せな「一致」を証明するものである。これを「なじみ」と呼ぶこともできる。「われわれは実際に起こる物事を現実的と考えているわけではなく、われわれにとってなじみの物事が起こる、その起こり方を現実的だと考えているのだ」(オルテガ、一三七)。人と物事が双方の一義性において親しく結びつく安心感が「なじみ」であり、「現実」感覚である。このからくりが、「経験的判断」を普遍の真理に見せかける。これは、ドン・キホーテの騎士道的幻想についてだけではなく、ドン・キホーテの幻想を笑う人々の「現実」感覚についても当てはまることだ。『ドン・キホーテ』は、風車に打ちかかる主人公を通して、近代のあけぼののスペインにおいて支配的だった「現実」のからくりを撃つ。

これは西欧の文学の歴史における一つの画期的な出来事だった。十六世紀に大流行した騎士道物語はすべてその舞台を、中世騎士道物語(とくにアーサー王物語)から引き継いで、ヨーロッパの北西部またはオリエントに設定していた。『ドン・キホーテ』がはじめて、この慣習を破って、主人公を現代スペインの地に住まわせたのである (Roubaud-Bénichou, 20)。そして、この『ドン・キホーテ』が事実上最後の騎士道物語となった。

さて、「現実」という名のからくりをこしらえているのは言語記号である。語は物事を社会の仕組みの中に導きいれて、われわれになじませる働きをする。どうしてもなじむことをしない物や者は、「狂気」のレッテルを貼り付けて、外に締め出す。しかし、そのような仕掛けでもって、世界が一義性の保護膜にめでたく包まれてしまうわけではない。

極端なケースとして、どうしても呼び名を与えることができないようなもの、が出現したらどうなるか。その場から始まって世界の秩序がたちまち崩壊するだろう。ドン・キホーテ自身にもそのような事態が到来した(前篇第二十章、第二十一章)。主従が一夜を野宿で過ごした草原の奥は、「まったく人気のない場所」であり、

「その夜は暗くて一寸先も見えないほどだった」。突然すさまじい物音が聞こえてきて、「二人ともぎくっとして立ちすく〔む〕」。正体を突き止めようと物音に接近するドン・キホーテは、「胸のうちの不安をできるだけ隠しながら」「心の底から自分の思い姫を念じて、このような恐ろしい冒険に立ち向かわんとする危機に瀕したこの身を守り給えと懇願し〔……〕」（前篇、I、三七六―三七八）といった有様だ。檻の扉が開いたライオンに向き合ってもたじろぐことがない剛胆の騎士あるいは向こう見ず男（後篇第十七章）が、ここだけは恐怖に怯えている。幸い一夜が明けて、物音の正体は滝の水量を利用して「毛織物を縮絨するための六つの大きな木槌」であることが判明し、一件目出度く落着。すなわち、物にしかるべき名が備わったのである。

　これとは逆に、一旦は備わった名が、物の恐るべき正体を包み隠そうとして隠し得ないということもある。早い話が「風車」である。フランス語では、先に述べたように、「風力粉挽き機 moulin à vent」。実際に製粉業に用いている間はこれでよかった。しかし、排水工事などに活用されはじめたこの機械の恐るべき怪力を、「粉挽き」の名はもはや包み隠すことはできない、物の正体は、物に付けられた記号が意味するような、安寧な社会秩序体系の要素とは限らないことを、ドン・キホーテは直感したと言えるのではなかろうか。「ドン・キホーテが襲いかかったほかならぬ風車は、騎士の荒々しくも予言的な妄想が思い描いたとおりのものに発展していった――その百本の強力な腕が世界を席巻する産業という巨人である」（マダレアーガ、一四）。十九世紀の風俗版画では、「機知に富んだ郷士が技術進歩の代表的象徴である鉄道に挑みかかる」（Canavaggio, 134）し、二十世紀の哲学者は、「機関車、発電機、タービン、汽船、自動車、有線もしくは無線電信機、機関銃や卵巣切除器具」（ウナムーノ、六二―六三）といった文明の利器の、もっともらしい名称が隠蔽する邪悪な側面を告発している。

「かくも邪悪な族」「途方もなく醜怪な巨人ども」（前篇、I、一四一）と、ドン・キホーテは「風車」を罵る。とくに、「巨人」という語に注目したい。「巨人」は、「〔騎士道〕物語の中では通常、悪の権化」である（ラッセル、五四)。風車の巨大な構築がこの語をドン・キホーテの口に上らせるのだが、しかしこれが含む「悪」の意味を彼は、目に映る限りでは巨大とは言えないような事物・人物の中にも嗅ぎ出して、そのためにこれらが巨大化するのである。

風車の冒険の翌日(第八章)、街道を進む主従は、二人の修道士と、たまたまその後について来る格好の、一人の貴婦人を乗せた馬車に出会った。ドン・キホーテが言うには、「あれに見える黒衣の連中は、かどわかしてきたどこかの姫君を馬車に乗せて連れ去らんとする妖術師たちに違いない」(前篇、I、一五二)。そして、またまた狂気の振る舞いに及ぶが、しかしここでも、『ドン・キホーテ』のテクストは、その意味の両義性によって、「現実」の二重構造を暴くのである。書き出しは、「道の行く手に、それぞれ駱駝にまたがった、二人のサン・ベニート会の修道士の姿が現れた」(I、一五二。強調は中山。次も同様)であり、この限りでの視点はドン・キホーテにある。これを語り手が引き取って、「いま駱駝と言ったのは、彼らの乗っていた驢馬がいいいいそれほど大きく見えたからである」と解説する。さらに解釈を押し進めるなら、「二人〔の修道士〕は、『旅行用の眼鏡をかけ、日傘をさして』驢馬に乗ってきたとあるが、こうした表現からは彼らの富と権力と豪勢な生活が窺えた。〔……〕修道僧の持つ巨大さというものは、〈駱駝〉とか〈城〉の比喩をもって表象されている」(カストロb、三九一)。

『ドン・キホーテ』後篇の脇役の中でもっとも多くのページを占める人物が、壮麗な「城」の持ち主である「公爵」だ。ドン・キホーテとサンチョをもてなす食卓の、「その見事さ、豪勢さは、その饗宴を催す者の強大な権勢を如実に示す底《てい》のものであった」(後篇、II、一七八)。ここには、『ドン・キホーテ』出版当時のスペインの社会情勢が反映しているのであろう。「一六〇九年には公式にモリスコ〔カトリックに改宗したモーロ人〕が追放され、スペイン社会は精神的に一枚岩のどっしり落ち着いた状態を享受していた。〔……〕聖職者や領主が優位に立つ、社会という名の巨大な存在が、かつてないほど至るところに己が姿を現していた」(カストロb、五二一―五二二)。

「われわれは、巨人どもに見られる傲慢さ〔……〕〔を〕殺《あや》めなければならないのじゃ」(後篇、I、一三九)。これは、第三回目の出で立ちに際してドン・キホーテがサンチョに告げる言葉である。この言葉は、そしてドン・キホーテを再三の遍歴に誘う作品『ドン・キホーテ』の方向・意味《サンス》は、第二回目の旅の最初の出来事である「風車の冒険」において予告されていたと言えよう。「〈巨人〉たる風車の冒険は、他の巨人たちとの冒険のプロローグとなっているのである」(カストロb、三九二)。この「プロローグ」に、風車の冒険のすぐ後の、ドン・キホーテの「黄金時代」演説が添えられていることも押さえておこう。

『ドン・キホーテ』の主人公の「狂気」を通して、語り手が立ち向かった「現実」が「巨人」である。「現実」を構築する言語記号の仕組みは極めて恣意的であり欺瞞に満ちているが、しかしこの体系《システム》・制度は、「閉鎖的な世界の中で生じる物事につき、各自が、この世界固有の習慣となっている言語を唯一の共通語として語り合う」(Bourdieu, 140)ことにより、「恐ろしいほど自分自身で満ち足りているのだ。現実の持つ唯一の力と意味は、それがそこに現前するという性格に根ざしている」(オルテガ、一五二)。「風車」はそこに現前する。そして、「近代」の始まりを告げているのだ。風車がその巨大な翼でドン・キホーテを打ち倒したのは、「〔現実」なるものの〕信仰原理を疑問視してその存在分野を脅かす行為を禁じる」(Bourdieu, 147)からにほかなるまい。

イデオロギーと文学

痩身に山ほどの問題を背負う主人公ドン・キホーテを除いて、『ドン・キホーテ』の他の作中人物たちは、一見いかにもこの世は事もなしといった様子である。「この小説を読んでいると、その当時スペインの国内にも国外にもなんの事件もなかったという印象さえうけるのである。〔……〕歴史家たちの描くこの時代は極めて悲惨で苛酷である。重税、セルバンテスもよく知っている徴発、煩瑣な行政、思想の統制、デカダンスの雰囲気。ところが『ドン・キホーテ』の人物たちは、まるでかれらにのしかかる重圧を感じないかのように、陽気にかつ昂然と世渡りをしている。悠然として百姓は農地を耕し、貴族はなにもせず、聖同胞会の巡査は泥棒を捕らえず〔……〕」（アザール、一一四）。政治や宗教の面での難局のほかに、庶民生活の面においても、「不況とインフレに見舞われ、貨幣価値が低下し、流通貨幣として金銀の代わりに銅貨が用いられ、倒産が頻発し、盗賊や悪者《ピカロ》が横行したスペインである」（フエンテス、七五）。生活苦は人口が急増する都市部においてとくに深刻であり、これをえぐりだす読み物「ピカロもの（悪漢小説）」が流行った。

『ドン・キホーテ』の舞台はほとんどが農村部であり、したがって苛酷な世相がやわらげられていると言えなくもないが、それにしても人物たちはあまりにも時代離れした感じであるのは、逆に、そこに作品の意図があるからではないか。「今日〔のスペイン社会〕について、あれら哀れな人間たちはひじょうに満足している。というのは彼らは今日存在しているからであり、存在していることで彼らは十分なのである。存在が、純粋かつ剥き出しの存在が、彼らの魂をすべてにわたって満たしている。彼らは存在すること以上の何かがあることを感じていないのである」（ウナムーノ、一三）。存在していることで十分であること、言い換えれば「現実」になじんでいること、つくりものであるはずの「現実」を世界の自然だと見なすこと、それこそが「日常」というものであろう。『ドン・キホーテ』は、「日常」をそのからくりごと抉り出そうとしている。

「日常」はことさら物事を論じ立てない。からくりとしての一義的言説内でのおしゃべりなら好んで行うが、この言説を仮構した世の仕組みには眼をつぶる。いや、おしゃべりをすることで、自分の眼をつぶらせているのだ。「言語活動は外部にあるものに縁取られながら形成される。そして縁の外は、まさにそれが言表を決定しているがゆえに、それを言表することはできない。〔……〕イデオロギーはその成り立ちからして自らを意識しないのだ」（Pécheux & Puchs cité dans Ruthier-Revuz, I, 88）。つまり、「日常」とはイデオロギーの別名なのである。意識しないからこそ、それはイデオロギーなのだ。言動の意味を決める枠組みとしての体系と、体系の要素である、意味を決められた言動との関係を無意識に生きることが「日常」にほかならない。「〔体系の〕構造は人の振る舞いをもっぱら無意識的仕方で決定する。われわれを個人的にそして集団的に行動させる、無意識的でかつほぼ客観的な論理は、われわれにその正体を現すことは決してない」(Hottois, 371. 強調は原文)。

このイデオロギー(日常)の正体を、われわれに見せてくれる分野がある。「芸術の面白さとその本質は、芸術家がその本来の能力によって、彼が世界を見る仕方をわれわれに見させるということだ」(Danto, 320. 強調は中山)。文学作品は、世界を見る人間の後に、その人間が世界を見る様を見るもう一つの眼を設置する。「セルバンテスは、社会に交わりそこで生きている人物の眼を用いて、社会を再現する」(Sermain, 111. 強調は中山)とはそういうことだろう。イデオロギーを意識化する、と言ってもよい。経験的判断を「知性」に偽装してしまうからくりを暴露するのだ。そのとき見えてくるものは、「世界を認識する際の無自覚的な枠組み〔……〕、人の欲望を巧みに誘導する仕組まれた水路〔……〕、人の言説を一定の型にはめこんで組織してしまう機械のようなもの」(井口、一四五)だ。これが「近代」という名の「現実」を組み立てようとする様を、『ドン・キホーテ』は告発する。

「近代」の原理——金銭、科学、進歩

以下に、『ドン・キホーテ』が予知する「近代」のイデオロギーを粗描する。まずは金銭である。金銭(貨幣)はもちろん昔から存在する。しかし、その意味が決定的に変わる局面を、『ドン・キホーテ』が主題化している。言うならば、金銭の記号論的機能が変わる。意味するもの《シニフィアン》(記号表現)としての「金または銀」は、それ本来の意味されるもの《シニフィエ》(記号内容)としての「貴金属」の枠をはみ出して、他のもろもろの事物をその意味されるものとして包括する。すなわち、金銭万能ということだ。もともとは社会という全体の中の一要素で

ある金銭が、特権的な力を得て、他のもろもろの要素を「差異の体系として統御する、差異化作用の唯一の原理」(Girard, 238) になるのである。

たしかにどの社会にも、何らかの形で、差異化作用の原理はあるはずだ。騎士道物語では、さしずめ「名誉」であろう。しかし、社会のもろもろの事物と営為を、意味されるものとして包括し統御するその万能の機能において、金銭はかつてなかった強大な社会原理である。金銭にそのような力を付与する社会が、『ドン・キホーテ』とともに出現している。第三回目の旅発ちにあたり、サンチョは、「旦那様に、おいらが奉公した時間に応じて月々いくらといった一定の給料を定めてもらい〔たい〕」(後篇、I、一二〇)と申し出る。これにはドン・キホーテが魂消た。金銭を要求する賎しさに呆れたと言うよりは、金銭が人生の価値尺度となりえることに驚嘆したのである。「わしはその種の物語〔騎士道物語〕のすべて、とは言わぬまでも、ほとんどを読みあげたが、自分の従士に一定の給金を約束していたような遍歴の騎士にお目にかかったことは一度もない」が、時代を間違えて生まれた騎士のせいぜいの返事である。「とにかく自分の稼ぎがどれほどになるかが知りたいんだよ」というサンチョの発想は思いもつかないことだった。

この世のもろもろの意味されるもの《シニフィエ》が、金銭というただ一つの意味するもの《シニフィアン》に吸い上げられる。「貨幣は、全世界から、つまり人間と自然から、その固有の価値を収奪してしまった」(マルクス。熊野b、一八三に引用)。旅籠の女将は、葡萄酒が入った革袋をドン・キホーテに切り裂かれて悲歎に暮れていたが、間に入った司祭たちが代わって金銭でもって損害を賠償すると約束すると、ドン・キホーテの狂態によって迷惑を蒙った旅籠の人たちの中でも「最も喜び、最も満足していた」のである(前篇、第三十七章)。同じく旅籠の亭主は、宿代を払わずに出て行こうとした客を追いかけ、逆にすごまれて、「鉄拳が雨あられと降り注がれる」目に合うが、同宿の判事の説得が功を奏して支払いに応じさせると、けろりと仲直りをする(前篇、第四十四章)。実に、金銭という「意味するもの《シニフィアン》の働きは、真実がない世界における唯一の真実の役を果たす」(Goux, 195)。

「実際わしは、今われわれの住む時代を黄金の時代と見なしておるのだがの」（後篇、I、五一）とドン・キホーテはつぶやく。精一杯の皮肉と言うべきか。

さて、サンチョがドン・キホーテに給料を要求する発言に、「時間に応じて一定の給料を」の文言があったことにあらためて注目したい。時間は、それ自体においてすでにひとつの価値なのである。あるいは、もろもろの価値を生み出す基盤なのだ。これは、時間というものが終末の裁きの前の猶予期間にすぎなかった、中世の終末思想とは著しく異なった考え方である、未来に向けた無限の時間の延長線が無限大の価値の生産を約束している。

「中世後期からルネサンスにかけてヨーロッパには、人類の歴史は長期にわたる衰退の歴史であるという退歩史観が支配していた。つまり古代ギリシャやローマの人間は近い時代の人間よりも優れており、さらに遡って大洪水以前の預言者たちは神に近いいっそう優れた人間であって、神からさずかった真理をわが物にしていたと、本気で信じられていたのである」（山本、六二七）。ドン・キホーテが唱えた「黄金時代」も、この信念に基づいている。

退歩史観の反対は進歩史観であり、両者の転換がルネサンス時代に準備されたと言える。世界は神の意志によって決定されるのではなく、人間の営為がこれを作るのである。あるいは、人間の営為は刻一刻に神の意志を実現してゆく。そこには、世界の自然には神の「知性」が宿っているという、「理性論的《ラシヨナリスト》な世界のイメージがあり、人間を自然の中に組み込んでいた」（Tourraine, 45）。ただし、これが近代的な「進歩」の観念を生むためには、ひとつのものが欠けていた。科学技術である。

「科学はいまだ不確実であった。そこから魔術や占星術［……］などが出てきた」（カストロa、四一）。とはいえ、「魔術や占星術」（いわゆる錬金術もこれに含まれる）を無下に貶める必要はなく、ある面ではそこに近代科学の萌芽を見ることも出来るが、決定的な違いは、「錬金術はひとつの論理体系――神秘的な哲学

――に個々の物質を位置づけ、そこから演繹的にそれらの反応を論じる。そこでは個々の反応は定性的に捉えられ、曖昧で比喩的なシンボルで表現される」（山本、三〇〇）のに対して、近代科学はもっぱら実験に基づいて、「数学的な処理を受け入れる定量的な湿度概念や温度概念や重量概念の形成を行ったことである」（山本、六五六）。これらの概念はまさに神の「知性」と合同であり、近代の諸学もこれらを総称して、「知性 entendement」と呼んだことは先に見た。

なるほど近代科学が目覚しい技術革新をもたらすのは十八世紀以降であるが、しかし、その方法論的萌芽は先行する世紀にすでに見ることができる。十五世紀のアルベルティは、「自然の事物にたいするそのための道具を用いた定量的測定という、それまでの自然学には存在しなかった思想」（山本、九五）を生み出した。コペルニクスが天動説を発表したのは十六世紀中葉である。また、今日から見て「魔術や占星術」と貶められる分野でも、それなりの科学的実験の手法が磨かれていた。たとえば、『ドン・キホーテ』にも登場する「床屋」は、今日の開業医を兼ね、書物の上での学問に閉じこもりがちな人文学的医学者をしりえに、臨床の実技と知識を蓄積しつつあった。人類は、ちょうどサンチョが忠実にドン・キホーテに従ったように、科学技術の進歩を称揚しつつこれに同伴すれば、きっと至福の世界に行き着くことができるはずだ。ラブレーが『第三之書』末尾で、パンタグリュエリヨン草にかけた期待がそれであった。『ドン・キホーテ』は、この楽天思想を一介の農民の口にのぼらせている。サンチョはドン・キホーテに付き従う心意気を、「何かいいことが起こるんじゃねえかという期待に胸をふくらませて、山を越え、森にわけ入り［……］」（前篇、Ⅲ、三六五）と喝破するのだった。

しかし、この期待は裏切られた。科学と進歩は決して歩調をそろえてはいないことを、「近代」の果ての二十一世紀に居るわれわれは思い知っている。わけは簡単である。近代科学方法論の創始者の一人フランシス・ベーコンは、「目的因《コーズ・フィナル》」と「動力因《コーズ・エフィシアント》」を区別すべきことを説いていた。「現象の目的因は現象の原因のことであり、なぜその現象が生じたのか、その理由、意味、目的を述べる。〔……〕これに対して、動力因は機械的なものである。現象を過ぎ去ったシークェンスによって説明するが、現象に意味とか目的を与えるのではない、いわば盲目であるが、しかし実際の操作の面では効果的である」（Hottois, 55）。言うまでもなく、〔自然〕科学はもっぱら、後者の「動力因」に関わる。これを、先に引いた中世の哲学者の言、「すべての自然物がそれによって目的に秩序づけられる、知性的な或るもの」と並べてみれば、まさに百八十度の方向転換が行われていることがわかる。「自然物」の中に宿る「知性」を探求すべき学問が、「人為物」を造る「経験的判断」に服従することになった。経験的判断が人為物を操作する際の効果が、人間の知の至上命令となった。「近代社会は、理性の勝利を謳いながら、その実は、目的の理から手段の理へとずれてしまうことになる」（Touraine, 251）。

『ドン・キホーテ』は、西欧世界のこの大きな転換期に書かれた作品である。自然科学が目覚しい成果を上げるのはまだずっと後のことだから、この方面がまだ指さされないのは当然のこととして、諸産業の発展が旺盛に生み出す人為物がそれまで自然物とみなされていたものに取って換わる様が主題化されている。「何かいいことが起こるんじゃねえかという期待に胸をふくらませて」旅立った時点での、進歩の信者サンチョがたどる道がそれだ。

サンチョにとり、「何かいいこと」とは、端的には、どこかの島の領主になることである。これは、彼の主人ドン・キホーテが、遍歴の目的が達成されるであろう暁に約束していることであるが、思いがけず、主従が一時期逗留した城の「公爵」がその望みを叶えさせてくれた。サンチョが任地に赴き、まさしく身を粉にして任務を遂行する奮闘ぶりは、まことにあっぱれである（後篇、第四十四章—第五十一章）。

ところが、これは公爵が仕組んだ芝居なのだ。サンチョの一途な心をもてあそんで、自分の領地の一角（内陸の小さな町を「島」と偽る）に赴任させ、無理難題を突きつけて、ついにサンチョに音を上げさせる。これを一例として、人の人生を操り、狂わせることで快楽を実感するのが、公爵という権力者である。人民の生活の「現実」なるものはすべて公爵が仕組んだ芝居であり、その「からくりいっさいが実に真に迫っていて、実に巧みに演じられたものだから、その芝居と現実の間にほとんど違和感が生じなかったのである」(後篇、Ⅲ、三五二)。

サンチョはもちろんのこと、村で夫の帰りを待つ妻のテレサ・パンサもこれにすっかり騙されて、領主夫人にふさわしい、「流行の先端を行く、かっこうのいい、本物の、一番上等のフープスカート」を、「マドリードかトレードへ行く用のある人」に買ってきてもらおうとの意気込みである。サンチョが領主に赴任したことを村に告げに来た公爵の使者は、問い詰められると、真相を次のように苦し気に吐き出した。「しかし、手前の申し上げたことが真実、ちょうど油が水の上に浮くように、常に虚偽の上にある真実でございます」(後篇、Ⅲ、二九)。

そもそも、一介の農民であるサンチョ・パンサが一国一城の主になる高望みをするなどとは、伝統的身分社会ではおよそあり得ないことである。さすがにルネサンス、自由平等の気風がすでに芽生えていると言いたいところだが、むしろ、「身分」の本性が変わったのが実状であろう。なるほど公爵は「領地を与える力をお持ち」である(後篇、Ⅲ、二八)。だが、この「力」は貴族である公爵の高貴な血筋から生まれるのではない。与えるべき領地を経営するために、「たいそうな富豪」が「公爵に金を用立てているばかりか、頻繁に借金の保証人にまでなっている」(後篇、Ⅱ、三九七)のが実状である。サンチョが赴任した「島」には賭博場があり、「たいそうな大立者が所有して」(後篇、Ⅱ、四一二)いる。公爵の「力」なるものの実体は明らかである。サンチョがお得意の格言口調で言うとおり、「人の値打ちは財産次第」(後篇、Ⅰ、三四七)なのだ。

こしらえものの「真実」が本物の「虚偽」の上に浮いて、人の目をあざむく。これを世の中のからくりだと見抜き、からくりを作品の仕組みに変換するのが近代ロマンであろう。十九世紀の一人の作家は、近代都市パリを、「人間の利害が嵐となって間断なく揺り動かす広大な野」になぞらえ、「嵐」の元は何かを問いつつ、「それは金銭と快楽」であると断言した（Balzac, *La Fille aux yeux d'or*, 1040）。『金色の眼の娘』の書き出しであり、これを含む作品群を『人間喜劇』と呼ぶ。『ドン・キホーテ』は、すでに近代の入り口において、人間喜劇の仕組みを鋭く暴いた作品である。

「近代」は遍歴の騎士を踏みつぶした

なにしろ近代国家が組織されつつある時代に、鎧兜に身を固め（実はまがい物だが）、手に一本の長槍を持った男が馬に跨って公道に現れ出るのだから、これはまことに異様な光景である。従者のサンチョは、旅発ちの時から、「ほら、よく見てごらんなさいましよ、旦那様、甲冑に身を固めた人間がいったいどこにいるというんですか」（前篇、I、一七九）と周囲の目を気にした。道で出会って言葉を交わした紳士（ドン・ディエゴ）などは、「古びた甲冑、その物腰や対応など、これらすべてが、その地方においてはもう久しく見られることのなかった姿かたちであり様子であったので、まさに仰天したのである」（後篇、I、二五三）。まるでタイムスリップしたこの遍歴の騎士の奇行の数々はすでに見たとおりであるが、なかでも、事を構えては即座に、騎士道の流儀なるものにのっとって決闘を申し込むのは、世間の人々にとって珍無類の挙動であった。「なにしろ、その地域においては、いま生きている者も過去の人物も、そのような戦いは見たこともなければ、噂にすら聞いたこともなかったから、大変な話題になっていたのである」（後篇、III、一一六）。

こうして『ドン・キホーテ』は、中世の物語中の人物をいきなり近代社会に接触させたのである。先にも述べたように、騎士道物語の系譜上、実に革命的な出来事であった。そもそも、「日常現実の社会・経済的側面を模写しようという発想は中世文学にはなかったのである」（Zumthor, 115）。騎士道物語に「写実主義」の筆致を持ち込んだと評価されるアントワーヌ・ド・ラ・サール作『プチ・ジャン・ド・サントレ』（一四五六年）にしても、そこに描かれているのは、なぜか執筆の一世紀前の時代であり、「フランス史上もっとも暗い」と言われる同時代の悲惨な社会的、政治的出来事は「ほのめかしてさえいない」（Uitti, 138）。

これに反して『ドン・キホーテ』は、遍歴の騎士を頻繁にアクチュアルな事件や世相に直面させる。ドン・キホーテが「トルコ軍の来襲に対する防御策」（後篇、I、二五）を論じるのは、イスラム国家トルコの脅威にさらされていた十六世紀の西欧キリスト教国家の緊迫した情況を反映している。作者のセルバンテス自身がレパントの大決戦において奮迅したのであった。文化の面では、ドン・キホーテは、「かねがね知りたいと思っていた」活版印刷所を見学する（後篇、III、二四七）。印刷術が発明されてから一世紀余、世の中はこれによってがらりと変わった。スペインの国内問題としては、一六〇九年のモリスコの国外追放令があり、これに関わるのは従者のサンチョの方だが、「国王陛下のむごい布告」（後篇、III、八四）という文言をテクストに刻み込んでいる。

とはいえ、ドン・キホーテはあくまでも本性が中世の騎士であって、現代社会になじむことはできない。作者セルバンテスが体験した、至近距離から大砲を打ち合うガレー船の戦闘のことを、作中人物ドン・キホーテは知識としては知っているものの、「この腕の力と剣の切っ先により、この世の津々浦々にまで轟きわたる名声をあげるという機会が、火薬と弾丸のために奪い去られてしまうのではないかと考えると、やはり懸念を覚える」（前篇、III、七八）と拒絶反応を示している。実際にガレー船を見学した時には、轟音を立てるマストの上げ下ろしを見て、「まるで声も持たなければ息もしないかのように、押し黙ったままであった」（後篇、III、二五七）。押し黙ると言えば、例の『捕虜の話』を聞くときのドン・キホーテの様子が普段とは違う。いつもなら人の話にずかずかと割り込んで、時代錯誤のコメントを連発するくせに、ここだけは、旅籠の同宿者たちと一緒に耳を傾けているはず（前篇、III、七九）の彼が、数章にわたる長い話のあいだ、一言も口を利かないのだ。遍歴の騎士はただ近代を傍観するほかはないというかのように。

だから近代は、中世からタイムスリップしてきたこの異邦人を傍観者の座に祭り上げておくこともできたはずだ。それなのに、社会をあげて痩馬にまたがったこの貧相な騎士を取り囲み、まるでその存在を許さないかのようだ。極め付きが次の事件である。ある日、ドン・キホーテとサンチョは、羊飼いに扮した若い男女が催す饗宴に招かれた。一種の「黄金時代」再現である。感激したドン・キホーテは、お礼の印に「これからまる二日のあいだ、サラゴサ街道のまん中に立って、ここにおいでの羊飼い姿の乙女たちこそ、この世でもっとも麗しい、そして、もっとも礼節をわきまえた女性であると、大声で唱える所存でござる」（後篇、Ⅲ、一五七）と宣言する。

さっそくこれを実行に移すドン・キホーテであったが、耳を傾けるものなど一人もいない。それどころか、牛の大群を連れた男たちがやってきて、街道の真ん中に立ちはだかる騎士に、そこをどけと言う。怒り心頭に発したドン・キホーテは叫んだ、「さあ、ごろつきども、拙者がここで公言いたしたことを、そっくりそのまま認めて、真実であると告白いたせ。さもなければ、拙者と一戦まじえる覚悟をするがよい」。「牛追いがこれに答える暇はなかったし、またドン・キホーテがたとえ道をあけようと思ったところで、そうする暇さえなかったであろう。そのとき、おとなしい一群の牛に先導された雄牛の大群が、多数の牛追いや、その次の日に闘牛の催されることになっていた村まで付き添っていく人たちといっしょになって、ドン・キホーテとサンチョ、そしてロシナンテ〔ドン・キホーテの乗馬〕と灰色驢馬《ろば》〔サンチョの乗馬〕の上に雪崩《なだれ》をうってのしかかったかと思うと、次々と二人と二頭を蹴倒し、踏みころがして通り過ぎたからである」（後篇、Ⅲ、一六一）。

もし、「牛追い」が路上で呼ばわるドン・キホーテに答えていたとすれば、「狂気」の騎士を嘲り罵る彼らの言葉がテクストに残ったことだろう。しかしその暇さえ惜しむかのように、そこに言葉が介入し得ることをさえ踏みにじって、巨大な力が通過する。ひとつの文明が葬り去られたのだった。葬る側を、はたしてもうひとつの文明と呼んでよいものか。雄牛の大群は、目的を持たない進路を驀進する、強大なエネルギー組織体を象徴しているように思える。

主従はもう一度、同じような目に合う。追い討ちをかける側が今度は相手を見くびったのか、雄牛に代えて豚を遣わした。ドン・キホーテとサンチョが道端で言葉を交わしていると、「えたいの知れぬ地響きと耳ざわりな轟音《ごうおん》が、あたりの谷間一帯に広がるのが聞こえてきた。ドン・キホーテはすぐに立ちあがると、剣に手をかけた」。すると、「ブーブー鳴きたてる動物の群れは、ひしめきあいながら津波のように押し寄せてくると、ドン・キホーテの権威やサンチョの人格に対する敬意などあらばこそ、どかどかと二人の上に襲いかかった」(後篇、Ⅲ、三二六―三二七)。この時のドン・キホーテは、刀折れ矢尽きた形で、出身の村に向けて敗北の帰途についている。村で彼を待っているのは、騎士ドン・キホーテの名を返上する死の床であった。

英雄の変貌

先に触れたように、ドン・キホーテは一旦は騎士道物語に筆を染めようと思った。次に、自ら騎士道を実践することを選び、功績を物語として世に残すことを、『ドン・キホーテ』の語り手に託した。ところが語り手が綴ったのは、ドン・キホーテ敗北の物語である。いや、はたしてこれは物語と呼べるような代物か。

「物語」とは、「時間の前後関係を《目的》と《手段》の関係に読み替え、時間の流れを最終目的の実現の過程として解釈する概念装置」(野家a、一四三)である。この「概念装置」がなければ、世界は混迷と混沌のままだ。「物語を考案することは、混沌の時間の中に指標となるべきを挿入することである」(Bernal, 184)。ドン・キホーテの場合の指標は、「世の中のあらゆる種類の不正を取り除き〔……〕永久に語りつがれるような手柄をたてて名声を得ること」だ(前篇、Ⅰ、四九)。この使命を担うのが騎士道物語(より正確には、叙事詩(武勲詩)としてのロマン(アーサー王物語、等))であり、「主人公・英雄は冒険を試練として模範的な人間完成に向け前進し、また同時に、人類共通の秩序を建設するのである」(Zumthor, 361)。
冒険《アヴァンチュール》を行うとは、語義的にも、あてどもなく《ア・ラヴァンチュール》進むということである。当てもない進路が、思いがけない、しかし必ずそうであるべき結末に導くのが、騎士道物語の模範的な構図であった。ドン・キホーテも同様に、「とくに前もって行く先を定めないことが遍歴の騎士にふさわしい」(前篇、I、三九六)と考える。と同時に、「神様は必ずや、わしが望むように、そして、お前〔サンチョ〕が必要とするような具合に事を運んでくださるであろうぞ」(前篇、I、四〇七)と、冒険の先行きに幸いがあるべきことを信じている。

作品『ドン・キホーテ』は、主人公ドン・キホーテのこの信念を葬り去った。騎士道物語の亡霊が近代産業の花形である巨大風車に立ち向かっても所詮笑いぐさにしかならないと言えばそれまでだが、『ドン・キホーテ』にはもっと意地悪な仕掛けが設けられていて、騎士道物語の物語基盤そのものをあらかじめ骨抜きにしているのである。実は、主人公ははじめから英雄失格者なのだ。

そもそも、本来の騎士道物語の主人公はその出自が、古代の叙事詩のように神的だとはいわないにしても、王家の高貴な血筋を引き継いでいる。トリスタン(『トリスタンとイズー』)はマルク王の甥であるし、ペルスヴァル(『聖杯物語』)も王家の一族である。「人間社会の直中に超越的な権威の源が設置されている」(Pavel b. 77)格好であり、「この驚嘆すべき英雄が地上を超える世界の光を反映する」(Pavel a, 233, 235)。

ところが、ドン・キホーテはもともと片田舎の郷士にすぎない。郷士とは貴族の最下級であり、苗字に貴族の印「ドン」を冠することを許されない。ドン・キホーテの元の姓は、「キハーダ、あるいはケサーダであったといわれている」(前篇、I、四四)。世間は、「田舎の郷士の分際に満足できず、わずかばかりのぶどうの株と小さな畑しか持っていないくせに、またみじめたらしい服を身につけているくせに、思いあがって名前に《ドン》の称号をくっつけ、勝手に騎士になろうとした」(後篇、I、五二)ことをあざけり笑った。当人もさすがに気が引けたのか、「キホーテ Quijote」という姓は、「郷士のキハーダ Quijada あるいはキハーノ Qui jano という苗字の Qui j- の部分を残し、そこに -ote という接尾辞をつけたものであるが、この接尾辞は、しばしば軽蔑の意味の込められた増大辞として用いられ」（牛島b、前篇、Ⅰ、四一七）るのである。

「天によって選ばれた英雄が自分の出自を確かめるのは一切の始まりにおいてである」（Blanchot b, 542）。その滑稽なパロディがドン・キホーテの旅立ちだ、曽祖父の代の武具の埃を払ったが、肝心の兜に面頬が付いていない、厚紙でもってこれを補修し、試しに一太刀浴びせたところ、あっけなく壊れてしまった。そこで、厚紙の間に細い鉄の棒を入れてみると、何とか格好がつく。「さすがにもう一度その強度を試す気にはならず、それをそのまま申し分のない面頬付き兜とみなすことにしたのである」（前篇、Ⅰ、五〇）。乗馬は「ロシナンテ」と名前だけは立派だが、駄馬であることに変りはなく、これがドン・キホーテの後の決定的敗北（銀月の騎士との決闘）の原因となった。

　物語の英雄は個人としても、その「美しさと偉大さには日常世界が到底及び得ないものがある」（Pavel a, 233）。とりわけ、武勇が英雄の第一の印である。トリスタンもペルスヴァルも、十代と思われる年令で、無敗を誇る敵将を倒したのだった。ところがドン・キホーテは、まともに戦いに勝ったためしがない。なにしろ、「やがて五十歳にならんとしていた」、当時としてはもう争えない老人なのである。例の公爵はこれをおもんぱかってか、決闘の相手となる者に、「まともにぶつかって渡り合う」ことを禁じている（後篇、Ⅲ、一一七）。喧嘩早い田舎の若者を向こうにまわして大立ち回りをしたときなどは、相手の一撃によって、「兜の大部分と耳の半分ほどをさらって」いかれた（前篇、Ⅰ、一六九）。「耳の半分」という、英雄物語にはあまりふさわしくない文言を捉えてさらに述べるなら、『ドン・キホーテ』は騎士の肉体面についての記述の数が多く、これは伝統的な騎士道物語には決して見られなかったことである。羊飼いたちの投石が、「ドン・キホーテの前歯や奥歯を三、四本も折り、おまけに手の指を二本たたきつぶしてしまった」（前篇、Ⅰ、三二八）等々。檻に入れられた騎士が尿意を催し、「頼む、わしをこの窮地から救い出してくれ」（前篇、Ⅲ、三〇三）と嘆願するなどはもってのほかだ。伝統的な文学では、高貴な様式と卑俗な様式の区別が画然としている。「肉体的な要素や感覚に訴える細部を強調することは、卑俗な様式を印すものであった」(Pavel b, 140)。『ドン・キホーテ』は、この文学地図をすっかり塗り替えたのである。

塗り替えた新しい地図を、近代文学は「写実」と呼ぶ。写実は必ずしも英雄のポジションを文学から消したわけではないが、このポジションに座る人物を変えた。英雄ナポレオンに憧れつつ一介の書生として終わったジュリアン・ソレル、救世の使命感に突き動かされながらも世間からは白痴と嘲られたムイシュキン公爵、それぞれがやはり「愁い顔の騎士」であり、初代「愁い顔の騎士」に続いて、英雄が遠い記憶となった世界に生きなければならない。

近代文学の英雄・主人公にはもう一つハンディがあって、己の使命に完全な確信が持てないのである。天の声を直接聞くことができないのだ。「愁い顔の騎士」は、自分が本当の英雄なのか、それとも英雄の真似をしているだけなのかがわからなくなることがある。すなわち、「ドン・キホーテ役者説」(牛島a、一六七以下)がある。ドン・キホーテは本気で騎士道を再興しようとするのではなく、単に騎士道物語を模倣する演技を行っているにすぎない。なによりも当人がそれに気づいているのであって、そのために狂気の振る舞いの滑稽味が倍加する。たとえば、前篇第二十六章・二十七章でドン・キホーテが行う山籠りの苦行は、騎士道物語に出ている恋に破れた騎士(アマディスなど)の先例に従っている。ところが、ドン・キホーテ自身には失恋体験というものがない。そこで屁理屈をこねる。「かりに、わしがドゥルシネーア・デル・トボーソ〔ドン・キホーテの「思い姫」〕に拒絶されても蔑まれてもいないにしても、〔……〕あの方と離れているという事実だけで十分だ。それでは、さっそくとりかかることにしよう」(前篇、Ⅱ、一二九)。とりかかるのはよいが、いったいどれほどの期間にわたって苦行を続けるべきか、すなわち演技の台本があやふやである。「〔アマディスは〕岩山にとどまること八カ月だったか八年だったか、わしはあまり数字に強くないので忘れたが〔……〕」(前篇、Ⅰ、二七二)。

そもそも、遍歴の騎士たる者の基本的な身の処し方について、知識があやふやなのである。「すなわち食卓に座ってパンを食べないこと、妻と同衾しないこと、そのほかいくつかあるが今思い出せないので、それらを全部ここで列挙したものとして、拙者もそういう生活をいたすのだ」(前篇、I、一七七―一七八)。好い加減だ、と言われても仕方がない。だからといって、「従って彼の行動は『そうではないのに、そうであるかのように見せかける』意識的偽装であり」(マーク・ヴァン・ドーレン。牛島a、一七〇に引用)と決め付けるのは酷ではなかろうか。ドン・キホーテは、あくまでも「そうであろう」と志した。ただ、その彼を導くべき声が地上に下りてこなかった、あるいはいまや途切れてしまったのだった。ドン・キホーテの健忘症は、近代文学における超越の不在をほのめかしているように思えるのだ。人生の究極の道標を作り、世界を正確に解読させるコードがこの世に欠けている。あるいは、不確かなコードが人を迷わせる。『白鯨』では、「あの偉大で荘厳な至高の神〔ジュピター〕さえも、この神々しく泳いでいく輝かしい白鯨を凌ぎはしないのだ!」と一度は賞賛された鯨が、「その悪魔のようなやり方で、〔エイハブ船長が乗っている〕運のつきたボートをもてあそぶ」(『白鯨』下、四〇一、四〇四)。『城』のKは、「じかに城に赴き、彼の人生に意味を与えるような絶対の法をそこで見つけよう」と志しながらも、「人も書物も彼の導き手となってくれないために、慢性的な錯乱状態の中に留まり続ける」(Robert〔M〕, 218, 247)。同様に、人も書物も、騎士道物語本さえも、愁い顔の騎士のための確かな道案内を提供しなかった。

物語とロマン

そもそも、「知性」の宝庫であるべき騎士道物語のテクスト解釈が一定しないのである。ドン・キホーテは、ふと出会った若者から、彼の恋人が騎士道物語の愛読者であることを聞いた時には、その女性の「才知

(entendement. 知性)がいかに優れたものであるか」(前篇、II、八二)と賛辞を惜しまない、ところが、いざこの若者を相手に『アマディス』読解論議に話が移ると、王妃が臣下と情を通じていたと解釈すべきか否かをめぐって大喧嘩、ついには腕力沙汰に及ぶ始末である。テクスト細部の意味《サンス》がこのように定まらないのだから、その全体に一定の方向《サンス》というものがあろうはずがない。これは、ドン・キホーテが読む騎士道物語以上に、ドン・キホーテが主人公になっている作品について言うべきことである。

『ドン・キホーテ』は、ひとつの場面に由来して次の場面が生まれるという具合に進展するのではなく、類似した《スケッチ》を積み重ねて作られている。スケッチ相互間にはいかなる因果性もなく、ただ並んでいるだけだ」(Robert〔M〕, 125)。主人公の「狂気」が世間の物笑いになる場面の繰り返しなのである。「進展はなく、栄光をもたらすような価値ある試練もない。〔……〕ドン・キホーテの冒険は、冒険本来の意味を失い、騎士道物語を畸形化している」(Sermain, 40)。実は、当人もそれを気にしている節がある。「拙者の身に起こることはすべて〔……〕他の遍歴の騎士たちに起こる通常の出来事とは大いに異なっている」(後篇、II、一四八)。

一般に、物語は対立から始まり、対立の解消(和解あるいは新しい一致点の発見)に至る、と言うことができるだろう。「相違するものを対立関係に置き、テクスト構造に不均衡状態を組み込む」ことから始まり、「対立を物語りながらも言葉の意味の働きによって対立を鎮めてゆく」(Lyotard, 165, 166)のが物語の機能である。これに対して、絶えず出発点に立返り、物語の発生源である不均衡状態を再生し続ける、いうならば、「物語の誕生そのものをいつまでも物語る」(Huchet, 42)ような作品がある。マルク王の甥トリスタンと王の后イズーは、一緒に飲んだ媚薬の作用によって、断ち切ることのできない恋仲になった。王の目を盗んで密会をしては発覚、詭弁と奇策で王に無実を信じさせてはまた密会、その繰り返しである。「イズーとトリスタンをマルク王のもとに復帰させることは、一切の発端である緊迫情況に戻ることであり、こうして作品はどこまでも反復を余儀なくされる」(Robert〔M〕, 231)。同様に、Kが「城」に到達しようと企てる物語も、「一連のエピソードは相互にほとんど完全に類似していながら、そこに論理的なつながりはなく」「これらを結びつけるようないかなる因果性も存在しない」(Robert〔M〕, 232)。

反物語的な物語とも言うべきこれらの作品群を、「ロマン」と呼びたい。中世文学では俗語で書かれた物語一般をロマンと呼んだが、その中に物語の脱構築とも言うべきいくつかの作品が出現した(詳しくは中山を参照)。「この種のロマンは、不確実性と彷徨に場を与える文学となる。読者を行方が知れない行程の中に引きずり込む不安の空間だ。〔……〕ロマンの世界は、何らかの真実の中で閉じるのではなく、問題を宙吊りのままにする」(Robert〔R〕, 93)。逆方向で言えば、宙吊りのままにするほかはないような問題に取り組むのがロマンなのだ。この意味での「ロマン」が「文学」そのものの代名詞になるのが近代文学であろう。

『ドン・キホーテ』において、騎士道物語は物語からロマンへと脱皮する。「われわれのこの嘆かわしい時代にあっては、騎士道がいかなることにあいなるものかいまだ判然としない」(前篇、I、三八四)とドン・キホーテはつぶやくが、この人物の狂気の振る舞いの反復を通して、『ドン・キホーテ』は騎士道物語を近代ロマンに変容させた。『ドン・キホーテ』は、「物語的理路整然性を無視する、読者を当惑させずにはおかない突飛なロマンとなり、このことによって、それまで文学が無視してきた現実の諸様相を発見することができたのである」(Sermain, 119)。「現実の諸様相を発見する」ことが近代文学のポジティヴな傾向であることは言うまでもない。いわゆる写実主義がそれである。しかし、「物語的理路整然性を無視する」という、一見ネガティヴな機能を取り払ってしまうと、写実は空事かきれいごとになってしまう。これは、『ドン・キホーテ』をどのような議論[16]で近代文学に接続させるかどうかという問題の核心にかかわることである。

『ドン・キホーテ』は当時の社会の種々異なる階層に属する人間を描き、その数は七百八名とも五百五十九名とも言われ、うち約二百名の人物に台詞が与えられているとのことである(サンチェス、四六。坂東、一七六―一七七)。これは統計上の事実であろう。後世はこの事実に特別の意味付けをほどこした。十八世紀のある批評家は、「人生の一大絵巻」と讃え(Bardon, 609)、同じく十八世紀の小説家スモレットは、「セルバンテスはわれわれの生涯の中で継起するさまざまな事件を巧みに描くことによって、風俗にとって有益であると同じくらい精神にとって楽しい一つの小説形式の観念を提起したのである。この手法は彼のあとにつづくすべての作家たちによって採用された」(アザール、二七八に引用)と称賛した。すなわち、十九世紀文学が企画した全体小説の始祖だということである。

全体は部分の総和からなる。部分と部分が、個別の差異を超えるようなある共通の理によって結びつき、理の完成が全体を成立させる。部分を設定したことですでに理の完成を約束する、予想される全体を先取りしてそれを分割したものにほかならない。実は部分は、この理に基づいて楽天的な物語信仰である。「風俗にとって有益であると同じくらい精神にとって楽しい」という十八世紀小説家の右の言にそれがうかがえる。「われわれが思い描き、そしてそれを生きていると信じる物語は、無事平穏に線状をなす出来事の連鎖によって、もっぱら確かな物事に縋ろうとするわれわれの願望を表現する。〔……〕物語ることのこの幸せに基づいてこそ、歴史的現実が世を経て構築されてきたのだ」(Blanchot a, 190-191)。

『ドン・キホーテ』には、「現実の諸様相」を一個の全体的世界像にまとめあげるような物語的理は存在しない。『ドン・キホーテ』が発見した「現実の諸様相」は、単一の理によって成る全体の部分ではありえない。人や物事を少しでも注意して観察すれば、それぞれの様相が複数の断面に分裂して、「諸様相」があい並ぶべき「現実」なる共通平面はたちまち幻と化する。

たとえば、ドン・キホーテが偶然道連れになったドン・ディィエゴなる人物がいる。「既成の価値体系に完全に適合した、善良な小市民の典型」であり、「静かな郊外の邸宅で悠々自適の生活を送っている」(本田 b、二一四)。この善良な小市民はとくとくと語る。「私は他人の生活に干渉することはしませんし、他人の行動に目を光らせることもしません。毎日ミサを拝聴し、貧しき者たちに持ち物を分け与えますが、そうした善行が目立たないように務めています」（後篇、I、二五八）。いかにも、自由・平等・博愛の来るべき近代社会の中核をなす人物だと思われる。しかし『ドン・キホーテ』は、良識の偽装が隠す人間性の空虚から漏れ出る次の言葉を聞き逃さなかった。「わたしは現在、この地上に寡婦を庇護し、乙女を助け、人妻の名誉を守り、そして孤児を救うことを旨とするような人間がいるなどということが、どうにも納得できないのです」（後篇、I、二五五）。

近代文学における全体小説の代表作がバルザックの『人間喜劇』であると言われている。たしかに、バルザックは部分と全体の関係に思索を巡らせた作家である。博物学から発想を得て、基本単位としての部分を「典型」と名づけた。すなわち、同種の代表例が典型であり、種の代表が集まって類を成し、そこでも典型をイメージすることができる。こうして世界は、究極の典型を目指す分析と総合の理が機能する場となり、物事の一切はこの理によって説明し尽くされるであろう。

ところがバルザックは、理の世界を構築すると同時にそれを突き崩すという、相反する書き方をおこなった。先に触れたように、世界のもろもろの事象（意味されるもの《シニフィエ》）が金銭という唯一の意味するもの《シニフィアン》に従属することで、事象の一切が金銭獲得の欲望という唯一の意味に転じ、もろもろの典型の輪郭は欲望の渦巻きの中で溶解する。世界は、部分の集合としての合理的な組織体ではなく、「ある不可解な原理によって動く生き物であって、この生き物は、つかみどころのないその本性の奥底から、およそ知なるものの空しさを指差している」(Vanoncini, 75)。

物語的一義性の幸せを仮構しつつも、テクストを敷き詰める両義性が仮構の安易な成立を許さない作品を、物語に対するロマンと呼びたい。近代ロマンの第一作として、『ドン・キホーテ』を読みたいのである。

第二章　人は言葉によって生きる——主人公ドン・キホーテについて

表象と本性

風車に挑みかかり、馬もろとも地面に叩きつけられたドン・キホーテは、かけつけてきたサンチョに向かって言った。「拙者の考えるところでは〔……〕、あの魔法使いの賢人フレストンめが、このたびは、わしから巨人退治の栄誉を奪い取ろうとして、あの巨人どもを風車の姿に変えおったのだ」（前篇、I、一四四）。ドン・キホーテが住む所、行く所には、必ず魔法使いが出没する。騎士道物語本がぎっしり詰まった書棚をそっくり運び去ってしまったのが魔法使いなら（前篇、I、一三一）、一夜の宿でドン・キホーテに様々な災難が降りかかるのも、「この城が魔法にかかっているのは疑いのないところだから」（前篇、I、二九三）である。「敵の大軍勢を羊の群れに変えてしまいおった」（前篇、I、三三〇）のも、由緒正しい黄金の兜を「まるで床屋の金だらいのように見える」代物に作り変えた（前篇、I、三九二）のも、みな魔法使いなのだ。

まずは魔法使いについてありがちな偏見を正さねばならない。魔法使いといえば、たとえば森の中などにひっそりと隠れて、迷い込んだ人間に禍いをなす、人間社会から除外された存在だとイメージされがちであるが、ここで言う魔法使いまたは魔術師はむしろ、世界をその中心において動かす存在である。すなわち、先の「魔法使いの賢人（sage）フレストン」という文言が示しているように、「賢人、賢者」（学識に富む者。賢者ソロモン、など）と呼ばれる者なのだ。古来、魔法・魔術は、人の目を欺く奇術にすぎないのではなく、由緒ある学問であった。「魔術 magie（ギリシャ語では mageia）」は「マグスたち Magi」の術であり、「マグスたち」とは、「神的なものの解釈者にして司祭」という意味であった（伊藤、七六―七七）。「神的なもの」とは宇宙そのもののことである。宇宙には、その創造者の「知性（ロゴス）」があまねく浸透している。人間はもちろん、動植物さらには鉱物類といえどもこれを分有している。宇宙は「知性」によって息づくひとつの統一的有機体であり、おのおのの存在、おのおのの事物の間には「共感《シンパテイア》」作用が働いていて、お互いを引き付けあう（伊藤、六八。ウォーカー、六〇、一六四、四〇四（訳者あとがき））。こうして、「宇宙にある万物の中で、固定した相を持っているものは何ひとつなく、すべてが、生成と運動の中に投げ込まれている」（若桑、四六四）。

「魔術」は、こういった宇宙の成り立ちと、そのおのずからなる生成変化の運動を積極的に活用しようとする知であった。「人間がエレメントに力を加えることができる、つまり、世界および自然の秩序に対して何らかの能動的な作用を行うことができるという思想」（若桑、三八八）である。よく知られているのが錬金術であって、物質の自然の生成変化を人為的に促進させようとする。こうして、「自然魔術という言葉は、自然哲学とまったく同義に用いられることもあった」（ウォーカー、九一）し、中世文学では、「《科学的》知の応用によって得られるすべての成果が《魔術》の範疇に入れられていた」（Zumthor, 139）。

『ドン・キホーテ』における「魔法」が以上を背景にしていることは、主人公の口から錬金術の述語がこぼれ落ちる様などから推して知ることができる。逸品の兜が床屋の金だらいに姿を変えていることについて、「この兜の本当の姿を知っているわしにとって、このような変形（transmutation. 変質）など大した問題ではない」（前篇、I、三九二）と述べているのだ。

「魔術」思想は、『ドン・キホーテ』の時代にも、いやこの時代でこそいっそうの隆盛を見せていた。「十六世紀の人々は、中世のスコラ哲学が築いて見せたような、永久に自己完結した〔……〕完璧で不動の世界の中では、人間存在がとうてい生きられぬものであることを感じていた」（若桑、四六六）。その只中に到来したドン・キホーテが、世は魔法使いに満ちていると信じるのも当然であろう。「わしのすることに嫉妬を覚えておるに違いないどこぞやの邪悪な魔法使いが、わしに喜びをもたらすはずのあらゆることをその本来の姿とは似ても似つかぬものに（dans les différentes figures. 異なった表象に）変えてしまった」（後篇、I、一三四）。「表象 figure, figura」という語に注目したい。語源をたどると、ラテン語の fingere（粘土で形成する）、そこから feindre（見せかける）という語も生まれている。つまり、「表象」は本物に見せかけた、それ自体は作り物なのだ。したがって、眼に映る物事を「表象」と呼ぶとき、それに対する本物がなければならず、『ドン・キホーテ』はこれに「本性・自然」（nature, natura）という語を当てる。

　こうして物事は、目に映る「表象」と、その裏に隠れている、あるいは隠蔽されている「本性・自然」の二重構造になる。すなわち、物事はその意味するものが深く両義的であり、これが『ドン・キホーテ』のもろもろのエピソードを通底する思想である。前篇の「序文」には、「所詮、すべてが表象である（tout est figure. 邦訳は「はしたなき虚仮《こけ》おどし」）」（前篇、I、二七）の一句を置いた。眼に映るものは物事の本性ではなく、仮の表象にすぎない。風車は本当は風車ではなく、羊の群れは単なる羊の群れではない。大きく言えば、近代の始まりというこの世界は世界の本当ではない、このような世界を如何に生きるか。これがドン・キホーテの人生の問題であり、『ドン・キホーテ』が読者に差し出す課題である。

もはや言語は真偽を判別しない

社会の骨格をなす物事、たとえば重要な動力生産装置である風車や、生活必需物資の源である家畜などを、それとして認めず、これらに対してあらぬ振る舞いに及ぶ人間を、世間は狂人であると見なす。狂人をほおっておくのは危険だから、なんらかの方法で拘禁しなければならない。ところが『ドン・キホーテ』の、少なくとも前篇の諸人物は心優しい人たちであって、強権的な手段を好まない。ではどうするかといえば、自らもドン・キホーテと同類の狂気を装う芝居を演じて、騙し騙し村に連れ帰ろうと試みる。

これをドン・キホーテの側から見れば、次のようになる。世界は、魔法使いの仕業によって、「本性」の世界（悪の「巨人」と騎士が戦う騎士道の世界）と「表象」の世界（「風車」が広野に立ち並ぶ社会風俗の世界）に分裂している。分裂しながら重なり合うので、「風車」と眼に映るものは本当は「巨人」でなければならないという具合に、物事が両義化している。ところが、いま奇蹟的に（本当は回りの人間が仕組んだ芝居なのだが、ドン・キホーテはそのことを知らない）、世界は騎士道物語が描くような「本性」を、その純粋な一義性において回復した。ドン・キホーテの眼にはそう映ったのだった。

前篇の大詰めは街道沿いの旅籠の場面である。まだ夜が開けきらない時刻に、旅行者の一群が旅籠に到着した。玄関が締まっているので、激しく扉を叩く。前からここに宿泊しているドン・キホーテが応対に出た。「おのおの方が騎士だか従士だかは存ぜぬが、何者であれ、この城の大門をそのように叩かれるのは無用でござるぞ」と、いつもの騎士道風、それと知らない耳にはまるで芝居の中の物言いである。

旅人たちはこれを受けて、「まあ、あんたが言いたいのはおそらく、この宿にどこぞやの旅役者の一座が泊まっているってことでしょう」（前篇、Ⅲ、二〇八）。これがまさに的中で、宿に泊まっているのは「名優ぞろいの一座」であり、「ミコミコーナ女王の救援という出し物を引っさげて」いる（前篇、Ⅲ、二五九）。すなわち、「名優」たちの正体は、ドン・キホーテと同村の司祭と床屋ニコラス親方、および、「この狂言の作者であり演出者である司祭」に協力を申し出た同宿者たちである。また、「ミコミコーナ女王の救援」とは、同宿者の一人が邪悪な巨人に迫害される薄幸の女王に扮して、正義の騎士ドン・キホーテの義侠心を奮い立たせようとの算段なのだ。

ドン・キホーテにとっては、世界はついにその本性を回復したのである。すっかり役にはまった、いや自分の本性を実現する機会を得て、村の司祭ならぬ芝居演出者に心身をあずけた騎士を、隙を見た一同がとり押さえて檻に入れてしまう。

先に見た魔法使いの仕業が世界を両義化していたのに対して、この役者たちの振る舞いは世界を曖昧化している。風車（表象）と巨人（本性）は同一事物の中に重なりながらも、明瞭に分離していて、そのために真偽の判断が可能であった。言い換えるなら、両義性の重なりを引きはがして、実際行動に移ることができた。行動は常に一義的である。『ドン・キホーテ』前篇の、旅籠で素人芝居に巻きこまれる前の遠征の際の数々の武勲がそれであった。これにひきかえ、旅籠の芝居では、人はニコラス親方であると同時に親方ではなく、女王であると同時に女王ではない。すべてが真実であると同時に虚偽である、それが、『ドン・キホーテ』が前篇の終わりで陥った状況である。

同村の床屋ニコラス親方は、「賢女メンティロニアーナ」に扮して、檻の中のドン・キホーテに向かい、これは遍歴の騎士たる者に課せられた試練である、と演説する。その口調たるや、「いかにも人の情感に訴えるような実に見事な抑揚だったものだから、その場の狂言を承知していた者でさえ、耳にしていることを真実だと思いかねないほどであった」（前篇、Ⅲ、二六四）。檻に入れられたまま牛車に牽かれるドン・キホーテは、こうつぶやく。「わしは遍歴の騎士の伝記なら、これまで立派なやつを数多く読んだが、魔法にかけられた騎士が、こんな格好で、しかもこうした怠惰でのろまな動物から容易に推察できる遅々たる足取りで運ばれていくという話など、ついぞ読んだこともなければ、見たことも聞いたこともない」（前篇、Ⅲ、二六六）。

旅籠での芝居に次の幕もある。以前、ドン・キホーテが道で行き交った床屋（ニコラス親方とは別）から金だらい（ドン・キホーテにとっては由緒ある兜）を強奪するということがあったが、この床屋も旅籠に舞いこんできて、金だらいを返せと大騒ぎになる。「その場の一部始終を見守っていたわれらの床屋、ニコラス親方は、ドン・キホーテの風変わりな気性をよく心得ていたので、ここはひとつ彼の狂態をあおりたて、彼に対する愚弄をおしすすめて、座興に供しようと思い立った」（前篇、Ⅲ、二三一）。

そして仲裁役を演じる。芝居の中の芝居というべきか、演題の両義性（金だらいと兜）と演じる者の両義性（ドン・キホーテを狂人として見る同村人と、騎士としておだてあげる役者）がもつれあう。一切の意味定義が成り立たない。いったい誰が何について喋っているのか。主体も対象も、すっかり自己同一性を失ってしまう有様だ。「この立派な騎士殿〔ドン・キホーテのこと〕が手にしておられる物は、ただ単に床屋の金だらいでないばかりか、白が黒から、また真実が偽りから遠く離れているのと同じくらい、金だらいから隔たっていると言うつもりですよ。ただし、間違いなくこれが兜ではあっても、完全な兜ではないと言わざるをえませんな」（前篇、Ⅲ、二三二）。

まさしく狂人の言である。芝居を演じながら自らの演技をコントロールできなくなっている。ドン・キホーテは風車に挑みかかるという狂気の振る舞いに及んだが、その言葉は整然としていた。語られる内容こそ世間の物笑いだが、語る主体の自己同一性（一義性）は決して揺るがない。これに反して、芝居の人物は、語る主体がすでにあいまいであり、加えて、それが発する言説が対象を四分五裂させてしまう。もし「芝居」を、舞台上の「狂言」から、各人が社会的な役割を演じる「人間喜劇」にまで拡大するなら、そこで広く行われる言説は正気の仮面をつけた狂気の役者たちの戯言だ、ということになりかねない。『ドン・キホーテ』後篇に、さっそくその例が出てくる。

ドン・キホーテの第三回目の遍歴を物語る後篇でも、やはり大がかりな芝居が仕組まれる。実は、ドン・キホーテがまたまた旅立ちを思いつくにあたっては、例の司祭とニコラス親方の怪しげな関与があるが、それは後に回すとして、今度の芝居の場面は、ドン・キホーテが暫く滞在する公爵城。芝居の規模は先の旅籠の一件をはるかに上回り、後篇でもっとも多くのページ数を占める（第三十章から第五十七章、第六十九章から第七十章）。

鷹狩りの最中にドン・キホーテと出会った公爵と公爵夫人は、遍歴の主従を居城に招待した。権力と財力の一切を挙げて、騎士道物語の世界を演出しようとの魂胆である。騎士道の流儀に基づいた雅な接待、アーサー王物語などで有名な大魔術師メルリンが出現する野外の饗宴、スペインと東洋の間を一挙に往復する空飛ぶ木馬、等々、役者と舞台装置には事欠かない、「自分たちがふざけて、実に巧みに演じていたところを、実際に起こったことであるかのように思わせるのに十分であった」（後篇、Ⅱ、二七七）。「その芝居と現実の間にはほとんど違和感が生じなかった」（後篇、Ⅲ、三五二）。

騎士道世界の「本性」が現代の「表象」のただ中に蘇えるかのように見せかける。ドン・キホーテはこれにすっかり幻惑されてしまった。城に招かれて、「愛読した物語の中で、過去の遍歴の騎士たちが受けていたのと同じ待遇」にあずかり、「彼はその日はじめて、自分が空想上の騎士ではなく、正真正銘の遍歴の騎士であることを認め、確信するに至った」（後篇、Ⅱ、一〇八）。

偽の「本性」に幻惑される点では、芝居を仕組む側の公爵夫妻も似かよっている、贋の大魔術師メルリンがドン・キホーテにドゥルシネーア姫復活の秘策を授ける野外劇が、「かくも首尾よく達成できたことにもすっかり満足し、更に悪ふざけを続けようという気持ちを抱きながら、城へ帰っていった。というのも、二人にとってこれより大きな喜びをもたらしてくれる現実《ヴェーラス》はなかったからである」（Ⅱ、二〇七）。この「人間喜劇」について、『ドン・キホーテ』の語り手は、「人を愚弄する者たちも愚弄される者たちも同じ狂気にとらわれていると思う。〔……〕彼ら自身、ばか者（privés d'entendement. 知性を失っている）と思われるところからほんの指幅二つと離れてはいないのだ」（後篇、Ⅲ、三五二）とコメントをつけている。

人間が「知性 entendement」を失うことと、世界が「本性 nature」を失うことは同一である。公爵の演出する贋物の本性が、いまや本物の本性にすっかり置き代わった。やがて、ドン・キホーテもそれに気づく。騎士道世界再現の芝居を演じる役者たちは公爵の家臣でもあるから、ついつい同じ顔が素顔のままで城の中を歩き回る。「今ここにいる公爵の執事の顔があの《苦悩の老女》の顔と同じだちゅうこと」をサンチョに耳打ちされたドン・キホーテは言った。「今はそんなことをあれこれ詮索する時ではないし、またそんなことをしたら、われわれはひどく錯綜した迷路に入り込むことになるであろうて」（後篇、Ⅱ、三一二）。まさしく進退きわまったドン・キホーテ。かつていかなる遍歴の騎士も、このような迷路に入り込んだことはない。

この迷路に一本の道が開通した瞬間がある。公爵の芝居に担がれて、念願の島の領主になったと幻想するサンチョが、この幻想から覚める瞬間である。勢い込んで任地に赴いたものの、立て続けに無理難題をふっかけられるばかりか、領主様の健康のためと称して厳しい食事制限を課せられるのは、食いしん坊のサンチョにとって何よりも辛い。束の間の睡眠を敵軍襲来の報で破られたときにはついに堪忍袋の緒が切れた。「こんな悪ふざけはいっぺんだけでけっこうさ」。そして、しばらくの間見捨てていた愛用の驢馬がいる馬小屋に行き、「驢馬を抱きしめ、額に優しく口づけすると、眼に涙さえ浮かべながら、こう話しかけた。『さあ、もっとこっちに身を寄せな、おいらの大好きな仲間、苦労や難儀をともにした友だちよ。おいらがいつもお前といっしょにいて、お前の馬具の修繕や、お前の身体を養う飼い葉のことばかり考えていたころは、おいらにとって一時間一時間が、毎日毎日が、来る年来る年がとても幸せだった』」（後篇、Ⅲ、七四）。

素朴な感情表現が胸を打つ。感情の内容が素朴である以上に、その表現が素朴である。文言の真摯な一義性が、このくだりを挟む言語の錯綜した両義性（サンチョの言う「こんな悪ふざけ」）と際立った対照をなしている。語はただちにその指示対象（サンチョの心情）に結びつき、対象を照らしだし、照らし出された対象の中にまるで吸い込まれてゆく。語はほとんど必要でないかのようだ。しかし、ほとんど必要でない語が、それがなければ照らし出されないであろう心情を鮮明に映し出す。世界を巨大な迷路と化する『ドン・キホーテ』において、実に奇蹟の一瞬である。

いや、同じ瞬間がほかにもある。死の床の主人公が、ドン・キホーテの名を返上して、元のアロンソ・キハーノに戻る場面だ。つまり、『ドン・キホーテ』のテクストの外に出る。テクストの外のキハーノは「たいそうな早起きで、狩りが大好きであった」（前篇、I、四四）とある。ちょうど、ドン・キホーテの供をする前のサンチョが、愛する驢馬の「身体を養う飼い葉のことばかり考えていた」ように。「日ごろの行いのおかげで《善人》というあだ名をちょうだいしていた、あのアロンソ・キハーノ」（後篇、III、四〇三）なのであった。

もともとは『ドン・キホーテ』のテクストの外にいたはずのキハーノを内に引き入れたのは騎士道物語本であった。騎士道物語は、「善人」の彼に、世界を「本性」と「表象」の両義性において見る意識を植え付けた。これを「悪」と呼ぶとすれば、両義性を幾層倍にする『ドン・キホーテ』のテクストはいっそう大きな悪である、と言わなければなるまい。死の床のキハーノは騎士道物語を弾劾して、姪に当てた遺言に、「騎士道物語とは何であるかさえ知らない男であることを確認したうえで結婚すべし」（後篇、III、四一〇）と書き残したが、本当に廃棄すべき書物は『ドン・キホーテ』そのものではないか。しかし誰も、ドン・キホーテの狂気を取り鎮めようとした司祭や床屋でさえも、彼の書斎を埋めていた騎士道物語本を焼き捨てはしたものの、彼ら自身が登場するこの書物そのものを弾劾したりはしない。

いや、弾劾しないどころではない。先に触れた、ドン・キホーテ第三回目の旅立ち、すなわち後篇の始まりにおける司祭と床屋ニコラス親方の怪しげな関与の件に立ち返ってみよう。檻に入れられて村に連れ戻されてからほぼ一月、「刻一刻と本来の正気（jugement. 判断力）を取り戻しつつあるように思われます」（後篇、I、二二）と家政婦が報告する元遍歴の騎士、今は元のキハーノに戻っているはずの郷士を、司祭とニコラス親方が見舞いに訪れる。ところが何としたことか、談話の途中で司祭が、「ドン・キホーテ殿」と呼びかけてしまうのだ（Ⅰ、二六）。「もし司祭と床屋が、本当にドン・キホーテの快癒を願っていたとしたら、彼の騎士道的狂気を示すドン・キホーテという名で呼びかけることはしないであろう」（牛島b、Ⅰ、四三〇）。人情としては隣人の快癒を願っていたとしても、別の理由で反対のことを望んでいる、と言い換えよう。別の理由とは、もしドン・キホーテの狂気が完全に鎮まるなら、作品『ドン・キホーテ』後篇はついに書かれないということだ。前篇で騎士道物語が果たした役割、すなわち主人公の出現とその旅立ちを促す役割を、今度は先中人物が果たしていると言わざるをえない。悪の書物『ドン・キホーテ』は、自らの力で自らを存続させようとしているのだ。この不思議な自生力に名を与えるとしたら、それは「文学」であろう。

アレゴリー文学と別れる

司祭たちが仕組んだ芝居のために、物事の自己同一性が失われてしまった旅籠で、困惑しきったドン・キホーテは嘆声をもらす。「この城内〔旅籠のこと〕に生起することに関するお尋ねに対しては何ひとつ確信をもってお答えする気になれませんのじゃ（je ne m'hasarde pas à en donner sentence définitive. あえて決定的な裁定を下すことはしない）。拙者、この城で起こることはすべて魔法を経ているのではないかと睨んでおりますのでな」（前篇、Ⅲ、二三四）。

ところが、このような情況の中で、「決定的な裁定を下す」作品がある。元来、書物というものは、そのような知を人間に授けるのではなかろうか。例として、すでにラブレー作品について援用した中世の騎士道物語の代表作、『聖杯の探求』（一二二五年）をもう一度引き合いに出す。

一人の遍歴の騎士が、人々に恐れられている墓の重い蓋石を持ち上げると、途端に煙と炎が噴出して、墓穴には鎧甲冑を身につけた一人の騎士が横たわっている。修道士がこの不思議を説明した。堅く重い墓石が被さっていたことは、「神の敵」（悪魔）の冷酷さが世界を覆いつくしていたことを表す。救世主は世界を悪魔の支配から救ったのである、「あなたがここに来られたことは」、と修道士が騎士に向かって言う、「その偉大さにおいてとは言わないまでも、その類似性において、キリストがこの世に来られたことに並ぶものであります」(Quête, 84-85)。

『聖杯の探求』は、これから始まって、騎士が体験する同じような冒険を次々に語ってゆく。「同じような」とは、冒険の種類は様々であっても、そこから引き出される「意味」（ドン・キホーテの文言では「裁定」）はいつも同じ、つまりキリスト教思想なのである。このように、個別的出来事が常に一定の思想に言及しながら連鎖する書き方を、アレゴリー（寓意）と呼ぶ。個別的、偶然的な物事を通して、普遍的、必然的な真理を物語るアレゴリーは、中世の書物の一般的特徴である。

「アレゴリーは、現実の断片から議論の余地がない確かな意味を抽出する。人を不安がらせるような曖昧さを振り切った、明快な秩序を主張し、かつそれを生み出すのである、アレゴリーは根源的な楽観主義を伴っている、何事も意味なしとはしない、そして人はその意味を所有することができる。真理の構造は、客観的な、説明可能なものとして固定されている、と含意するのがアレゴリーである」(Zumthor, 127)。

ルネサンス期には新プラトン主義がある。ここでは「自然」がキーワードであるが、これまで「表象」とペアの関係で用いてきた「本性 nature」は、「自然 nature」と同じ語なのだ。この「自然」には二つの面があり、これを「能産的自然」または「生み出す自然」(natura naturans) と、「所産的自然」または「生み出された自然」(natura naturata) に言い分ける。ひとつには山川草木を生み出す原理（本性）としての「自然」があり、ひとつにはこれが生み出した現象（表象）としての山川草木があるということだ。前者の「自然」には、宇宙の「第一創造者の知識〔entendement. 知性〕」、万物の生成の原動力としての「見えざる神の手（神の精神による思考)」が宿っている(本田a、一六五)。そしてその働きが森羅万象を創り、動かしているのだ。

したがって、「表象」と「本性」は元来直結しているはずである。いや、それ以上に、「表象」と「本性」は同じ物事の二つの面であって、「表象」を観察すればおのずと「本性」が洞察できるはずだ。ところが、『ドン・キホーテ』では世界のこの明快性が失われている。「わしのすることに嫉妬を覚えておるに違いないどこぞやの邪悪な魔法使いが、わしに喜びをもたらすはずのあらゆることを、その本来の姿とは似ても似つかぬものに(dans les différentes figures. 異なった表象に)変えてしまった」(後篇、I、一三四)とドン・キホーテは憤慨する。

日本語訳聖書は、「表象・象徴 figure」に「たとえ」という訳語をあてている。最後の晩餐の席で、イエスは弟子たちに向かって言った。「私はこれらのこと〔キリスト教の教義〕を、たとえ(figure)を用いて話してきた。もはやたとえによらず、はっきり父について知らせるときが来る」(『ヨハネ伝』一六・二五)。

アレゴリーの手法を捨てることは、世界の「本性」を言い当てることができない、「たとえ」にすぎない言語を、人間が持ちうるすべてとして引き受けることを意味する。『ドン・キホーテ』は、旅籠の一夕、大勢の宿泊客を前にして主人公が行う演説を通して、これを宣言した。「文事(les lettres)が目指す目的あるいは到達点は――と申しても、今ここで神学(les lettres divines. 神の文事)について論じるつもりはさらさらござらん。神学のねらいは人の魂を天国へと向わせ導くことであって、そのような限りなく高い目的に肩を並べることなど、何を持ってしても不可能ですからな。したがって、拙者が論《あげつら》うのはいわゆる人文学(les lettres humaines. 人間の文事)でして〔……〕」(前篇、III、六八)。

「**ドン・キホーテがその証人の役目を果している新しい文学とは、神の言葉の明澄な読みであることをやめた、しかし、過去の神の秩序や社会秩序がそうであったほどの、調和した疑いの余地のない人間的秩序を反映する記号とはなりえない文学である**[17]」(フエンテス、八二―八三)。

右で言う「新しい文学」をそれ以前の文学と対比して、それぞれの特徴を与えるとしたら、さしずめ前者はロマン、後者は叙事詩（英雄の偉業物語）であろう。「**新しい歴史的情況とともに、統合的な意味を欠いた世界が生まれた。ロマンの作家は、失われた〔世界の〕意味を作り出さなければならない。〔……〕叙事詩とは異なり、ロマンは、〔すでに存在する〕現実の表象ではなく、何らかの全体性を求めつつ構築されてゆくものである**」（Jergensen, 5）。「**叙事詩は明白な価値観と現実感覚に基づいて作られる。これに対してロマンでは、自分のための現実を自分自身で構築する人物が主人公となる**」（Meyer, 191）。

写実の「実」

風車を悪の権化である巨人と読み換える、ドン・キホーテのアレゴリー精神を愚弄するのは、作中人物の司祭や公爵たちだけではない。『ドン・キホーテ』の語り手自身が、主人公の時代遅れの思考法に冷や水を浴びせている。

たとえば、例の床屋の金だらい。ドン・キホーテにとって、金だらいと見えるのはあくまでも「表象」に過ぎず、その本体は「マンブリーノの兜」、これを被ると不死身になると伝えられるモーロ人の王の逸品でなければならない。であるならば、これをそれらしくほのめかしてこそ主人公への一助となるはずなのに、実際はまったく逆で、まるで語り手自身がドン・キホーテに悪意を持つ魔法使いになったかのように、金だらいを金だらいとして描くことに徹するのだ。これを行きずりの床屋から強奪したドン・キホーテは、さっそく「頭にのせ、右に左にぐるぐる回しながら、兜の顎に当たる部分を探してみたが、それらしきものがどうしても見つからないので〔……〕」（前篇、I、三九一）といった具合である。ドン・キホーテに対して恩を仇で返す一人物は、「いきなり彼に襲いかかって頭から金だらいを奪い、それでもって騎士の背中を三、四回打ちすえたあと、今度はそれを地面に何度も叩きつけたので、金だらいはむざんにもぺちゃんこになってしまった」（前篇、

Ⅱ、三二)。

アレゴリーは、「個々のあれこれの事実に言及するのではなく、話を一挙に、普遍的なレベルに持ち上げる」(Robert, 97)[18]。金だらいの具体的な形状にこだわっていたのでは、話のレベルは持ち上がらない。「**アレゴリーが嫌うのは《現実的効果》**、すなわち突飛な、あるいはおどけた感じを与えてしまうような日常現象、歴史絵巻的な風物である。アレゴリー物語は常に何らかの精神的品位、高貴さ、普遍性を帯びていて、これがテクストを解釈する導き手となる」(Zumthor, 129)。要するに、写実はアレゴリーの敵なのだ。だから、「**中世キリスト教社会では〔……〕現実世界にたいしては、そこに隠されている意味の探求が求められたのであって、世界の忠実な描写という意味での写実を促すものは、もともとなかった**。中世絵画は道徳的ないし宗教的教訓を伝えるためのストーリーを物語るもので、描写されるべき対象は自然物ではなく、言うならば魂のイメージであり、人物や事物の大小関係や空間的関係はもっぱら象徴的ないし寓意的な意味で決められていた」(山本、四一―四二)。

ところが、これに一大変化が生じた。視覚が人間の能力の最高の地位に高められたのである。「**視覚像は事物の写しであるがゆえに、事物の本質を表し、それを体現している**」(Delègue, 40)。石は、視覚が取り出す「石」の像がすべてである。中世においては「外見という錯覚にしか導かない」と見なされていた視覚が、「あたかも突然、原罪と人間失墜の汚れを洗い清められたかのような」(Delègue, 41)逆転、これがルネサンス期に生じて、近代の門を開いた。「人間の最高の感覚は視覚である。……なんであれ、見られるものは聞かれるものよりも信じられる」(山本、一〇二)と、画家デューラーは述べている。眼に映る「表象」こそが事物の「本性」なのだ。

ここで注目すべきなのは、「見られるものは聞かれるものよりも信じられる」という考え方、つまり言語の地位が低くなるということであろう。視覚はすでにそれ自体で対象を明白に把握するのであり、言語による補足を必要としないどころか、言語の介入はむしろ視覚像の純粋さを濁らせる。**ルネサンス期に浮上した「ひと**

つの新しい価値観である（事実、思考、感情の）明白さという観念は、自らでもって充足し、言語を不要なものとした（または不要であると信じた）。少なくとも、言語はひとつの道具、媒体、表現にすぎないと主張した」（Barthes, II, 924. *L'ancienne rhétorique*）。

物事を認識する方法におけるこの変動が、近代の自然科学を準備したのだった。中世的・魔術的な錬金術と比較すれば、事は歴然とする。錬金術は言葉でもって物の性質を捉えようとした。定性的と呼ばれるゆえんである、三原質（硫黄、水銀、塩）とは何か。これらの結合によって得られるべき完全な物質（金）とは何か。しかも、これらの語は「曖昧で比喩的なシンボル」（山本、三〇〇）でしかなく、これを用いた果てしない推論は、結局のところ「物とその実質をテストするのではなく、物に対応する心理的なシンボルを操作するだけにすぎない」（Bachelard, 57）。

右に対して自然科学は、曖昧さを避けることが難しい言語記号《シンボル》とは別の、正確で厳密な記号（主として数字）でもって、眼に映る物の度量を測定し記述する。定量的と呼ばれるゆえんである。そしてここで肝腎なのは、自然科学における視覚が「肉眼」と同じではないことだ。自然科学の先駆者にあたる「十六世紀の職人や技術者は、たんなる経験や受動的観察だけではなく〔……〕精密な測定を実行したことによって、それまでの定性的な自然学をこえる定量的な物理学にいたる道を拓いた」（山本、六五六）。「経験や受動的観察」は肉眼の領域である。これに対する「精密な測定を実行した」とは、肉眼の領域とは別の、特殊な状況下で特殊な道具を用いる測定を行うということだ。たとえば、ガリレオの「自由落下」とは、「『取り除くことのできない』空気抵抗がかりに働かないとしたときの、言い換えれば現実の自然界には見出しえない真空中での落下こそが純粋な、したがって数学的に法則化しうる落下運動」だということであり、「その意味での真の自然法則の検証のためには、さまざまに錯綜した要因が同時に重なって影響する、あるがままの自然を受動的に観察するのではなく、現実には存在しない理想にできるだけ近い状況を人為的――強制的――に作り出す必要がある」

（山本、七〇八）。

ドン・キホーテが言う「文事」はもちろん「現実の自然界」の中での営為であり、物事を観察するのは人間の肉眼である。そして肉眼は純粋な視覚ではない、人間は網膜に映ったものをそのまま認識するのではないのだ、人間が見る物事とは、「精神や言語から独立して存在する現実の生《き》のままの、手付かずの像、〔……〕事象の機械的・写真的表象ではけっしてない。〔……〕脳は機械的記録装置ではなく、与件の処理装置なのだ。機械的処理過程と生の知覚の違いの例を、視覚の機構に見ることができる。脳がパターンやはっきりした形を認識した時にはじめて、われわれは知覚することができる」（ライアン、四二一―四二二、四二三）。「パターンやはっきりした形」を作るのは、多分に言語の働きである。物事を認識することと物事の名を知っていることは深く相関し、社会組織が複雑になればなるほど、名前の役割は大きい。

ここに、「人間の文事」にとっての深刻な問題が発生する。自然科学は、肉眼とは別種の眼と、言語とは別の記号でもって、疑う余地のない自然の法則を発見し記述する。「見えざる神の手〔神の精神による思考〕」、すなわち「第一創造者の知識〔知性〕」（本田a、一六五）に到達する、と言えよう。これに反して、「人間の文事」は、肉眼の領域に止まることはもちろん、その言語は、「神の文事」から離脱することによって、アレゴリーの連鎖の果てに現れるべき、世界の「本性」を一挙に啓示する奇蹟または秘蹟を断念している。肉眼はついに物の「本性」を見ることができず、言語というパターンによって物の「表象」を切り抜くだけであり、しかも、「人間の文事」はそれを、「本性」を断念した「表象」としての言語で記述するという、二重に世界の実質から遠ざかる営為を繰り返すのではないか。「《写実派》の芸術家も、決してその言語の起源に《現実》を見据えたわけではない。起源なるものをどこまで遡っても、ただ単にそして常に、すでに記述されたひとつの現実、ひとつの記号規範がこちらを向いているのだ」（Barthes, II, 667-668. *S/Z*）。

ただし、以上はあくまでも『ドン・キホーテ』のずっと後の時代に問題化されることであって、ともあれ近代の始まりにおいて人々は、見えない事のたとえではなく、眼に映る物事それ自体に積極的な関心を寄せた。ボッシュ（一四六〇〔頃〕―一五一六年）やブリューゲル（一五二五〔頃〕―一五六九年）の絵画では、「従前の絵画で超越的な存在を表していた画面上部の聖なる光がまったく姿を消している。すべてはこの地上において生起するのだ」（Sichère, 174, 179）。『ドン・キホーテ』も同様に、伝統的騎士道物語にかつて見られなかった詳細な「写実」を散りばめる。前篇の旅籠を例にとっても、ベッドは「いくつかの割れ目から中の羊の毛玉がのぞいて」いるし（前篇、I、二七七）、夜中に客のベッドに忍び足で近寄る女中兼売春婦は「シュミーズ一枚で裸足の、そして木綿のヘアネットで髪をまとめあげた」（前篇、I、二八四）格好である。作者セルバンテスは例の作品成立三段階の建前を利して、右の旅籠の細部描写について、自画自賛の弁を振るった。「**シデ・ハメーテ・ベネンヘーリ**〔作中で『ドン・キホーテ』の原話の作者だとされているアラビア人〕**は何事においても正確を期する、きわめて几帳面な歴史家であった。**この点は、すでに上で述べたところなど枝葉末節にわたることであるにもかかわらず、それを決して黙過しようとしなかったところからもよく分かるであろう。そしてこの点は、**世のもったいぶった歴史家たちの、つまり、あまりにも短く手軽に記述し、著作の最も肝腎な**（substantiel. **実質的な）ところを、不注意からか、悪意からか、それとも無知からかインク壷の中に残したままにしてしまう**ものだから、われわれ読者がその妙味を味わおうとしても味わいようもないようにしている歴史家たちの規範となってしかるべきであろう」（前篇、I、二八三）。

右の論述は、「枝葉末節」こそが「著作の最も実質的なところ」という逆説を含んでいるが、この逆説をもって理とするところに、後の時代の写実思想が成立する。そこから振り返ると、確かに、『ドン・キホーテ』の写実は未熟であり、不徹底であった。「多くの活劇の舞台となるスペインの街道そのものが全く描写の対象となっていないことは、『ドン・キホーテ』の愛読者でもあったフランスの作家G・フローベールも指摘しているとおりです。〔……〕第二部〔後篇〕では多くの章が公爵邸をその舞台にしているわけですが、読者にはその邸宅の造りも様子もはっきりしませんし、ドン・キホーテやサンチョがいない時の公爵邸ではいったいどんな日常が営まれているのかも見当が付きません」（ラッセル、一八六）。

たしかに、公爵邸の「造り〔と〕様子」が明らかであってこそ、またこの邸宅で「どんな日常が営まれているか」がはっきりしてはじめて、ドン・キホーテたちがそこに逗留するということが納得できるのだ。バルザックの書き方はそうである。作品の世界はひとつの組織的体系をなす。細部はつねに全体との関係において描写されなければならない。バルザックはこの方法を、古生物学者キュヴィエが化石の断片から推論して元の動物の全体的体躯を復元する手法になぞらえて、「一片の白骨でもって世界を再構成する」（Balzac, *Peau de chagrin*, 22）と敷衍している。やはり十九世紀の写実作家スタンダールの言、「ロマン（小説）は大道を散歩する鏡である」はあまりにも有名であるが、ここで肝要なのは、「鏡」と並んで、「大道」である。社会の中央において社会の全体を写し取ってこそ、言語は「鏡」の効力を得るのだ。個々の事物を個々の文が記述するだけでは、記述される対象も記述する言語も、ともに価値が虚しい。「表象」を「表象」でもって重層するだけだ。超現実主義の作家ブルトンは、「侯爵夫人は五時に外出した」という写実文の「虚しさ」を告発した（Breton, 314）。しかし、世界の全体をテクストの全体が映し出そうとするとき、そこに世界の「本性」と呼ぶに値するかもしれないものが浮上して、これに対応する言語は「表象・たとえ・綾」という負の値を免れるはずだ。

しかし、これもまたひとつの幻影なのかもしれない。バルザックの『人間喜劇』は、「分析的研究」「哲学的研究」「風俗研究」のいわば三層構造であり、最上層の「分析的研究」は、下二層が記述するもろもろの事象の最終的原理を述べることになっている。つまり、「生み出されたもの」の原理としての「生み出すもの」、「表象」の「本性」であり、バルザック自身は「結果」の「原因」という言い方をしているが、さて肝腎のこの「分析的研究」は、下二層とくに「風俗研究」が膨大な作品数を蓄積してゆくにもかかわらず、まだ初期の段階で書かれた一冊を数えるだけだ。つまり、『人間喜劇』は量においてよりも質において未完成のままである。「本性・原因」がついに確かめられない「表象・結果」としての言語は、対象を言い当てる正確度と事物を映す鏡の透明性を欠く。「『失われた時を求めて』は、バルザックとその世界への決別である。プルーストの文にはしばしば言い換えや訂正（《または》、《多分》、《あるいは》）があり、これは文学に記号の曖昧性が侵入することを暗示している」(Dufour, 269)。

さて、問題を『ドン・キホーテ』に戻せば、実は、写実の姿勢が揺らいでいることに気づく。作品成立三段階の第一段階では、先に見たように、細部描写を自画自賛していた。ところが第二段階、すなわちアラビア語の原作をスペイン語に直す段階では、まったく反対である。「ところで〔原〕作者はここでドン・ディエゴ〔ドン・キホーテの道連れになり、自宅に宿泊させる〕の家の様子を細大漏らさず描写し、裕福な農民たる田舎の紳士の家にあるものをわれわれに教えている。しかしながら、**この物語の翻訳者は、あれやこれやの細かな描写は黙殺したほうがよいと判断した**。というのも、そうした描写は、味気ない些事に流れるよりは真実により力を注ぐべきであるという、物語の主要な課題（sujet. 主題）に合致しないと思ったからである」（後篇、I、二九二）。ところが第三段階、つまり翻訳稿に基づいて作成した最終テクスト、われわれが読む『ドン・キホーテ』では、これが再度逆転する。右の引用にすぐ続いて、ドン・ディエゴ家に迎え入れられた主人公の着替えの模様を綿密に描写するのだ。「ゆったりとした半ズボンとセーム革の胴着姿になり、その上に学生風の幅広のカラーをつけた〔……〕」（I、二九二）といった風に。

この揺れは、『ドン・キホーテ』の写実姿勢がまだ固まっていない証拠であろうか。それとも、写実主義の行く末をすでに見通しているのであろうか。いずれにせよ、近代文学のひとつの重要な問題がここに設定されていることは確かであろう。

世界を映す「鏡」が肉眼のレベルに止まるかぎり、そこに物事の疑うべからざる「本性」を映し出すことは難しい。写実主義は、全体的組織の概念を持ってこれに対処しようとする。これとは別にもう一つの対処法があり、それは、アリストテレス以来のミメーシス（模倣・模写）の思想である。

道中で芝居役者の一団と行き交ったドン・キホーテは、これを機会に一場の演劇論をぶつ、そこでも、「鏡」という語が大事な役割を持っている。社会が演劇を必要とするのは、「そこに人間生活のさまざまな局面における実相が生き生きと映し出されている鏡を、われわれの前に次々と置くことにより、国家に対して大きな貢献をする手段だからじゃ。まったくの話、われわれの現実の姿を、また**われわれのあるべき姿を鮮やかに描き出す（qui nous représente plus au naturel. よりよくその本性において表象する）**ということに関しては、芝居に、そして役者に比肩しうるものはない」（後篇、I、一九〇）。

この主題は、アリストテレスが唱えた、芸術創作活動の基本原理としてのミメーシス理論を踏まえている。ドン・キホーテが言う、「その本性において表象する」は次の文章に基づく。「詩人〔文学の創作者を総称〕の仕事は実際に起こったことを描くのではなく、起こり得ること、即ち、蓋然、もしくは、必然的に、可能なことを描くのである。〔……〕それ故、詩は歴史よりもより以上に哲学的であり、より以上に荘重である。何となならば、詩は寧ろ普遍性を描き、歴史は個性を描くからである。此処に言う『普遍性を描く』とは、如何なる性質の人は、蓋然、もしくは、必然に、如何なる種類の事を言い、もしくは行うかを描かんとするを言う」（アリストテレス、七六）。

「人間の文事」の中でも、詩（一般に文学）は特別に高い地位を占めるのであり、その理由は詩が描く物事の「普遍性」にある。普遍性とは言い換えれば、「蓋然、もしくは、必然」ということだ。『ドン・キホーテ』

の中では、聖堂参事会員がこれを引き取って、「**〔書物の中の〕嘘も真実と見えれば見えるほど上等だし、本当らしさ（vraisemblable. 真実らしさ）と蓋然性（le possible. ありえそうなこと）があればあるほど人の心を楽しませることができる**」（前篇、Ⅲ、二八三）と述べている。論旨の比重は「真実」そのものよりも「真実と見える」こと、「真実らしさ」にある。

　これは、肉眼の「鏡」に映る物事に不可避な不確かさを自認し、かつ容認する論法である。「つまるところ真実らしさは、実際にあったこと（これは歴史の分野である）でも、そうあるべきこと（これは科学の分野である）でもなく、人々がそうであると信じることにのみ対応する」（Barthes, II, 19-20. *Critique et vérité*）。そして、「人がそうであると信じること」を形成するのは、まさに言語なのだ。「真実らしさというものは、人々の頭の中に、伝統、賢者の言、多数者の意見、世間で流通する見解、等として設置されている」（Barthes, II, 19. *Critique et vérité*）。ルネサンスが開拓し後世に手渡した「明白・自明《エヴィダンス》」の本体は、事が「人間の文事」に関する限り、こういった「普遍的」言説にほかならない。物事の「明白・自明」性とは、物事の「本性」を照らし出すよりは、あるいは照らし出す前に、物事について世間に流布する言説を浮上させ、それでもって満ち足りる。先の引用でドン・キホーテが、「芝居は〔……〕われわれの現実の姿をよりよくその本性において表象する」と述べていたのはそのことだ。「よりよく」という比較級は、かえって「本性」そのものとの絶対的な距離を強調する。

　ドン・キホーテが人形芝居の舞台に飛び上がり、剣を振るって人形をなぎ倒す場面は、世間で明白・自明とされる「真実らしさ」への異議申し立てであると読める。もちろん狂気の振る舞いである。しかし、世の人が狂気と呼ぶ領域に踏み込んではじめて可能であるような、根源的問題提起がそこにある。

　出し物は、スペインのロマンセ（歌謡騎士道物語）に古くから歌われている、騎士ドン・ガイフェーロスがイスラム教徒に囚われている妻メリセンドラを救出する劇である。人形芝居は、演劇の「真実らしさ」の仕組みを端的に表している。すなわち、演じるのは人形、まさしく作り物であるが、それを弁士の言説（口上）が補って本当の人間らしく思わせる。「ガスコーニュ風のマントをはおり、馬にまたがって舞台に表れ出たる人形（figure. 表象）は、ほかならぬドン・ガイフェーロスその人でございます」（後篇、II、三七）といった調子だ。この弁士はまだ少年であるが、なかなかの雄弁であり、かつその口上は見事なほどにまでステレオタイプを散りばめている。まさしく、「真実らしさ」すなわち「明白性」すなわち世間に流通する言説の見本である。

はじめのうちドン・キホーテは、芝居の約束事にしたがっておとなしい観客を決め込んでいる風にも見えたが、しかし彼の心の中には、「よりよくその本性において表象する」を絶対的最上級に引き上げたいという欲望がわだかまっていたに違いない。騎士ドン・ガイフェーロスが囚われの妻メリセンドラを救出していざ馬で脱出しようとする時、これを見つけたイスラム教徒が、寺院の塔という塔で一斉に警報の鐘を鳴らす。『それはおかしいぞ』と、このときドン・キホーテが割って入った。『なんとなれば、モーロ人の間では鐘など用いられず〔……〕』」（後篇、II、四〇）。これに興行師の方も割って入る。世間では芝居はそれで通っている。ステレオタイプがまかり通ってこその、「真実らしさ」なのだ。

ドン・キホーテはしぶしぶ引っ込むが、芝居小屋の雰囲気はすでに波乱含みである。「真実らしさ」の約束上の「明白さ」は、いったんひびが入るとたちまち瓦解してしまうのだ。そして次の瞬間が来る。警報を聞いて集まった「雲霞のごときモーロの騎馬兵たち」が、騎士とその妻を追跡する。「かくも多数のモーロの騎馬兵たちを目のあたりにし、けたたましい騒音を耳にしたドン・キホーテは、逃げていく二人を助けるのがみずからの努めであると判断した。そこですっくと立ち上がると、大音声を張りあげた。『やあやあ、拙者がこの世にある限り、拙者の目の前で〔……〕』。こう言うやいなや、剣を抜き放った彼は、ひとっ飛びで舞台のまん前に出て仁王立ちになり、かつて見せたことのないほどの憤怒をあらわにしながら、眼にもとまらぬ早業で、人形のモーロの軍勢に白刃の雨をふらせはじめた」（後篇、II、四一—四二）。

この出来事について、ドン・キホーテは二回発言している。最初は、人形劇の舞台を破壊し終えた直後、しかしすでに「いくらか落ち着いて」、こう述べる。もし拙者がここに居合わせなかったら、敵兵に追われる二人はどうなったか。「こう考えてみれば、遍歴の騎士道こそ、今日この世に存在するいかなるものにもまして、万々歳と称えられてしかるべきものじゃ！」（後篇、II、四五）。実にドン・キホーテは、芝居のステレオタイプな約束世界を突き破って、「真実らしさ」を越える「真実」、「人形 figure」ではない「ほかならぬドン・ガイフェーロスその人」、「表象 figure」を通して出現する「本性」にまみえたのだ。

次は、騒ぎが一段落し、ドン・キホーテが非を認めて弁償金を払いながら述べる言葉である。「この場においでの方々に、真実の偽りないところを申し上げるが、**拙者には今しがたここで起こったことがすべて、そっくりそのまま現実のこととして（à la lettre. 文字どおりに）起こったように思われた**。すなわちメリセンドラは本物のメリセンドラ〔……〕」（後篇、II、四七）。ここで、ドン・キホーテはふたつのことを言っている。騎士とその妻の脱出行が「現実のこととして」起こったように思われたのは本当である。したがって、前回の発言の趣旨を繰り返す。しかし今は、それは幻だったとわかった。すべては人形が演じたことであった。人形が演じたにすぎないと思い直させる程度のものにすぎなかった。このぺてんを仕組んだのは何者か。「つまり、いつも拙者を苦しめるあの魔法使いどもが、**ここにあるような人形を拙者の目の前に置いておきながら、それを奴らの思いどおりの姿に変えてしまいおった**ということでござる」（後篇、II、四七）。

ここで「魔法使い」とは、世界の秩序に対して実際に能動的な作用を行う（「巨人」を「風車」に変える）「賢者」ではなく、舞台の上で「真実らしさ」を演出して、それに乗せられた観客に、実は「真実らしさ」は「真実」そのものではないのだと冷や水を浴びせる、ミメーシスの演出者のことである。これに対して、ドン・キホーテは異議申し立てを行っているのだ。もし、「文字どおり」が「そっくりそのまま現実のこと」でないのなら、文字（広く言語）を用いる業（芝居、広く文学）に何の意味があるのか。

これは舞台の上のことに限らない。社会そのものが、「らしさ」の擬態《ミメーシス》を演じているのだ。ドン・キホーテはかつてこう語った。「実は、舞台の上と同じことが、この世の実生活においても起こっているのじゃ。現実の世界でも、ある者は皇帝を演じ、またある者は教皇になっている。要するに、舞台に登場させることのできるあらゆる役柄、あらゆる人物が、この世で演じられているのよ」（後篇、I、一九一）。本当の皇帝、本当の教皇は存在しない。世界はあげて「現実らしさ」を演出しているのだ。人は「人形 figure」にほかならず、言葉は「たとえ figure」にすぎない。

舞台の上の人形をなぎ倒したドン・キホーテは、おそらくまだ抜き身の剣を手に持ったまま、言い放った。「拙者は、遍歴の騎士というものがこの世において実に有益な存在であるということを信じておらぬ、また信じようとせぬ者どもを残らず、今ここに引きすえたいものじゃ」（後篇、II、四四）。芝居そのものを弾劾するのではない。逆に、「文字どおり」が「そっくりそのまま現実のこと」になるような演劇、詩、文学の出現を呼ばわっているのだ。遍歴の騎士は、この狂気の「有益」さを、自らの文字の業、すなわち後述するドゥルシネーア姫復活の企てにおいて、試すことになる。

物語、ヌーヴェル、ロマン

ドン・キホーテがミメーシスの文学観、「真実らしさ」の思想に反旗を翻し、別個の道を模索することを見たいま、このような主張を掲げる人物を主人公とする作品とは何なのかを考えてみたい。すなわち、「人間の文事」のなかで『ドン・キホーテ』はどのような位置を占めるのか。これについては、第一章の終わりで「ロマン」という語を充てたのであるが、この「ロマン」の観念を、この第二章で見たアレゴリーとミメーシスの文学との対比において、さらにはっきりさせたい。

『ドン・キホーテ』は、主人公ドン・キホーテの物語として読者に提供されている。少なくとも出発点の建前はそうである。第一回目の遍歴の出発にあたってドン・キホーテは、「この希代なる我が伝記（cette rare histoire. この稀なる物語・歴史）」（前篇、I、五七）と呼ばわっているし、『ドン・キホーテ』の、いわば初出稿に相当するアラビア語のテクストの題名は、「ドン・キホーテ・デ・ラ・マンチャ伝（histoire. 物語・歴史）」であった。ところができあがった作品は、「物語的理路整然性を無視する、読者を当惑させずにはおかない、突飛な」（Sermain, 119）ものになっている。いったい何が生じているのであろうか。

そもそも物語的理路整然性とは何か、語られる出来事が明瞭な筋道をなしている、というのが一応の答えになるのだろうが、筋道の作り方はもともと様々であり、したがって筋道そのものの性質も違う。これを大別して、アレゴリー文学、ミメーシス文学、そしてロマンと呼んでみたい。

アレゴリーの手法による作品の主題は、眼に見える事物の背後に隠れる眼に見えない真理を探究することにあり、その物語性は極めて明瞭である。そして、探求の物語を推進するものは、作中人物の奮闘もさることながら、この奮闘を真理が位置するレベルに引き上げる、言説の水準の更新である。たとえば、『聖杯の探求』では、円卓の騎士たちが聖杯（天地を創造した神の知性を秘める）を探し求めて、初めはアーサー王の国（イギリス）を彷徨うが、ある日、海岸に出ると、そこに一隻の船が彼らを待ち受けている。船の舷側には「カルデア語の文字」が刻まれていて、騎士たちの探求は武勇の段階から信仰の段階に移る、と告げている（*Queste*, 234）。

騎士たちはその船に乗って東方の聖地に向かうのであるが、ここでテクストは、彼らの旅を記述すると同時に、アダムとイブから始まる聖書物語を語り始める。と言うよりは、騎士たちの旅は人類の歴史物語に組み込まれ、円卓の騎士の個々の人生が、人類一般の運命の寓意になるのだ。したがって、彼らの旅路は地上の眼に映る風景の中だけを経由するのではなく、具体的、個別的な風景の上に積み重なる理念的、普遍的な意味の時空を貫き、これを言い表す言説の諸層を縦断しながら、世界の究極の意味を秘める聖杯へと一直線に進む。

これに対してヌーヴェルはもっぱら地上を進む物語である。眼に映る物事は、それ自体で「明白さ」を充足させ、完成させる。決め手は、「明白さ」の実質である「真実らしさ」の言説だ。世の中のもろもろの出来事に、誰でもがそのとおりだと信じるような定義を与えるのがヌーヴェルの目標である。「物語が準拠する論理は、これはすでに読んだことだの論理である。ステレオタイプ（文化の蓄積に由来する）こそが物語世界の真の存在理由なのだ。このステレオタイプは、経験（実生活のというよりは読書の）が読者の記憶に刻み込んだ、まさに記憶そのものである痕跡によって形作られている」（Barthes, II, 1261. *Les suites d'actions*. 強調は原文）。ここで、物語を語る・読むとは、物事に世間流通のステレオタイプな呼び名を与えることにほかならない、「[テクストが提供する意味の塊から] 要素連続を引き出すことは、出来事をその分類名（旅行、遠足、殺人、誘拐、等々）によって整理することと同じである」（Barthes, II, 1259. *Les suites d'actions*）。さらに物語は、その時間的推移の中で、名を与えられた物事相互を原因と結果の連鎖でつなぎ（先にあるものは後に来るものの原因となる）、こうして明白な物事同士が隙間なく結び付き、世界は強固な全体的組織体となる。

『ドン・キホーテ』の時代において、ヌーヴェルの模範作は『デカメロン』（一三四九―一三八三年）であり、これに収められる物語はそれぞれ、「そのことはこれから申しあげようと思うお話のなかに、はっきりと、あらわれてまいりましょう」（『デカメロン』上、四九）という具合に、世間の通念としての名を与えられた人生の諸相を描き上げることを目的としている。欲望は自然であること、あるいは寛容こそが治世の道であること、等々。これに気づく者は人生において成功し、ついに気づかない者は破滅する。ただ、あえて通念の処世術に反逆する人間はヌーヴェルには少ないようで、それこそがまさにドン・キホーテなのだ。このドン・キホーテをヌーヴェルの地平だけで眺めたら、単なる狂人にすぎず、『ドン・キホーテ』は狂人の愚行をあざけり笑うだけの作品だということになってしまう。

ちなみに、『ドン・キホーテ』の日本語訳は、「ヌーヴェル nouvelle, novela」に「小説」の訳語を与えている。「小説」の語源的意味、「儒教的なものに対し、無思想的なもの、あるいは民間習俗的な教訓を含む〔……〕街談巷語といってよいような説話のたぐい」（藤井、六八七）に近いと言えるかもしれない。問題は、同じ「小説」という語を、「ロマン roman」にも当てはめてしまうことだ。『ドン・キホーテ』は、「ヌーヴェル」が「小説」であるという意味合いでは、決して「小説」ではない。

なるほど『ドン・キホーテ』は、主人公を目に映る限りでの地平上に彷徨わせる。この地平を、アレゴリー作品のように、超越的次元に持ち上げるような言説の転換はおこなわない。「人間の文事」を「神の文事」から切り離していることは先に見た、ただし同時に、地上の事物に世間通念が与える明白な名を、あえて書き換えようとする。「風車」を「巨人」に、続いては「修道士」を「妖術師」に。そしてそのたびに、社会通念が作り上げている現実の明白さによって、ひどいしっぺ返しを受けるのだ。『ドン・キホーテ』に物語というものがあるとすれば、それはこの種の敗北の繰り返し、「同一反復の地獄的な循環」（Robert〔M〕, 111）であるが、しかし循環は物語の不可欠な要素である進展性を持たない。

さらには、ひとつの場面の主要な話題（広野に立ち並ぶ風車群）と、次に来る場面の主要話題（驢馬に乗った修道士）の間には何らの結びつきもない。「『ドン・キホーテ』は、ひとつの場面に由来して次の場面が生まれるという具合に進展するのではなく、類似した《スケッチ》を積み重ねて作られている。スケッチ相互間にはいかなる因果性もなく、ただ並んでいるのだ」（Robert〔M〕, 125）。その結果、『ドン・キホーテ』が描く十七世紀初頭のスペイン社会は、「人と物がひしめくひとつの現実ではあるが、この現実には、確かで、安定し、真実とみせかけるようなものを何ひとつ読み取ることができないのである」（Robert〔M〕, 201）。『ドン・キホーテ』の写実が、社会を人と物からなる組織的な全体として捉える写実主義とは別物である理由もここにあるのだろう。眼に映る事物を明白さの枠外に押し出そうとする、ヌーヴェルとは正反対の姿勢である。そこでは、人と物に一定の意味《サンス》を与え、一定の方向《サンス》に向けて前進させ、一定の目的《ファン》・終点を目指す言説としての物語は成立しない。

ロマンは、中世的アレゴリーの手法が効力を失った近代において、二つに分かれる世界像の一つを担う書き物として出現し、その旗手が『ドン・キホーテ』なのだ。「神が、そこから宇宙とその価値の秩序を支配し、善と悪とを区別し、個々の物に意味を与えていた席を立ち、ゆっくりとその姿を消していった時、馬に跨ったドン・キホーテが、もはやはっきり認識することのできない世界に乗り出した。最高絶対の審判官がいなくなったいま、世界は不意にその恐るべき曖昧性をあらわにした。すなわち、唯一の神の《真理》が分解して、人間によって分担される無数の相対的真理と化したのである。かくして近代の世界が生まれ、それと共に、その世界のイメージであり、モデルであるロマンが生まれた」（クンデラ。牛島a、二五―二六に引用。「小説」を「ロマン」に書き換える）。もはや物語が困難である世界における「人間の文事」、それがロマンというものであろう。

馬に跨って乗り出したドン・キホーテは、何をしようとするのか。まずは物語の復活であった。「同時代と同文化に属する人々に向けて、ひとつの目的地、あるいはせめてひとつの方角を示してくれるような、《聖杯》もしくは他の名で呼ばれるべき象徴的事物が今やまったく存在しない」（Robert〔M〕, 213）世界に、意味《サンス》・方向と目的《ファン》・終点を与えること。世界の昏迷を物語的秩序によって治めること、ドン・キホーテは、「本の中で読んだ様々な局面を可能な限り忠実に模倣しよう」（前篇、Ⅰ、九三）としたのである。

しかしこれとても、中世の騎士が信奉していた、ひとつの「真実らしさ」にすぎない。『聖杯の探求』であれば、修道院長などの聖職者が騎士に向かって、真実は眼に映る真実らしさとは別の次元にあることを諭すだろう。つまり、「表象」の次元に止まり、「本性」には到達しない。くわえて中世的な真実らしさは、眼に映る事物がすでに一変している近代においてはまったく無効である。騎士道物語の再現を企てるドン・キホーテは、物笑いの種になるほかはない。

『ドン・キホーテ』の読み方をこの段階で固定することもあり得て、そのかぎりこの作品は、今は物語の効力を失った中世風騎士道物語の風刺であり、パロディである。ただしドン・キホーテが企てる、表象の次元における元の時代への遡行には、表象を超えてその本性を望む姿勢がある。第一章で見たように、ドン・キホーテにとっての究極の理想郷は、人間が自然の懐に包まれて暮らした原始の「黄金時代」なのだ。そこでは、「生み出された自然」と「生み出す自然」がほとんど一つに重なっている。この黄金時代に匹敵する理想郷を近代において再現すること、それが、ドン・キホーテが企てる騎士道世界再現の、究極の目標でなければならない。

そこに、ドゥルシネーア姫の出現が要請されるのだ。なるほどドゥルシネーアの一応のモデルは騎士道物語の「思い姫」である。しかしドン・キホーテの思い姫は、かつて騎士道物語が語ったいかなる思い姫にもなかった一種の超越性を帯びている。そして、『ドン・キホーテ』にとってもっとも深刻な問題は、この超越性を言表するための言説、『聖杯の探求』における聖書物語のような言説が存在しないということだ、ここにロマンが、問題を抱え問題とともに在る書き物《エクリチュール》として、浮上する。

ドゥルシネーアまたは「美」

「あの方が拙者にのりうつって戦い、拙者を介して勝利を収めておられるのだぞ。そして拙者はあの方の内にあって生き、呼吸をし、あの方の内にあって生命と存在を保っているのじゃ」(前篇、II、二五九)。ドン・キホーテが読み耽った騎士道物語本でも、「恋をしていない遍歴の騎士が登場するような物語などあったためしがござらぬ」(前篇、I、二二四)。したがってドン・キホーテ自身も、遍歴の旅に出るにあたって、まずドゥルシネーアなる思い姫を定めたのであった。

その経緯についてはすぐ後で述べるが、この思い姫なる仕来りは単に物語の中だけでなく、中世社会のひとつの制度として実際に存在していた。起源は、まことの愛《フィン・アモール》または宮廷風恋愛と呼ばれた風習に発する。騎士はほとんどが独身であり、貴婦人を恋い慕う。しかしこの恋は、身分の格差により、また多くの場合は相手が既婚女性であることにより、容易には叶えられない。欲望の充足は先へ先へと引き延ばされ、そのために恋はますます理想化・理念化されて、欲望の対象であったはずの女性像が、逆に、欲望を抑制する倫理的モデルになってしまう。そして騎士は、もっぱら武勲を貴婦人に捧げることに生きがいを見出す。「女性の姿をまとった超自我が設定されるのだ」(Lafont, 135)。

　騎士道物語の思い姫の第一条件は高貴な生まれである。ドン・キホーテは自分の思い姫を想像の中で造形するにあたって、「どこかの王女か貴婦人にでもありそうな上品な名をあれこれ探したあげく」、「彼女をドゥルシネーア・デル・トボーソと呼ぶことにした」(前篇、I、五三)。人に向かって語るときには、「少なくとも王家の血をひいておられるはずでござる」と胸を張る。同じく容貌の美しさも思い姫一般の条件であるが、さてドン・キホーテの場合は、この点がおよそ定型の度合いを越した過激さである。「**その美しさときたら、とてもこの世のものとは思われぬ**」(前篇、I、二二六)。「その美しさにおいてあの方に匹敵するものはおらぬ」(前篇、II、一一六)。

　ある日ドン・キホーテは、羊飼いに扮して森で饗宴を催している乙女たちの接待を受けた。これに謝意を表するためにドン・キホーテは、「これからまるまる二日の間、サラゴサ街道のまん中に立って、ここにおいでの羊飼い姿の乙女たちこそ、この世でもっとも麗しい、そして、もっとも礼節をわきまえた女性であると、大声で唱える所存でござる」(後篇、III、一五七)と宣言する。ただし付け加えて言うには、「もっとも、拙者の言葉に耳を傾けておいでの諸姉諸兄のごめんをこうむって申し上げるが、わが思い姫の、比類なきドゥルシネーア・デル・トボーソだけは別でござりますぞ」。すなわちドゥルシネーアの美しさは、この世に存在するもっとも美しい人の容姿よりもさらに美しい。もはやこれは、「美」の観念そのものだというべきだろう。「美しさそのものは美しいものよりも、遥かに美しく、『それ自体が、それ自身だけで』美しい」（熊野a、八七）。

ここで、ドゥルシネーア探求はルネサンス期の思想の主流であった新プラトン主義に直結する。これまでに論じてきた「経験的判断」対「知性」、「表象」対「本性」、「生み出された自然」対「生み出す自然」などの観念が、「美」の理念を中核として再構成されるのである。新プラトン主義において、「美」とは、宇宙の創造主の「知性」のまたの名であった。「**新プラトン主義にあっては、『神から発する』ものこそは『美』であり**、これを求める求めはすべて『愛』である」。「神の知性は、愛をもって、物質へと降り、すべての物質の中に知性のかけらを導きいれ、様々な種子によって豊かな形を与える。この神の恵みが形にあらわれたものが美であって、美に対して惹きつけられることはすなわちその創り主たる神性への帰依に他ならない」（若桑、五九、四六五）。実に、ドン・キホーテのドゥルシネーア姫崇拝は、神の「知性」に帰依する所作だったのだ。ドン・キホーテが賛美するドゥルシネーアの美は、生み出された美のひとつではない。地上のあらゆる美の源であり、かつ実在するあらゆる美を凌駕する。

『ドン・キホーテ』を前篇と後篇に分かって見まわせば、ドゥルシネーア姫に最初のうち備わっていた具象の気配が次第に薄れてゆくのに気づく。出発点では語り手がこう説明する。「彼〔ドン・キホーテ〕の村からほど遠からぬある村に見目《みめ》うるわしい田舎娘が住んでいて、ひところ彼はこの娘に思いを寄せていたという。〔……〕娘は名をアルドンサ・ロレンソといい、彼はこの娘こそおのが思い姫の称号を与えるにふさわしい相手とみなしたのである」（前篇、Ⅰ、五三）。「思いを寄せていた」経緯についてはドン・キホーテ自身が、「いずれは土くれのなかに消えるこの両眼の光よりも大事なあの方を恋い慕うようになってから十二年の間に、わしがあの方を見たのはたった四たびにすぎぬのじゃ」（前篇、Ⅱ、一一一）と告白している。ところが後になると、これとはまったく反対のことを言ってのけるのである。「わしは生を受けてからこれまで、比類なきドゥルシネーア姫を拝見したこともなければ、姫の館に足を踏み入れたこともない。ただ姫が、こよなく美しいと同時に思慮深いお方だということを人づてに聞き、噂に聞いて恋いこがれ、お慕い申しあげておるのだ」（後篇、Ⅰ、一四九）。

　言葉じりだけを捕らえるなら、ドン・キホーテは嘘をついていたということになるが、言葉の裏にある真意をあえて推し量りたい。すなわち、ドン・キホーテにとっての「見る」という表現の意味である。ドン・キホーテは田舎娘アルドンサを四回見たとしても、その容姿はほとんど覚えていないようなのだ。まだ第一回目の遍歴の旅（サンチョはいない）で、人に「あなたのおっしゃる、その比類なき御婦人というのがどんなお方なのか、皆目見当がつきません。ですから、どうかお顔をひと目おがませてくださいまし」と請われても、「ここで肝腎なのは、あの方を見ることなく、その美しさを信じ、認め、主張し、誓い、擁護しなければならんということなのじゃ」（前篇、Ⅰ、九五）と突っぱねている。つまり、ドゥルシネーア姫は最初から理念的な存在だったのだ。後にドン・キホーテは、「拙者は〔……〕この世のありとあらゆる女性の中で彼女をひときわ際立って見える貴婦人にふさわしいほどの**すべての美点を兼ね備えた女性として、心の内で思い描いている**（je la contemple …. **観想している**）」（後篇、Ⅱ、一四四）と認める。この理念の女性を、現実の町エル・トボーソの中で探すのが後篇の始まりなのだった。

　美すなわち「神から発する」ものを、人間の業によってこの世にあらしめようとすることは、天から火を奪ったプロメテウスに類する傲慢な企てではなかろうか。また、「人の魂を天国へと向わせ導く」神の文事の「限りなく高い目的に肩を並べること」を自らに禁じた、ドン・キホーテの謙虚さと矛盾するのではなかろうか。しかしそれがルネサンス人であった。「世界の中心たる人間は、**まさしく事物の隠れたリズムを捉え、崇高な詩人となる**人間である。かれは紙片にインクでことばを書きつけるだけでなく、神の如くに具体的な事物を、宇宙という大きな生きた事物の中に書き記す」（カムパネルラ。若桑、四七に引用）。人間は自らの力で魂を天国に向かわせることはできないにしても、天国からこの地上に「美」を招き寄せることはできる。この渇望は、先にも引いたルネサンス時代の思想、「神の知性は、〔……〕物質へと降り、すべての物質の中に知性のかけらを導き入れ〔……〕に発するのだろう、地上の物質なら、人間はこれを自在に操ることができる。物質の中の知性のかけらを抽出し、純化することができる。紙片にインクで書き付けた「ことば」もやはり物質である、量としては微々たるものでしかないが、質においては、もろもろの物質に形を与えこれを配置する、物質界の基軸の役を果たす。ドン・キホーテは、「ことば」を通してドゥルシネーア姫を出現させようと企てるであろう。

詩とロマン

『ドン・キホーテ』後篇が語る第三回目の遍歴は、ドゥルシネーア姫が住んでいるエル・トボーソ村探訪から始まる。ドン・キホーテとサンチョは一夜中姫の館を探し回るが、首尾を果さないうちに夜が明けたので、人目を避けるためにひとまず近くの森に身を隠し、サンチョ一人を改めて村に遣わす。姫君をお連れ申せとの命令である。

弱りきったのはサンチョであった。以前に、「あの娘っ子〔アルドンサ・ロレンソ〕なら、ようく知ってますよ」(前篇、Ⅱ、一一二)などと言って、ドン・キホーテもそれを頼みにしていたのだが、見てきたようなとはまさにこのことで、実は、「ドゥルシネーアの家を知らなかっただけでなく、主人と同様、それまで彼女に会ったことなど一度もなかった」(後篇、Ⅰ、一四四)のである。窮余の一策、森の近くの道端に腰を下ろし、そこで「出くわす最初の百姓女をドゥルシネーア様だと思いこませる」ことにした。きっと彼の主人は、「いつも口ぐせに言いなさる、自分に敵意を抱いているどこかの性悪な魔法使いのひとりが、自分に痛手を与えようとして、**姫のお姿(figure. 表象)を変えてしまったんだ**〔別の表象を与える〕、と思うにちげえねえ」(後篇、Ⅰ、一六〇)。

折しもエル・トボーソの方から、「驢馬に乗った三人の百姓女」がこちらにやって来る。森の中に駆け込んだサンチョは言った。「お姫様が二人の侍女を連れてお前様に会いにきなさったんですよ」。そして主従そろって道に出ると、サンチョは地面に両膝をついて、「美しさの女王様で王女様で公爵夫人様」云々と、大げさきわまりない。ところがドン・キホーテの方は、「いくら眺めても、それはただの村娘で、しかも、丸顔で鼻ぺちゃの決して器量よしとはいえない女だったので、あっけにとられた騎士は、ただまじまじと見つめるばかりで、口を開くことさえできなかったのである」（後篇、I、一六五）。

ここでドン・キホーテに大きな変化が生じていることに注目しなければならない。『ドン・キホーテ』後篇は、主人公を設定し直した。前篇では、宿泊中の旅籠（ドン・キホーテにとっては王侯の城館）で、間違って彼の部屋に入ってきた女中兼売春婦を、自分に一目惚れした「城主の姫君」だと思い込み、「手ざわりにしても口臭にしても、また、この女中さんのそのほかの肉体的特徴にしても、何もかも相手が馬方でなければ人に吐き気を催させるていのものであったにもかかわらず、彼が幻想から目覚めることはなかった」（前篇、I、二八六）のである。しかし今、サンチョがいくら芝居を誘導しても、ドン・キホーテの目には、「三人の百姓女のほかには何も見えなかった」（後篇、I、一六三）。ドン・キホーテの視覚はいたって正常に機能しているのである。これは後篇のドン・キホーテ一般について言えることであり、宿泊する旅籠を、「いつものように城だと思い込むことなく、あるがままの旅籠と見なした」（後篇、I、四二五）のだった。

さらに重要なのは、正気のドン・キホーテが世の正気を批判することである。風車に挑みかかるかつての狂気の振る舞いよりも、さらに過激で根源的な批判であると言わなければなるまい。正気とは自明性の原理に従うことである。眼に映る限りの「姫の姿（figure. 表象）」、すなわち「百姓娘」が自明の真実である。この「姿・表象」の背後に隠れているべきドゥルシネーア姫の「本性」がもはや迫り出してこないために、視覚の鏡が歪むことはない。こうして得られる、自足し自律する「表象」の世界は、本性とのつながりをみずから断っている。自明の名のもとに行われるこの欺瞞あるいは妥協を、ドン・キホーテは世界に向けて告発するのだ。罵言とせせら笑いを残して立ち去ってゆく女たちを見送る嘆声。「サンチョよ、わしが魔法使いどもに、いかに憎悪されておるか、お前にも分かったかな？〔……〕奴らは、**わが思い姫の本来の（naturelle）お姿に接して得られるはずの喜びさえ**、わしから奪い取ってしまったのだからな。〔……〕わがドゥルシネーア姫の姿をただ単に別のものに変えるだけでは満足せずに、**あの田舎娘のような下賤で醜い姿（figure）**に変えてしまい〔……〕」（後篇、Ⅰ、一七〇）[19]。

いまドン・キホーテが位置しているのは、表象から本性へと遡行するアレゴリーの道を断たれた世界、すなわち近代的自明性の世界であり、有無を言わさずこの世界に位置させられているという認識が、後篇のドン・キホーテに課せられた設定である。したがって、右でドン・キホーテが言う「魔法使いども」とは、昔の騎士道物語に出没していた類ではなく、まさに近代そのものにほかならない。ドン・キホーテ自身も、「拙者の身に起こることはすべて〔……〕どこぞやの嫉妬深い魔法使いの悪意に導かれることにより、他の遍歴の騎士たちに起こる通常の出来事とは大いに異なっている」（後篇、Ⅱ、一四六）と洩らしている。実に近代という名の魔法使いは、眼に映る限りの事物を明白な真実とし、これに一定の言語表現を充てはめて、物と語の結びつきを固定した。「風車」は風車以外の何物でもなく、「百姓娘」は百姓娘以外の何者かになることはできない。「文学が発見するのは、言葉と事象の永遠の離反、**言語の表示的使用と言語の存在の体験の乖離である**。文学はこの乖離を埋めたいと願うユートピアである」（フエンテス、一三〇。強調は原文）。

言葉と事象の乖離を埋める仕方には二種類があり、これは語というものが持っている二つの側面に対応する。すなわち言語記号には、記号表現または意味するもの《シニフィアン》（音や文字そのもの）と記号内容または意味されるもの《シニフィエ》（音や文字の意味）の両面がある。「風力粉挽き機」は、風車の実体を必ずしも正しく意味してはいない。その実体は「悪の巨人」であるという、前篇のドン・キホーテの異議申し立ては、意味されるもの《シニフィエ》の面で言葉と事象の乖離を埋めようとするものであり、右の引用の「言語の表示的使用」に当たり、それに限られる。また、このことは文学に固有ではなく、第一章で見たように、ドン・キホーテの風車攻撃は、後の世紀で各分野における近代文明批判のシンボルに掲げられたのだった。

これに対して、「言語の表示的使用と言語の存在の体験の乖離」は、言語記号の意味するもの《シニフィアン》の側面をも巻き込む問題意識である。よく引かれる例がマラルメの『詩の危機』の一節だ。フランス語では「昼」は《jour》、「夜」は《nuit》であるが、音の感じは、《jour》（「昼」）が暗く、《nuit》（「夜」）が明るい。つまり、意味されるもの《シニフィエ》（「言語の表示的使用」）と意味するもの《シニフィアン》（「言語の存在の体験」）が分裂し、かつ矛盾している。「何という期待はずれ」とマラルメは言う。本当の昼のように「光り輝く語への願望」を満たすものはないものか。いや、ある。「詩句」（le vers）だ。「詩句は諸言語の欠陥を哲学的につぐなう」（Mallarmé, 208. *Crise de vers*）。

前置きが長くなったが、三人の娘たちを見送るドン・キホーテに次の言葉がある。サンチョが、さっきの娘には口元にほくろがあった、と言うのを受けて、「自然（nature）がドゥルシネーアに完全でないもの、瑕のあるようなものを与えようはずがない〔……〕。だから、よしんばあの方が、お前の言うようなほくろ《ルナール》（lunar）を百ほどもっておられても、それはあの方にあってはもはやほくろ《ルナール》ではなく、光り輝く月《ルナ》（luna）とも星ともなるのよ」（後篇、I、一七二）。

「ほくろ lunar」の意味するもの《シニフィアン》の中には、「月 luna」が含まれている。あえて言えば、これも語の意味のひとつだ。しかし通常の言語運用では、この意味するもの《シニフィアン》の意味は意味されるもの《シニフィエ》の意味（「ほくろ」）によって隠蔽され、実際に「体験」されることがない。ところがドゥルシネーアにおいては、この隠蔽された意味が「光り輝く月」となって美しく映えるのだ。「自然（nature）がドゥルシネーアに完全でないものを与えようはずがない」からである。もろもろの美を生み出す「美」の「本性 nature」が、生み出された美の表象で最も美しいドゥルシネーアにおいて純粋に顕現し、燦然と輝くのだ。ドン・キホーテ自身も、「**姫がもとの姿**（son premier être. **最初の存在。スペイン語原文は** su ser perdo. **失われた存在**）に戻れば、いや戻らぬはずはないのだが」（後篇、Ⅲ、三六六）と述べている。ルネサンス期の思想によれば、美は物質の中に導きいれられた「神の知性のかけら」である。源にある神の知性と、人間に与えられた知性のかけらが、言語という物質（意味するもの《シニフィアン》の音）の中で濃密に相交わる。また、先に引用したルネサンス人の発言には、「世界の中心たる人間は、まさしく事物の隠れたリズムを捉え、崇高な詩人となる人間である」との文言もあった。ドゥルシネーアは詩の言葉によってこそ招き寄せられるべきであり、ドゥルシネーアを探し求める者は詩人でなければならない。

「もしこれで思い姫ドゥルシネーアを魔法から解き放つ術なり方法なり手段なりを見つけることさえできたら、自分は過去の世紀の最も大きな幸運に恵まれた遍歴の騎士が手にした、あるいは手にしえた最大の幸福をさえ羨む必要はなかろう」（後篇、Ⅰ、二四七―二四八）と、ドン・キホーテは独りつぶやく。しかし、そこに限界があった。ドン・キホーテは詩人ではないのである。詩人の能力と資格を明らかに欠いている。『ドン・キホーテ』は、意図的に主人公をそう設定しているのだ。自分が興味を持つのは「神の文事」ではなく、「人間の文事」であるとの発言は引用したが、実はこの発言を含む演説全体の趣旨は、武は文に勝るということであった。「そもそも武術より文芸のほうが優れているなどとのたまう御仁は、拙者の前から立ちのかれるがよい」で始まり、「たしかにこれ〔人間の文事〕は高邁にして心豊かな、大きな称賛に値する目的ではある。しかし、武の使命に与えられるべき称賛には及びもつきませぬ」と結ぶ（前篇、Ⅲ、六七、六八）。

ドン・キホーテが言葉と事象の乖離を埋めるべき「文学のユートピア」を展望するのは、右の、「ほくろ」と「月」のくだりがおそらく最初にして最後である。これは単にドン・キホーテという一人物の性格だけでなく、ロマンという書き物が自らに課した限界ではなかろうか。ロマンは言語のユートピアを求めながらも、この欣求を、明白さという名の不純で曖昧な言語の地平に据え付ける。見果てぬ夢はついに夢の域を脱出しないのがロマンの宿命だろう。武術によってドゥルシネーアをこの世に招き寄せようとするドン・キホーテの見当違い、その滑稽と悲しさを綴るのが、ロマン『ドン・キホーテ』後篇の主題である。

ドン・キホーテの後裔たち

第三回目の遍歴すなわち後篇の始まりで、ドン・キホーテが言語のユートピアを垣間見るについては、多分に語り手の誘導があったと思える。そもそも旅立ちの時点で、語り手は言葉を主人公の心中に沿わせているのだ。出発を告げる文、「騎士と従士は大都エル・トボーソへの道をたどりはじめた」（後篇、I、一二八）がまずそれである。

「大都（la grande cité）エル・トボーソ」という表現は明白な事実に反する。「十六世紀中葉の調査によると、この町の人口は九百人ほどであった」（牛島b、後篇、I、四三五）とのことだ。もともと語り手自身が、「彼の村からほど遠からぬある村（un pays）」（前篇、I、五三）と記しているし、「トボーソ村のすぐ近くに住んでいた」（前篇、I、二二八）サンチョも、そこを「村」（le village）と呼んでいる（前篇、II、一一二）。明白な事実を語るのが語り手の責務であるとするなら、後篇発端の語り手はあえてそれに背いている格好だ。続けても、「翌日の夕方になって、ついに二人の行く手に大都エル・トボーソがその姿をあらわす［……］」（後篇、I、一四四）と綴る。

明白な事実がオールマイティとなってテクストを支配することを止めているから、ドン・キホーテの心中の「大都」と事実としての「村」がまるで等価となり、ここに超現実風の世界が出現する。薄明のエル・トボーソに入り込んだ主従である。姫君の「館」へ案内せよとドン・キホーテが命じ、「あの方の家はたしか袋小路にあった」とサンチョが答える。「いったい、どこの世界に、出口なしの路地に建っている宮殿や王宮があるというのじゃ」の叱責には、「どうやら、このエル・トボーソの町じゃ宮殿やでかいお屋敷を路地に建てるのがならわしらしいんだね」と応じる。たまたま、早起きの百姓姿の若者に出会った。ところがこの若者、つい最近ここに雇われて来たよそ者で、土地のことは何も知らない。ドン・キホーテの口から出た「王女、ドニャ・ドゥルシネーア・デル・トボーソ」をとらえて、「そりゃ王女様みたいに偉ぶった女連ならうんといるけど」と述べた。「『おそらくそうした御婦人方のなかに』と、ドン・キホーテが言った。『わしの尋ねるお方もいらっしゃるに違いない』」（後篇、I、一四六―一五一）。

しかしここまでが限度である。ロマンの語り手は、実際のエル・トボーソの家並みの明白さそのものに手を加えることはできないし、人物の会話の行き違いから生じた誤認を実際の事とすることも許されない。この先の語り手は、これまで主人公を後押ししてきた言葉の力を主人公自身に預けて、例の森外れの道で三人の娘たちに出会う場面になる。この場面でドン・キホーテは、言葉でもってドゥルシネーア姫を呼び寄せる詩人の役を精一杯演じて、『ドン・キホーテ』におけるロマンの言語の極限を極めた、と言うことができるだろう。

この後のドン・キホーテは、「武人」としての力量でもって、ドゥルシネーア姫の「失われた存在」を取り戻そうと奮闘する。そのひとつに「モンテシーノス洞穴の冒険」がある。モンテシーノスはシャルルマーニュ（カール大帝）の時代の英雄、武勲詩『ロランの歌』の主舞台であるロンスヴォの戦いで戦死した友の心臓をくり抜いて、その思い姫に届けたという伝説が、歌謡騎士道物語（ロマンセ）に歌われて人口に膾炙していた。洞穴の入り口はいばらに被われて、奥底を窺い知ることはできない。ドン・キホーテは臆することなく、身体に命綱を巻きつけて降下した。その剛胆さが報われたというべきか、騎士モンテシーノスの壮麗な宮殿に招き入れられて、伝説の諸人物と親しく言葉を交わす。まさに、念願の騎士道物語再現である。

ところが、このくだりのドン・キホーテは意外に弱腰なのである。地上に帰還して、待ち受けていたサンチョたちに、三日三晩にわたる壮大華麗な体験を得々と語る。しかし、ドン・キホーテが実際に洞穴に下っていたのはわずか一時間余のことにすぎない。お前様はまた魔法にかけられていたんだ、とのサンチョの指摘に、

『大いにありそうなことじゃのう、サンチョ』と、ドン・キホーテが応じた」（後篇、I、四〇四）。以前のドン・キホーテなら、激怒のあまり、従士サンチョを打ち据えていたはずである。

弱腰の原因は次のことにあるに違いない。洞穴すなわち騎士道物語の宮殿で、ドン・キホーテは例の三人娘に会った。森外れで見かけたときと同じ格好である。その娘たちが、なんと、ドゥルシネーア・デル・トボーソとその侍女を名乗るではないか。おまけに、「お持ち合わせの金子をお貸しいただきたい」（後篇、I、四〇八）と無心する有様だ。ドゥルシネーアの「失われた存在」は、騎士道物語の世界においてさえも戻らない。今や、「表象」と「本性」は決定的に解離している、と『ドン・キホーテ』は宣告する。そもそも、「本性」という観念が無効になっているのだ。近代が掲げる事象の自明性、つまり「表象」の自足自律は、再現された中世騎士道世界においても揺るがない。逆に、騎士道世界がはかない幻想の地位に落下する。

次にドゥルシネーア姫復活が話題になるのは公爵城でのことである。公爵が仕組んだ芝居のなかで、大魔法使いメルリンに扮した男が、従者サンチョ・パンサが自らの尻に三千三百回の鞭打ちをすれば、ドゥルシネーアは本来の姿を取り戻すであろう、との予言を下した。ドン・キホーテはこれに一縷の望みをつないで、しきりにサンチョを促す。ところが狡猾な従士は、主人から少し離れたところに退いて、自分の尻の代わりに木の幹を打ち据え、それに合わせるようにして、「魂まで抜けていくかのようなため息をついたのである」（後篇、III、三六九）。

その間に、いくつもの不運がドン・キホーテに襲いかかった。一度は雄牛の群れ、もう一度は豚の群れに踏みつけられたことについては、第一章で述べた。やっと辿り着いた目的地バルセローナでは（ドン・キホーテはそこで催される武術試合に出るつもりでいた）、彼を待ち受ける「銀月の騎士」（ドン・キホーテを村に帰らせるために、同村の学士カラスコが扮する）との一戦にはかなくも敗れ、敗者の義務として、一年間自宅に謹慎することを誓わせられた。こうして主従が故郷の村が見下ろせる坂のすぐ手前まで帰りついた日が、ちょうどサンチョの三千三百回の鞭打ちが成就した日である。しかし、「かのメルリンの約束あるいは予言が嘘であるはずはないと信じて道をたどっていたドン・キホーテが、行き交う女すべてに眼をこらしていたにもかかわらず、とうとう、ドゥルシネーア・デル・トボーソではないか、と思わせる女性に出会うことはなかった」(後篇、Ⅲ、三八六)。

家に帰りついた彼は、ほとんどそのまま病床に伏した。「医師の診断によれば、心の愁いと落胆が彼の生命を徐々に奪ってゆくとのことであった」(後篇、Ⅲ、四〇一)。『ドン・キホーテ』において、「心の憂い」または「憂鬱」(mélancolie, melancolia) は、主人公が「己の《狂気》に懐疑的になったこと」(本田b、二二九)を示している。すでに雄牛の群れに踏みつぶされたところなどで、「わしは物思いに沈み、不運にさいなまれて、このまま死なせてもらおう」(後篇、Ⅲ、一六五) と洩らしていたドン・キホーテである。しかし遍歴の騎士は決して死なない、死んでゆくのは、「わしはもうドン・キホーテ・デ・ラ・マンチャではありませんからな。日ごろの行いのおかげで《善人》というあだ名をちょうだいしていた、あのアロンソ・キハーノに戻りましたのじゃ」(後篇、Ⅲ、四〇三) と述べる、田舎の一郷士である。もともと騎士ドン・キホーテの名はこの郷士が創作したものだった。名はいま、これを背負ってきた人物の身体を離れて、来るべきロマンの主人公の登場を待ち受ける。次のようなことだ。

後篇のドン・キホーテがもっとも武人らしい活躍を見せるのは、「世に名高い、魔法の小船の冒険」(第二十九章の題名) である。川沿いの道を進んでいたときのこと、「櫂もなければ船具も何ひとつない一艘の小船が、岸辺に生えた木の幹に繋がれているのが目に付いた」(後篇、Ⅱ、八一)。「騎士道物語に頻繁に現れるモチーフ」(牛島b、後篇、Ⅱ、四三一) である。たとえばトリスタンは、深手を負った身体を櫂を外した小船に横たえ、海流に運命を託す。そして流れ着いたアイルランドで怪獣を退治し、救国の英雄と讃えられる。ドン・キホーテはといえば、先のモンテシーノス洞穴の冒険では、体験したことについて信念が揺らいだが、今度ばかりは確信が持てた。「よいかなサンチョ、ここにつながれている船は、まごうかたなく、いや、そうでないはずなどありえないのだが、拙者にこれに乗って、今なんらかの窮地におちいっているはずのどこかの騎士、あるいは誰か高貴なお方の救出に赴くようにと、拙者に呼びかけ、拙者を招いているのじゃ。と申すも、これこそは騎士道の常套であり〔……〕」。不運にひしげているロマンの主人公（英雄《ヒーロー》）が、かつて風車に突進したあの始発の英気を取り戻している。

主従を乗せた船が流れて行くと、川の真ん中に大きな水車が数台姿を現した。「あそこに現れた都市か城か砦こそ、どこぞやの不幸な騎士、あるいは王妃か王女が監禁されて、そのためにやってまいった拙者の手による救出を待っておらるる所に違いないぞ」と突っ込んでいく。あわや水車に巻き込まれる寸前に、水車場の男たちが飛び出して、長い棒を使って小船を押し止めた。あおりを喰らって川に投げ出された二人である。それでもドン・キホーテは、「城か砦」に向かって叫んだ。「どこのどなたかは存じあげぬが、その牢獄に閉じ込められておいでの友よ、どうか拙者をお赦しくだされ。拙者とあなた方の不運ゆえ、拙者はあなた方をその苦境よりお救いすることができんのじゃ。この冒険は、誰か拙者以外の騎士のためにとっておかれているのでござろう」（後篇、Ⅱ、九三）。

「誰か拙者以外の騎士」と、その人のためにとっておかれている「冒険」を、ドン・キホーテの視界を超えて列挙すれば、近代ロマンの歴史を著すことになるだろう。ここでは二つの名を挙げる。

捕鯨船長エイハブ。エイハブは他のことには目もくれず、ひたすら白い大鯨を追う。あの鯨を捕獲しても、「いく樽くらいの脂が取れるんですかね、エイハブ船長？」といさめる部下には、「いいか、目に見えるものはすべてボール紙の仮面にすぎないんだ」と応じる（以下、このパラグラフの引用は、『白鯨』上、一六三、一六四。下、四三三）。「未知だが、道理にかなったものが、道理にあわない仮面のうしろから、その姿をあらわすのだ」。エイハブの片脚を食いちぎった、白鯨の仮面のうしろにあるべき「道理」とは、悪がこの世界を支配していることか。それとも、悪の支配をさらに包み込むようなより大きな善であるのか。「人間としてはどのようにそれを説明したらよいのだろうか？」表象と本性を繋ぐべきアレゴリーの糸は断たれているのだ。そして、ついにエイハブが白鯨に銛を打ち込んだとき、「この世のもっとも不思議なことがはっきりしてきそうだ」と思えた。しかしその瞬間、捕鯨船は断末魔の大鯨に引きずられて海中に沈む。

美の狩人ハンバート。彼は、「だらしのない下品な女学生」（このパラグラフの引用は、『ロリータ』二一八、三〇五、九八、六五、三四七）の中に、至高の美を見ている。ドゥルシネーアは甦った。そして消えてゆく。第一に、「［十二歳の］彼女が永久にロリータでいるわけではない」。第二に、こちらのほうが理由として大きいのだが、「彼女の顔やそぶりを言葉で表現したいのだが、彼女がそばにいると、欲情に目がくらんで、それができない」。それでも、「彼女のそぶり」を珠玉の文に刻んでいる。たとえばテニスをするロリータ。「鋭くひびきわたる澄んだ音とともに黄金の一撃を加えるためにのみ彼女が創造した力強い優雅な宇宙の頂点に高々と浮かぶその小さな地球に向って、彼女は、きらきら光る歯を見せながら、ほほえみかけるのだ」。

「ぼく」と自称するこの中年男は、実は二人の人間だった。作品後半でそれが明らかになる。一人は「犯罪者」、そして一人は「詩人」（以下、『ロリータ』二〇〇、四六七）。「詩人」は「犯罪者」を拳銃で撃ち、精神病院に収容され、ようやく「芸術という避難所」を得て、この作品を書いた。『白鯨』の主人公もやはり二人から成っている、と言うべきだろう。一人は船長エイハブ、一人は鯨とともに海中に没した船の中で「一人が難破から生き残った」（以下、『白鯨』下、四四四。上、四三）その人、すなわち語り手のイシュミエルだ。エイハブはイシュミエルの語りの中から生まれたと言える。まずエイハブの挙動を観察し、次いでその内心の言葉を引き出し、やがてエイハブの内話とイシュミエルによる地の文が渾然一体になる語り方がそれを証明している。そもそも「白鯨」の起源は、作品冒頭の、浜辺で思索に耽るイシュミエルの脳中に浮上した「空中にそびえる雪山のような、頭巾をかぶった大きな幻影」ではなかったか。

ドン・キホーテに成り変わるキハーノ、エイハブの母胎であるイシュミエル、少女誘拐者ハンバートの旅を綴る詩人ハンバート、彼らもまた作中で名を得た人物であり、彼らの名前のさらに源には、作品を書くこと《エクリチュール》がある。そして書くことは、「いかなる表象（イメージ、観念、概念または決められた意味）によっても充足し安堵することができないこの世界の自己意識の運動」（Nancy, 14）なのだ。「世界は自分自身を解くことはできないのだな」（『白鯨』下、二四〇）とエイハブはつぶやいた。この世界に秩序と意味《サンス》・方向の明白さがあると信じたのが近代というものだろう。そこでは、「『不快なもの』という言葉が、『異例なもの』という言葉と同義語になる場合がしばしばある」（以下、『ロリータ』九、一七七）。近代ロマンの主人公たちにつけられる「同義語」である。白鯨、あるいはロリータ、その実はドゥルシネーアに「魅せられた狩人たち」が総じて「狂人」と呼ばれるゆえんだ。

　ドン・キホーテの最後の遍歴の旅も終わりに近いある日、主従は一軒の旅籠で一夜を過ごす。部屋のただひとつの装飾は、トロイア戦争の発端となった、パリスによるヘレナ拉致の場面を描いたつづれ織りである。それを見て、「『おいら賭けてもいいけど』と、サンチョが言った。『そのうちに、お前様とおいらの功名手柄を絵にして飾らねえような居酒屋もなければ、街道宿や旅籠、それに床屋もねえってことになると思いますよ』」（後篇、Ⅲ、三七三）。

第三章　ロマンへの道――テクスト『ドン・キホーテ』について[20]

歴史と文学

今日、『ドン・キホーテ』のジャンル名は、日本語では「小説」、フランス語・ドイツ語では「ロマン」(roman, Roman)、英語・スペイン語では「ノヴェル」(novel, novela)である。総じて意味するところは、最大公約数において散文による虚構の物語作品、最小公約数において文学、といったところか。いずれにせよ、実用書や学術書と区別するのはもちろん、同じ物語様式ではあっても、歴史書とは別個の書物として扱う。

ところが『ドン・キホーテ』は、世に出た当初は歴史書ということになっていたようである。少なくとも当の『ドン・キホーテ』の中では、語り手も作中人物もそれぞれの立場から、この作品を等しく「歴史」と定義している。これは、歴史と文学の関係に今日とは違った面があるというよりは、そもそも、今日で言う「文学」の概念が当時はまだ明瞭ではなかったことによる。文学は歴史の中に含まれていて、文学としての独自性を自他に認めさせるには至っていない。そういった時代に、文学を一個の独自な言語活動様式としたのが、まさに『ドン・キホーテ』だったのだ。近代文学は『ドン・キホーテ』に始まる、と言われる理由はそこになければならない。その「文学」とは何か、を考察するのがこの章の目的である。

さて、以下に引用する『ドン・キホーテ』の日本語訳文の、傍点を施した語はすべて、原文と仏訳では「歴史（historia, histoire）」である。まずは主人公ドン・キホーテが、作品『ドン・キホーテ』を指して、誇らしげに「この希代なるわが伝記」（前篇、I、五七）、「わしの武勲の歴史」（前篇、I、三四九）と述べる。また語り手は、自分が綴る『ドン・キホーテ』のテクストを指して、「この物語」（前篇、I、一六一）、「この真実の物語」（前篇、I、二五六）と呼んでいる。さらに、この作品には種本があって、語り手はこれに基づいてテクストを綴っている建前であるが、その種本なるものの題名が、「アラビアの歴史家、シデ・ハメーテ・ベネンヘーリによって著された、ドン・キホーテ・デ・ラ・マンチャ伝」（前篇、I、一六五―一六六）である。以上の訳語で「伝記」「物語」「伝」となっている元の語すべてが「歴史」であって、作中人物にとっても、作品を書く側にとっても、また作品の由来としても、『ドン・キホーテ』は何はさておいて、まずは「歴史」なのであった。

日本語訳についてコメントするなら、「歴史」を「伝記」「伝」と言い換えた理由は、日本語では「歴史」という語を個人に当てはめることはあまり行われないからであろう。ところが西欧語では、ひとつの民族あるいは人類全体に関する出来事を物語ることも、個人の人生の出来事を物語ることも、等しく「歴史」なのであり、用語法としては個人の人生について言う方が初めであったとの説もある（*Dictionnaire historique de la langue française*, Bordas）。

また、訳語の「物語」は、元の語「歴史」の意味を的確に補っていると言える。「歴史」とは、個人あるいは大小の人間集団、さらには制度や組織の浮き沈みについての「物語」にほかならない。英語では「歴史 history」と「物語 story」が分かれたが、フランス語やスペイン語では古来の語法のまま、語の中で溶け合っている。したがって、「物語」は「歴史」と不可分であって、物語る出来事は過去または現在の事実でなければならない。先に引用したドン・キホーテの自画自賛の文言が「この希代なるわが伝記（histoire. 歴史）の作者」と続き、この「作者」の原語が「編年史家 chroniqueur」であること、また、種本の筆者のことを「アラビアの歴史家 historien」と明記していることなどが、「物語」はあくまで「歴史」の下部概念であることを表している。つまり、「歴史＝物語」は作り話を許さないのである。もちろん、ドン・キホーテの数々の冒険はセルバンテスによる作り話に他ならないが、これを歴史的事実として語る姿勢が強く要請される時代であった。

このような「歴史」の観念が『ドン・キホーテ』の時代を支配していたことを、まずは確認しなければならない。では、『ドン・キホーテ』が世界文学の代表作と言われる、その「文学」はどうであったかと言えば、「歴史」に対して独立するものとしての「文学（littérature）」の語も概念も存在していなかった。事実の真とは別個の真実を主張するような、虚構の観念も育っていなかった。「『ドン・キホーテ』の作者や主人公が《歴史》と定義し、これに対して今日のわれわれがロマンと見なす、この作品の身分についての議論が始まったのが十八世紀初めのことである」（Canavaggio, 92)。ロマン派がこの「議論」を展開し、「文学」と「ロマン」がほぼ同義語の関係でお互いを照らし合うことになるが、さて、ロマン派がその文学運動の旗印に掲げたのが、まさしく『ドン・キホーテ』だったのである。

もちろん、事を『ドン・キホーテ』以前に遡らせることもできる。歴史と文学が融合と分離の両義的な関係を結ぶ有様は、どの時代にも見届けることができるはずである。顕著な例として、ヨーロッパの中世には「ロマン」と呼ばれる作品群があった。ロマン派が唱えた「ロマン＝文学」は、中世のロマンがモデルであると言うこともできる。

中世において「ロマン」とは、まずは公的言語であるラテン語に対する民間の俗語を言い、次いで俗語で作られる各種作品を指した。公的な文書、学術書、宗教関係の書き物などはラテン語で綴るのに対して、俗語（ロマン）では日常生活や民族の伝説の中の話題を扱った。その多くは、今日の日本語で言う「小説」の中に入る。実際に、ラテン語の書き物に対する俗語のロマンの位置は、「小説」の語源の姿、すなわち、「儒教の論理の外部に位置し」「それゆえ正史からはみだしている」「街談巷語といってよいような説話のたぐい」（藤井、六八七、六九一）に類似していると言えよう。

「歴史」（中世フランス語では estoire）と呼ばれる書物は、多くがラテン語による「過去の出来事の真正な記述」（横山、五）であった。これに対して、「ロマン」において第一に要請されるものは、必ずしも事実の忠実な記述ではない。たとえば、十二世紀のロマン作者クレチアン・ド・トロワは、題材を歴史書に仰いだことを明言して、自作中の「具体的な個々の事実の正当性を保証する」一方、「《estoire》の語る事柄、その価値を是認した『わたし』が語る、それがこの《conte》である、という二重の語りの設定」（横山、七、八）を行っている。《conte. コント、小話、物語》には「架空の話、作り話」の含みがあり、題材となった《estoire. 歴史書》の真実性が「ロマン（小説）」では何らかの変質を蒙ることを認めているのである。

注目すべきは、「コント conte」と「歴史 histoire」を重ねながらかつ区別するという「二重の語りの設定」が、『ドン・キホーテ』においても幾度となく繰り返されることである。たとえば、アフリカの王女に扮したスペイン娘が、ドン・キホーテに向かってわが悲運の物語（それ自体は作り話であるが、真実の歴史だと触れ込む）を語るくだりがある。滔々と語り終えたところでは、「これがわたしの身の上話（mon histoire. 私の歴史）でございます」と見得を切るが、その一方では、「ある部分で誇張が過ぎたり、あるいは正確性を欠いたりしていた」かもしれないと自ら認めつつ、一歩引いた姿勢で、「この話（mon conte. 私のコント）」と言い直している（前篇、II、二五五—二五六）。同じ題材を扱う物語でも、語る姿勢によって真実の度合いに差が生じ、ゆえに物語テクストの格が異なるというわけだ。

以上に加えて、物語の歴史的真実性を保証する装置があり、それは書記言語、つまり文字で書き記されているということだ。口頭で語るだけでは「歴史」にはならないのである。サンチョが道中で主人ドン・キホーテに語り聴かせるのは、あくまでも「面白い話（des contes）」にとどまる。またこういうこともある。『ドン・キホーテ』の語り手はある時、主人公の出身地に実地調査に赴いた。ドン・キホーテが生きていたのは「それほど昔のことではない」（前篇、I、四三）のだから、生き証人に直接面談することがあってもよい、ところがその方面には目もくれず、ただひとつ考えたのは、「マンチャ地方の才子たちが自分たちの古文書館や書庫に、この音に聞こえた騎士の事績を記した何らかの史料を保存していないほど知的好奇心を欠いた人々であるとも信じたくなかった」（前篇、I、一五九）ということ、ただそれだけであった。

「騎士道物語」は日本独自の用語であって、『ドン・キホーテ』においてその原語は、多くは「livres de chevalerie（騎士道本）」（前篇、I、四四）、すなわち書物になっていることを大前提にしている。ちなみに今日では、「騎士道ロマン（roman de chevalerie）」と呼ぶのが普通であるが、これは、『ドン・キホーテ』の後の時代に始まったことである（Casauran, 29）。ところで問題は、「騎士道本」の呼び方はいわゆる騎士道物語のすべてを包括するのではなく、この種類の物語群に生じたひとつの変化に対応するということだ。この局面で西欧の文学史は歴史と文学の関係に新しい形を作り出し、そのまま『ドン・キホーテ』の時代に至っている。

初期のロマン（俗語で作った物語作品）はもっぱら音声でもって伝達し享受する口誦文学であり、韻文形式であった。韻文はテクストの暗記と朗読に適している反面、歴史的事実の記録・記述の便と正確さでは散文に及ばない。韻文は語り手の頭の中に入っておればそれでよく、一方、散文は文字化されてはじめて散文である。繰り返すが、文字化されることが、事実（真実）性の証であった。韻文は、「堅い内容の叙述には不向きであると見做されていた」（Roubaud-Bénichou, 122）。

ところが中世文学の後期（十三世紀以降）に、騎士道物語が散文で書かれるという事態が生じた。すなわち、ロマンは「歴史を語り、事実を述べる」ことを主目的にするようになる（Badel, 196）。「散文ロマンは一貫して歴史的信憑性を主張する。虚構物語ではなく年代記である、という触れ込みなのだ」（Stanesco & Zink, 60）。

こうして中世後期のロマンの主要テーマであったアーサー王と円卓の騎士団の物語（歴史）を拡大して、世界史規模の「年代記」を装うことになる。モデルとなるのは、聖書が記す選ばれた民の歴史、およびギリシャ・ローマ以来の文献が記述するヨーロッパ民族の歴史である。ロマンという名の「世界年代記は、聖なる歴史と古代の異教徒の歴史を統合した」(Zink, 89)。ロマンの作家たちは、トロイア戦争の勇士の末裔（アーサー王もその一人）が、十字架上のキリストの血を容れた聖杯を探求するという、まことに気宇壮大な世界歴史物語を構想する。

こうして、「《ロマン（**roman**）》と《歴史（**estoire**）》は互換性がある語となった」(Zumthor, 348)。十六世紀、すなわち『ドン・キホーテ』の作者の時代では、「歴史」が時の言葉である。第一章で述べたとおり、この世紀に騎士道物語が流行したが、人々はかつてのように朗読に耳を傾けるのではなく、印刷術の発展が生み出した大量の騎士道本を手に取ったのである。『ドン・キホーテ』が「歴史」を名乗るのには、このような時代背景があった。

虚偽と虚構

もちろん、「歴史」のレッテルを貼れば作品が内に抱える諸問題がおのずと解消するわけではない。それどころか、レッテルへの異議申し立てが避けられない。歴史を名乗りさえすれば、その本に書いてあることはすべて本当なのか。『ドン・キホーテ』前篇でドン・キホーテとトレドの聖堂参事会員が交わす騎士道物語論議がそれだ。

参事会員は、騎士道物語の「虚偽」を告発する。遍歴の騎士が妖怪変化や巨人を退治するといった、「そうした有象無象の途方もないことどもが、実際にこの世にあったことだと思いこむような人間がいるものでしょうかね」（前篇、Ⅲ、三一〇）。これに対して、騎士道物語を地で行く覚悟のドン・キホーテは、物語（歴史、伝記）の真実を主張して熱弁を振るうが、「聖堂参事会員は、ドン・キホーテが史実（vérités. 真実・事実）と虚構（mensonges. 虚偽）をごたまぜにして滔々とまくしたてるのを聞いて唖然とし〔た〕」（前篇、Ⅲ、三一六）。

右の日本語訳文の「虚構」は誤解を招く恐れがある。「虚構」は、今日の文学論において、「史実」とは別個の真実の可能性を問う語であるが、参事会員がそのような意味で「虚構」を口にしているとは思えない、彼の頭の中にあるのは「史実・事実」に対する「虚偽」という一元的な概念の図式であり、この図面上での線引きだけが問題になる、さらにその線引きにしても、常識的に見て「途方もない」ことは別として、騎士道物語に書いてあるすべての事について真偽を鑑定する知識は持ち合わせない。だから彼の騎士道物語告発は切れ味が悪く、ドン・キホーテから次の反論を浴びると、途端に矛先が鈍ってしまう。

「もしこれら〔物語の中のもろもろの出来事〕が偽りであるとするなら、ヘクトルも、アキレスも、トロイ戦争も、フランスの十二英傑も、はたまた、今日にいたるまでその姿を烏《からす》に変えて生きており、国民が王位への復帰を一日千秋の思いで待ち望んでおるイギリスのアーサー王もすべて存在しなかったことになってしまいますぞ」（前篇、Ⅲ、三一四）。

先に述べたように、中世のロマンはトロイア戦争の勇士の末裔が西欧に渡って国を築くという世界史を構想し、それが史実として広く信じられていたのだった。「中世においては誰一人、フランク民族の起源がトロイアにあることの歴史的現実性、およびアーサー王の歴史的実在性について疑念を抱くものはいなかっただろう」（Dragonetti, 29）。『ドン・キホーテ』の時代（十六世紀後半から十七世紀初頭）になっても事情は同じであった。「創作であれ事実であれ、過去の内容を扱ったものであれば、散文だけでなく演劇や詩の類にまで《歴史》の語が充てられた。〔……〕公のものとして創作を抜きにした客観的事実が要求されるはずの歴史編纂においてさえ、虚構と現実の区別が厳密になされていないというのが実情であった」（山田、一四一）。

ひとつには、実証的な歴史学がまだ発達していなかったということがある。しかしもう一つには、そういった時代的情況とは別個に、史実のパラドックスとでも言うべきものがあるのではなかろうか。事実が始めにあって次にそれを語るよりも、語ることにより事実（なるもの）を作り出すのはいつの世にもある。「歴史的事実はわれわれの言語活動から独立に実在する実体的なものではなく、それを語る言語的制作《ポイエーシス》の行為と不可分だ」（野家b、一二）。

この情況を一歩越えるためには、人が真だと信じて語り伝えてきた物事が本当に真実なのかを再検討する大胆な発想、言い換えれば、物事とそれについての言説（書物、伝承）を分けて考える姿勢が必要である。すなわち実証的な学術であり、その先触れを、『ドン・キホーテ』の時代に見ることができる。「ウィリアム・カムデンが『ブリタニア』を出版し、地方地誌上の発見からブルートス〔イギリス王朝をトロイアに繋ぐ人物〕＝アーサー王伝説を覆す」という学術上の出来事があった（山田、二四五）。ただし、この新発見が世に広まるのはずっと後のことであり、『ドン・キホーテ』の時代には、アーサー王実在説があくまで真であった。そして今日では偽になっている。

「虚構テクスト内のさまざまな出来事は、テクストとは存在論的に別個の、そして時間的にテクストに先行する所与に基づいているのではない」（Cohn, 175）。「史実・事実」がその真実性の保証を言説の外に求めるのに反して、「虚構」は言説がその実体である。史実・事実の反対に過ぎず、結果として史実・事実の傘下に入る「虚偽」とは成り立ちをまったく異にしているのである。

ここに言う「虚構」はほとんど文学の代名詞であり、近代における文学の位置を他の言説（科学、学問、等）との関係において測量する概念である。先の、聖堂参事会員の騎士道物語批判について指摘したように、『ドン・キホーテ』は近代的な意味での「虚構」という語をまだ用いていない。しかし、テクストを作る言語実践《エクリチュール》においては、史実・事実の地平を離脱し、テクストを書くという行為そのものの中で真実性を獲得しようとする姿勢を明瞭に打ち出している。その様を見てゆきたい。

古典主義文学を超えて

歴史書を装うことが義務であったこの時代にあって、この風潮にしたがいながらもなおかつ創作を史実から解き放つために、『ドン・キホーテ』の作者が講じたひとつの策がある。テクスト成立三段階論である（前篇、第九章）。

第一段階のテクストは、トレードの商店街で見つけた、と語り手が言う、アラビア語の文字がぎっしり詰まった「何冊ものノートと古い紙の束」である。「アラビアの歴史家、シデ・ハメーテ・ベネンヘーリにより著された、ドン・キホーテ・デ・ラ・マンチャ伝」と銘打ち、これが『ドン・キホーテ』の原本である。人に頼んでそれをスペイン語に訳してもらったのが、第二段階。これに語り手が手を加えた模様であるから、われわれが読む『ドン・キホーテ』は、第三段階の稿ということになる、もちろん、実際には一切がセルバンテスの手になることは言うまでもない。

原本は「歴史家」が著した「伝（記）（histoire. 歴史）」であるから、それに基づくということだけで、『ドン・キホーテ』はすでに史実性を保証されている。実はこれは物語作者の常套手段であった。「騎士道物語の作者たちはこぞって、自らの作品の仮装の出所、あるいは原資料を読者に説明することに、ひどく心を砕く。〔……〕セルバンテスも、『ドン・キホーテ』においてそれを模倣した」（マダレアーガ、七五）。中世の騎士道物語の代表作家クレチアン・ド・トロワに遡っても、『ペルスヴァルまたは聖杯の物語』を書き出すにあたって、「〔主君の〕フィリップ公から預かった聖杯の物語の書物に基づく」と言明し、物語の途中で何度も、「物語（l'histoire. 歴史）が語るところによれば」と、原本の歴史書を踏まえる姿勢を示している（Chrétien de Troyes, 686, 838, etc.）。『ドン・キホーテ』も、「物語（l'histoire. 歴史）の伝えるところによれば」（前篇、II、六八、など）を繰り返す。ここで「物語（歴史）」とは、もちろんアラビア語の原本のことであり、内容は

「実際に起こった冒険」(前篇、Ⅲ、二三一)に違いないはずだ。「セルバンテス自身が翻訳者ですらないという主張は、真実を語る際の格好の逃げ道となるであろう」(山田、二五九)。

「この物語には最高に楽しい物語に期待しうるあらゆる要素が見出せるものと確信するが、それでももし何かよい点が不足しているとするなら、それは主題が貧弱なせいではさらさらなく、作者の犬めの落度によるものに相違なかろう」(前篇、Ⅰ、一六八—一六九)。「作者の犬め」とは、「モーロ人に対する侮蔑的なあだ名」(牛島b、前篇、Ⅰ、四二四)を通して、原本作者シデ・ハメーテ、その実セルバンテス自身を指す。「作者の犬めの落度」がまさに、『ドン・キホーテ』の出来栄を左右しかねず、セルバンテスは終始これを気にしていたということだ。とはすなわち、何が書いてあるかという事実性ではなく、いかに書いてあるかが大事だということだ。「テクストと物語の信憑性を演出するべきものが、かえって物語の虚構性を表明するものとなり、作家のペンの動きに注目をひきつける」(Sermain, 70)。つまり、作者は自らのペンの動きを三段階に分割しながら、『ドン・キホーテ』執筆に関わる文学的な諸問題を洗い直しているのだ。

ところで、『ドン・キホーテ』には、テクスト成立三段階論と相互補完の関係にあるもう一つの重要な文学論議があり、先に見たトレード聖堂参事会員の騎士道物語批判がそれである。この二つの文学論が、水面下で対話を交わす形で問題を突き止めてゆく。

ドン・キホーテの奇行の原因が騎士道物語本にあることを聞き知った参事会員は、持論の騎士道物語批判を展開するが、その基盤となるのは、文芸復興によって西欧に甦った古代ギリシャの思想、とくにアリストテレスの『詩学』に基づく文学思想であり、これが、十七世紀に古典主義文学の名でもってヨーロッパにおける文学の基本的観念を作ることになる。

参事会員によれば、物語作品の第一の目的は人を「教化する(enseigner. 教える)」ことにある。ゆえに作品は、倫理的・論理的な理を表すことが至上命令であり、テクストの各部分は全体の統一的な理を構築するのに奉仕し、全体の理は各部分に明瞭に反映していなければならない。すなわち、「美と調和（concordance. 全体的一致）」が絶対必要条件である。ところが、騎士道物語に見られるのは、「醜さと混乱（désordre. 無秩序）」にほかならない。およそこの世にあり得ない奇想天外なエピソードの羅列が、理に則した物語の進展を妨げている。「そんな本や物語（fables. 作り話）に、いったいいかなる美があるというんですか、そこに全体に対する各部分の、各部分に対する全体のいかなる調和（proportion. 均整）が見出せるというのですか？」（前篇、Ⅲ、二八三）。

このように秩序と調和の思想を唱える参事会員は、古典主義文学の規則の一つ、筋立ての一致を振りかざして騎士道物語に止めを刺す。「わたしはこれまで〔……〕中ほどが始めの部分と、そして終わりが始めと中ほどとバランスを保っている（le milieu corresponde au commencement… 一致する、連結している）ような騎士道物語を一冊として目にしたことがありません」（前篇、Ⅲ、二八四）。まさに十七世紀のフランスの文人は、『ドン・キホーテ』をこの点で難じたのだった。「セルバンテスには、人を楽しませる本に不可欠の、筆致の統一を保つ配慮が欠けている」。「セルバンテスは自分を制御するということを知らない。話をどんどん拡張し、拍車を加え、やたらに伸ばしてゆく。人物の会話だけでなく、物語もそうだ」（Pierre Perrault cité dans Bardon, 307-308）。

さて、例のテクスト成立三段階説が意図することの一つは、まさしくこの古典主義文学思想との対話であり、さらには対決であった。筋立ての統一を最重視する文学思想への異議申し立てである。

『ドン・キホーテ』が原作者シデ・ハメーテの名を借りて主張して止まないのは、「真実のみを述べる」（後篇、Ⅱ、五四、など）ことであるが、「真実」という文言を敷衍して次のように言う。「まったくの話、本書のような物語を好むすべての人々は、この物語の原作者であるシデ・ハメーテの好奇心に対して、つまり彼が物語の記述に際して示した、細々としたことを、よしんばそれがいかに微細にわたることであろうと、決して切り捨てることがなく、一つ一つ明るみに出さずにおかないというその好奇心に対して感謝しなければならないであろう」（後篇、Ⅱ、二四七）。この主張が何度も繰り返される。

「細々とした」「微細にわたる」記述は、一面でいわゆる写実主義に関わるものであって、それについては第二章で検討したが、もう一面では筋立てに関わることでもある。「いかに微細な点も決してなおざりにすることのない、厳密きわまる糾明者であるシデ・ハメーテ」の筆致の一例と語り手が引き合いに出すのが（後篇、Ⅲ、一一）、ドン・キホーテが逗留している公爵邸の一人の年老いた侍女をとらえて、「一般に老女というものは見たり、聞いたり、嗅ぎまわったりするのが好きで〔……〕」と述べるくだりである。物語の本体である主人公ドン・キホーテの冒険とは関係がない、まったく「微細」な観察文だ。ところが、この文がまるで引き金となるかのように、老侍女が同僚の後を付け回し、後者がドン・キホーテと何事か密談をしているのを嗅ぎ付け、このことを公爵夫人に報告するに及ぶという具合に、事はたちまち大きくなり、その結果としてドン・キホーテが闇討ちに遭う一大事が発生する。

また、こういうこともある。場面はやはり公爵邸。公爵夫妻が仕組んだ芝居に弄ばれ、困惑しきったドン・キホーテとサンチョは、一切を放擲して眠りにつくほかはない、「かくして二人は眠りに落ちた。そこで、この雄大なる物語の作者、シデ・ハメーテはこの機を利用して〔……〕」（後篇、Ⅲ、三四九）と述べるのは、これまでは主人公たちが居る場面に縛り付けられていたペンを、「この機を利用して」他に転じるということであり、転じた先に居るのは、以前ドン・キホーテに試合を挑んで打ち負かされて以来ずっと村に引きこもっている学士カラスコである。場面転換がカラスコに再度の挑戦の機会を与える、ということだ。そのカラスコが二度目の試合で勝利を収め、ドン・キホーテは、敗者の義務として、村に帰り武具を捨てることになる、つまり、主人公が眠りに落ちるという「微細」な情況を「利用して」、結果としては『ドン・キホーテ』の幕引きそのものを準備するのだ。

要するに、筋立てが単線ではなく、幾本もの線に分岐し、それらが交錯してさらに新しい筋が発生する。分岐点あるいは交錯点には、初めて顔を見せる人物、あるいはしばらく脇に引っ込んでいた人物が、それぞれの動機に導かれて登場する。これは、参事会員が唱える、「始め」と「中ほど」と「終わり」の「連結」とはまったく別種の繋がり方である。参事会員の言う連結は、連結点の前後が同質でなければならない。すなわち、筋の展開の一貫性であり、これをさらに徹底すれば、「始め」「中ほど」「終わり」を通じて、場所が同一であり時間も同じ一日内でなければならぬという、古典劇の「三一致の規則」となる。その結果として、作品世界は単一の主題に向けて顕著に求心的であり、同質性と引き換えに閉鎖的に内に閉じる。これに反して、『ドン・キホーテ』の原作者シデ・ハメーテに仮託された「微細なことへの好奇心」による連結は、異質なものを異質なものに接続する繋ぎ方である。ゆえに、作品世界は中心点を絶えず移動させ、あるいはもはや中心というものを持たず、自らを外に向けて際限なく開く。このように両者は、同じ「物語」という語を用いながら、まったく別種の物語制作法を唱えているのである。

シデ・ハメーテ流の書き方を急進化させれば、もはや同一主題を踏まえ続ける必要はなく、さらには同じ人物を常に舞台の中央に据えておかなくてもよろしいということになる。そして、『ドン・キホーテ』前篇は、まさしくそのような書き方を試みたのだった。例の旅籠において、ひとつには『愚かな物好きの話』と題する物語原稿が朗読され、もうひとつには一人の旅人が北アフリカで捕虜となった身の上話をする。ともにドン・キホーテの冒険譚とはまったく無関係であり、しかもかなりの分量を占めて（翻訳の文庫本でともに九〇ページほど）、その間、肝腎のドン・キホーテの物語は中断された格好だ。その他にも、ドン・キホーテが遍歴の道中で出会う諸人物の身の上談がそのたびにこれまた相当な長話であり、要するに、『ドン・キホーテ』前篇は一個の物語集であって、ドン・キホーテの遍歴の話は確かに質量ともにもっとも重要であるが、しかしあくまでもそのうちの一つにほかならない、とさえ言ってよい。

さて、『ドン・キホーテ』の後篇は前篇の十年後に出版されて、その間に前篇は大評判を博した。後篇の作中人物も、これを読んだことになっている者が多い。学士カラスコもその一人であって、前篇の「欠点のひとつ」を指摘する。すなわち、「『愚かな物好きの話』と題する小説を挿入していること、〔……〕それがまったく場違いで、ドン・キホーテ殿の物語となんのつながりもない」ことである（後篇、Ⅰ、六七）。議論の相手のドン・キホーテもこれに相づちを打ち、「わしのことだけでも書くべきことはいくらでもあるのに、その作者がどうして本筋とはかかわりのない小説やら物語やらを挿入する気になったのか」が不可解である、と述べる（後篇、Ⅰ、六九）。

これにはおそらく世評が反映しているのだろう。作者セルバンテスは前篇の書き方を相当に気にしているようだ。右の二人の発言（後篇の書き出し）は、反古典主義的な筋立ての複線化を反省しているようにも見える。しかし後篇を大分書き進めたところでは、シデ・ハメーテの名を借りて、逆の主張をする[21]。自分にとっては、「たえず頭と手とペンを、ただひとつのテーマについて書くことに、そして、ごくわずかな人物の口を介して話すことにさし向けてゆくというのはひどく耐えがたい仕事」（後篇、Ⅱ、三〇九）なので、前篇では「いくつかの短編 nouvelles」を挿入したが、それがあまり評価されなかったから、この後篇には「本筋から遊離した小説 nouvelles」などを加えたりはしない（後篇、Ⅱ、三一〇）。しかし、これは決して作者の本意ではなく、「もともと宇宙全体でさえ扱うことのできる理性と才能（assez d'habilité, de capacité et d'intelligence. 技術と能力と知性）に恵まれながら、絶えず物語（narration. 物語叙述）という狭隘《きょうあい》な枠内に身を置き、そこからはみ出ないように気をつけているのだから、そうした苦心をないがしろにしないでもらいたい」（後篇、Ⅱ、三一〇—三一一）。

作品『ドン・キホーテ』の意図と実際をめぐって、腹の底から声を絞り出したような発言である。実は、右に引用した文章などを、「翻訳者〔つまり第二段階のテクストの筆者。後述するがこの翻訳者は古典主義者である」は忠実に訳していない」ことになっている（後篇、II、三〇九）。それにしても、次の発言の過激さはどうか。「したがって彼［シデ・ハメーテ］が実際に書いたところではなく、むしろ書かずにおいたところに対して賛辞を送ってもらいたい、と要求しているのである」（後篇、II、三一一）。

「書かずにおいたところ」とは、前篇とは違って後篇では書き加えることを断念した「短編 nouvelles」風のテクストだと一応は了解することができるが、しかしどうやらそれだけではなさそうだ。ここで注意したいのは先の引用で、筆者の才能を縛る「狭隘な枠」を、「物語 histoire」ではなく「物語叙述 narration」と呼んでいることだ。つまり問題はもはや個別的な物語作品のあれこれではなく、すべての作品を通底する「物語叙述」の行為である。したがって、以上の引用文をアレンジして問題を煮詰めれば、「物語叙述という狭隘な枠」でもって「宇宙全体」を描き切ることができるか、ということになるだろう。「書かずにおいたところ」の本当の意味は、「書けなかったところ」なのかもしれないのだ。

仮に筋立てを際限なく分岐させても、短編小説の類を数限りなく詰め込んだとしても、作品は決して「宇宙全体」をカヴァーすることはできず、「全体」に対して、あくまでも「断片」の地位に止まるほかはない。しかし宇宙全体を垣間見ることによって、「断片」はただの「部分」ではなくなる。ロマン派文学運動の旗手フリードリッヒ・シュレーゲルは、「文学創造《ポエジー》において、およそ全体なるものは断片として在るのかも知れない。そしてすべての断片は本当は全体なのだ」（cité dans Lacoue-Labarthes & Nancy, 82, 63）と述べた。シデ・ハメーテも同じ思いで、「実際に書いたところ」と「書かずにおいたところ」を照らし合わせたのではなかろうか。

「新しい様式を創る」

歴史に対する文学の自立という点では、古典主義文学理論も一歩を踏み出している。アリストテレスの「ミメーシス」論を踏まえて、歴史家は実際に起こったことを描くのに対して、文学者は起こり得たこと、すなわち蓋然的に、もしくは必然的に、可能なことを描く、と唱える。[22]『ドン・キホーテ』の参事会員も、次のように述べる。「わたしは、嘘も真実と見えれば見えるほど上等だし、本当らしさと蓋然性（vraisemblable et possible. 真実らしさとありえそうなこと）があればあるほど人の心を楽しませることができるのだ、と言ってやりますよ。要するに嘘だらけの虚構（fable. 作り話）がそれを読む人びとの理性（entendement. 知性）と和合することが何よりも大切なんです」（前篇、Ⅲ、二八三）。

史実・事実という意味での真実と、真実らしさは別個である。この発見、あるいは確認は大きな画期であり、西欧古典主義文学の枠を超えて、およそ文学が文学であるための第一歩だとさえ言えよう。問題は真実らしさの中味は何かということである。参事会員はそれを「理性」と呼ぶ。「作り話」が読むに価するためには、「人びとの理性と和合することが何よりも大切」なのだ。さて、この「理性」なるものであるが、第一章で述べた具体的な経験を超越する普遍的理性（第一創造者が与える正しい知識、知性）とは違って、すぐ後で実例を出すが、せいぜい経験の総和あるいは平均値と呼ぶべきものである。したがって、歴史的事実のお墨付きをあえて拒否した、この「真実らしさ」は、せいぜい経験的知という曖昧さに甘んじなければならない。「アリストテレスは仮構の言葉の技術を、《真実らしさ》なるものが存在するということの上に打ち立てた。人びとの精神の中に、伝統、賢者の教え、多数意見、通説、等々が蓄積したものがそれである。作品あるいは言説において、これらの諸権威に違反しないものが真実らしさである。真実らしさは結局、そうであったこと（これは歴史に属する）にも、そうであるべきこと（科学に属する）にも結びつかず、ただ単に世間がそうであると信じていることに対応する」（Barthes, II, 19-20. *Critique et vérité*）。

人はそうであると信じていることを、その正当性を証明するものが欠ければ欠けるほど、より専断的に、より挑戦的に主張する。その例を『ドン・キホーテ』の作中人物で見るなら、前篇に挿入された小説『愚かな物好きの話』について感想を述べる村の司祭がそれだ。曰く、「これが実際にあったことだとは、とても信じられませんな。そして、これが作り話だとするなら、あまり当を得た作り話とは言えませんな。それというのも、アンセルモのように、あれほど危険な実験をあえてしようなどという愚かな夫が存在しようとは想像もつかないからです」（前篇、Ⅲ、二七）。「危険な実験」とは、この小説の主人公アンセルモが、妻の貞淑を試そうとして、結果的に夫婦関係を破綻させてしまうことを言う。司祭はこれを真実らしさに欠けると判断したが、その根拠は、そんな愚かな夫は普通は存在しないはずだという世間の多数意見以上のものではない。

『ドン・キホーテ』のテクスト成立三段階論はこの問題も組み込んでいる。後篇第五章は次のように始まる。「この物語の翻訳者はこの第五章を訳す段になって、この章が偽作ではないかと述べている。そしてその理由として、ここではサンチョ・パンサが、彼の乏しい才知から期待しうるところとはまったく異なった口調で話し、彼が知っているとはとても考えられないような、きわめて微妙にして的を得たことがらを口にしていることを指摘し〔……〕」（後篇、Ⅰ、八七）。すなわち、翻訳者がこの章の内容は真実らしさに欠けると告発している格好だ。事実、ここではサンチョが妻テレサに向って、一介の農夫にはあるまじき栄誉栄達の夢を物知り口調で語っている。「あんたったら、遍歴の騎士のお仲間になってからってもの、ひどくまわりくどい喋り方をするようになったねえ」（後篇、Ⅰ、八九）とテレサが呆れるほどだ。これが「とても考えられない」とは、農夫一般の例外となるような特殊な個を認めないこと、あるいは人間に変化というものがあり得るのを認めないことにほかならない。ところが、『ドン・キホーテ』後篇の読みどころの一つは、後にあらためて述べる予定であるが、まさしくサンチョの人間的・思想的な成長と変化にある。「枠組にとらわれていないがゆえに、サンチョはそれだけ自由で、まさに千変万化、アンビヴァレントで微妙な心理の動きを見せることになる。アメリコ・カストロは、『この従士は、ある一つの《典型》としてではなく、彼の前に現れ出る種々多様な状況によって条件付けられる《生》として考えられている』と、〔……〕指摘をしている」（牛島a、一八七）。

つまりは、典型・類型と特殊な個の対立である。古典主義的文学観では、個は類に属することで真実らしさの保証を得る。特殊な個にはそのような保証はない。古典主義文学者たちは、特殊な個のあまりの特異さを、『ドン・キホーテ』の最大の落ち度とみなしたのだった。「《喜劇的（今日で言えば写実的）物語》は、自然でかつ通常の生活に則した物事を誇張なしで表現しなければならない」のに、「旅籠での騎士叙勲儀式（第一回目の遍歴）に真実らしさがあるだろうか。五十歳のドン・キホーテが風車というものを知らないなどということが信じられようか」（Pierre Perrault cité dans Bardon, 311, 309.（　）の部分も原文）。あたかもこういった非難を先取りするかのように、『ドン・キホーテ』は次のように宣告している。「この壮大な物語の作者は、この章に記述されていることを語るにいたって、読む者がそれを信じてくれないのではないかという恐れ」を抱いた。「なぜなら、ここではドン・キホーテの狂気が、想像しうる最も大きな狂気の限界に到達したから」である。しかし作者は、「真実の微細な点を加えも削りもせず、さらに自分に向けられるかもしれない嘘つき（menteur）という非難など意に介することなく、ここに書き留めたのである」（後篇、Ⅰ、一五四）。ここで言う、ドン・キホーテが「狂気の限界に到達した」とは、サンチョが田舎娘をドゥルシネーア姫だと言い張り、ドン・キホーテがそれを信じてしまう、これまでドン・キホーテの「狂気」に付き合ってきた読者でさえも抵抗感をもつかもしれないくだりであるが、しかしまさにこの出来事が実質的に『ドン・キホーテ』後篇を始動させていることは第二章で見たとおりである。

ここで、例の参事会員の文学論に話を戻す。というのは、このこちこちの古典主義者が君子豹変して、突然、「さっきは騎士道物語をさんざんけなしたけれど、あれにも良いところはある」と言い出すのだ。「なぜなら、騎士道物語というゆったりとした広大な場にあっては、作家はなに憚《はばか》ることもなく、思う存分にペンを走らせることができるからだ。〔……〕嘆かわしくも悲惨な出来事を描くかと思えば、愉快な、思いもかけぬことを記すこともできよう」（前篇、Ⅲ、二八五）。さっきまで固執していたはずの筋立ての統一とはまるで正反対の書き方を唱えている。この書き方に「すぐれた才知」が伴えば、「色とりどりの美しい糸の織り成す綾錦となること間違いありません〔……〕」(前篇、Ⅲ、二八六)。

右の発言は、理論に終始する学者の口舌ではなく、自らペンを取って実作に立ち向かう人の思いを訴えている節がある。というのもここで参事会員は、実は自分も騎士道物語に手を染めたことがある、と告白しているのだ。「実はすでに百枚以上も書いてあるんですよ」(前篇、Ⅲ、二八七)とのこと、その先を書き進めなかった理由は、「騎士道物語の読者の大半を占める思いあがった俗衆の、根拠のないばかげた評価に身をさらすのがいやになったということです」(前篇、Ⅲ、二八八)。とはつまり、参事会員が思い描く作品は、出発点が騎士道物語にあったとしても、その目指すものは、ありきたりの読み物を超えるレベルなのだ。続けて言う。「この種の書物が許す自由にして闊達な記述は、作者がそれぞれ叙事詩人、抒情詩人、悲劇詩人、喜劇詩人として、甘美な詩学と修辞学がその中に蔵しているあらゆる財産を駆使しながら才能を発揮する機会を与え〔……〕」(前篇、Ⅲ、二八六)。

以上の、参事会員が論旨を一転させて唱える文学論は、先に見たシデ・ハメーテその実セルバンテスの「宇宙全体をさえ扱う」気概と相伴って、騎士道物語のレベルを超えることはもちろん、古典主義文学が誇る秩序と統一の完成度とも違う種類の文学を構想しているように思える。これを呼ぶ名はセルバンテスの時代ではまだ決まっていなかったから、『ドン・キホーテ』の中では、「新たな流儀(nuevo estilo, un style nouveau. 新しい様式・文体)を創る」(前篇、Ⅲ、三七一)という文言に止めたが、やがて近代文学はこれに、「ロマン」の名を与えるであろう。そして、近代ロマンの作家たちは、二百年あるいはそれ以上前の『ドン・キホーテ』の中の文学論を反復することになるのだ。たとえば、参事会員が思い描いた諸ジャンル総合の夢は、「〔理想のロマン作家〕ウォルター・スコットは、劇、対話、肖像、風景、叙景を同時に成功させた」(Balzac, *Avant propos de la Comédie humaine*)とのバルザックの発言に木霊している。

文学研究におけるジャンルの概念の有効性について

「ロマン」は、一応は文学のジャンル（作品分類）名である。およそ物事を分類するからには、そのための一定の基準があり、それぞれの項目に分類された物事の性質が自ずと明示されるはずだ。ところが、今日世間で用いられている「ロマン」という語（その同意語ということになっている「小説」「ノヴェル」）は、本章の最初にも述べたように、この語を冠する作品についてはなはだ漠然としたことを示唆するだけである（架空の物語といった程度）。実は、「ロマン」という語には昔からその傾向があった。

何度も記すことだが、「ロマン」という語が出現した当初の中世において、この語は、公的言語であるラテン語に対する俗語（ロマンス語）で綴った作品のすべてを指すのが原則であった。したがって、作品の有り様について取り立てて指示や規定をおこなわない。今日の書店で、作り話の類が一切合財、「小説」または「フィクション」の棚に並べられるのに似ているとも言える。

時代を経て『ドン・キホーテ』の頃になると、もともとはロマンの一種であった騎士道物語がロマンの代表格となり、これにギリシャ以来の物語文学が合流して、十七世紀のフランスなどでは、恋と冒険の長編物語が大流行を見た。これを「ロマン」と呼ぶことで、ロマンはやっとジャンル名らしくなった。

ところが、このロマンは低級な読み物として扱われて、文学《ベル・レットル》（美文）の中に入れてもらえなかった。古典主義文学の代表的な理論書はボワローの『詩学《アール・ポエティック》（文学制作の技術）』（一七七四年）であり、まさに各ジャンルの本質と製作規則を説く書物であるが、ロマンについてはわずか数行で片付けて、しかも、「軽薄なロマンにおいてはすべてが許される。〔……〕厳しいことを言うのは場違いであろう」（cité dans Chartier, 45）と、まるで相手にするに価しないといった口調である。

もともと文学におけるジャンルとは、実際に存在する作品の分類であると同時に、あるいはそれ以上に、理念上あるべき作品のイメージである。すなわち、「文学の歴史的事実を観察することから得られる」「歴史的現象としてのジャンル」と、「文学理論から導き出される」「理論的ジャンル」の二つが、「ジャンル」という一つの語に重ねられていることが多く（Todorov, 25）、そこにジャンル論が避けることのできないほころびが生じると同時に、このほころびが文学思潮の躍動の局面を見せてもくれるのである。

すなわち、ボワローが代表する古典主義文学において、およそ文学の欄外に放り出されていたものが、次にくるロマン派においては、文学の理想そのものに格上げされるのだ。この局面を『ドン・キホーテ』がすでに二百年ほど前に予言していたとも言い得るのが、先に見た参事会員の君子豹変の文学論であろう。騎士道物語の書き方の無秩序と不統一を非難していたのが、一転して、「なに憚ることもなく、思う存分にペンを走らせる」書き方を礼賛する。それは、西欧の文芸思潮が、騎士道物語《ロマン》およびその同類を文学から締め出していた古典主義から、ロマンをもって文学の代名詞とするロマン派へと大転換するのをまるで予告しているのだ。ロマン派にとって、「『ロマン的』とは『騎士道的』『中世的』を意味した。〔……〕したがって『ロマン派』という文言は、その本質的な意味合いにおいて、『ロマンに基づく』の意である、と考えても差し支えない」(Benjamin, 149)。

ただし、右の「ロマン」は、歴史的現象としてロマンと呼ばれている作品のあれこれのことではない。ロマン派が唱える「ロマン」は徹底して理念的なものである。「およそ文学はロマン的でなければならない。しかし、ロマンが一個の個別的ジャンルになるとすれば、それは嫌悪すべきことだ」（Fr. Schlegel cité dans Lacoue-Labarthes et Nancy, 285）。「ロマン」は、次々に生み出される実作を通し、そしてこれら実作のすべてを超えて、より一層ロマン的にならなければならぬ。「ロマン的文学ジャンルはまだ生成の途上にある。そして、永遠に生成するのみであり決して完成しないということが、ロマン的文学ジャンルの固有の本質である」（Fr. Schlegel cité dans Lacoue-Labarthes et Nancy, 266）。

ここでロマン派が言う「ジャンル」とはもはや、文学という名で世間に流通する書物を分類するための制度ではなく、文学はいかにあるべきか、いかにあるものが文学と呼ばれ得るのかを問う姿勢である。この姿勢そのものがロマンであると言ってもよかろう。「ロマンというものの存在を認めるとしても、それは決して、歴然とした、異論の余地のない事実としてではない。まずは一連の、問いかけでもあり挑発でもある問題提起として、ロマンは形を取るのである」。すなわち、「ロマンという語とロマンというものが、ロマンについての問いの下で合体する」(Chartier, 18, 19. 強調は原文)。

このような問題提起を運ぶ語としては、はたして「ジャンル」は適切であろうかと問わねばなるまい。というのも、もともとジャンルの区分は、時代の社会的・文化的地図に対応する文化制度的な側面が大きい(悲劇は貴族階級を描き、喜劇は庶民を描く。日本の近現代なら、私小説、風俗小説、探偵小説、等)。これに対し、比重を内容・主題から言語表現の有り様に移すのが、ロマン派以降のジャンル観、あるいはジャンルを超克する形の問題意識だと言えよう。「ジャンルというものがまだ認められている風ではあるが、しかしもはや文学の判断基準とはなりえない。それに代わって、言説の型が浮上する。〔……〕《言説》の概念は《ジャンル》の概念を超過する。文学の制度的区画がこれによって取り崩されるはずである」(Barthes, II, 504. *Linguistique et Littérature*)。

この「言説」の概念を、先に引いた『ドン・キホーテ』の文言、「新たな流儀・文体を創る」に結び付けたい。ただし、「文体」を世間的通念で解釈すれば、またまた制度的なジャンルに引き戻される恐れがある。一般に「文体」は、ジャンルの内容を効果的に表現する仕方であると考えられている。貴族の悲劇的人生を描くには崇高な文体、庶民の平俗な生活を描くには滑稽風の文体をという具合に。この意味での文体なら、セルバンテスの時代にも各種存在していた。「新たな流儀・文体を創る」は、それにもう一つを加えるというだけのことではあるまい。

「伝統的な文体分析は、ロマン作品の全体ではなく、その下部単位のあれこれを対象とする」(Bakhtine a, 89)。この「ロマン作品の全体」と「その下部単位」の関係を、例の参事会員の言葉でもって敷衍するなら、「色とりどりの美しい糸の織りなす綾錦」と、「糸」のそれぞれに当たる「叙事詩人、抒情詩人、悲劇詩人、喜劇詩人」の関係、ということになるだろう。肝腎なのは、「色とりどり」としての下部単位ではなく、それらが織り上げる全体としての「綾錦」の様である。「ロマンというジャンルの文体上の独自性は、これらの相対的に自立した諸単位を組み合わせて、さらに上位に位置する《全体》を作る点にある」(Bakhtine a, 88)。ロマンが「全体」として持つ言語的独自性を、セルバンテスは「新たな流儀・文体」と言ったのだと解釈したい。『ドン・キホーテ』は、当時かなり制度化されていたジャンルの幾つかを組み合わせて作った作品だとも言える。ただし出来上がったテクストは、素材としてのジャンルの単なる足し算以上のものとなっているはずである。以下にその様を観察してゆきたい。

ヌーヴェルと物語性

『ドン・キホーテ』は、主人公の騎士道遍歴の「歴史・伝記 (histoire)」の中に、これとは直接には関係のない物語を多数組み込んでいる。とくに前篇はその数と分量が大きい。『捕虜の話』は旅人が同宿の客たちに語る身の上話であり、『愚かな物好きの話』はある旅人が旅籠に残した書き物を宿泊客が朗読する。その他、ドン・キホーテが遭遇する人物たちがこもごも語る世間話、体験談など。

この種の物語は、『ドン・キホーテ』の時代には一つの制度的なジャンルとして認定され、「**ヌーヴェル nouvelle, novela**」の名が与えられていた。「ヌーヴェル」という語は、フランス中世文学において、「話 conte」「語り dit」「譬え exemple」などを総称する語であった。これがイタリアに渡って、「ノヴェッラ novella」となり、『デカメロン』(一三四九—一三五三年)の名声とともにフランスに逆輸入されて、文学の代表的なジャンル名の一つとなった。ちなみにスペインでは、『デカメロン』は十五世紀末にカスティーリャ語に翻訳されて、たちまち五版を重ねたとのことである（カナヴァジオ、三五八）。

ヌーヴェルは、騎士道物語との対照関係においてその特徴を鮮明にする。ロマンがはるか昔の騎士の武勲と浮世離れした恋愛を記述し、しばしば超日常の世界に入り込むのに対して、ヌーヴェルが語るのは日常世界の出来事であり、とくにその出来事の新奇さが人々の関心を引く。「ヌーヴェル nouvelle」の語本来の意味は、「新しい知らせ、ニュース」ということなのだ、『ドン・キホーテ』の中では、『捕虜の話』を聞き終わった一人物が、その「新奇な面白さや異様さ」を絶賛している（前篇、Ⅲ、一七三）。また、物語りの有り様としては、性格や身分などを特定された具体的な作中人物が「口頭で語る」のが建前である（Bessière, 158）。『デカメロン』では、流行病を避けて田園に避難したフィレンツェの人たちが代わる代わる物語をした。『ドン・キホーテ』では、旅籠に同宿する旅人たちがこれに相当する。いっぽう騎士道物語の語り手は、自らは作中に登場しない、いわゆる無名の語り手である場合が多い。『ドン・キホーテ』もそうである。

ヌーヴェルは、「語る出来事が単一的である」（Zumthor, 400）、つまり一つの出来事を語ることに終始し、話題が単純であるから、話はおのずと短くなる。さらに言えば、長短は量よりも質に関わっている。『ドン・キホーテ』に挿入された『愚かな物好きの話（nouvelle. ヌーヴェル）』は三つの章に及び、文庫版で約八〇ページ、同じく、『ドン・キホーテ』の一人物が語る身の上話（『捕虜の話』）も三章に渡り約九〇ページ、短編小説と呼ぶのは不適切かもしれない。前者は夫・妻・夫の友人の関係が二転三転、後者は戦あり牢獄からの脱走あり熱烈な恋物語ありで、まさに波瀾万丈であるが、しかし両者とも、要するに一つの事を語っていると言うことができよう（前者は妻の貞節を試すことの愚かさ、後者は祖国に帰還する熱望）。語る出来事が単一的であるとは、語る内容に統一性があるということでもある。「もろもろの出来事を一個の意味的全体の中に包括する」（Adam, 17）のがヌーヴェルの特徴だ。これに対して、ロマン（偉人の一生を語るのが基本）では、一つの意味が作品の全体をカヴァーするということはまずない。「ロマンにおいて《意味》なるものは多種多様であるのが普通であって、相互に矛盾するまでに至ることがある」(Zumthor 400)。『ドン・キホーテ』がまさにそのケースではないか。主要登場人物からして、主人公ドン・キホーテの騎士道と同伴するサンチョの実利主義が絶えず衝突するのである。

ヌーヴェルのこのような特徴を物語性と言い換えることもできる。一見雑多な物事を詰め込んでいるようだが、実はそれらを結び合わせる「明白な一個の主要思想」(Zumthor, 400)があり、この思想がもろもろの物事を一筋の話の線上に連ねる。出発点に一つの思想があり(たとえば望郷の念)、終点にその結実がある(故郷への帰還)。「物語性とは終点を始発点と関連させることであり、始発点をすでに終点を約束するものとして読ませることだ」(Adam, 18)。始発点から終点に至る過程の出来事の意味《サンス》は一つに統一されており、このことが終点に向かう方向《サンス》をますます確かなものにする。まさしく、意味と方向の単一性が物語の基本条件なのだ。これに反して、『ドン・キホーテ』は物語の不成立を語ると言ってもよい、なるほど主人公ドン・キホーテの心中において、騎士道の復活を目的とする遍歴の旅は、「希代なるわが伝記(histoire. 歴史・物語)」(前篇、I、五七)を成すはずであったが、しかし作品『ドン・キホーテ』が描くのは、主人公が幻想する物語が狂気の沙汰として一蹴されるような世界であり、その中を時代錯誤の騎士が遍歴する様は、とうてい出発点から終点(目的点)に向けて延びる一筋の線を成すはずがない。ヌーヴェルとロマンは、このように物語性を挟んで相対立する二つのジャンルである。

ヌーヴェルの意味・方向の単一性は、作中に提示される「教訓《モラリテ》」と呼ばれる種類の文言に顕著に現れている。作品の「教育的・道徳的目的を明示して読解の導きとする」(Adam, 107)文言だ。『ドン・キホーテ』の中のヌーヴェルでは、『愚かな物好きの話』の主人公の反省の言、「ばかげた理不尽な願望が私の命を奪った」(前篇、III、二五)、若い貴族の不品行を批判する話の結論、「真の貴族性というのは美徳の中に在る」(前篇、III、三八）などがそれだ。一方、ロマンとしての『ドン・キホーテ』そのものについては、作品全体を通してせめぎあう様々な思想を一つの文言で要約するようなことはできない。主人公の最後の言葉は一切の思想の放棄である。(23)「やあ、あなたがた、どうか喜んでくだされ、わしはもうドン・キホーテ・デ・ラ・マンチャではありませんからな。日ごろの行いのおかげで《善人》というあだ名をちょうだいしていた、あのアロンソ・キハーノに戻りましたのじゃ」（後篇、Ⅲ、四〇三）。

牧人もの、ピカロもの――それぞれの一義的言説

牧人小説は当時、「**牧人もの la pastrale**」あるいは「牧人本 los libros de pastores」などと呼ばれていた。『ドン・キホーテ』に組み入れられている第一例は、サンチョを従者にして第二回目の遍歴を始めたドン・キホーテが、例の風車の冒険のすぐ後で、山羊飼いたちに一宿一飯の恩義にあずかる時に聞く、羊飼いの青年グリソストモが同じく羊飼いの乙女マルセーラに寄せた恋の思慕の物語である。(24)

牧人とはいっても実際の農牧民ではなく、田園の素朴な生活を憧憬する上流階級の子女である。右ではグリソストモは学生、マルセーラは大金持ちの娘だ。中心主題は恋愛、それもルネサンス時代の支配的思想である新プラトン主義にもとづく、理想化された精神的愛であった。一五〇四年に出版されたイタリア作家サンナザーロの『アルカディア（理想郷）』をもって嚆矢とし（ラッセル、二八）、スペインではモンテマヨール作の長編『ディアーナ』が流行の口火を切り、この作品は一六〇〇年にかけて二十六版を重ねた（カナヴァジオ、一四七）。ちなみに、『ドン・キホーテ』前篇の出版は一六〇五年である。セルバンテス自身も、若い時に流行を追って、『ラ・ガラテーア』と題する牧人本を出したが（一五八四年）、こちらは期待したほどの好評を得るには至らなかった。

右に挙げた牧人本は、「現実の厳しさや卑小さとは裏腹に、対立の一切ない、自然的調和が支配したとされ

るいわゆる《黄金時代》という、一種のユートピア的世界」を描き、「自然状態の牧人は楽園追放以前の《黄金時代》に生きる完全な人間として表象されている」（本田b、二七、六二）。この理想郷を表象する文体の特徴は、現実の雑多な要素を洗い流した意味単一性である。この点で、牧人本が語る恋物語とドン・キホーテの心の中の騎士道物語は共通している。第二回目の遍歴の二日目の夜を過ごす山羊飼いたちの小屋では、ドン・キホーテその人が黄金時代礼賛の弁を振るう。第三回目の、そして最後の遍歴も道半ばで力尽き、先には馬上槍試合で名声を馳せるためにバルセローナに向かった道を、今は逆にラ・マンチャの村に引き返すドン・キホーテは、行く道に牧人に扮した乙女たちの接待を受けたあの場所にさしかかる。サンチョに向かって曰く、「ここは、あの牧歌的な楽園《アルカディア》を模倣し、復活させようとしていた、麗しい乙女やら凛々しい若者やらと出会った草原ではないか。あれは珍しいばかりでなく、なかなかゆかしい思いつきであったな。そこでじゃ、サンチョ、われわれも彼らを真似て、せめてわしが隠棲しなければならぬ期間だけでも、羊飼いになって暮らしたいと思うが、お前の考えはどうじゃ」（後篇、Ⅲ、三一四）。

『ドン・キホーテ』の時代には「ピカロもの le picaresque」と呼んでいたようであるのが[25]、「ピカロ（picaro. 悪漢、山賊）」が主人公の、スペインで発祥した物語様式であり、その背景には、十六世紀におけるこの国の都市人口の急激な増大と、それに伴う世相の一大変化がある。中世以来の騎士道的価値観が、「新たな歴史的現実を導く触媒たる都市との出会いにおいて、一変する。金銭の、階級の、そして職業の関係としての都市は、絶対的な激しい情熱とか、美徳とか、典型的な悪徳といったもの」を過去の遺物とする（フエンテス、五八）。最初のピカロものと目される『ラサリーリョ・デ・トルメス』（作者不詳、一五五四年）には、「主人公ラサリーリョの、一切れのパンを得るための闘いや、十六世紀の庶民が貧困に喘ぐ姿や、農村の疲弊と都市に流入する貧民の群れの様子がよく描き出されている」（古家、六）。

作品が描く社会情況の面でも、主人公の生き様においても、これは牧人もののまさに正反対である。「ピカロは理念や理想的価値を信じない。唯一自分にとって価値のある確実なものにすがりつく。それは物質と本能である」（カストロa、三七六）。しかし、作品が語る内容は正反対であっても、その語り方においては牧人ものと同種であると言わなければならない、すなわち、語りの意味《サンス》と方向の単一性である。「ピカロの視点や解釈というものは一面的であり、同質的な単純さをもっている。たとえば、世の中は悪であり欺瞞的であり、真に敬うべきものは何も存在しない、といった類である」（カストロb、三〇四）。『ドン・キホーテ』は、このピカロものの隆盛の中で執筆された。一五九九年のマテオ・アレマン作『グスマン・デ・アルファラーチェ』は以後六年間で二十三版に達する大成功を収め（カナヴァジオ、二六）、これがセルバンテスに『ドン・キホーテ』の筆を執ることを決意させたとも言われる（山田、三三）。

『ドン・キホーテ』におけるピカロ（悪漢）の代表は、ドン・キホーテが遍歴の道で出会う、鎖につながれた囚人の一団の親玉格、「この世の泥棒の王様」と呼ばれている男だ。彼自身が牢屋の中で自分の身の上話を書いているとのことで、「これが出版された暁には、『ラサリーリョ・デ・トルメス』〔先に挙げたピカロものの嚆矢〕をはじめ、それに類する物語ですでに書かれたもの、あるいはこれから書かれるものすべての影が薄くなっちまうこと請け合いだね」（前篇、Ⅱ、二二）と豪語する。ドン・キホーテとこの囚人の一団が遭遇するくだり（第一章でも触れた）は、この幻の大作をすでに地で行くピカロと、牧人本と騎士道物語の幻を重ねて「わが伝記」にしようとするドン・キホーテの世紀の接触であり、また同時に決定的な離れであった。鎖でつながれた囚人たちを見て、「神と自然がもともと自由なものとしてお創りになった人間を奴隷にするというのは、いかにも酷いことに思われる」（前篇、Ⅱ、二六）と言い放ったドン・キホーテは、果敢に護送の役人たちを攻撃し、囚人全員を解放する。しかしその後がよくなかった、やがて駆けつけてくるに違いない捜索隊から逃れるために、囚人たちは一刻も早く山に隠れなければならないのに、ドン・キホーテは騎士道物語を続行して彼らを引き留め、ただいまの「武勲」をドゥルシネーア姫に報告せよと命じる。業を煮やして囚人たちは、ドン・キホーテに石つぶての雨を降らせながら散り散りに去っていった。「そしてドン・キホーテは、自分があれほどよいこと（bien）をしてやった連中から、これほどひどい（mal. わるい）目に合わされたことで、ひどく落ち込んでいた」（前篇、II、三三）。

「知性」と「経験的判断」の相剋は、『ドン・キホーテ』を一貫する主題である。ドン・キホーテの書斎を点検する村の司祭は、牧人ものの代表作『ディアーナ』を「知性の書（livre d'entendement）」（邦訳は「良識の書」）と呼んだが（前篇、I、一二二）、対するピカロものはさしずめ経験の書というところか。ただし知性の命令も経験の判断も、作品『ドン・キホーテ』の中では、それぞれの「よい」「わるい」の判定を保証するべき、その出自のジャンルにおける意味単一性（単義性）を失っている。すでに制度化された諸ジャンルは、『ドン・キホーテ』の中に組み込まれて、まだ制度となっていない、あるいは制度化されることをいつまでも拒むような、あるひとつの全体を粗描しようとする。

制度化されないとは、「まだ終了していない今日性」（Bakhtine a, 208）の中にあるということであり、これは、『ドン・キホーテ』につながるいくつかの文学作品（これらをこそ、「ロマン」と呼びたい）の魅惑である。まさにこの意味で、ピカロものは『ドン・キホーテ』を通して近代リアリズムの源泉となっているのだ。頭の中が中世の騎士道物語で一杯の人物に、近代都市の申し子であるピカロが歩くであろうような道筋でもって、今日の世界を遍歴させる。「ドン・キホーテの冒険譚は現代のスペインという、明確な空間と時間の中に根を下ろしている」（Mondanaton, 137）。「セルバンテスは騎士道物語に現代の照準を合わせて、これを新しい文学の体験に作り変えた」（Sieber, 217）。

人間が言語記号を制御できないということ

既存のジャンルであるヌーヴェルや牧人ものは、『ドン・キホーテ』の中に持ち込まれたその当初は、まだ主人公ドン・キホーテと濃密に接触するのではなく、そのために、そのジャンル本来の意味単一性（言説の単義性）を留めている。前篇に挿入される二篇の大部なヌーヴェルは、ドン・キホーテが滞在している旅籠の宿泊客を集めて朗読され（『愚かな物好きの話』）、あるいは物語られるが（『捕虜の話』）、その段階ではドン・キホーテはほとんど介入してこない。朗読の場合は屋根裏に割り当てられた自分の部屋に籠もっているし、物語りの場合は、なるほどその座に加わっているが、いつもならすぐに人の話に割って入るくせに、ここでは、「ひとことも口をきくことなく」、耳に入る一部始終を「すべて遍歴の騎士道の妄想に結び付けようとしていた」（前篇、Ⅲ、一八五）。

何度も述べたように、この旅籠は幾重もの偶然の邂逅の場である。捕虜生活の体験談を語る元軍人と、それに聴き入っていた旅の高等裁判官は実の兄弟であることがわかった。それだけではない。判事閣下に同行している令嬢クラーラは、相思相愛の少年ドン・ルイスが父判事に結婚を反対されて家出してしまったのを悲しんでいたが、なんと、旅籠の馬小屋で寝起きしている若者が身をやつしたドン・ルイスだったのである。人びとは少年少女に向かって言う。「きっと神様が、あなた方の恋を、その清純な始まりに見合う幸福な結末へと導いてくださることでしょうから」（前篇、Ⅲ、一九七）。つまり、ヌーヴェルの中の物語が単一的な意味と方向でもって一定の終点に向かうように、ヌーヴェルを語ったり聴いたりする人たちの生活世界も、ひとつの理に導かれながら目的を目指して進行しているのだ。右のような思いがけない人との出会いをいくつも目撃する旅籠の客たちは、それが「偶然のように見えて決して偶然ではなく、神の特別の摂理によるものであることに思いをはせ［た］」（前篇、Ⅲ、四三）。ヌーヴェル、さらに広く物語とは、世界をそのような合理的秩序体として認識し記述する言説である。

『ドン・キホーテ』に挿入されたヌーヴェルをはじめ既成のジャンルは、ドン・キホーテがそれに関わらないかぎりにおいて、その物語的秩序を保つことができる。いったんドン・キホーテが介入するや否や、それぞれのジャンルの理と、遍歴の騎士が信奉する理が衝突し、もはやいずれの理をもってしても制御できない事態が発生する。先の囚人解放の一件に例を取るなら、解放者ドン・キホーテの意に反することはもちろん、解放される囚人たちにとっても思わぬ成り行きとなってしまった（囚人たちは、引き留めようとするドン・キホーテに石を投げつける）。ドン・キホーテという人物は、世界の物語的秩序の基礎であるべき「神の摂理」を掻き乱す存在なのだ。

相思相愛の少年少女が幸せな未来を約束された「ちょうどその時、一刻たりとも眠ることのない悪魔のいたずらにより」（前篇、Ⅲ、二二六）、新たな事態が旅籠に発生した。何かといえば、ずっと以前にドン・キホーテから金だらいを強奪されたあの床屋が、どういう風の吹き回しか、ひょっこりこの旅籠に舞いこんで来たのだ。またまたの偶然であるが、しかし今度は、人間の目には偶然と見えてもその実は神の摂理による必然であると解釈すべきものではなく、まったく無意味な偶然、したがって、「悪魔のいたずら」である。

この不条理な事態を記述しようとすれば、言語は理を組み立てるための道具であることを止めなければならない、金だらいを返せと迫る床屋と、由緒ある兜は騎士の手に渡るべきだと主張するドン・キホーテ。両者の間を取りもとうとしてニコラス親方が弄する詭弁は、「間違いなくこれが兜ではあっても、完全な（tout entire. 全部が全部）兜ではないとも言わざるをえませんな」（前篇、Ⅲ、二三二）である。実際の事物への関わりを捨てて意味作用を空転させる言葉だ。ところがこの言葉が、ドン・キホーテの幻想をまるで実在させるのである。ニコラス親方の言う「全部が全部兜であるとは言えない」を受けて、「『なるほど、それはたしかにそのとおりでござる』と、ドン・キホーテが応じた。『下半分が、つまりその顎当ての部分が欠けておりますからな』。『そう、そのとおり』と、司祭があいづちを打った〔……〕」（前篇、Ⅲ、二三二）。この場面を傍観していた第三者たちには、「世にもばかげた戯事（folie. 狂気）に思われた」とある（前篇、Ⅲ、二三五）。

言葉は、その基盤であるジャンルの理が壊れる時、物事を同定する機能が不全になる。そのようになった言葉を用いては、世界を意味的統一体として叙述することはできない。実は、理を成すジャンルの内部でも、言葉は物事を正確に指してはいないのかもしれない。言葉が対象を正しく捉えていると信じるのは幻想にすぎず、この幻想こそがジャンルの理なるものを維持しているのではないか。この観点からのヌーヴェルというジャンルの内部告発を行ったのが、例の、『愚かな物好きの話』である。このヌーヴェルを前篇に挿入したことについては、後篇の作中人物カラスコを通じての、「まったく場違いで、ドン・キホーテ殿の物語と何のつながりもない」（後篇、I、六七）との自己批判があるが、しかしここで言う「つながりがない」とは、やはり後篇で引き合いに出される「原作者」シデ・ハメーテの言を借りれば、単に「〔遍歴の騎士の〕物語の本筋から遊離している」ということに過ぎず、そのために読者が気がつかなかったに違いない「内に秘めている趣向や技巧」（後篇、II、三一〇）にこそ、このヌーヴェル挿入の本当の意図があり、その意図とは言語を含めて記号一般の確かさを問うことであったと解釈することができる。前章で扱った「形象」と「本性」の問題も、もちろんこれに関わっている。この観点に立つならば、ヌーヴェル挿入は場違いであるどころか、『ドン・キホーテ』全体の中心紋《ミーズ・アン・ナビーム》になっているとさえ言えるのである。

フィレンツェの紳士アンセルモには、妻カミーラがいる。アンセルモは、カミーラが心の底から貞節であるかどうかを知りたいと思った。妻が日頃見せている言動が彼女の本心と同じであるかどうかを、すなわち記号（形象）は真実（本性）に直結しているかどうかを確かめたいと願ったのである。そこで、親友のロターリオに彼女を誘惑する芝居をしてくれるように依頼する。これに対するロターリオの返事は、すでに事の成り行きを予言していた。「カミーラがこの上なく上等なダイヤモンドであることは、君だけでなく世間の人が等しく認めるところなのに、そんな細君をわざわざ砕けるかも知れない危険にさらすなんて愚かなことだとは思わないかい？」（前篇、II、三二三）。ちなみに、題名の「（愚かな）物好き Curieux」は、「好奇心が強い人、知りたがり屋」と訳すこともできる。

記号は「世間の人が等しく認める」ことによって辛うじて成り立っているのであり、それ以上の保証を求めようとすれば、「砕けるかも知れない危険にさらす」ことになる。これは、人々の暮らしの心を物語るヌーヴェルというジャンルにおいて、人の心を表すべき記号と心の内実との結びつきは必ずしも確実ではないことを宣告している。『ドン・キホーテ』の冒頭に置かれた魔法使いウルガンダの言、「すべては〔本性を欠いた〕形象である（はしたなき虚仮《こけ》おどし）」（前篇、I、二七）がすでに予告していたことだ。

さて、知りたがり屋の夫とその妻と友人の話は、二つの段階で進展する。誘惑者の役を引き受けたロターリオは、アンセルモの目を盗んで（盗む振りをして）、カミーラを口説く言動を行う。つまり、記号（言動）に贋の内容を盛り込むのだが、他者（ここではカミーラ）がそれを見破ることは難しい。いつしか彼女の心はロターリオに傾くようになり、いわゆる不倫関係が生まれる。そうなると、演技を見せる相手が変わって、ロターリオは口説きに失敗した男の役をアンセルモに向けて演じることになる。つまり、カミーラは貞節きわまりないと嘘の報告をする。

ここまではありきたりの不倫物語であり、記号は曲がりなりにもその意味を保持している。ロターリオとカミーラは貞節な妻という芝居を演じることで、自分たちの言動（芝居を構成する記号）に貞節という意味を与え、そのような言動（記号）を意のままに操作している。記号は、その発信者によってコントロールされているのである。

ところが、この話には次の段階がある。記号の発信者が記号をコントロールすることができなくなるのだ。夫アンセルモに向けて妻カミーラとその愛人ロターリオが演じる「芝居は、迫真というもおろか、真実そのもののようであった」（前篇、II、三七七）。たとえば、アンセルモが隣の部屋から覗き見しているのを承知しながら、カミーラが自室でロターリオと会う場面である。カミーラは誘惑者ロターリオを散々罵り、あげくには、「ふりかざした抜き身の短剣を相手の胸もとに突き立てんとした。驚いたロターリオは、持ち前の身のこなしと鍛えた技でもって、かろうじてカミーラの攻撃をかわしながらも、いったいそれが本気なのか芝居なのか見きわめることができずにうろたえた」（前篇、Ⅱ、三八〇）。

自分たちが行っていることが「本気なのか芝居なのか」見きわめがつかない。自分たちが発信しているはずの記号をもはやコントロールできない。記号に中味が欠けても、ただそれだけなら、まだそれを自在に扱うことができる。しかしその記号に突然、思わぬ中味が生じたら、芝居をそのまま続行することはできない。当事者にも意味がわからないものが手足の動きを止めるのだ。夫に見せる貞節の演技でもなく、愛人に指し向ける共犯の合図でもない何物か、おそらくそれは、記号がいまや一切の意味を拒絶するということなのだろう。要するに、このヌーヴェルが言わんとするのは、もともと記号には真実の裏付けがないのだから、人間がそれを弄べば、記号は暴走しはじめて逆に人間を翻弄する、ということに違いない。これこそまさにドン・キホーテ的情況であり、先の金だらい＝兜の一件がその一例であった。「全部が全部兜であるとは言えない」物体をめぐって、それは兜か否かの論争が旅籠を二つに分ける大喧嘩となり、「阿鼻叫喚と無法の織りなす迷路のごとき混乱状態」（前篇、Ⅲ、二四〇）を引き起こしたのだった。

「迷路のごとき混乱状態」という文言は、ドン・キホーテその人の口から漏れる、この世に生きる実感でもある。「われわれはひどく錯綜した迷路に入り込むことになるであろう」（後篇、Ⅱ、三一二）と歎くのは公爵城、すなわち公爵夫妻が仕組む騎士道芝居のまっただ中のことである。『ドン・キホーテ』において記号が暴走し人間を翻弄する、その最たるケースが、かつて騎士道物語というジャンルを構成していた言語記号である。

第一章で述べたように、『ドン・キホーテ』が出版された十七世紀初頭には騎士道物語の新刊は途絶えていたが、しかし、かつて世界を遍歴の騎士の物語として意味づけ方向づけていた言語は、本来の内容から離れてただの言葉となりながらも、物語秩序の残像をまだ漂わせて、日常生活の無味乾燥を噛み締めている人間にとっては、物語の儀式または遊びとしての価値を保っているのだった。『ドン・キホーテ』後篇の終わり近くで、バルセローナの名士ドン・アントニオが言うように、「ドン・キホーテが正気になって世にもたらすであろう利益なんぞ、彼の狂気沙汰がわれわれに与える喜びに比べたら物の数ではない」（後篇、Ⅲ、一八七）。

したがってドン・キホーテの敵は、時代遅れの遍歴の騎士を踏みつぶして近代化の道を驀進する社会だけではなく、おそらくそれ以上に、儀式または遊びと化した字面だけの騎士道であるはずだが、ドン・キホーテの弱点はまさに、騎士道物語本という字面を通して騎士道の道に入ったということである。ドン・キホーテは字面に弱い。言葉の暴走にもっとも翻弄されるのは彼である。

それは主として後篇の公爵城においてのことであるが、しかしすでに前篇でも登場人物がほとんど総がかりで芝居を企んでおり、その一員が富農の娘ドロテーアである。もともとドロテーアは、婚約者に裏切られた傷心を抱えて羊飼い姿で山中を彷徨っていたところを、同じ山にドン・キホーテを探しに来た村の司祭に発見された。したがって、本来帰属するジャンルは牧人ものであって、その人物が、ドン・キホーテを騙して村に連れ帰るための騎士道芝居の主役を買って出る（悪の巨人に強迫される王女を演じる）のだから、まさにジャンル越境であり、越境した先のジャンル（騎士道物語）の意味内容と言語記号の正当性に関して、彼女は何らの責務を負わない。実にドロテーアの強みは、「これまで騎士道物語をたくさん読んできたので、悲嘆にくれる乙女が遍歴の騎士に力添えを頼む際の言葉づかいを熟知している」（前篇、Ⅱ、二二一）その「言葉づかい」を、「悲嘆にくれる」心情抜きで口にし得ることであった。ただの言葉でしかない骨抜きの言葉、すなわち、見事なまでの紋切り型（「おお、勇猛果敢な騎士様！　私は篤実にして律儀なあなた様がわたくしの切なる願いをお聞きいれくださるまでは〔……〕」（前篇、Ⅱ、二二七））。字面の人ドン・キホーテは、これに対してまったく無防備である。

ドロテーアが、「騎士道物語が描いているところ〔……〕と、寸分の違いもなくやってみせます」（前篇、Ⅱ、二二六）と豪語したように、後篇の公爵は、「物語の中に見られる、昔の騎士たちに対するもてなし方から寸分たりとも逸脱することなく、ドン・キホーテを本物の遍歴の騎士として扱うようにという命令を、あらためて家臣一同にくだした」（後篇、Ⅱ、一五六）。こうして、家臣たちの言動や城で行われる催し事は一斉に「本物」を装いはじめる。「自分たちがふざけて、実に巧みに演じて（inventé. でっち上げて）いたところを、実際に起こったこと（une chose véritable. 真実のこと）であるかのように思わせるに十分であった」（後篇、Ⅱ、二七七）。

ドン・キホーテが、これに乗せられて、「自分が空想上の（imaginaire. 想像上の）騎士ではなく、正真正銘の（vrai. 本物の）騎士であることを認め、確信するにいたった」（後篇、Ⅱ、一〇八）のはさもありなんとして、問題は、芝居を演出する公爵夫妻にとっても、「これより大きな喜びをもたらしてくれる現実（une chose sérieuse. まともな物事）はなかった」（後篇、Ⅱ、二〇七）ということだ。芝居がいつのまにか「まともな」ことになり、本当に「まともな」はずの振る舞い（たとえばドン・キホーテが信奉する騎士道）が芝居と見なされてしまう。人間の言動の意味を記すべき記号は、見せ物と本物、想像と実際を分別する機能を自ら放棄し、見せ物と本物を幾重にも反転させて、もはや何もまともには意味しなくなった。

こうしてドン・キホーテは、公爵夫妻が仕組む色々なトリック（大魔術師メルリン出現、空飛ぶ木馬、等々）に騙される以前のレベルで、まともな意味を持ちえない記号が乱反射する幻想に騙されている。ドン・キホーテが以前から「魔法」と呼んでいたものがこれにほかならない。公爵城の「迷路」の正体に気づきはじめたドン・キホーテは言う。「拙者の身に起きることはすべて、〔……〕どこぞやの嫉妬深い魔法使いの悪意に導かれることにより、他の遍歴の騎士たちに起こる通常の出来事とは大いに異なっている」（後篇、Ⅱ、一四六）。魔法使いが「巨人どもを風車の姿に変えおった」ということは、「巨人ども」はすでにそこには居らず、「風車の姿」をしているものも本当は風車ではないのだ。もはや物事を正しく指す記号はないし、記号にまともに対応する事物もない。「他の遍歴の騎士たちとは大いに異なっている」とつぶやくドン・キホーテは、これまでなかった世界に足を踏み入れているという自覚をもっているのではなかろうか。世界を一定の意味と方向でもって秩序化していた記号のシステムが崩れて、ひとつひとつの物事がとらえどころのない意味を乱反射する、近代という時代に入り込んだということを。『ドン・キホーテ』が創造した「現代の眼」は、これまでの文学諸ジャンルが人や物になんとか着せていた一義的意味が失われ、善悪の観念が因果を説明し得ない世界を照射する。そこにおいてセルバンテスに興味があったテーマとは、人間・ものを含むすべての物象が数えられないほどの多くの側面をもっているという事実を、想像上の人物の生き方にどう反映させるかという一点にかかっていた」（カストロａ、一二五）。

対話のロマネスク

自分は本物の騎士として振る舞っているか。これがドン・キホーテの一番知りたいことだ。しかし彼の周辺の、まさに騎士道芝居に打ち興じている人間たちが正しく答えてくれるはずはない。

自分自身にそれを問うという手もある、テクスト形式としては独白や自問自答である。しかし、その結果が自分というものを演出する一人芝居に終わらないとは限らない、これを避けるためには、他者を鏡としてそこに自分を映し出すという方法がある[26]。騎士道物語の伝統がその格好のモデルを提供していた。遍歴の騎士は従士を伴うのが決まりである。ただし、騎士ドン・キホーテの場合、従士サンチョを必要としたのは、身の回りの世話をさせるためだけではなく、なによりも、「話すため、自分自身の声に耳を傾けるため、さらには自分の声が世の中に生き生きと反響するのを聞くためだった」（ウナムーノ、五八）。「この主従の間では彼らが共に体験する出来事やその他色々な事柄についての会話が長々と交わされますが、従来の騎士道物語の中ではそのような例はもちろんありません」（ラッセル、六三）。

ドン・キホーテとサンチョは激しく議論を戦わせる。「お前はまた、なんという心得違いをしておるのじゃ！」「ですが、ドン・キホーテ様、ようくお考えなさいましよ」（前篇、I、一八〇、一七八、など）が両者の発言の枕詞だ。向かい合った複眼と複眼は、お互いの人物像を構成するさまざまな側面を映し出し、これを相手に送り返す。「主人と従士が二つの冒険の合間に、さきほど二人にふりかかった事件について注釈しないことは稀である。かれらの感情、情熱、考えを表明し、いわば心のなかに説明も解明もされぬものをなにひとつ放置しないために互いに強要しあわないことはきわめて稀である」（アザール、五七）。

冒険そのものとは別個に、冒険について冒険家当人が行う注釈が重要であるということは、ひとつの革新であった。「ここにおいて文学的人間像は千年の伝統を引きずってきた文学的形式を打ち破ってしまったのである。以前の叙事詩的・騎士的英雄といった存在は、ドン・キホーテがしたように、自らの英雄的人生の意味を問い直すことなどなかった」（カストロb、三九九）。単なる英雄《ヒーロー》ではない人物が主人公《ヒーロー》になることによって、叙事詩とは別種類の物語文学が出現するのである。

何よりも、対話が占める圧倒的な量がある。ざっと量って、ドン・キホーテがサンチョを伴って出発する前篇第八章（風車の冒険、修道士襲撃、ビスカヤ人との決闘）は、両名の対話がさっそく約四分の一を占め、第九章は、原作ノートを発見する経緯を記すから二人の対話はないが、続く第十章は、道行く主従が第八章の出来事をめぐって交わす会話が実に約四分の三、といった具合である。量にも増して大事なのが質の問題、すなわち、対話こそが主人公ドン・キホーテに自らの心のなかを覗き込むことを許しているのだ。なるほど地の文、すなわち語り手の発言も、ドン・キホーテの心の仕組みについて言及しないわけではない。羊の大群を合戦の軍勢と見なす場面では、「前代未聞の狂気による妄想にかられて」（前篇、I、三二三）と、手厳しい批判を浴びせる。ところが、語り手の言葉は決してドン・キホーテの耳には届かないのである。もちろんドン・キホーテの側からの反論もない。だから、もしこのままだったら、作品は騎士道にかぶれた時代錯誤の奇人を笑う滑稽話か風刺に終わっただろうし、実際にそのような作品が沢山あったことは第一章で述べた。ただサンチヨだけがドン・キホーテの言葉を、いかなる先入観も交えずに、ありのままに受け取るのだ。ある日ドン・キホーテは、道連れになった羊飼いたちや旅の紳士に向かって、常套句満載のいつもの騎士道談義を行った。紳士が呆れ果てたのはもちろん、「ほかならぬ山羊飼いや羊飼いたちでさえ、われらのドン・キホーテがはなはだしく常軌を逸していること（le grand défaut de jugement. 判断の大欠陥）をはっきり認めていた。ひとりサンチョ・パンサだけが、主人の人となりも知っていれば、生まれて以来の知り合いでもあったので、すべてを真に受けていた」（前篇、I、二二八）。第一章で述べたように、『ドン・キホーテ』において、「判断」とは経験知ということに等しい。相手の「判断」すなわち経験知に欠陥を見るとは、自分の経験知を基準にして、速断的に相手の知を退けることにほかならない。人びとはドン・キホーテに声をかける前に、自分の「判断」でもってあらかじめ彼を裁いている。ただ一人サンチョだけは、そのような排他的「判断」を振りかざすことなく、とにかくドン・キホーテの言葉に耳を傾けた。それが、「すべてを真に受けていた」の意味である。

　これは、ドン・キホーテの幻想に自分も感染したということではない。それどころか、サンチョは徹底した実証主義者なのだ。耳に入る言葉をルネサンス人の特技である「視覚」でもって吟味する。兜が欲しくて仕方がない主人に向かっては、街道の前後左右を見回しながら、「ほら、よく見てごらんなさいましよ、旦那様、甲冑に身を固めた人間がいったいどこにいるというんですか」（前篇、I、一七九）。サンチョの他には誰も、こんなに親身にそして率直に、ドン・キホーテに向かって本当のことを言ってくれる人はいない。人びと[27]は自分の判断は現実に即していると信じているのだが、そこにごまかしがある。正しい判断（経験知）があり、次にこれが現実を照らし出すのではなく、社会が多数決的にあらかじめ「現実」なるものを措定し、これに基づいて個々の判断が正当化されるのだ。『ドン・キホーテ』が総合しつつ乗り越えた既成の諸文学ジャンルは、そのような「現実」と相互補完の関係を結んでいた、だから、先の引用にもあったように、英雄＝主人公が「自らの人生の意味を問い直す」ことを始めたとき、「千年の伝統を引きずってきた文学形式」が崩壊したのである。
「人生の意味を問い直す」とは、「現実」なるものに保証され、〈どこでも・いつでも〉そうであるような、常套句で塗り固めた人生のマニュアル（ドン・キホーテが耽読した騎士道物語本がそれである）を、〈ここ・いま〉に照らして吟味・検討することであり、そのための場が、『ドン・キホーテ』においては主従の対話なのである。そのようなテクストは、すでに確固として存在すると見なされる「現実」を記述する物語とは基本的な構造が違う。

「話し」（日本語では、ハナシ、放し）と「語り」の対立がある。「『話す』という行為が特定の場面における対話の相手の反応や応答に応じて言葉を臨機応変に繰り出すという一種の相互行為であり、話がどこに落ち着くかは成り行き任せという面があるのに対し、『語る』という行為は聞き手の反応や応答とは独立して、その落ち着き先はあらかじめ語りの構造と仕掛けによって定められている」（野家a、一〇〇）。これに加えて、『ドン・キホーテ』の場合、語り手による地の文は、対話体の会話文に対して量的に劣勢であるだけでなく、後に詳しく見る予定であるが、作品の「落ち着き先」、すなわち意味と方向を決定する権限をもほとんど放棄しているのである。[28]

時代的好機という点では、ルネサンスが発掘した古代文学が対話形式の利点をたっぷりと例示していたということがある。後のロマン派も、「ロマンは我々の時代のソクラテス的対話である」（Fr. Schlegel cité dans Lacoue-Labarthe & Nancy, 272）と唱えた。この対話形式が糸口になって、人物の発話行為を重要視し、〈どこでも・いつでも〉に傾斜しがちな「語り」を、「話し」の〈ここ・いま〉に引き戻す、近代ロマンの手法（自由間接話法、内的独白、等）が開発されたと言えよう。〈ここ・いま〉に起こる声は、「小説《ロマン》を絶え間なく顫動させ」ながら、「未知のそして曖昧な世界へ少しずつ踏み込んで行く」（アザール、五九―六〇）。『ドン・キホーテ』を嚆矢とする近代文学のこの魅惑を、ロマネスクと呼びたいのである。

サンチョのまなざし、ロマンのまなざし

『ドン・キホーテ』において、「**人物は出来事を語りながら自分というものをこしらえる**」（Canavaggio, 142）、「**作中人物が確たる存在ではなく〔……〕おのが固有の存在を作り上げていく〔……〕人物の生が現時点のある場所で、われわれの目の前で展開して行く**」（カストロb、三六一）。「《島〔の領主になること〕》によって象徴される物欲に駆り立てられて旅に出たサンチョは、主人との交わりを介して新たな刺激を受ける度に、人間としての幅を広げ、エゴイズムとアルトゥルイズム〔他者を愛すること〕を併有し、同時的に発現させることのできる、奥行きの深い重層的な人物へと変貌しているのである」（牛島a、一九四）。

確かに、出発の時点では物欲一点張りだった。「ねえ、遍歴の騎士の旦那様、おいらに約束しなさった島のこと、どうか忘れねえでくだせえよ」（前篇、I、一三七）としつこく繰り返す。もっぱらそのためにドン・キホーテに付き従うのである。だから苦労がある度に、「今度こそ主人を見捨てて村に帰ろうと心に決めるのであった」（前篇、I、三三一）。そのサンチョが主人を見る目に変化が生じる。まさしく対話の賜物、「どうやらお前様は、遍歴の騎士よりも説教師のほうがお似合いだね」（前篇、I、三三四）は、ドン・キホーテの思想の高邁さに触れた感嘆の言葉である。以後の「サンチョの全生涯が、あのドン・キホーテ的でドン・キホーテ化に働く信仰の力に対する漸進的な自己委託であった」（ウナムーノ、一八七）は、かならずしも誇張ではない。尊敬の念はやがて愛情を呼び起こす。「おいらはあの人が自分の心の臓みたいに愛《いと》おしく思われて、いくらばかげたことをしなさっても、見捨ててしまおうなんて気にはとてもなれねえのよ」（後篇、I、二一三）。再度の旅も半ばを過ぎたころの「彼にとって主人と生活をともにすることは、この世のありとあらゆる島の領主になるより楽しいことだったのである」（後篇、Ⅲ、八一）。

対話を交わしながら人が生成変化する、これは対話の在り方の一つの革新であった。もともと対話の手法は、

二人の人物を対立させることでそれぞれの特徴を際立たせることが目的であった。ラブレーの『パンタグリュエル物語』、とくにその『第三之書』は、パンタグリュエル王子とその家臣パニュルジュに長い対話を行わせ、前者の闊達な気風と後者の優柔不断な性格を対照させる。すなわち人物の類型化に狙いがあり、ルネサンス期に対話形式を好んで用いた「**エラスムスを始めとする多くの作家たちも、こうしたさまざまな人間類型を描いていた。セルバンテスの斬新な点は、こうした類型を〈非類型化〉したことである**」(カストロb、三七五)。対話が対立を設定するのではなく、相互交感の場に変わるのだ。「ドン・キホーテとサンチョを最初に定義していた抽象的な区別〔狂気と良識の対立〕が、やがて相互の働きかけに代わり、二つの自己が密かに重なり合うようになる」(Sermain, 43)。

よく言われるドン・キホーテのサンチョ化、サンチョのドン・キホーテ化である。サンチョがしきりに諺を引用するのを下品だと叱っていたドン・キホーテが、「やっぱりお前様の口からも諺がとびだしてくるんだね」(後篇、Ⅲ、三三五)とからかわれるようになる。第三回目の旅立ちに際しては、前回の旅におけるサンチョの実生活面での忠告をやはり心に留めていたのだろう、金銭その他万全の支度を整えた。サンチョが百姓娘を種にしてドゥルシネーア姫の幻をでっち上げ、ドン・キホーテがそれをいわば実証しようとする例の場面などは、「ドン・キホーテという〈理想〉の下降線と、サンチョという〈現実〉の上昇線との交点の観がある」(牛島a、一五六)。

そして、「理想」と「現実」は、この交点の後では、もはや単純な理想でも現実でもないのだ。実はサンチョは、百姓娘をドゥルシネーア姫だと偽ったあの時の事の成り行きが自分でも理解できなくなっている。この自分に、「あんな気の利いたぺてんを一瞬の間にでっち上げることができる」など信じられないし、そもそも、御主人様は娘を見るなりその前にひざまずいたではないか。その上に、かのモンテシーノスの洞穴では百姓娘姿のドゥルシネーア姫に会った、と言っておられるではないか(後篇、Ⅱ、一六六)。自分はすでにあの時、魔法によって姿を変えられた姫に出会ったということかもしれない。そしていま、公爵夫妻が催すこの大掛かりな鷹狩りの場で、姫の魔法を解く術が啓示されるという。それに応えるかのような、ラッパ、太鼓、大砲、火縄銃のおどろおどろおどろしい音。「すっかり肝をつぶしたサンチョは、気を失って公爵夫人の足もとにくずおれてしまった」(後篇、II、一八七)。そして、まだサンチョは知らないが、この鷹狩りの場の一切は公爵夫妻が仕組んだ芝居なのだ。

『ドン・キホーテ』は、このサンチョの口から作品のキーワードを述べさせた。「何もかもあべこべに違えねえよ」(後篇、II、一六六)。芝居が本物に、本物が芝居に、二転三転して、もはや止まらない。無理に止めたり、あるいは止めたことにしたら、そこには必ず嘘がはびこり、人は残虐になる。だから、芝居と本物、理想と現実が幾重にもひっくり返り、双方の区別や境が見極め難い局面を、それとして生きること。〈どこでも・いつでも〉そうであるべき何らかの定形を頼みにするのではなく、〈ここ・いま〉の不定形のありのままを見つめること。これを文学論に引き寄せて言うなら、何らかの固定した真実を唱えることで自らに足枷をはめる文学に対して、およそ枠組みというものを持たない文学を提案するということだろう。「ロマンは物事がこうであるべきだと言おうとするのではない。ロマンの特質は絶えざる再解釈と再評価にある」。「未完結という面において、表現対象からは不動の意味というものが消えてゆく。物事の意味は常に更新されるのだ」(Bakhtine a, 465, 464)。

与えられた情況の意味を更新して、まったく新しい情況に転換するのがサンチョの特技だ。木馬の冒険においてその面目が躍如する。公爵城の庭に据えた木馬は、目隠しをしてそれにまたがるドン・キホーテとサンチョを、一気に「カンダーヤ王国〔カンボジアを想定しているとのこと(牛島b、後篇、II、四三三)〕」に運んでいくことになっている。出発の合図とともに、強力なふいごが風を送り、稲妻が発生する領域の高空「第三層」に達する頃合いには、長い棹の先端につけた火が木馬上の二人の頬をかすめるという、凝りに凝ったトリックである。ところで、サンチョは出発の間際に、寸時目隠しを取り外す。そして、「目にうっすらと涙を浮かべ、庭にいたすべての人びとをいかにもいとおしげに眺めわたしながら、皆でそれぞれ主の祈りとアベ・マリーアの祈りを唱えることによって、このような窮地に陥った自分を助けてもらいたい、そうすれば必ずや神は、皆さんが自分と同じような危機に瀕した折に、そうした祈りを捧げてくれる人を授けてくださるでしょうから、と言った」(後篇、Ⅱ、二七〇)。世の慰み者にならなければならない己の身の哀れ、そして同時に、あるいはそれ以上に、人を慰み者にする人間社会の愚への憐れみの涙ではなかろうか。「サンチョ・パンサが公爵と使用人に向ける涙ぐんだ優しい眼は、サンチョが単なるどたばた喜劇的人物の枠にはまらぬ者であることを読者に気づかせる。すなわち『ドン・キホーテ』の基本の枠組みの、固定化が乗り越えられている」(大江、一五〇)。

固定化の乗り越えはさらにもう一度。木馬の冒険が終了し、はるか東洋から首尾よく帰還した(ことになった)二人は、地上で待ち受けていた(ことになっている)公爵たちの熱烈歓迎を受けるが、そこでのサンチョの言が意表を突く。高空の「火の層」を飛んでいた時、顔がほてるのを感じたから、「ちょっとばかり目隠しをはずして」みたら、「驚いたことに、地球全体は一粒の芥子の種くらいにしか見えなかったし、その上を動き回っている人間もハシバミの実より大きくは見えませせなんだ」(後篇、Ⅱ、二七八—二七九)。どうやらサンチョのほうが上手のようだ。「読み手は、さまざまな工夫をこらして茶番劇をしくんだ公爵のほうが、じつは逆にドン・キホーテとサンチョによって愚弄されていたのではないかという疑いまで抱くことになる」(大江、一五一)。

「セルバンテスは公認済みで訴えどころのない《かくあるもの》の代わりに、一義的な客観性ではなく、《様々な見方》、生の諸情況に基づいた彼なりの世界観を組み立てようとした」(カストロａ、一二六)。この評言の正鵠性は、テクストの仕組み、特に地の文の書き方について確認すべきことであり、次にそれを試みる予定であるが、テクストの内容面、とりわけ作中人物の人となりについて言えば、まさにサンチョは右の意味でもっともセルバンテス的な人物であろう。ある観念が真実を僭称し他を排すること、すなわち「一義的な客観性」でもって、世界を一つの形に、世界についてのテクストを制度的ジャンルに固定する弊害を、一切の先入観抜きで「生の諸情況」に向けて開くまなざしが防いでいる。これを、ロマネスクと呼びたいのである。『ドン・キホーテ』全巻の最後でサンチョは、ドン・キホーテの名を返上して死を迎えようとする主人に向かって述べた。「さあ、お前様、そんなにぐったりしてねえでベッドから起きあがり、前に話しあったとおり、羊飼いの格好をして野原に出かけようじゃありませんか。そうすりゃあ、魔法を解かれた、それはそれは美しくて豪勢なドゥルシネーア姫が、どっかの草むらからひょっこり姿を現さねえとも限らねえよ」（後篇、III、四〇七―四〇八）、この言葉が読者の胸を揺り動かすのは、友情の美しさもさることながら、ページを閉じようとするロマンになおも息を吹き込もうとするこの人物の健気さと小粋さが、読者をここまで導いてきたロマネスクを、一作品の枠を超えた世界の広がりに放つからであろう。いまや遠い昔のことにさえ思えるあの小船の冒険で、ドン・キホーテは、来るべき騎士に冒険の継続を託したのであったが、サンチョはきっとその騎士のもとに読者を連れて行ってくれるだろう。あるいは、実はサンチョその人が来るべきロマンの英雄《ヒーロー》＝主人公なのかもしれない。

真実への情念を解脱する

何度も指摘したように、『ドン・キホーテ』は自称「歴史 histoire」の書物である。語り手は、歴史書の著者としての心構えを次のようにのべている。「いやしくも歴史家（historien）たる者、あくまでも精確を期し、真理を求めるべきであり、決して感情に左右されたり（passionnés. 情念に左右されたり）、何らかの利害や恐れ、あるいは私怨や愛情に影響されたりして真理（vérité. 真実、事実）の大道から足を踏み外すようなことがあってはならない〔……〕」（前篇、I、一六八）。

およそ歴史書をものしようとする者の心構えであろうが、しかし実際のペンの動きがそれにぴたりと従うとは限らない。するとここでも、やはり例のテクスト成立三段階論を格好のいいわけに活用するようだ。たとえば、ドン・キホーテとサンチョを弄ぶ公爵夫妻のことを、「一対のばか者をからかい、もてあそぶのにあれほどまでの熱意を示しているのであってみれば、彼ら自身、ばか者と思われるところからほんの指幅二つと離れてはいないのだ」（後篇、Ⅲ、三五二）と、客観公正たるべき歴史家としてはやや度を超した義憤に駆られた文章は、「シデ・ハメーテは、こう付け加えている」の導入句が付いているし、また、ドン・キホーテの衣服の粗末さを記述しながら、「おお、貧窮よ、貧窮よ！」と同情の声を発してしまう個所には、「ここで作者のシデ・ハメーテは嘆声を発し」（後篇、Ⅱ、三二〇）の注釈が付いている、といった具合である。あるいは逆に、誇張表現が「情念や愛憎の表れなら、故意の黙殺もまたしかり」というわけで、シデ・ハメーテはイスラム教徒であり、「われわれ〔キリスト教徒〕に激しい敵意を抱いている」から、「あれほどあっぱれな騎士の称賛にもっともっと筆を〔……〕揮ってしかるべき時にあっても、なぜかそれを意図的に黙殺している」と決め付ける（前篇、Ⅰ、一六八）。ところが一方では、ドン・キホーテが決然としてライオンに立ち向かう場面ではシデ・ハメーテが「おお、勇敢にして大胆不敵なこと、いかなる称賛も及ぶことなきドン・キホーテ・デ・ラ・マンチャよ！」（後篇、Ⅰ、二七八）と感嘆の叫びを発しているから、矢面に立たされる原作者たるものは気の毒であるが、要するに以上は、『ドン・キホーテ』の作者が絶対的な公平無私はいたって困難だと認めている。この書物にそういう立派な歴史はそぐわない、と。

ただし、それだけなら並の歴史書である。『ドン・キホーテ』の独創は、歴史の本質とも言うべきひとつの大きな情念から身を解き放し、よって歴史の地平を離脱してみせたことにある。その情念（passion）とは、真実・事実（vétité）への情念だ。これは『ドン・キホーテ』の中の直接の文言によって主題化されているわけではないが、しかしすでにその方法意識と呼べるものが、テクストの隅々に浸透しているのである。

「真実」という語を「真理」と区別して用いたい。真実は人間の社会の中での事項である。これに対して自然科学の真理は人間が存在するしないにかかわらず永遠普遍に真であり、また宗教の真理は人間を超越する存在から提示されるものである。近代の自然科学は、ちょうど『ドン・キホーテ』の時代に、この作品が関わり知らぬ場所でその基礎が築かれていたし、また宗教的真理に関しては、『ドン・キホーテ』はこれを「神の文事」と名づけて、「人間の文事」の外に置いたのであった。したがって、「人間の文事」が関わるのは「真理」ではなく、「真実（事実）」であり、「人間の」という限定詞が意味するのはまさにそのことである。

「人間の文事」の代表である歴史について、『ドン・キホーテ』はこう述べている。「歴史は時間のライバル、出来事の保管所、過去の証人、現在の手本にして教訓、そして未来への警告なのである」（前篇、I、一六八）。この文のとくに後半の文言に注目したい。ここで「歴史」は、過去の出来事の記述という狭義ではなく、語源のギリシャ語「ヒストリア historia」が持つ「探求によって学ぶ」こと一般を指す広い意味（野家b、三七）で用いられている。探求すべきは人間のより豊かな生存を確かにするための知であり、それこそ、ルネサンスが「人文学」と名づけた諸学問、そしてその代表あるいは代名詞としての「歴史」なのだ。歴史が代表する諸学問が「現在の手本にして教訓、そして未来への警告」になるということは、これらの学問が与える知が、世界を人間のためのものとして構造化するということである。「われわれは自分の〔世界への〕干渉を可能にするために、そして自分の活動（あるいは無活動）のための空間をつくりだすために、あらかじめ世界を構造化して知覚する」（ジジェク、三二二）。人間は、世界構造化の原理となる知を「真実」と見なし、これをもって活動の規範とする。そして「事実」とは、規範としての真実に照らして正または負の価値が明白な物事のことであり、それ以外の物事は事実として認定されず、無視され、忘却される。真実の尺度が当てはまらないような物事は、事実として知覚されることはないのである。

大事な点は、この「真実・事実」が、自然科学または宗教の「真理」とは違って、右に触れたように、それを知ろうとする人間の企てと癒着した関係にあるということだ。「歴史的事実はわれわれの言語活動から独立に実在する実体的なものではなく、それを語る言語的制作《ポイエーシス》の行為と不可分」（野家b、九―一〇）なのである。「歴史的出来事は歴史記述を通じてのみ知ることができます。〔……〕この観点からすれば、歴史記述は歴史的出来事に認識論的に先行します。その認識論的先行性と存在論的先行性〔まず出来事があって、次にこれを記述するということ〕の間にある循環構造こそ、歴史認識を根底において特徴づけているものなのです」（野家b、四四―四五）。右は、「歴史（的）」という限定を取り去って、「出来事」とその「記述」一般に広く当てはまることであろう。人は知っていることを語り、語りうる限りのことを知っている。この「循環構造」に積極的に介入する言語の営為が、まずはその民族的な違いによって、歴史的出来事の体系としての各種文明の差を生んでいる。同じドン・キホーテの生涯を語るにしても、アラビア人による原作とキリスト教徒による決定版では大違いなのだ。

ところが、歴史および歴史が代表する学問は、右の「循環構造」に頬被りをする面がある。その結果として、あくまでも人間の言語の内部に位置する真実を、人間の言語を超越する真理にすり替えてしまう。「事実というものは〔……〕言語的存在にほかならないが、しかしこの存在がまるで、言語構造の外の領域すなわち《現実界》の存在の単純で純粋な《コピー》であるかのようになっている。歴史的言説は、指示対象〔事実〕を言語行為の外部において捉えようとする、おそらく唯一の言説であるが、しかし指示対象を当の言説の外で射止めるなどは決してできない相談である」（Barthes, II, 425. *Le discours de l'histoire*）。もちろん、歴史学の論述のすべてが誤謬だと言っているのではない、しかし真実と真理の混同にはやはり異議を申し立てなければならない、それが文学の役割ではなかろうか。

言語行為の外部に指示される真実・事実なるものと特別の関係をもつ部分がテクストの中にある。学術書では論述の本文、小説なら地の文がそれだ。「世界の真理がその光明を物語〔歴史〕の地の文を通してあらわす」（マッケイブ、二五）。論述の本文あるいは地の文が記すことは絶対的に真である。そうでなければ、論を立てることはできない。また、論を組み立てるについては、本文のほかに、引用文（文学テクストでは会話文）などを用いるが、後者の言語に対して前者（本文）は、「メタ言語」の立場にある（マッケイブ、二一）。つまり、一般の言語の水準を超えて、真理そのものに接近する特権的な言語である。テクストはこのメタ言語（本文）を構造の頂点に据え、引用文等をそれが真理に関わる価値の正負に応じて階層化する仕方で作られる。その結果テクストには、メタ言語が指示する真理に基づく意味の統一性と単義性が顕著である。

右は、およそ書物なるものについて、あまりにも自明かつ自然なことのように思われるが、しかし、この自明・自然に疑問を突きつけたのが『ドン・キホーテ』なのだ。文学も歴史の一環であるという伝統上の建前を引き継ぎながらも、実際には、およそ歴史書とは異なるテクストをこしらえてしまった。その端緒は、本文（地の文）のメタ性を取り下げたことである。ここから始まって、学問とは別個な言語行為としての文学がその存在を世に現すようになる。

例を近現代の文学作品について見るなら、地の文（の語り手）は会話文（の発話者である作中人物）に対し、真理への接近度において特権的な位置に立たないということがある。語り手は、作中人物の発言を引用しつつ、その真偽について有無を言わせない一方的な評価や判定を行うのではない。引用する者と引用される者という階層的序列さえも撤廃する。「地の文と主人公の言論の間に画然とした境界はない」。「ゴリアドキン〔ドストエフスキー『二重人格者』の主人公〕の言論が、その前にある語り手の文に対する明らかな反論であることがしばしばある」（Bakhtine b, 302, 309）。真理すなわち唯一無二の真実というものは、人間の言語の中に存在しないのだ。ひとつの言葉は、その意味を究極の一義性に向けて収斂させるのではなく、意味未決定性あるいは多義性を保持しながら、同じく多義的な他の言葉との間で、終わりのない対話をおこなう。

あるいは、信用のおけない語り手というものがある。出来事について語り手がおこなう描写と説明がマッチしないために、「語り手は物語っている出来事について正しい解釈を与えることができない、あるいはそれを望んでいない、という印象を与える」(Cohn, 115)。ジッドの『背徳者』や『狭き門』がそれだ。最後に語り手自身がそれに気づき、それまで作ってきたテクストの意味を一変させる趣向である。『嵐が丘』では、最後の最後まで語りが対象にピントを合わせることができない、そもそも主要人物(ヒースクリフとキャサリン)は、語り手ディーンにとって、「いったい自分と同じ人間だろうかとわたしはこわくなりました」(ブロンテ、四六)といった風なのだ。自分と同じだとは思われない人間のことを語るのだから、とうてい決定的な真実を述べることができないのは当然である。語れば語るほど深まる謎、それがこの作品の魅惑なのだ。

語り手の席が実際には空になっている、ということもある。「秩序化の中心になる責任ある語り手はずっと以前に舞台から退場してしまっている。『ユリシーズ』はもはや人間的経験をドラマとして秩序化することはしない。それを意味あるもの、理解可能なものにするために、経験を都合よく分類体系の中に配分することもしない」(川口、四二六)。『ドン・キホーテ』はこれに近いと言ってよいだろう。作中人物が対話などを通してこもごも語る多様な体験を一定の価値判断のふるいにかけたりはしない[29]。

近現代文学に顕著なこのような語り方の先鞭をつけたのが、『ドン・キホーテ』であった。真実を主張することをもって第一の、また唯一の目的とはしない語り方である。そのための基本姿勢が、繰り返すが、真実への情念から身を解き放すことであった。「情念 passion」は「受難・殉教 passion」でもある。この言語改革の第一のターゲットが、文学作品の地の文を歴史書の本文の規範から解放することであった。

念のために言い添えれば、真実・事実の圧力(情念・受難)から自由であることは、真実・事実の一切にまったく無関心だということではない。主人公ドン・キホーテは、騎士道精神の真実を主張して止まない。ただし、作品の主人公ドン・キホーテと作品『ドン・キホーテ』は次元が別であり、その次元の較差の中にこそ文学が宿る。だから、文学が文学になるための第一条件は、まさに真実への情念からの自己解放であると言うことができる。「セルバンテスは社会の欠陥や悲惨をつぶさに経験してきたが、そうした抑圧的で敵対的な姿勢をとる社会を目の敵にして、ピカレスク的文体を用いて、事細かに辛辣な叙述をするという誘惑に負けることはなかった」(カストロb、三四三)。

「セルバンテスの天才は〔……〕騎士道叙事詩と現代的年代記という両極端を、言語的懐胎という、きわめて激しい葛藤の中に融合しつつ克服したところにある。〔……〕彼はみずからのなすことを、言葉でもって、ただ言葉のみを用いてなしているのである。しかし彼は、自らの世界にあっては、言葉がさまざまな世界の唯一の遭遇点であることを知っている」(フエンテス、三七)。そのような「言葉」の具体的な有り様を、次に、『ドン・キホーテ』の地の文について観察したい。

自由間接話法が生まれた由縁

もともと、「騎士道物語という基盤の怪しげな虚構(machine. からくり)の打倒」(前篇、I、二三)を目指して書き出された本であるから、語り手が時代錯誤の遍歴の騎士ドン・キホーテに対して否定的な姿勢をとることは自然であるが、しかし肝腎な点は、地の文における人物批判が、この人物の発言である会話文に干渉しその勢いを削ぐことはまずない、ということだ。たとえば、羊の大群を合戦の軍勢と見誤る場面。地の文は、「見えもしなければ存在もしていないものを空想の中に描きながら」、「前代未聞の狂気による妄想にかられて」(前篇、I、三二一、三二三)など、ドン・キホーテの言動を封じ込めようと躍起であるが、しかし、これらの言辞に挟まれたドン・キホーテの発言は、砂塵の中に幻視する名将たちの名と業績を列挙して、量的にも質的にも地の文を圧倒し、「見えもしなければ存在もしていない」との語り手の評定を蹴散らしている。

文学論では、言語行為の起点を「視点」と呼ぶ。テクストが真実・事実を主張して説得力を持つためには、視点の位置が明確であり、かつ数としてまた質として統一されていることが必要である。ところが、『ドン・

キホーテ』はしばしばこの要件に背いている。

右の羊の群れの場合なら、地の文における語り手の視点と会話文の人物の視点が勢力を拮抗させてテクストを二分しているし、また他では、地の文がそれ本来の視点を放棄することがある。先に触れた、語り手退場のケースだ。すると、その空位に人物視点が入り込み、叙述の意味が変わってしまう。[30] たとえば、公爵夫妻が仕組んだ、狩猟を名目とした大芝居のクライマックスは、「すでに日はとっぷりと暮れていた。そしてその時、すっかり暗くなった森のなかを〔……〕」（後篇、II、一八六）と、思わせぶりな書き方で始まる。森のなかを無数の光がまるで流星群のように流れる。続いて大砲の轟音、ラッパの音、戦闘の雄叫び。もちろん、語り手は一切が公爵夫妻が演出する芝居であることを知っているが、しかしその知見を、場面を描写する地の文に持ち込もうとはしない。すると場面を見る視点は、何も知らずにこれを本物だと思いこむ者、すなわちドン・キホーテとサンチョの視点となり、形式は地の文でありながら、実質はまるでドン・キホーテたちが語っているかのような感じになる。正規の歴史書の本文なら、学問的誠実さを問われかねないところだろう。

さらには、一続きの地の文の中で、真偽の基準がまったく相反するような二種類の視点が並列することさえある。やはり公爵夫妻が仕組んだ芝居のひとつ、例の空飛ぶ木馬の場面である。はるか東洋まで往還した（ことになっている）木馬が出発点の公爵城の庭に着地した（とみなされる）瞬間、「こうして十分に楽しんだ彼ら〔公爵夫妻たち〕は、この奇妙きてれつな、しかし実に巧みに仕組まれた冒険に結末をつけようと思い、クラビレーニョ〔木馬の名前〕の尻尾に麻くずを用いて火をつけた」（後篇、II、二七五）。視点は公爵夫妻の側にあり、語り手もこれに同調している。この時点ではドン・キホーテとサンチョはまだ目隠しをされていることに留意しなければならない。ところが、爆発によって地面に叩きつけられた二人が、「あたりを見まわして、あらためて仰天し、呆然とするのであった」、以後は視点が彼ら二人に乗り移る。「地面におびただしい数の人間が伸びている」。そして、「庭の片隅に」で一転して、その一隅に突き立った槍にはドン・キホーテ宛ての書状が釣り下がっていた。前半では芝居であったことが、後半では本当の事になってしまう。本当のことも実は芝居なのだが、しかし、ドン・キホーテはそれを本当の事として、次の行動に移る。

芝居と本当のことが何度も逆転するテクストは、固定された真実・事実を主張することにもはや関心を向けない。「小説におけるセルバンテスの方法とは〔……〕登場人物がそれぞれ独自の視点をもって〔……〕有機的に関わりあう中で相対的に形成される非ア・プリオリ的な（時には逆転する）価値の捉え方、とでも要約できよう」（本田b、二〇六）。物事を捉える「非ア・プリオリ的な」方法が、ア・プリオリ的真実の神話を突き崩す。「《客観的》歴史において、《現実》とは、指示対象の存在なるもののオールマイティの影に隠れた、表立っては言葉にされない意味される《シニフィエ》もののことである」（Barthes, II, 426. *Le discours de l'histoire*）。「言葉にされない意味される《シニフィエ》もの」を言葉にすれば、そこには芝居と本当のことが幾重にも逆転する様が現れる。それが、何気なく「現実」と呼ばれているものの実体であり、この実体を暴きだすのがロマン（小説）という名の書き物《エクリチュール》である。この書き物に自覚的な方法意識を与えたのはロマン派であるが、そこで唱えられたことの一つに「機知《ウイッツ》」がある。「《機知》は異質なものを寄せ集めることである。すなわち概念作用（同質なものの中で、その同質性に基づいて行われる）に置き換わり、また、判断作用（異質なものを結び付けるにあたって必ず同質なものでもって統御する）を二重化する。〔……〕機知は知の別名であり別の概念、あるいはもうひとつの別の知の名前であり概念である。すなわち分析的で断定的な言説の知とは別個の知である」（Lacoue-Labarthe & Nancy, 75）。

『ドン・キホーテ』では、この「機知」の作用をテクストの各種単位において見届けることができる。文と文の間で視点が転換するだけではなく、同一文中の単語の間でも視点が入れ替わる。たとえば、サンチョを伴って出発した二度目の遍歴の二日目（初日に例の風車の冒険があった）を語る章に、次の文がある。「二人〔ドン・キホーテとサンチョ〕がこのような会話を交わしていたとき、道の行く手に、それぞれ駱駝《らくだ》にまたがった、二人のサン・ベニート会の修道士の姿が現れた」（前篇、I、一五一）。ドン・キホーテが「やんごとなき姫君」を救出する場面である。

「駱駝」という語に首を傾げる。スペインで人が駱駝に乗って道を行くのは、普通にはありえないことだ。語り手はさっそく言い訳をする。「いま駱駝と言ったのは、彼らの乗っていた騾馬《らば》がそれほど大きく見えたからである〔……〕」（前篇、I、一五一）。誰の目にそう見えたのか。語り手自身は、ドン・キホーテと並んで道を進んでいるわけではないから、自分の目を話題にする立場ではない、やはりここは、ドン・キホーテの目に見えたことでなければならない。「あれに見える黒衣の連中（ces masses noires. あれらの黒い集団）は、かどわかしてきたどこかの姫君を馬車に乗せて連れ去らんとする妖術師たちに違いない」（前篇、I、一五二）とのドン・キホーテの発言がある。この「集団」には、「修道士」の後に続く馬車とそれを囲む人間たちも含まれていると考えられるが、それが巨大なものとしてイメージされていることが肝要であって、そこから、集団の先頭に「駱駝」という語があるのだろう。そのようにイメージするドン・キホーテの気持を説明するものは、前日の風車の冒険の余韻ではなかろうか。ドン・キホーテにとり風車の実体は巨人であり、巨人は騎士道物語の伝統の中で常に悪の権化であった。つまり、悪は巨大なものとしてイメージされるのであり、いま遍歴の騎士の眼前に出現している悪（修道士たち）も、同様なのである。

要するに、語り手が語っているはずの地の文の中に、人物が自分の声を滑り込ませるのだ。同例を挙げれば、前篇の旅籠の一場面。宿泊客たちがヌーヴェル『愚かな物好きの話』の朗読に耳を傾けている間、屋根裏部屋ではドン・キホーテが、そこに積んであるぶどう酒の革袋を悪の巨人とみなして大立ち回りであった。これを真に受けたサンチョは、階下に駆け下り、「巨人はもう死んじまって〔……〕」と報告する。これを聞いた一同が屋根裏部屋に上がって目撃する情況を記す地の文は、「この二人の男、主人と従士の呆れた言動（les folies. 狂気の言動）を前にして、いったい誰が笑わずにいられたであろうか」（前篇、III、一四）で始まる。この文によって、ドン・キホーテとサンチョはその言動の真実性をすっかり否定され、発言権を剥奪されているはずだ。ところが、続く地の文の締めくくりに次がある。「彼〔旅籠の亭主〕はぶどう酒の革袋の突然の死に憤懣やる方なかったのである」（前篇、Ⅲ、一五）。

「（ぶどう酒の革袋の）突然の死」という言葉の出所は、文の内容上の主語である「彼〔旅籠の亭主〕」でもなく、文の発話の主体である語り手でもなく、先に「巨人はもう死んじまって」と報告したサンチョでなければならない。発言を封じられているはずのサンチョが、彼の発言を封じる当の文章の中に、その声を忍び込ませているのだ。自分たちを屋根裏部屋などに押し込む亭主に向かって、ざまを見ろと意趣を晴らすと言うべきか。だとすれば、この文の主体はいくつにも分裂して、文の内容についての最終責任をたらい回しにしているといわなければならない。「エクリチュールにおける主体の消滅が極まる（主体がまったく特定されない）のは、発話と主体のホックを外すことを際限なく、歯止めなく行うテクストにおいてである」（Barthes, II, 1109. *Sade, Fourier, Loyola*）。明確な自己同一性を持つ主体が、一定の真実について断定的発言を行う歴史（一般に学問の言説とはまったく別個な言説（物言い、エクリチュール）が浮上する。この言説とロマンがやがて不可分の関係になるだろう。すでに『ドン・キホーテ』において、右二例に類する文は枚挙にいとまがない。

以上は、要するに自由間接話法のことを言っているのか、という質問が予想されるが、イエス／ノーで答える前に、問題の立て方を整理する必要がある。まずはロマンの特徴的な言説があり、次にそのもっとも効果的な手法として、いわゆる自由間接話法が整備されたのであって、この逆ではない。自由間接話法文は動詞時制が半過去形だというのがフランス語文法の定説であるが、「駱駝にまたがった二人の修道士の姿が現れた」のフランス語訳は単純過去形である（il parut au chemin deux religieux...）。しかし、先に確かめたように、この文は、「言葉の内実は作中人物のものであり、これを語り手が物語る」（Ricœur, 135）という自由間接話法の定義にしたがって解釈するのが自然である。つまり、自由間接話法に関して、「動詞時制は確かだとは言えないひとつの印にすぎない」。さらには、「自由間接話法は統辞法上の現象ではなく、解釈の一つの方法だと考えなければならない」（Reboul, 97, 98）。日本語において、地の文と内話（心内語）の間に文法的な区別がつけにくいのと同様である。だから、半過去形を目印にして自由間接話法の起源を捜したり（ラ・フォンテーヌ？　中世フランス語？）、あるいは例文を盾に取って、単純過去形の自由間接話法があると主張したりするのは、すべて本末転倒だと言わなければならない。

こうして、テクストを歴史書の読み方とは違った仕方で解釈するよう誘う書き方が出現した。『ドン・キホーテ』におけるその魅惑的な成果の一つが、三回目の旅の冒頭を飾る、ドゥルシネーア姫の住むエル・トボーソを訪問するくだりであろう。「騎士と従士は大都エル・トボーソへの道をたどりはじめた」（後篇、I、一二八）の文はすでに何度も引用した。語り手の発話の中に主人公の視点（人口わずか数百の小村を「大都」として幻視する）が入り込み、この視点から臨む風景のなかに、主従の進むべき道が、したがって作品『ドン・キホーテ』の進路が開ける。この進路が真実に添っているのか否か、そもそも何が真実なのかについて、語り手はもはや余計な口出しはしない。「翌日の夕方になって、ついに二人の行く手に大都エル・トボーソがその姿を現す〔……〕」（後篇、I、一四四）と続ける。地の文は、人物の歩みと、とりわけ彼らの対話を位置づけるための場であることに徹するのだ。「〔人物の〕行動に対する道徳的評価以上に、セルバンテスに関心があったのは、紆余曲折の道を今にも辿らんとしている人間たちの客観的表現であった」（カストロa、五五九）。

だから、エル・トボーソ訪問記の本体は、この「大都」で人物たちが交わす対話である。「あの方の家はたしか袋小路にあった〔……〕」と案内するサンチョに、ドン・キホーテが、「いったい、どこの世界に、出口なしの路地に建っている宮殿や王宮があると言うのじゃ」と怒鳴ると、かえる返事が、「どうやら、このエル・トボーソの町じゃ宮殿やでっかいお屋敷を路地に建てるのがならわしらしいんだね」である。二人は、自分たちの言葉でもってまことに不思議な都を建てながら、自らをその中に彷徨わせる。

そうは言っても、ドン・キホーテの言動はやはり見当違いであり、「騎士と従士は大都エル・トボーソへの道をたどりはじめた」などの地の文にはこれに対する批判が含まれているのではないか、との反論があるだろう。たしかに批判があるが、しかしそれは決して皮肉《アイロニー》や風刺ではない。『ドン・キホーテ』で始まるロマンの言説（物言い、書き方《エクリチュール》）を正しく理解する上で、これは大切なことである。

風刺はむしろ歴史の書き方である。「風刺作品のものの見方、考え方は、根底において楽天的であり、最後には何らかの秩序が勝利することに信を置いている。〔……〕間違ったものと理に適ったものを丹念に選り分け、前者を告発し、脇に追いやる。〔……〕風刺が機能する圏内では、玉虫色、混じりけがあるもの、不確定なものが人為的に排除され、あらかじめ決められた正否の区分だけが物を言う」（Robert〔M〕, 32）。すなわち風刺は、明瞭に同定される主体が一定の真理に基づいておこなう発話である。

ところが、『ドン・キホーテ』の「騎士と従士は大都エル・トボーソへの道をたどりはじめた」では、先に見たとおり発話主体が曖昧である。地の文という形だけからは語り手の発話だということになるだろうが、しかし、「大都」という語はドン・キホーテから出たものであり、さらには、文全体も「大都」へ向かう主従の意気込みを述べていると解釈できる。つまり、文意が玉虫色、不確定であり、風刺が機能する圏内を逸れている。「〔よく言われる〕『ドン・キホーテ』の風刺的な意図なるものは、実は極めて曖昧である。〔……〕なるほど何かを告発しているという印象はある。しかしいったい何を擁護し、何を敵としているのか。この基本的な質問に答えない作品は、風刺作品のジャンルの枠外であり、ある意味では風刺を裏切っていると言わなければならない」（Robert〔M〕, 31）。

「非断定性」（牛島a、二五〇）が、『ドン・キホーテ』の書き方の特徴である。「セルバンテスはただ一つの表現法に固執するのではなく、いくつもの表現法を対決させる。したがってそのいずれも、真実の伝達手段あるいは現実の媒体であると主張することはできない」(Sermain, 97)。いくつもの表現法(地の文や会話文、同一文中の複数の視点、等々)を駆使しながら、そのいずれかをもって真実のための特権的な座を与えることはしない。別様に言えば、「作者は自分が創造したものに対して距離を保つ」(Sermain, 96)のである。「情念(passion)に左右されない」とはこのことを言っていたのだった。

作品世界の各所に目を配りながら、その一つ一つの価値について一義的な断定を行わない。この姿勢に名を与えるなら、「ユーモア」が適当だろう。「『ドン・キホーテ』の曖昧性とは、セルバンテス特有のユーモアによって形成されており」(牛島a、二〇四)、ということなのだ。ここで「曖昧性」とは、われわれが普段に生きている社会にありがちな、一定の尺度によって定められる規格がもし撤廃されたとしてその結果生じるであろう、物事の愛すべき不定形性のことにほかならない。「ユーモアは、イデオロギーによってステレオタイプ化した世界に対する反抗である。ユーモアは一切をご破算にし、一切を洗い流す」(Decottignies, 114)。それは、一切の予断を交えずに物事を熟視することができる精神の成熟度のことである。「あるべきものがそこにあるのだという風に、存在するものを詳細に描写すること、ユーモアはしばしばそのような現れ方をする」(Bergson cité dans Schoentjies, 86)。

最後に、『ドン・キホーテ』の文化史上の位置について次の名文を改めて引用し、若干の付言を試みたい。「神が、そこから宇宙とその価値の秩序を支配し、善と悪とを区別し、個々の物に意味を付与していた席を立ち、ゆっくりとその姿を消していった時、馬に跨ったドン・キホーテが、もはやはっきりと認識することのできない世界に乗り出した。最高絶対の審判官がいなくなったまま、世界は不意にその恐るべき曖昧性をあらわにした。すなわち、唯一の神の《真理》が分解して、人間によって分担される無数の相対的真理と化したのである。かくして近代の世界が生まれ、それと共に、世界のイメージであり、モデルである小説《ロマン》が生まれた」

（クンデラ、*The Art of the Novel*. 牛島a、二五－二六に引用）。付言したいのは、最後の文についてである。なるほど『ドン・キホーテ』は近代世界のイメージでありモデルのひとつであるが、決して近代の正面を飾るイメージではなく、あくまでもその裏面に貼り付いていることを承知しておかなければなるまい。

神の言葉が告げる真理に満ち足りなくなった人間は、自分たちの言葉が語る真実・事実を用いて、新たな時代における真理を唱えようとした。近代における歴史（一般に学問）の使命である。その言説（言葉遣い）の特徴は、体系性にある。「体系という教義体の内部では、諸要素（原理、証明、帰結）が論理的に〔……〕進展する。体系が閉鎖的（または一義的）であるからこそ、常に教義的、教条的である」。一定の意味・方向にしたがい、一定の目的・終点（そこで真理が証明される）に向かう言説、すなわち「歴史＝物語」のテクストだ。これに対して、文学の言説、とくに本書でロマンと呼んできたテクストでは、「言語は外に向かって開き、限界というものを知らず、一切の指示の幻想（自負）から解放されている。その現れ方と成り立ちは、進展ではなく、分散であり散布である」（Barthes, II, 1119. *Sade, Fourier, Loyola*）。まさしく『ドン・キホーテ』は、終わりというものを知らず、とくにドン・キホーテとサンチョの対話を通して、意味を複数方向に散布し続けるテクストなのだ。ロマネスクは、「その意味論的構造が完結することなく、外に開いたままである」（Bakhtine a, 164）。

ロマンと歴史の対立は、人間の言語活動を大きく二つに分ける。ロマンのテクストは、「終了した生産物ではなく、不断の生産」（Barthes, II, 1686. *Texte (théorie du)*）である。すなわち、意味が生産される現場に立つ。このロマンの主なテーマが、真実・事実なるものの虚構性、すなわち、「《解釈》は事実に対して二次的に加えられる操作ではなく、事実そのものに構成的に働く一次的な操作にほかならない」（野家b、九三）ことを暴くことであろう。したがって、ロマンは歴史（一般に学問）をその根底において批判する姿勢をとる。

その昔、文学と歴史は一体だった。これが二つに分かれる分岐点を印すのが『ドン・キホーテ』だ、ということができよう。ロマンにとり、真実・事実を唱えることはその任ではない。文学は近代の裏面に貼り付く。「今日の作家は、文学が久しい以前から一定の権能を持っていないこの世界の中で、孤立し、したがって責任も権限もなく、その無用性のゆえに自由である」(Robert〔M〕, 234)。無用の用、といえば言葉を遊びすぎるかもしれないが、裏がなければ表もありえない、は一つの真理ではあるまいか。次はすでに一度引いた文言であるが、再度引用する。「もし万人がドン・キホーテだったら、世界はきっと亡びてしまうだろう。しかしまた、もしわれわれの中にドン・キホーテがいなかったら、世界はきっと亡びるだろう」(アザール、二五〇)。

編注

【本書の編集について】

本書の著者中山眞彦は、二〇一八年九月二十三日に他界した。中山は、二〇〇八年に水声社から公刊した『ロマンの原点を求めて』で、西洋中世の騎士道ロマンと『源氏物語』とを題材として、長年に亘って練り上げてきた独自の物語論を展開した。それと並行するようにして、同じ理論に基づいて、ラブレー（『パンタグリュエル』『ガルガンチュア』）とセルバンテス（『ドン・キホーテ』）を分析する論考を、左記のように、彼が友人たちと年二回公刊していた同人雑誌『現代文学』（ISSN 0289-2545）に連載した。

《ロマンについて　フランソワ・ラブレー作ガルガンチュアとパンタグリュエルの物語》二〇〇七年一二月号
《ロマンについて　フランソワ・ラブレー作ガルガンチュアとパンタグリュエルの物語（2）》二〇〇八年七月号
《ロマンについて　フランソワ・ラブレー作ガルガンチュアとパンタグリュエルの物語（3）》二〇〇八年一二月号
《ロマンについて　『ドン・キホーテ』論》二〇〇九年七月号
《ロマンについて　『ドン・キホーテ』論（2）》二〇〇九年一二月号
《ロマンについて　『ドン・キホーテ』論（3）》二〇一〇年七月号

ただし、この連載では、紙幅の都合から、毎回、論考の半分程度しか掲載されず、未掲載部分は、希望者にメールの添付文書で送られてくることになっていた。連載終了後、中山はテクストをさらに推敲し、おそらく二〇一一年頃には書籍としての公刊を企てたのだが、事情があって実現には至らなかった。

中山が主宰する研究会で長く学んできたわれわれ（赤羽研三、北山研二、佐々木滋子、吉田裕）は、このことを知っていたので、中山の没後、本書の公刊を実現すべく、《中山眞彦遺稿集編集委員会》を結成した。

ところが、中山のパソコンには、いかなる文書も残されていなかった。幸いにして、書斎には、《現代文学》掲載時のテクストを印字したものに、中山が手書きで推敲を加えたA４版のノート六冊が残されていた。おそらくこうして推敲を終えたテクストを元にして、中山は再び公刊用の電子版の完成原稿を作成したはずであるが、出版計画が頓挫した二〇一一年以後のいつかの時点で（おそらく、二〇一六年夏に中山が蔵書の大規模な整理を行ったのと時期を相前後して、ではないだろうか）他の文書ともども消去したのだと推測される。したがって、編集委員会が公刊のために準拠できた最終稿は、中山が手書きで推敲を加えたこの六冊のノート（以下、「草稿」と言う）だけだった。このことは、言うまでもなく、公刊のためのテクスト本文の確定にとって大きな困難を生んだ。最終的に、テクストの編集は以下のようにして行われている。

まず、タイトルだが、『現代文学』連載時には、前掲のように、『ロマンについて』というのがラブレー論とセルバンテス論に共通した総題だった。だが、今回は、出版社とも協議の上、『ラブレーとセルバンテス――近代小説の原点』をタイトルとして選択した。

草稿に見出された明らかな誤変換や誤字、脱字、テニヲハなどのミスタイプ、また引用文や引用ページの誤りは、「ママ」とはしないで、一括して訂正した。なお、引用は、『パンタグリュエル』、『ガルガンチュア』、『ドン・キホーテ』についてはすべて、その他の引用についても可能な限り、引用箇所を引用元と照合して、誤りがあれば訂正している（ただし、欧文文献からの引用については、括弧や強調が脱落しているような場合には補ったが、翻訳には一切手を触れていない）。それでも、以下に述べる事情もあって、引用箇所を引用元と照合することが不可能だった事例も多かったことをお断りしておく。

ラブレー論の第三章と第四章には、章タイトルが空白のままだったので、止むを得ず、『現代文学』掲載時の章タイトルを復活させ、その旨の編注を付した。

草稿の手書きの加筆部分には、どうしても判読できない、あるいは判読が不確実な箇所がいくつか見出された。これらについては、編集委員会で可能な限り妥当する読みを推測して本文を確定し、その旨を編注で説明している。

同じく、中山が草稿の一部を他の箇所に移動させるよう指示している場合に、その指示に従うと、移動させなかった文の主語が分かりにくくなるなどの不都合が生じる事例がわずかながら生じた。この場合には、主語を補うなどの措置を取り、編注を付した。

また、中山が草稿の一部の削除や移動を指示しているのだが、その指示に従うと、文意が不明瞭になったり、論旨がうまくつながらなくなったりする場合もあった。このような場合には、指示を無視して、草稿のテクストを生かし、編注にその旨を注記した。

なお、手書きの「別紙」が草稿に挿入されている箇所がいくつかあったが、それらは、本文に組み入れた（草稿のテクストとさしかえた）場合と、本文には組み入れず、編注に参考として掲げた場合とがある。

最後に、引用の出典表示に関する中山の論文のいつものスタイルは、引用に註番号を付し、引用がなされた段落の後に、註番号、著者の姓、作品タイトルの一部（ない場合もある）、ページ数を挙げ（例、（1）二宮、四〇三。（2）Robert, l'ancien, 111. など）、巻末に《引用文献一覧》を付すというものである（論文が書籍化された時には、註番号と作品タイトルを除いたこの簡略な出典表示が本文中、引用の直後に括弧書きで組み込まれる）。今回の草稿もそのスタイルを踏襲していたが、《引用文献一覧》は付されていなかったために、引用の出典をすべて突き止めることはできなかった。まったく不明なものもあれば、これではないかという本は見つかったが、絶対にそうだとは断定できない場合もあった。《引用文献一覧》中で★印を付されているものがそれらに当たる。また出典が判明した場合でも、出版年や全集の巻数等、一部の情報を欠いたまま《一覧》に挙げることになった事例もある。編者の無知と不明と非力のために、中山が準拠したテクストの完全な書誌情報の作成に至らなかったことを深くお詫びするとともに、欠如している情報について、もし何かご存知のことがあれば、ぜひご教示を賜りたい。

なお、編集委員会メンバー中佐々木を除く三名は、まだ何らかの形で現役の大学教員として活動しているために、多忙を極めていて、多量の手書きのテクストと正面から取り組むだけの時間的余裕を見出すことが難しかった。そこで、比較的時間に自由の利く佐々木が、折に触れて他の三名の助言を仰ぎながら、主要な編集作業を受け持つことになった。したがって、本書の編集・校訂についての責は一に佐々木が負っていることを最後に申し述べておく。

（佐々木滋子）

（1）　本書三〇ページを参照。ただし、これは中山の思い違いだろうか。そこで触れられているのは、例の「教育書簡」中でガルガンチュア王が息子パンタグリュエルに勉学を勧めている内容である。

（2）　ここで中山は、「作者ラブレーは（にとって）、サン・ヴィクトール図書館に実際にどのような書籍があるかということよりは（さしたる関心事ではなかったはずである。彼の関心は）空想の書棚に並べる書名を考案することに、はるかに大きな関心を向けているように思える」と、（　）内を加筆して、原稿を訂正しているが、そのままでは文として成立しない箇所が生じるので、標記のように文を整理した。

（3）　中山はこの箇所で、「自由の代償として、『現実組織』からあれやこれや（から）の弾圧を受けることになる」と、原稿に削除と加筆を加えているが、「から」の重複を避けるために、標記のように、加筆部分を採用しなかった。

（4）　草稿には章題が付されていなかったので、『現代文学』掲載時の章題を再録した。

（5）　中山は、この引用の出典を明記していない。

（6）　中山はこの箇所で、「通念的な物語作品では地の文が会話文を配置する（並べるための）道筋を作る□□」（□は判読不能な文字を示す。以下同じ）と、草稿に削除と加筆を行っているが、最後の加筆部分が判読できなかったので、標記のように推測した。

（7）　これは中山の記憶違いであろうか、ラブレーでは、こう語っているのはパンタグリュエルではなく、ジャン修道士である。

（8）　「『共存』とは」から「描いていたようだ」までの三つの段落は、草稿に挿入されている手書きの「別紙」の原稿である。これと内容的に対応する草稿の一パラグラフに削除の指示があり、またそのパラグラフの直前に「別紙」の指示があるので、「別紙」の方をテクスト本文として採用したが、「旧風をいわば一掃する」に続く四字が判読不能なので、削除している。

（9）　ここで中山は、草稿のこのパラグラフの終わりまでを削除し、「別紙」で代える指示とともに、手書きの「別紙」を挿入しているのだが、その内容はあまり練り上げられておらず、『第三之書』と突き合せながら読まないと、内容を把握し難い上、末尾にはかなりの判読不能箇所も現れるので、テクスト本文としては、削除を指示された旧稿の方を採用した。以下に、「別紙」を参考として掲げる。

【別紙】

「パンタグリュエリヨン草」に付けられる誇張的形容詞が、この草に超自然的な力を持たせる受け皿となるということもある。『第三之書』の最終章（第五十二章）は、人の遺体をこの草で作った衣で包んで焼くと、遺骸は灰になるが包みそのものは焼けずに元のままであること、すなわちパンタグリュエリヨン草は不可燃であることを述べる。書き出しで、「この聖なるパンタグリュエリヨン草に具わったもっと別な神々しい性質 quelque aultre divinité de ce sacre Pantagruelione」（Ⅲ、二八一。Seuil, 553）と打ち出す。続いて事例をあげる。水を割ったぶどう酒を元のぶどう酒と水に分離する働きを持つ「常春藤《きずた》」という植物のこと。これは不可燃性の問題とは別であるが、火葬場の「灰のなかから求める御遺灰だけを別に取り出す」という主題の布石であろう。そしてパンタグリュエリヨン草が「不可燃《アスベストン》と呼ばれるしだい」を述べる。ローマ時代の博物学者プリニウスが、「アスベスト（石綿）を麻の一種と考えていた」よし（渡辺a、Ⅲ、四八二。*Note*, 554)。生産地は「カルパシウムなりディヤ・シュエネ地方」と聞きなれない地名でもって神秘□□。「前者はキプロス島の町、後者はエジプトの町」（渡辺a、Ⅲ、四八二）だとのこと。以上を確かにするための反対調査と言うべきか、世間一般で不燃だと言われているものの中に実際は燃えるものがある。プリニウスが火中で焼け死なないと述べたいもりの一種「火竜《サラマンドラ》」、金羊毛探求の航海に出たと伝えられる「アルゴの船」等々。これらは本当は燃えるのである、云々。ここまで読んだらパンタグリュエリヨン草の「神々しい性質」を何となく信じたくなる。いや、ここまで日々□□□。

（10）　この箇所も草稿への加筆部分。「ふくらませて」は判読困難な箇所の推測的な読み。

（11）　第三章の草稿はここで終わるが、中山はこの後に、1から4までのページを打った「別紙」を付け加えている。そのうち、ページ1は削除を示す斜線が全体に引かれており、ページ2から4までが、部分的に削除と加筆を伴う原稿となっているが、その内容は、「右に見たように、『第三之書』は」で始まる、草稿の最後の四段落からなる部分と大筋で重なるものと思われる上、末尾には判読不能箇所も現れるので、テクスト本文としては採用せず、以下に、参考として掲げるにとどめる。

【別紙】

　これを一口で言えば騎士道物語世界の崩壊である。社会制度の面では、作品の冒頭において主人公のパニュルジュが騎士（貴族）階級の外に出た。文学表現の面では、物語叙述《ナラシオン》をほとんど無くして、代わりに対話、列挙、礼賛という非物語的言説でもってテクストを埋めた。こうしておそらくかつて文学史上になかったような奇書が出現した。「物語の機能は複数の出来事を関連付け、統一的な意味を与えるコンテクストを設定することにある」（野家）という意味での物語性を思い切り削ぎ落とした書物である。

Marrache-Gouraud

世界の中心というものが見当たらず、中心がなく、出来事の生成に確かな意味・方向が成り立たず、人生の目的が何かが不明であり、だからこそ人（パニュルジュ）はこれからどう生きていくべきかを探索しなければならない。

この背景として、ラブレーが位置していた時代、すなわち西欧世界が中世から近代へと転換しつつある局面を考えるべきことはもちろんである。（□□ Ogino □□）。この世界像の変化と文学の変化が対応することもすでに定説であろう。（□□ Auerbach □□）。『ガルガンチュア』序文を思い起こそう。あそこでラブレーは、「宇宙秩序という見事に定義された枠組み」の中に言葉をはめこむことすなわちアレゴリー文学を否定して、「私」と「読者諸君」の目の前に広がる世界の中に自由に分け入ってゆく喜びを杯を干す快楽になぞらえていた。しかしこれは危険無しではない。『第三之書』の読者はこの危険の中に引きずり込まれるのである。すなわち物語を失った（放棄した、奪われた）世界の中へ。

中世的なものとルネサンス的なものの対照は、これを、見事に定義された秩序の枠組みと、現象の多様性と戯れることと言い換えるなら、ラブレーの時代という日付を離れて、近代のあらゆる時点にこれを見出すことができるだろう。まさに物質的□□□□□□□□□□□□□□□□□。ひとえに□は、ラブレーの次の世に、牧人物語として生まれ変わった。

近代の様々な時空が、手をかえ品をかえしてさまざまな物語を振りまいているのである。これに対応して、世に文学と呼ばれる書物に二種類がある。一つは物語的秩序の幻想に与する書物、もう一つは「文脈を踏み外し、無方向に拡散しながら、物語的根拠を喪失させ」つつ「□□□□□なのだ」、この「長編小説」を、西欧文学史の文脈の中に置きなおして、「ロマン」と呼びたいのである。

（12）第四章も、草稿には章題が付されていなかったので、『現代文学』掲載時の章題を用いている。

（13）これも中山の記憶違いか。『第四之書』当該箇所は、以下のようになっている。「パニュルジュはぜんぜん恐わがっていなかった［……］パニュルジュはジャン修道士を嘲笑う印《しるし》に、下唇でぱくぱくやってみせた。それからこう叫んだ。『神様、よろしかったら、これ以上先へは行かずに、ここいらで、徳利大明神の御託宣をお授かりいたしとうござる！』」（Ⅳ、二五六）

（14）このパラグラフの草稿には、以下のように削除と加筆訂正が施されている。

~~ところで、読書は一種の経験である。さらに書物の内容は、純粋な科学書は別にして、やはり人生経験の集積に他ならない。騎士道物語もまた、それ固有の人生経験から成り立っている。~~「例えば魔法、喧嘩、戦い、決闘、大怪我、愛のささやき、恋愛沙汰、苦悩、さらには、ありもしない荒唐無稽の数々からなる幻想（で（頭が）いっぱいになってしまった）」（前篇、I、四六）が。~~この口振りには多分に揶揄がこもっているが、だからといってまったくの嘘ではなく、騎士道物語の時代（西欧中世）に固有の生活体験の形を印している~~（の人の生き様を反映しているはずだ）。~~第一創造者を源とする「知性」は永遠に普遍であり、「それゆえ~~『すべての自然物がそれによって目的に秩序付けられる、知性的な或るもの』、神が存在する」（熊野a、二二九。トマス・アクィナスについて）~~ことが証明されるにしても、この世の物事がすべて~~（に純粋な）「自然物」~~であるわけはなく~~（は僅少であり、社会の大部分は）、それぞれの時代が生み出した「人為物」~~が多分に混合しているのだ~~（からなっている）。

この指示通りの削除を行うと文意不明瞭なテクストになるため、訂正されていない箇所については元の草稿を本文として採用した。

（15）　ここで中山は、「ここにドン・キホーテのアポリアがある」に続く「風車」のくだりを削除して、「（別紙）経験と知性」という指示を入れているが、その「別紙」は草稿には不在である。また、それ以降についても、削除と文の入れ替えを指示しているが、それに従うと、やはり文意が不明瞭になる。よって、ここでも元の草稿テクストを本文として採用した。

（16）　「『ドン・キホーテ』をどのような議」の次の文字は草稿では判読できなかった。議「論」は推測によっている。

（17）　中山は通常、テクストを強調する場合、傍点強調を用いているが、この『ドン・キホーテ』論の草稿でのみ、太字強調とみなすことのできる箇所が散見された。二種類の強調がどのように使い分けられているのかは不明だが、太字強調を傍点強調に統一することはあえてしなかった。

（18）　中山が引用している文献中には、Marthe Robert, *L'ancien et le nouveau. De Don Quichotte à Franz Kafka*, Grasset, 1988 (1963) と、Richard Robert, *Premières leçons sur le mythe de Tristan*, PUF, 2000 があるが、ここで準拠している Robert の書籍がどちらの Robert のものかは確認できなかった。

（19）　中山はここで、草稿の前ページの裏面と引用の欄外とに、次のような書き込みを行っているが、本文テクストとしては採用しなかった。

【前ページ裏面の書き込み】

物事をその「本性」につなぐための象徴的意味（sens figuré）が発生しない。

【欄外書き込み】
百姓女という sens propre のみの存在、ドゥルシネーアをほのめかす sens figuré はない。

(20) 前章の「主人公ドン・キホーテについて」という章のサブタイトルとの対照で、「テクスト『ドン・キホーテ』について」と、サブタイトルに「テクスト」の語を付加した。

(21) 中山はここで、「逆の主張をする。」の後に、「(原典を引用する形)」という書き込みを行い、次の引用箇所を線で囲って、「さしかえ」の指示を加えているのだが、『ドン・キホーテ』のどの箇所からの引用と差し替えるのかが不明なので、草稿の形をそのまま本文として採用している。

(22) 「唱える」は、中山が、「という考え方であり」を訂正したものだが、実は、「唱」の後の文字は判読不能、唱「える」は推測によっている。

(23) 中山は、ここまでの二段落分、草稿で約一ページ分を削除するよう指示し、削除部分の最後に、「主人公の最後の言葉は一切の思想の放棄である」という加筆を行っているが、この指示どおりにテクストを作成すると、続き具合が悪く、文意不明瞭になる恐れがあるので、削除部分を復活させている。

(24) 「『ドン・キホーテ』に組み入れられている第一例は」から段落末尾までを、中山は削除するよう指示しているが、ここを削除すると、次の段落中のグリソストモやマルセーラという固有名詞の出現が唐突で理解困難になるので、削除しない形でテクストを作成している。

(25) 草稿では、「『ドン・キホーテ』の時代には『ピカロもの le picaresque』と呼んでいたようである。」となっているが、これは削除された前段落に、「いわゆる『悪漢ロマン《ピカレスク》(roman picaresque)』」という主語が現れていたからで、この主語が削除されたために、文意が掴みにくくなってしまったので、「ようであるのが、」と、「のが、」を補った。

(26) この節の第一段落と、第二段落のここまでの部分は、「別紙」と差し替える指示が出ているが、「別紙」が見当たらないので、元の草稿をテクスト本文としている。

(27) 草稿の元の状態では、「人びとはドン・キホーテに声をかける前に、自分の『判断』でもってあらかじめ彼を裁いている、自分の判断は現実に即していると信じているのだが、そこにごまかしがある」となっていて、このうち第一の文を前の段落中に移動させる指示があるが、それに従うと、第二の文に主語が欠如してしまうので、「人びとは」を補っている。

(28) 中山は、この段落と前の段落の置き換えを指示しているが、置き換えると、むしろ論理が通りにくくなるので、元の草稿をそのまま本文とした。

(29)　中山は、前段落の「自分と同じだとは思われない人間のことを語る」からここまでを削除するよう指示しているが、その指示に従うと文意を尽くせない恐れがあるので、ここでは元の草稿をそのまま本文として採用している。

(30)　中山は、前々段落五行目の「たとえば、羊の大群を」からここまでを削除するよう指示しているが、それに従うと文意が狂ってしまうので、削除せず、元の草稿をそのまま本文として採用している。

引用文献一覧

第一部　ラブレー――『パンタグリュエル』『ガルガンチュア』

エラスムス『痴愚神礼賛』渡辺一夫・二宮敬訳（『世界の名著17　エラスムス　トマス・モア』所収）、中央公論社、一九六九年。

ルキアノス『本当の話』呉茂一訳、ちくま文庫、一九八九年。

メルヴィル、ハーマン『白鯨』上・下、高村勝治訳、旺文社文庫、一九七三年。

（作者不詳）『ガルガンチュワ大年代記』渡辺一夫訳、筑摩書房、一九四三年。

Rabelais, François, *Œuvres complètes*, Edition établie par Guy Demerson, Seuil, 1973.

Rabelais, François, *Œuvres complètes*, Edition établie par Mireille Huchon, Gallimard, Bibliothèque de la Pléiade, 1994.

ラブレー、フランソワ『第一之書　ガルガンチュア物語』渡辺一夫訳、岩波文庫、一九八八（一九七三）年。

ラブレー、フランソワ『第二之書　パンタグリュエル物語』渡辺一夫訳、岩波文庫、一九八八（一九七三）年。

ラブレー、フランソワ『第三之書　パンタグリュエル物語』渡辺一夫訳、岩波文庫、一九七四年。

ラブレー、フランソワ『第四之書　パンタグリュエル物語』渡辺一夫訳、岩波文庫、一九七四年。

（作者不詳）『パニュルジュ航海記』渡辺一夫訳、要書房、一九四八年。

坪内逍遥『小説神髄』（『日本近代文学体系　第三巻』所収）、角川書店、一九七三年。

二葉亭四迷『浮雲』(『日本近代文学大系　第四巻』所収)、角川書店、一九七三年。

＊

青柳悦子a「範列性と文学──デリダの論考から」1、2、3、筑波大学紀要『文芸言語研究・文芸篇』四九、五〇、五一号、二〇〇六年。二〇〇六年。二〇〇七年。

青柳悦子b『デリダで読む『千夜一夜』』新曜社、二〇〇九年。

Bachelard, Gaston, *La formation de l'esprit scientifique*, Vrin, 1994.

バフチーン、ミハイール『フランソワ・ラブレーと中世・ルネサンスの民衆文化』川端香男里訳、せりか書房、一九七三年

★Bakhtine, Mikhail, *Esthétique et théorie du roman*, Gallimard, 1994 (1975).

Barthes, Roland, *Œuvres complètes*, tome II, III, Seuil, 1994.

Baraz, Michaël, *Rabelais et la joie de la liberté*, José Corti, 1983.

Bessière, Jean, *Enigmaticité de la littérature*. PUF, 1999.

Bon, François,《Quart Livre, territoire inconnu》, *Magazine littéraire*, No.319, 1994.

Bourdieu, Pierre, *Méditations pascaliennes*, Points, 2015.

Casauran, Nicole,《Les romans de chevalerie en France entre《exemple》et《recréation》》(sous la direction de M.T. Jones-Davies, *Le roman de chevalerie au temps de la Renaissance*, Université de Paris-Sorbonne, 1987).

Cazauran, Nicole et Simonin, Michel,《Narration》(sous la direction de Robert Aulotte, *Précis de littérature française du XVIe siècle*, PUF, 1991).

Chartier, Pierre, *Introduction aux grandes théories du roman*, Bordas, 1991.

Cohn, Dorrit, *Le propre de la fiction*, traduit de l'anglais par Claude Hary-Scaeffer, Seuil, 2001. (*The Distinction of Fiction*, 1999.)

Coulet, Henri, *Idées sur le roman. Textes critiques sur le roman français XIIe-XXe siècles*, Larousse, 1992.

Danto, Arthur, *La transfiguration du banal. Une philosophie de l'art*, traduit de l'anglais par Claude Hary-Schaeffer, Seuil, 1989. (*The Transfiguration of the Commonplace*, 1981.)

De Certeau, Michel, *Histoire et psychanalyse*, Gallimard, 2002.

Delègue, Yves, a, *La perte des mots. Essai sur la naissance de la《littérature》aux XVIe et XVIIe siècles*, P.U. de Strasbourg,1990.

Delègue, Yves, b, *Le Royaume d'exil*, Obsidiante, 1996.

Demerson, Guy, *L'esthétique de Rabelais,* SEDES, 1996.
Descombes, Vincent, *Les institutions du sens,* Editions de Minuit, 1996.
Dragonetti, Roger, *La vie de la lettre au Moyen Age (le Conte du Graal),* Seuil, 1980.
Dubois, Claude-Gilbert, a, *Mythe et langage au XVI*^{e} *siècle,* Ducros, 1970.
Dubois, Claude-Gilbert, b, *L'imaginaire de la Renaissance,* PUF, 1985.
Dubois, Claude-Gilbert, c, *Le baroque en Europe et en France,* PUF, 1990.
Dubois, Claude-Gilbert, d, *La conception de l'histoire en France au XVI*^{e} *siècle (1560-1610)*, Slatkine, 2011.
★Dumoulié, Camille, *Littérture et philosophie; le gai savoir de la littérature,* Armand Colin, 2002.
フェーヴル、リュシアン『ラブレーの宗教――十六世紀における不信仰の問題』高橋薫訳、法政大学出版局、二〇〇三年。
フエンテス、カルロス『セルバンテスまたは読みの批判』、牛島信明訳、水声社、一九九一年。
Foucault, Michel, *Les Mots et les Choses,* Gallimard, 1966.
Gray, Floyd, a, *Rabelais et l'écriture,* Nizet, 1974.
Gray, Floyd, b, *Rabelais et le comique du discontinu,* Champion, 1994.
蓮實重彦ａ『物語批判序説』中央公論社、一九八五年。
蓮實重彦ｂ『小説から遠くはなれて』日本文芸社、一九八九年。
蓮實重彦ｃ『表象の奈落――フィクションと思考の動体視力』青土社、二〇〇六年。
保坂和志『小説の誕生』新潮社、二〇〇六年。
藤井貞和『物語文学成立史』東京大学出版会、一九八七年。
Hottois, Gilbert, *De la Renaissance à la postmodernité: une histoire de la philosophie moderne et contemporaine,* De Boeck Université, 2001.
井口時男ａ『物語論／破局論』論創社、一九八七年。
井口時男ｂ『暴力的な現在』作品社、二〇〇六年。
Jeanneret, Michel, a, *Des mots et des mots. Banquets et propos de table à la Renaissance,* José Corti, 1987.
Jeanneret, Michel, b,《La sémiotique sauvage de Panurge》(édité par Michel Simonin, *Rabelais pour le XXI*^{e} *siècle*), Droz, 1998.
Jeanneret, Michel, c, *Le défi des signes. Rabelais et la crise de l'interpréttion à la Renaissance*, Paradigme, 1994.
Kritzman, Lawrence D.,《Représenter le monstre dans le Quart Livre》(édité par Michel Simonin, *Rabelais pour le XXI*^{e} *siècle*), Droz, 1998.

川本玲子「物語ることへの抵抗：自閉症者の自伝を読む」、『言語社会』第三号、一橋大学、二〇〇九年。
Lacou-Labarthe, Philippe et Nancy, Jean-Luc, *L'Absolu littéraire: Théorie de la littérature du romantisme allemand*, Seuil, 1978.
Lukàcs, Gyorgy, *La théorie du roman*, traduit de l'allemand par Jean Claievoye, Gallimard, 1977 (1920).
マッケイブ、コリン『ジェイムズ・ジョイスと言語革命』加藤幹朗訳、筑摩書房、一九九一年。(Colin MacCabe, *James Joyce and the Revolution of the Word*, 1978.)
Mari, Pierre, *François Rabelais.*《*Pantagruel*》,《*Gargantua*》, PUF, 1994.
Marrache-Gouraud, Myriam,《*Hors toute intimidation*》*Panurge ou la parole singulière*, Droz, 2003.
Ménager, Daniel, a, *Pantagruel et Gargantua, Rabelais*, Hatier, 1978.
Ménager, Daniel, b, in Colette Becker (et al.), *Le roman. Cours, documents, dissertation*, Bréal, 1996.
宮下志郎『ラブレー周遊記』東京大学出版会、一九九七年。
中山眞彦『ロマンの原点を求めて』水声社、二〇〇八年。
Nancy, Jean-Luc, *Hegel. L'inquiétude du négatif*, Hachette, 1997.
二宮敬『フランス・ルネサンスの世界』筑摩書房、二〇〇〇年。
野家啓一a『物語の哲学』岩波書店（岩波現代文庫）、二〇〇五年。
野家啓一b『歴史を哲学する』岩波書店、二〇〇七年。
Note: Rabelais, François, *Œuvres complètes*, Seuil, 1973 の脚注。
Notice: Rabelais, François, *Œuvres complètes*, Gallimard, Bibliothèque de la Pléiade, 1994 の注。
Ogino, Anna , *Les éloges paradoxaux dans le Tiers et le Quart Livres de Rabelais. Enquête sur le comique et le cosmique à la Renaissance*, France Tosyo, 1989.
荻野アンナa『ラブレー出帆』岩波書店、一九九四年。
荻野アンナb『ラブレーで元気になる』みすず書房、二〇〇五年。
Paris, Jean, *Rabelais au futur*, Seuil, 1970.
Pouilloux, Jean-Yves, *Rabelais. Rire est le propre de l'homme*, Gallimard, 1993.
Poutingon, Gérard Milhe, *François Rabelais: Bilan critique*, Nathan Université, 1999.
Ricœur, Paul, *Temps et récit I, L'intrigue et le Récit historique*, Seuil, 1991.

Rigolot, François, *Les langages de Rabelais*, Droz, 1972.
Robert, Richard, *Premières leçons sur le mythe de Tristan*, PUF, 2000.
Roubaud-Bénichou, Sylvia, *Le roman de chevalerie en Espagne entre Arthur et Don Quichotte*, Honoré Champion, 2001.
Ruthier-Revuz, Jacqueline, *Ces mots qui ne vont pas de soi. Boucles réflexives et non-coïncidences du dire, I & II*, Larousse, 1995.
スクリーチ、マイケル・アンドリュー『ラブレー　笑いと叡智のルネサンス』平野隆文訳、白水社、二〇〇九年。
Saulnier, V.L., *Rabelais dans son enquête, I & II*, SEDES, 1983.
千石英世ａ『小島信夫　ファルスの複層』小沢書店、一九九八年。
千石英世ｂ『白い鯨のなかへ　メルヴィルの世界』南雲堂、一九九〇年。
Smith, Paul J., *Voyage et écriture. Etude sur le Quart Livre de Rabelais*, Droz, 1987.
Spitzer, Leo, *Etudes du style*, Gallimard, 1970.
Szondi, Peter, *Poésie et poétique de l'idéalisme allemand*, Gallimard, 1991.
Uitti, Karl David, 《Renewal and Undermining of Old French Romance》, *Romance. Generic Transformation from Chretien de Troyes to Cervantes*, edited by Kevin Brownlee and Marina Scordilis Brownlee, Darthmouth College, 1985.
Veyne, Paul, *Comment on écrit l'histoire*, Seuil, 1996 (1971).
渡辺一夫ａ ラブレー『第一之書』～『第四之書』岩波文庫版の訳注。
渡辺一夫ｂ ラブレー『第一之書』～『第四之書』岩波文庫版の解説。
渡辺一夫ｃ『ラブレー雑考』上・下（『渡辺一夫著作集』1、2所収）、筑摩書房、一九七〇年。
渡辺一夫ｄ「ルネサンスの二つの巨星」（『世界の名著17　エラスムス　トマス・モア』所収）、中央公論社、一九六九年。
山本義隆『十六世紀文化革命』みすず書房、二〇〇七年。
Zink, Michel, *Le Moyen Age. Littérature française*. Presses universitaire de Nancy, 1990.
ジジェク、スラヴォイ『イデオロギーの崇高な対象』鈴木晶訳、河出書房新社、二〇〇〇年。（Zizek, Slavoj, *The Sublime Object of Ideology*, 1989.）
Zumthor, Paul, *Essai de poétique médiévale*, Seuil, 1972.

第二部　セルバンテス――『ドン・キホーテ』

Chrétien de Troyes, *Perceval ou le conte du Graal*, Gallimard, Bibliothèqe de la Pléiade, 1960.

Quête de Graal. Edition présentée et établie par Albert Béguin et Yves Bonnefoy, Seuil, 2009.

★*Queste de Graal*, Gallimard, Bibliothèque de la Pléiade.

★『デカメロン』上。

セルバンテス『ドン・キホーテ』牛島信明訳、岩波文庫、二〇〇一年。

Cervantès, *Don Quichotte*, traduction par Jean Cassou, Gallimard, Bibliothèque de la Pléiade, 1963.

Balzac, *La Comédie humaine*, *Œuvres complètes*, tome I, V, X, Gallimard, Bibliothèque de la Pléiade, 1976, 1977, 1979.

ブロンテ、エミリー『嵐が丘』氷川玲二訳、集英社、一九七九年。

メルヴィル、ハーマン『白鯨』上・下、高村勝治訳、旺文社文庫、一九七三年。

ナボコフ、ウラディーミル『ロリータ』大久保康雄訳、新潮文庫、二〇〇六年。

＊

Adam, Jean-Michel, *Le récit*, PUF, 1984,《Que sais-je ?》

アリストテレス『詩学』松浦嘉一訳、岩波文庫、一九四九年。

アバリェ＝アルセ、フワン・バウティスタ『蔵書』

Bachelard, Gaston, *La formation de l'esprit scientifique*, Vrin, 1994.

Badel, Pierre-Yves, *Introduction à la vie littéraire du moyen âge*, Bordas, 1969.

★Bakhtine, Mikhail, a, *Esthétique et théorie du roman*, traduit du russe par Daria Olivier, Gallimard, 1994 (1975).

Bakhtine, Mikhail, b, *La poétique de Dostoïevsky*, Seuil, 1998.

Bardon, Maurice,《*Don Quichotte*》*en France au XVIIe et au XVIIIe siècle*, Slatkine, 1974 (1931).

Barthes, Roland, *Œuvres complètes*, tome II, Seuil, 1994.

★坂東省次・倉本邦夫編『セルバンテスの世界』世界思想社、一九九七年。

Benjamin, Walter, *Sur le concept d'histoire*, Payot, 2013.

★Bernal, Olga, *Language et Fiction Dans le Roman de Beckett*, Gallimard, 1969.
Bessière, Jean, *Enigmaticité de la littérature*, PUF, 1993.
Blanchot, Maurice, a, *Le livre à venir*, Gallimard, 1990 (1959).
Blanchot, Maurice, b, *L'entretien infini*, Gallimard, 1969.
Bourdieu, Pierre, *Méditations pascaliennes*, Points, 2015.
Breton, André, *Manifestes du surréalisme*, *Œuvres complètes*, tome I, Gallimard, 1988 (1962).
カナヴァジオ『セルバンテス』円子千代訳、法政大学出版局、二〇〇〇年。
Canavaggio, Jean, *Don Quichotte. Du livre au mythe. Quatre siècles d'errance*, Fayard, 2005.
Casauran, Nicole,《Les romans de chevalerie en France entre《exemple》et《recréation》》(sous la direction de M.T. Jones-Davies, *Le roman de chevalerie au temps de la Renaissance*, Université de Paris-Sorbonne, 1987).
Chartier, Pierre, *Introduction aux grandes théories du roman*, Bordas, 1991.
Cohn, Dorrit, *Le propre de la fiction*, traduit de l'anglais par Claude Hary-Scaeffer, Seuil, 2001. (*The Distinction of Fiction*, 1999.)
Danto, Arthur, *La transfiguration du banal. Une philosophie de l'art*, traduit de l'anglais par Claude Hary-Schaeffer, Seuil, 1989. (*The Transfiguration of the Commonplace*, 1981.)
Delègue, Yves, *La perte des mots. Essai sur la naissance de la《littérature》aux XVIe et XVIIe siècles*, P.U. de Strasbourg,1990.
Decottignies, Jean, *L'invention de la poésie; Breton, Aragon, Duchamp*, Presses universitaires du Septentrion, 1995.
Dragonetti, Roger, *Le mirage des sources. L'art du faux dans le roman médiéval*, Seuil, 1987.
Dufour, Philippe, *Le réalisme*, PUF, 1998.
フエンテス、カルロス『セルバンテスまたは読みの批判』牛島信明訳、水声社、一九九一（一九八二）年。
Foucault, Michel, *Histoire de la Folie à l'âge classique*, Gallimard, 1972.
藤井貞和『物語文学成立史』東京大学出版会、一九八七年。
★古家、その時代
Girard, René, *La voix méconnue du réel. Une théorie des mythes archaïques et modernes*, Grasset, 2002.
Goux, Jean-Joseph, *Les monnayeurs du langage*, Galilée, 1984.
アザール、ポール『ドン・キホーテ頌』円子千代訳、法政大学出版局、一九八八年。

Hersch, Jeanne, *L'étonnement philosophique. Une histoire de la philosophie*, Gallimard, 1993.
Hottois, Gilbert, *De la Renaissance à la postmodernité: une histoire de la philosophie moderne et contemporaine*, De Boeck Université, 2001.
本田誠二a「レオン・エブレオにおける自然とスペイン牧歌小説」（佐藤三夫編『ルネサンスの知の饗宴　ヒューマニズムとプラトン主義』所収）、東信堂、一九九四年。
本田誠二b『セルバンテスの芸術』水声社、二〇〇五年。
Huchet, Jean-Charles, *Le roman médiéval*, PUF, 1984.
井口時男『暴力的な現在』作品社、二〇〇六年。
伊藤博明「ルネサンスの呪力魔術」（佐藤三夫編『ルネサンスの知の饗宴　ヒューマニズムとプラトン主義』所収）、東信堂、一九九四年。
Jergensen, Kathrine Sørensen Ravn, *La théorie du roman*, Nyt Norisk Forlag Arnold Busck, 1987.
カストロ、アメリコa『セルバンテスの思想』本田誠二訳、法政大学出版局、二〇〇四年。
カストロ、アメリコb『セルバンテスへ向けて』本田誠二訳、水声社、二〇〇八年。
加藤守通「『イデアの影』におけるジョルダーノ・ブルーノの影の思想と新プラトン主義」（佐藤三夫編『ルネサンスの知の饗宴　ヒューマニズムとプラトン主義』所収）、東信堂、一九九四年。
川口喬一『『ユリシーズ』演戯』研究社出版、一九九四年。
熊野純彦a『西洋哲学史　古代から中世へ』岩波書店、二〇〇六年。
熊野純彦b『西洋哲学史　近代から現代へ』岩波書店、二〇〇六年。
Lafont, Robert, *Le chevalier et son désir: Essai sur les origines de l'Europe littérraire, 1064-1154*, Kimé, 1992.
Lefebvre, Henri, *L'existentialisme*, Economica, 2001 (1946).
Lyotard, Jean-François, *Discours, figure*, Klincksieck, 1971.
マダレアーガ、サルバドール・デ『ドン・キホーテの心理学』牛島信明訳、晶文社、一九九二年。（Salvador de Madariaga, *Don Quixote, An introductory Essay in Psychology*, Oxford University Press, 1935.）
Mallarmé, Stéphane,《Crise de vers》, *Œuvres complètes* II, Gallimard, 2003.
Meyer, Michel, *Langage et littérature. Essai sur le sens*, Traduit de l'anglais par Alain Lemperer et Michel Meyer, PUF, 1992 (1983).
Mondanaton, Alain, *Le roman au XVIII*[e] *siècle en Europe*, PUF, 1999.

ナボコフ、ウラディーミル『ナボコフのドン・キホーテ講義』行方昭夫訳、晶文社、一九九二年。
中山眞彦『ロマンの原点を求めて』水声社、二〇〇八年。
Nancy, Jean-Luc, *Hegel. L'inquiétude du négatif*, Hachette, 1997.
野家啓一a『物語の哲学』岩波書店（岩波現代文庫）、二〇〇五年。
野家啓一b『歴史を哲学する』岩波書店、二〇〇七年。
大江健三郎『小説の方法』岩波書店、一九七八年。
大沢真幸『虚構の時代の果て』ちくま学芸文庫、二〇〇九年。
オルテガ・イ・ガッセ、ホセ『ドン・キホーテをめぐる省察』長南実訳（『オルテガ著作集I』所収）、白水社、一九七〇年。
Pavel, Thomas, a, *L'art de l'éloignement. Essai sur l'imaginaire classique*, Gallimard, 1996.
Pavel, Thomas, b, *La pensée du roman*, Gallimard, 2003.
Rancière, Jacques, *La parole muette. Essai sur les contradictions de la littérature*, Hachette, 1998.
Reboul, Olivier, *Introduction à la rhétorique*, PUF, 2001.
Ricœur, Paul, *Temps et récit*, tome II, Seuil, 1991.
★ライリー、エドワード・C『世界文学』
Robert, Marthe (Robert〔M〕), *L'ancien et le nouveau. De Don Quichotte à Franz Kafka*, Grasset, 1988 (1963).
Robert, Richard (Robert〔R〕), *Premières leçons sur le mythe de Tristan*, PUF, 2000.
Roubaud-Bénichou, Sylvia, *Le roman de chevalerie en Espagne entre Arthur et Don Quichotte*, Honoré Champion, 2001.
ラッセル、P・E『セルバンテス』田島申悟訳、教文館、一九九六年。
Ruthier-Revuz, Jacqueline, *Ces mots qui ne vont pas de soi. Boucles réflexives et non-coïncidences du dire, I*, Larousse, 1995.
ライアン、マリー＝ロール『可能世界・人工知能・物語理論』岩松正洋訳、水声社、二〇〇六年。
★サンチェス
千石英世『白い鯨のなかへ　メルヴィルの世界』南雲堂、一九九〇年。
★Schoentjies, Pierre, *Poétique de l'ironie*, Points, 2001 / *Silhouette de l'ironie*, Université de Gand, 2007.
Sermain, Jean-Paul, *Don Quichotte, Cervantès*, Ellipses, 1998.
Sichère, Bernard, *Histoire du mal*, Grasset, 1995.

Sieber, Harry, 《The romance of Chevalry in Spain. From Rodriguez de Montalvo to Cervantes》, *Romance. Generic transformation from Chrétien de Troyes to Cervantes*, edited by Kevin Brownlee and Marina Scordilis Brownlee, Darthmouth College, 1985.

Stanesco, Michel & Zink, Michel, *Histoire européenne du roman médiéval*, PUF, 1992.

Todorov, Tzvetan, *Introduction à la littérature fantastique*, Points, 2015.

Touraine, Alain, *Critique de la modernité*, Fayard, 1992.

Uitti, Karl David, 《Renewal and Undermining of Old French Romance》, *Romance. Generic Transformation from Chretien de Troyes to Cervantes*, edited by Kevin Brownlee and Marina Scordilis Brownlee, Darthmouth College, 1985.

ウナムーノ、ミゲル・デ『ウナムーノ著作集2　ドン・キホーテとサンチョの生涯』アンセルモ・マタイス、佐々木孝訳、法政大学出版局、一九七二年。

牛島信明a『反＝ドン・キホーテ論　セルバンテスの方法を求めて』弘文堂、一九八九年。

牛島信明b　岩波文庫版『ドン・キホーテ』の訳注。

Vanoncini, André, *Figures de la modernité. Essai d'épistémologie sur l'invention du discours balzacien*, José corti, 1989.

若桑みどり『マニエリスム芸術論』筑摩書房、一九九四（一九八〇）年。

ウォーカー、ダニエル・ピカリング『ルネサンスの魔術思想　フィチーノからカンパネッラへ』田口清一訳、筑摩書房、二〇〇四（一九九三）年。

山田由美子『ベン・ジョンソンとセルバンテス　騎士道物語と人文主義文学』世界思想社、一九九五年。

山本義隆『十六世紀文化革命』みすず書房、二〇〇七年。

横山安由美「"estoire"と俗語文体の《権威》——クレチアン・ド・トロワとロベール・ド・ボロンの場合」、東京大学仏語仏文学研究会『仏語仏文学研究』第九号、一九九三年。

Zink, Michel, *Le Moyen Age. Littérature française*, Presses universitaire de Nancy, 1990.

ジジェク、スラヴォイ『イデオロギーの崇高な対象』鈴木晶訳、河出書房新社、二〇〇〇年。（Zizek, Slavoj, *The Sublime Object of Ideology*, 1989.）

Zumthor, Paul, *Essai de poétique médiévale*, Seuil, 1972.

編者あとがき

本書の著者、中山眞彦先生が亡くなられて、早くも一年が過ぎようとしている。

先生は、一九九〇年度から二〇〇一年度まで、当時の勤務先だった東京工業大学、次いで東京女子大学で、よくある研究発表会ではなく、各人の論文や著書を参加者が熟読してきた上で、全員で腹蔵なく議論するというまことにユニークで、しかも（ある人に言わせると、「博論審査並」に）ハードルの高い研究会を主宰し続けた。それは、教員も院生も、先輩も後輩も、同じ研究者として年齢差や知識の差にも臆することなく、平等の立場から意見を述べ合い議論を重ねるという、極めて自由で、それだけに厳しいけれど実り多い時間を共有できる場だった。本書の編集委員会のメンバー（赤羽研三、北山研二、佐々木滋子、吉田裕の）四名も、それぞれ時期は異なるが研究会に参加するようになって、貴重な研鑽の場を得ることができた。先生が本書でも展開している独自の物語論は、その練り上げのさまざまな段階で、研究会での議論の俎上に乗せられたので、研究会は先生の理論の成熟をリアルタイムで追う場でもあったことになる。二〇〇一年度をもって先生が東京女子大学を定年退職されてからは、この四名が各自の勤務先の大学で（二〇一六年秋からは、先生のご体調を考えて、お出でいただきやすい早稲田大学に会場を固定して）毎年持ち回りで研究会を継続してきた。その間、二〇一〇年には、研究会有志による論文集『危機の中の文学――今、なぜ、文学か？』（水声社）も公刊した。さらに、四名全員が教職を退くことになる二〇二〇年度からは、若い世代の研究者たちが、再び、研究会を引き継いでくれることになっている。先生の蒔いた種は、まだまだ枯れないわけだ。先生が最後に研究会に足をお運びくださったのは、二〇一八年三月、亡くなられる半年前のことだったが、五月の研究会には、ご欠席こそなさったものの、感想をメールでお寄せくださったので、まだまだお元気な、研究会の現役メンバーだったわけで、九月のご逝去は、急逝と言ってよいものだろう。

「編注」冒頭の「本書の編集について」にも記したように、先生がお亡くなりになった後、われわれ四名は、本書を先生の「遺稿」として公刊することを企てた。だがもちろん、先生は、本論考の後にも、次に記すように、なおいくつかの論考を書き記されている。

《小説／物語／虚構――『河岸忙日抄』をめぐって》、『現代文学』二〇一一年七月号
《『クレーヴの奥方』における「真実らしさ」とロマネスク》、『現代文学』二〇一一年一二月号
《「ここ・今」と小説――『武蔵野夫人』とその仏訳について》、『現代文学』二〇一二年九月号
《物語と小説――バルザック『谷間の百合』について》、『現代文学』二〇一三年三月号
《『ゴリオ爺さん』と小説の諸問題――語り、対話、語法など》、『現代文学』二〇一三年九月号
《「目覚め」またはフィクションの境位――『失われた時を求めて』とその日本語訳について（1）》、『りてらちゅーる』（研究会ホームページ：http://litterature.g3.xrea.com/works.html）二〇一四年六月
《フィクションの言語と無意志的記憶――『失われた時を求めて』とその日本語訳について（2）》、『りてらちゅーる』二〇一五年四月

《語る者と語られる者――『失われた時を求めて』とその日本語訳について（3）》、『りてらちゅーる』二〇一五年四月

だが、本論考は、先生が極めて情熱を傾けて執筆に取り組まれ、かつ公刊を希望しておられたものであり、またヴォリュームとしても一冊の書籍を編むにもっとも適していることなどから、われわれは本論考を公刊することが適切なのではないかと考えた。本書が、先生の公刊しようとした書籍にどこまで近づきえたか、心もとないが、わずかでも、泉下の先生へのご供養になれば、と祈念している。

最後に、昨今の人文学をめぐる言語を絶した厳しい状況のもと、本書の公刊を引き受けてくださった、古い友人でもある水声社社主鈴木宏氏と、同じく本書の編集実務を担当してくださった萩田芽衣氏に、深謝したい。

編集委員会を代表して
佐々木滋子

二〇一九年九月

著者について──

中山眞彦（なかやままさひこ）　一九三四年（京城（ソウル）市）－二〇一八年（東京都）。東京大学大学院人文研究科博士課程中途退学。東京工業大学名誉教授。
著書には、『物語構造論　『源氏物語』とそのフランス語訳について』（岩波書店、一九九五年）、『小説の面白さと言語　日本現代小説とそのフランス語訳を手掛かりに』（新曜社、二〇〇四年）、『ロマンの原点を求めて』（水声社、二〇〇八年）、『危機の中の文学──今、なぜ、文学か？』（共著、水声社、二〇一一年）、主な翻訳に、オノレ・ド・バルザック『あらかわ』（『世界文学全集』所収、筑摩書房、一九六七年）、ミシェル・カズナーヴ『愛の原型　トリスタン伝説』（新曜社、一九七二年）、アンドレ・モーロワ『私の生活技術』（講談社、一九七八年、のち、『人生をよりよく生きる技術』講談社学術文庫）、ショワジール編『訴える女たち　レイプ裁判の記録』（講談社、一九七九年）、ミシュリーヌ・ブーデ『よみがえる椿姫』（白水社、一九九五年）、フィリップ・ヴィガン、ステファヌ・ヴィガン『沈黙を超えて生きる夫と妻……それぞれの愛と戦いの物語』（主婦と生活社、一九九八年）がある。

装幀——宗利淳一

ラブレーとセルバンテス——近代小説の原点

二〇一九年九月三〇日第一版第一刷印刷　二〇一九年一〇月一〇日第一版第一刷発行

著者——中山眞彦（©中山國枝）

編集——中山眞彦遺稿集編集委員会
（赤羽研三・北山研二・佐々木滋子・吉田裕）

発行者——鈴木宏

発行所——株式会社水声社
東京都文京区小石川二—七—五　郵便番号一一二—〇〇〇二
電話〇三—三八一八—六〇四〇　FAX〇三—三八一八—二四三七
［編集部］横浜市港北区新吉田東一—七七—一七　郵便番号二二三—〇〇五八
電話〇四五—七一七—五三五六　FAX〇四五—七一七—五三五七
郵便振替〇〇一八〇—四—六五四一〇〇
URL : http://www.suiseisha.net

印刷・製本——モリモト印刷

ISBN978-4-8010-0453-5